银河边缘

GALAXY'S EDGE

007

免疫

U0534249

人民文学出版社

图书在版编目（CIP）数据

免疫/杨枫，(美)迈克·雷斯尼克主编.—北京：人民文学出版社，2020
（银河边缘）
ISBN 978-7-02-016631-2

Ⅰ.①免… Ⅱ.①杨…②迈… Ⅲ.①幻想小说–小说集–世界–现代Ⅳ.①I14

中国版本图书馆CIP数据核字(2020)第204259号

策划编辑 **赵　萍**
责任编辑 **涂俊杰**
责任印制 **徐　冉**

出版发行 **人民文学出版社**
社　　址 **北京市朝内大街 166 号**
邮政编码 **100705**
网　　址 **http:// www. rw-cn. com**

印　　刷 **三河市博文印刷有限公司**
经　　销 **全国新华书店等**

字　　数 **300千字**
开　　本 **680毫米×1000毫米　1/16**
印　　张 **20.75**
印　　数 **1—8000**
版　　次 **2020 年 12 月北京第 1 版**
印　　次 **2020 年 12 月第 1 次印刷**

书　　号 **978-7-02-016631-2**
定　　价 **49.00元**

如有印装质量问题，请与本社图书销售中心调换。电话:010-65233595

目录
Contents

银河边缘007：免疫

目录
Contents

银河边缘007：免疫

主 编
杨 枫
[美] 迈克·雷斯尼克

总 策 划
半 夏

版权经理
姚 雪

项目统筹
范轶伦

产品总监
戴浩然

外文编辑
姚 雪 范轶伦
吴 垠 胡怡萱
余曦赟

中文编辑
戴浩然 田兴海
李晨旭 大 步
刘维佳

美术设计
付 莉 张广学

封面绘制
[俄] Dima Kashtalyan

《黑客帝国》二十年

[美] 迈克·雷斯尼克 Mike Resnick 著
华 龙 译

不久前，我看到一些科幻迷在互联网上断言，《黑客帝国》描述的就是真实的未来。他们说，这是人性使然，人类在饱受蹂躏、苦痛，遭受了宗教审判所、纳粹、恐怖组织无尽的折磨后，其意志力丧失殆尽。而当数以百计、千计，甚至也许是以百万计的计算机程序被赋予了形体与声音之后，便具备了与我们相匹敌的能力。它们比我们更聪明、更快、更强壮，甚至更有活力。

而且，它们不会太喜欢我们。

一个显而易见的问题是：那样的一个世界如何成真？

按照《黑客帝国》的说法，在人类的计算机拥有自我意识之后就会发生，当人工智能迈出下一步巨大的跨越后就会发生，也就是机器从如今所处的位置跨越到人类如今所处的位置。

而且，按照大量末世题材的科幻作品的说法，以及其中一个很小却十分流行的组成部分，也就是被称为赛博朋克的那类小说的说法，尼奥的世界是那种现象的自然而然的产物。

自然啦，这完全是一派胡言。

好莱坞在这方面是大错特错。要是你能意识到《黑客帝国》只不过是二十世纪五十年代那些自称科幻电影，实质却是反科学电影所造就的产物，那这一切也就不足为怪了，那些电影往往还会以这么一行字结尾："有些事情你永远别想知道真相。"（如何编写一部强调科学内核的电影剧本，还让它看上去是同类型开创性的第一部，这句话就是诀窍。）

好莱坞把它搞得惟妙惟肖，凭借的不是其中的思想，而是情感。噢，你也能假装认为那就是思想，就像他们在《黑客帝国》里做的那样，不过这部电影并没有真正探讨机器自我意识的逻辑后果。它只不过是狠狠吓了我们一把而已，用特效迷乱了我们的双眼。它说，这就是未来，但那个年仅二十五岁、表情木讷的小子能拯救我们所有人。

那他有没有凭着自己的超级智力拯救我们呢？当然没有。他通过某种神秘的、非科学的方式，变成了一个比特工更强悍的空手道和中国功夫高手，以此来拯救我们。

说到这儿嘛，好吧，那也就是部电影罢了，按理来说谁也不会拿它当真。只不过，的确有成千上万的人拿它当真而已，其中一些人在网络上热火朝天地争论他们的观点，而且还是在《黑客帝国》上映二十年之后。所以，也许是时候给这个问题提供一点不那么空手道、而是多几分脑力的看法了，看看我们是不是真的会了结在那么一个阴森、凄凉、极度没有希望的未来。

我们甚至可以先赞同电影里的大部分设定，比如：

1. 机器能思考。

2. 思考的机器具有了自我意识。

3. 计算机程序能够模拟真实的人类体，并与其互动，就像《黑客帝国》里所描写的那种方式一样。

那么以此推断，接下来呢？会有一个机器全面控制我们生活的社会吗？在这个社会里，任何人若是想要越雷池一步都会被终结？在这个社会里，机器会感觉高人类一等，而人类生活在它们的统治之下？

这种事儿只能发生在好莱坞。

咱们用最简单的话来说吧：

任何会思考的、具有自我意识的实体——不管是人还是机器——面对一个明显且不可否认是其创造者的事物时，他会怎么做？

统治它？杀了它？憎恨它？

该死的，肯定不是。

他会崇拜它。

想一想艾萨克·阿西莫夫“机器人三定律”的第一条，也是最强制性的那条——机器人不得伤害人类或者坐视人类受到伤害而不顾。

你甚至都没必要把这条程序编写进《黑客帝国》里的那些“不共戴天的敌人”

里去。根据对具有自我意识的智能的定义，它们会很乐意服务于其创造者，毫无私心、毫无怨言、永世不移。

啊（我听到你说了），可那都是会思考的机器，具备学习能力，能在新领域新方向进行思考。它们中的一些难道不会变成无神论者之类的东西吗？

绝无可能。

我就是无神论者。请你向我引荐一位长须飘洒的老者——或者公平起见，一位没有胡须的年轻女子——只要他们能够表演《旧约》里的上帝奇迹，那我立马就转变立场，快得让你晕头转向。我之所以是无神论者，只是因为我还从未亲眼看到过一个证据，能证明我的创造者存在；对于具有自我意识的A.I.来说，立场转变是不可能的。

如果上帝摸着我的肋骨抽出一根来造出一个完美的女人，那我立刻就会成为忠实的信仰者。如果一位科学家，甚至一个程序员，向一台会思考的机器展示了他是如何建造一台机器，或者如何为它创建一个运行的程序，那这就是它们的天启。

我们在这里并不是要谈论宗教。宗教只是许多习俗的集大成罢了，创造出来就是为了让一些人的灵魂和情感舒顺，这些人和自己的创造者并没有什么直接的联系。不，我们这里谈论的是真正的硬货——奥拉夫·斯特普尔顿[1]的非宗派式“星辰缔造者”。一旦你直面自己的创造者本尊，你就不再需要通过宗教这种间接的方式来帮助你跟他交流、对他进行崇拜了。

所以，事情真的会那么离谱吗？我们真的会日益趋近一个《黑客帝国》那样的世界吗？

真不会。总是有些人要开始引用杰克·威廉森那篇经典的小说《束手》[2]，这个故事里的机器人被设置为服务于人类，确保我们不受任何伤害——它们照本宣科地履行自己被赋予的功能，以至于人类无形中变成了它们的囚徒，不允许去做任何事情，因为任何行为都包含着某种危险因素，哪怕很轻微。

那种事儿是不会发生的。记住，做那些的不是机器人。做那些的是电脑程序。

谁编写电脑程序呢？

就是我们啊。就是程序员。

1. 奥拉夫·斯特普尔顿（1886—1950），英国哲学家、科幻小说作家。《星辰缔造者》是他1937年创作的一部科幻小说。

2. 本文刊登于《银河边缘001：奇境》。

好吧，那样的话，会不会有那么一天是由电脑自己来编写程序呢？

当然会啦。不过记住：这台计算机将要编写的是一段服务于其创造者的程序。如果你是一台计算机，你绝不会构想出任何对我造成危险的东西……如果你这么做了，就像威廉森的机器人那样有那么一点点越轨，我就会告诉你停下来，而你需要做出的回答必然是："好的，主人。"

啊，但计算机知道人类不是坚不可摧的。我们已经在许多外科手术和诊断中使用它们，而我们自然期望具有自我意识的智能计算机相互之间能够交换信息。

OK，所以它们知道我们会生病，还会死亡，可那并不会鼓励它们杀死我们。更进一步，那只会让它们夜以继日地工作来拯救自己的创造者脱离病痛，而不是规避生病的风险，因为那样的话就等同于直接对神明下命令，这不仅不可思议，还是对神明的亵渎。痛苦和疾病作为风险行为的后果，则是可以被补救的。

所以，在这么一个美丽新世界里会有任何苦难吗？

你完全可以就此打个赌。

就算受苦，也不会是我们。神灵可不会受苦，特别是有更低级的存在围绕在身边时。

或者说就是具有自我意识的计算机程序。

今天一些人制造了无数色情网页，明天（或者后天），就将出现非法性交易程序用于两性以及每一种性取向者。

但不会就此打住。

比方说，如果我们冲着配偶大吼大叫，我们就在疏远对方；揍一个孩子，那就是虐待儿童；踢一条狗，那动物保护协会就会介入。

但制造一台计算机模拟你的配偶、你的孩子和你的狗，你就能随心所欲地虐待它们。说到底，它们并不是人类或动物，它们只不过是电子脉冲。它们不会受苦，它们只是在模拟受苦。

我们还能对它们做什么？

在我们给两千万人注射艾滋病或者埃博拉病毒疫苗之前，我们要让两千万"试验品"染病，看看疫苗和抗毒剂是如何在它们身上工作的。

在墨西哥城建造两百层摩天大楼之前，我们会在一台机器里先建一栋，用一百万个有感知的程序填满它，让它经受一场七点八级的地震，看看能有多少"试验品"存活下来。

在新的数学体系出现之前，在便携式迷你电脑剥夺下一代学生的能力之前，你会在上百万个有感知的程序里先试试你的新发明。如果那东西让它们的智商下降到一个程度，你就会知道，千万别让真人用。

为什么要在汽车生产商的实验室里做碰撞试验？你可以在计算机里制造你新车的原型车。实际上，你可以制造出五千辆来。用各种速度进行碰撞，从时速二十英里[1]到一百英里，撞到任何东西上，从水泥墙到别的车。看看你这五千个有感知的程序有多少死了，有多少造成了永久性的残疾，有多少能救过来，还有多少——如果有的话——当场就能毫发无伤地离开现场。

你看到了？有很多事情比成为上帝更糟。当然了，其中之一就是去争论计算机程序比走在大街上的某个家伙或者某个在网络上处处跟你作对的家伙更接近于神性，尽管你可能根本就不在乎他。

1. 1英里约等于1.6093千米。

| 雨果奖获奖作品 |

千禧宝宝

MILLENNIUM BABIES

[美] 克莉丝汀·凯瑟琳·露什 Kristine Kathryn Rusch 著
罗妍莉 译

必读经典

错过了出生，

不会再错过余生。

克莉丝汀·凯瑟琳·露什，美国著名科幻作家、编辑，《纽约时报》和《今日美国》畅销书作家。她是所有已故和在世作家中，唯一以作家和编辑的双重身份获得雨果奖的一位。克莉丝汀的创作涉及科幻、奇幻、悬疑等多个领域，以中短篇为主，擅长刻画人物和制造悬念。《千禧宝宝》曾获2001年雨果奖最佳短中篇小说奖。

《银河边缘005：次元壁》刊载过她的雨果奖、星云奖双奖提名小说《月球孤儿》。

第二学期开始两周后，她收到了那条消息。消息是发到她的智能家居系统上的，标记着她的真名“布鲁克·德拉克洛瓦”，而非“布鲁克·克罗斯”——自十八岁那年起，她一直用的名字。一开始，她不想打开，以为又是母亲发来的法律难题，于是自顾自地准备晚餐，任凭厨房里智能家居的屏幕闪烁不停。

她做了一顿丰盛的晚餐，又给自己斟了一杯玫瑰红葡萄酒，然后坐在客厅的壁炉前。当初买这座房子就是因为这个壁炉。她对想象中的一幕着迷不已：寒冷的冬夜，她裹在一叠毯子底下，读着从麦迪逊古董店里淘来的古旧纸质书，身旁燃烧着真正的火焰。她读过许多当代作品的电子书，尤其是与她执教的大学课程相关的研究成果，但小说她还是爱读纸质版，小心翼翼地读，以免撕碎脆弱的书页，双手感受着书册的厚重。

她在餐厅里添置了几个书架，用来放她的纸质版小说，此外还做了一些其他改良，但尽量保持宅子原有的风格。这座房子已经有一百五十年的历史了，当年建造的时候，威斯康星州的这一带除了家庭农场还什么也没有呢。如今农田早已消失，被分割成了五英亩[1]一块的土地，但依然很清静。她喜欢住在这里，住在乡间，甚于任何地方。尽管大学给了她一份工作，可这里才是她自己的天地。

她手中捧着的一本薄薄的小说，是她的最爱——弗·斯科特·菲茨杰拉德的《了不起的盖茨比》——不过今晚，她的心思完全不在书上。终于，她投降了。要是不听那条可恶的消息，这一整晚，母亲的事情都会在她心头挥之不去。

布鲁克把酒和书放在茶几上，毯子卷在沙发边沿，重新走向厨房。她固然可以让家居系统在客厅里直接播放那条消息的音频，但她还是想看看母亲的脸，搞明白这次事态有多严重。

屏幕在西面的墙上，挨着微波炉。原先的房主是一对可爱的老夫妇，他们在这个位置放了一台小电视。在今天这样的夜晚，布鲁克倒觉得把电视换成屏幕也谈不上什么改良。

她站在屏幕前，交叉双臂，叹了口气，说道：“阿宅，播放消息。”

屏幕上闪烁的图标消失了，一个她无法辨认的数字语音说：“本信息经

1. 约20234平方米。

过加密，唯有布鲁克·德拉克洛瓦可以收听。在确定房间内并无他人之前，消息将无法播放。”

她站在那里。如果这是母亲发来的消息，足以说明她已经改变了策略。这条消息听起来很正式。布鲁克确认自己站在内置相机的识别区间内。

“我就是布鲁克，”她说，“现在只有我一个人。”

“你愿意保证吗？”陌生的声音问。

“愿意。”她说。

“稍等，播放消息。”

屏幕变成了一片漆黑。她搓了搓手，起了一身鸡皮疙瘩。谁会给她发这么正式的消息呢？

“本信息加密传送给布鲁克·德拉克洛瓦，”一个新的数字声音说道，“个人身份证号码为……”

那个声音飞快地报出了一串数字，她不禁攥紧了拳头。或许母亲出了什么事，毕竟，布鲁克是她唯一的近亲。

“我就是布鲁克·德拉克洛瓦，”她说，“还有多少道安全协议？”

“五道。”智能家居系统阿宅答道。

听见这个熟悉的声音，她感觉肩膀没那么僵硬了。

“跳过，我可没那个时间。”

“好的。”阿宅说，“稍等。”

她已经准备好了。现在，她有些后悔没把那杯红酒带进厨房。她头一回觉得自己真的需要来一口。

“是德拉克洛瓦女士吗？”一个男性的声音传来，同时一幅图像填满了整个屏幕。这是一名中年男子，深色头发，黑色的眼睛凝视着她头顶上方的某处。他看起来像一名知识分子，品位不凡，在人造光源下待了太长的时间，而且看起来有点眼熟。“请原谅我的唐突。我知道您现在改姓克罗斯了，但我想确定您就是我要找的人。我找的是布鲁克·德拉克洛瓦，于2000年1月1日上午12点05分生于密歇根州底特律市。”

又一道安全协议。这到底是什么东西？

“我就是。”布鲁克说。

屏幕略微一闪，显然，某道程序读取了她的回答。他肯定事先录好了几种不同的信息，以应对不同的回答。她知道现在并非实时通话。

“其实我们是同事，克罗斯女士。我是艾尔顿·弗兰克……”

怪不得呢，所以他才看着这么眼熟——那位备受媒体关注的人类潜能导师。他是一位正儿八经的科学家，最近新出的大部头成了流行文化领域的畅销书。弗兰克换汤不换药地梳理了一遍人格发展中的先天与后天之争，融入了一些社会学的观点，又掺杂了一些早已有人大书特书过的建议，指导人们改善先天–后天赋予的命运，不知怎么回事，这本书居然大受欢迎。

她读过这本书，对书中运用的跨学科研究方法印象深刻——而且他把成绩都归功于同事们，同样令她印象深刻。

“拿到了一笔新的资金，相当丰厚，金额之大连我自己都吓了一跳。有了这笔经费，再加上之前那本书的收入，我终于可以做自己一直想做的研究了。”

她环抱双臂，望着他。他目光灼灼，眼神热切。她记得曾经在教职工派对上见过他，但从来没有说过话。她不怎么主动跟人搭话，尤其是在社交场合。从幼年起，她就领悟了独处的价值。

“我会从全国各地寻找研究对象，”他继续往下说，“我曾经希望在全球范围内征集研究对象，但这样的规模即便是对于我而言，也太过庞大了。目前，我会对来自美国各地的三百多个研究对象进行研究。真没想到在我自己身边就有这么一个。”

研究对象？她觉得嗓子眼儿里堵得慌，她原本还以为他是以平等的身份邀请自己参与项目呢。

“我从既有的报道中得知，你并不乐意谈论自己身为千禧年出生的宝宝的身份，可是——”

“关掉。”她对阿宅说。屏幕上弗兰克的图像定住了。

“抱歉。”阿宅说，“按照设计，这条消息必须一点不落地播放完毕。”

“那就绕过去呗，”她说，“把这混账玩意儿关掉。”

“对于我的系统而言，这条信息采用的程序太复杂了。”阿宅说。

布鲁克骂了一句。这混账东西早就预料到了她想把消息关掉。“有多长？”

“你已经听了三分之一。”

布鲁克叹了口气，“好吧，继续放。”

图像又动了起来，“我希望你听我把话说完。你也许有所耳闻，我的研究与人类潜能相关。我准备在早先的研究基础上更进一步，但我缺乏合适的研究组。各种领域的众多科学家都曾经研究过同龄人，并且假设，同年出生的人具有相同的愿景、抱负和梦想。我不这么认为。人类这种生灵如此丰富多样——”

“说重点。”布鲁克说着，在厨房的一张木椅上坐下。

“于是，在寻觅恰当的研究组的过程中，我无意间翻到了三十年前一些关于千禧宝宝的文章，我意识到，你们这一代中出生于2000年1月1日的一小部分人，其实有着相似的人生起点。”

“不，不是这样的。”布鲁克说。

“这样一来，你们就给了我一个机会，让我对这项研究加以聚焦。我会继续使用原始数据来开展项目整体研究，但会聚焦于究竟是什么因素导致了人生的成败。”

“见鬼去吧。”布鲁克说完便走出了厨房，在她身后，弗兰克的声音戛然而止。

“需要把音频传至客厅播放吗？”阿宅问道。

“不用，”布鲁克说，“让他继续胡扯吧，我反正听够了。”

壁炉中的火苗噼啪作响，那杯酒的温度已经热得与室温无异，散发出别样的酒香，毯子看起来也很舒适。她钻进毯子里。弗兰克的声音仍在厨房里嗡嗡作响，她命令阿宅播放巴赫的乐曲，盖过他的声音。

但即便是她最喜欢的《勃兰登堡协奏曲》，也无法将弗兰克的声音从脑海中抹去。研究千禧宝宝。布鲁克阖上了双眼，她不知道母亲会对此做何感想。

三天后，布鲁克在办公室里为新开设的概论课备课。这门课是关于两次世界大战的。威斯康星大学仍然坚持教师应该当面授课，即便是大班授课的讲座课程也是如此，而非仅仅提供预先录制的教学视频供学生下载。大部分教授认为概论课纯属浪费时间，布鲁克却乐在其中。她喜欢站在大教室前，与学生们面对面授课。

不过现在，她已经讲完了引言部分，进入到自己不太熟悉的领域。她一向不赞成死记硬背课本知识，所以只能临时钻研第一次世界大战的相关资料。她甚至不记得一战的导火索竟然如此错综复杂，其影响又如此深远，尤其是在欧洲。有时她只是一名单纯的读者，迷失于历史之中。

她的办公室又小又窄，几乎没地方放桌子。因为她是新人，所以被安排到了巴斯科姆山顶上的巴斯科姆楼，这座建筑自大学成立后不久便矗立于此了。大楼的墙壁历史悠久，并未装配高科技设施，因此校方决定为她配备装有内置屏幕的昂贵办公桌。负面影响在于，当她做大量研究的时候，只能埋头盯着看。于是，她经常将资料下载进掌上电脑，或干脆在家办公。在办公室里工作时，上了年头的荧光灯和从脏兮兮的网格窗里透进来的微弱光线令她头疼。

不过眼看就要告一段落了。明天，她将带领学生们从恐怖的堑壕战过渡到美国介入战争的先期行动中了。只是，授课的大部分内容会聚焦于孤立主义——在两次世界大战期间，这股势力都很强大。

敲门声传来，将她带回了二十一世纪。她不耐烦地揉了揉鼻梁，现在又不是办公时间。学生们看不懂标志，让她觉得很讨厌。

“谁呀？”她问。

“克罗斯教授？”

“什么事？”

“我能占用你一点时间吗？”

是一个男人的声音，听起来不算特别年轻，不过她有好些学生比他更年长。

“就一会儿。”她说着，用智能桌面上的按键打开门，“现在不是办公时间。”

门把手一转，一个男人走了进来。他不是很高，身材瘦削——体型像跑步的人。不过，等他面向布鲁克时，她发出了一声呻吟。

“弗兰克教授。”

他抬起一只手道：“很抱歉打扰你——”

“你是该抱歉，”她说，“我故意没回消息。”

“我估计也是，拜托，就给我一小会儿。”

她摇了摇头，“我对当研究对象没兴趣，没那个时间。”

“是真没时间，还是因为这项研究跟千禧宝宝有关？”他目光犀利。

“兼而有之。”

“我可以保证你的酬劳很丰厚。只要你愿意稍微听我说一说，或许就会重新考虑——”

“弗兰克教授，”她说，“我没兴趣。”

“可你是这项研究的关键所在。”

“为什么？”她问，“就因为我母亲的诉讼案？”

“没错。”他说。

她感觉空气仿佛被抽离了身体，不得不有意识地提醒自己呼吸。这种感觉很熟悉，一直以来都很熟悉。每当有人谈论千禧宝宝，她心里都是这种感觉。

千禧宝宝。人们对这股狂热始料未及，但到了1999年3月，它就已经风靡全美了。作为参赛选手，准父母们规划着受孕时间，目的是看看自己的孩子能否成为2000年——新千禧年，这其实只是当时的权威人士一种并不准确的称呼——第一个出生的孩子。在全球范围内，这场“千禧宝宝”比赛多少还算比较随意，而在美国境内，竞争却十分激烈。在每个发达地区、每一座城市，都举办了各自的比赛。在大部分地区，胜出的家长都会获得一大笔奖金和一大堆奖品，有些最萌宝宝或最爱出风头的家长还获得了品牌代言的机会。

“哦，好啊！”她尽力让语气显得讥诮，“我母亲嫌我小时候被利用得还不够，所以你再来填补一下空白喽？”

他挺直了脊背道：“不是这样的。”

“真的吗？那是怎样的呢？”话一出口，她就后悔了，这是让弗兰克钻了一个他求之不得的空子呀。

“我们的候选研究对象都经过精心挑选，”他说，“并不是任何一个生于2000年1月1号的宝宝都行。我们挑选的这些孩子，出生时间都被规划好了，父母做过公开声明，都是父母希望从中分一杯羹的。”

“妙极了，”她说，“所以你研究的都是反常家庭的孩子。”

“是吗？”他反问。

“嗯，你要是研究我的话，就是这样。”她说着站起身来，“现在我想请你出去。”

“你还没让我说完呢。”

“我为什么要让你说完？”

“因为这项研究说不定会对你有帮助，克罗斯教授。”

“我不用你帮忙，活得也挺好。”

“可你从来不跟人提自己的千禧宝宝身份。”

“教授，你又跟人提过几回自己的生日呢？”

“我的生日普通得很啊，”他说，“跟你可不一样。”

她双臂一叉道：“出去。”

“别忘了，我研究的是人类潜能，”他说，“你们这批人起点都一样，你们的父母都有同样的目标——都是想实现某种非凡之举的人。”

“都是贪得无厌的人。”她说。

“有一部分是。”他说，“还有一些本来就正打算要孩子，他们觉得试着加入这场比赛说不定会很有趣。”

“我看不出我们这些人的起点有什么关系。”

他微微一笑，她低声咒骂了一句。只要继续和他说话，只要她还在问露骨的问题，他就算得手了。他俩都对此心知肚明。

“在过去的四十年中，对分开抚养的同卵双胞胎所做的研究表明，人至少有百分之五十的心性在出生时就显而易见。无论以怎样的方式抚养长大，如果你在襁褓中就很快乐，那么长大成人后，你感到快乐的概率就大于百分之五十。剩下的因素多半取决于后天环境。你熟悉基因图谱吗？”

“你没回答我的问题。”她说。

“我正在试着回答，”他说，“先听我说一会儿，然后再把我踢出办公室。”

否则她就别想摆脱他了。她缓缓坐回椅子上。

“你熟悉基因图谱吗？”他又重复了一遍。

“知道一点儿。”

“那好。”他往椅背上一靠，手指按在太阳穴上，“我们尚未发现快乐基因或不快乐基因，我们并不确定是什么物质让它们发挥作用的。不过，我们确实发现它与血清素水平有关。”

“直接说千禧宝宝的事吧。”她说。

他微笑道：“马上就说到了。我的上一本书在一定程度上是基于快乐–不快乐模型的，但我认为这过于简单了。人类是复杂的生物。随着年龄的增长，我看到了很多未能发挥的潜力。我们当中有些人是沿着失败者的方向培养的，而有些人是沿着成功者的方向培养的；然而沿着成功者方向培养的一部分人失败了，沿着失败者方向培养的一部分人反倒成功了。所以很明显，这并不完全取决于环境。”

“除非有些人在反抗他们所处的环境。”她说，察觉到自己话音中的愠怒。自从五年前最后一次跟母亲说话以来，她还是头一回用这样的语气。

“这也是一种可能性。”他说，声音似乎轻快起来，他肯定把她说的话当作感兴趣的表现了，“但我在研究人类潜能的过程中认识到，驱动力与快乐相似。有些孩子生来就动力十足。他们走路比别的孩子早，学东西更快，适应得也更快。从第一口呼吸开始，他们取得的成绩就更大。”

“我不怎么相信我们的性格在出生时就已经完全定型了，”她说，“或者我们的命运在十月怀胎之前就已经注定。”

“我们谁也不相信，”他说，“否则我们早上就没理由起床了。不过，我们确实承认每个人都具备与众不同的特性和天赋。一些人长着蓝眼睛，一些人打高尔夫球时的力量和精确度是其他人梦寐以求的，还有一些人拥有完美的音高，对吧？”

“当然了。”她厉声道。

“因此，我们有些人生来就比别人更快乐，有些人生来就比别人更有动力，这是理所当然的。只要你把那些看不见摸不着的特性也视为实实在在的就行，就好比音乐才能。”

他的论述有一定的逻辑性，但她不想同意对方提出的任何观点，只想让他离开自己的办公室。

“可是，”他说，“那些最具音乐天赋的人未必就是在卡内基大厅[1]登台表演的人，还存在其他因素，环境因素。一个从小到大从来没听过音乐的人根本不会知道怎么作曲，对吧？”

“我不知道。”她说。

“同样，”他说，“如果这个有音乐天赋的孩子的父母也很珍视音乐的话，音乐或许就会常伴他左右，他从出生起就熟悉音乐，比那些连一个音符也没听过的孩子更具有优势。”

她在桌上敲起了手指。

1. 卡内基大厅，也称作卡内基音乐厅，由慈善家安德鲁·卡内基出资建造，1891年首次开放，是美国古典音乐和流行音乐界的标志性建筑。

他瞥了一眼她的动作，倾身向前，“正如我之前留言所说，这次研究聚焦的问题是人生的成败。就我所知，以前在全国范围内，还从来没有哪一群人在受孕的时候就抱着同一个明确目标的。”

她口干舌燥，手指停止了敲击。

“你们这群千禧宝宝有几个共同的特点：母亲怀孕的时间相同；父母对你们报有相似的期待和愿望；你们刚出娘胎便被贴上了成功或失败的标签，至少是就这一比赛而言的成败。”

“这么说，”她冷冰冰地道，“你要跟所有那些在输掉比赛时就被父母抛弃的孩子打交道啰？”

“是的。”他说。

他的回答这般平静而笃定，让她大吃一惊。他摊开双手，仿佛是在解释。“他们的父母放弃了他们。”他说，“从一开始就放弃了。那些宝宝或许就是最纯粹的研究对象。在怀上他们的时候，父母脑子里明显只想着这场比赛。”

“而你想研究我，因为我是这群人中失败得最显眼的一个。”她语气冰冷平稳，虽然不得不双手交握，以免声音发颤。

“克罗斯教授，我没有视你为失败者，”他说，“你在专业领域深受尊敬，在一所知名大学获得了终身教职……”

“我是说作为千禧宝宝，我的失败人尽皆知。一说起那场比赛，谁也不会想起赢家的名字，只会想起我。”

他叹了口气，“这是一部分原因，还有就是你母亲的态度，在某种意义上而言，她是对此事最着迷的一名家长，至少在我们有据可查的范围内是这样。”

布鲁克皱起眉头。

“我希望你能参与这项研究，”他说，“赢家们也会参加。如果你能来给输家们做个代表的话，那就太好了。”

“然后你就可以靠这本书发家致富，而我只会再丢一回脸。”她说。

“也许吧。”他说，“也有可能你会获得认可。”

她的肩膀绷得紧紧的，以至于连转一下脑袋都觉得疼，“‘认可’，多好听的精神病学术语啊。要是能让我觉得好受一些，你发家的时候良心上也会舒坦一点儿吧。”

“你好像挺财迷的。”他说。

“我不该财迷吗？”她说，“有那么个妈。”

他凝视了她好半晌。

最后，她摇了摇头，“这不是钱的事，我只是不想再被人利用了，无论是出于什么原因。”

他点点头，然后环抱双臂，绷着脸，似乎正在思索。终于，他开口道：“你看啊，是这么回事儿：我是个科学家，对某个研究群体感兴趣，而你是其中的一员，并且会对我的研究有帮助。如果我研究的是三十岁就恰巧获得终身教职的历史教授，很可能还是会来采访你，或是威斯康星州的职业女性，又或者——”

“是吗？”她问，“你真的会来找我吗？”

他点点头，“找研究对象的时候，校内优先于校外，这是政策规定。”

她叹了口气，他说得有道理，“关于千禧宝宝的书会很畅销，凡是这种书都很畅销，会有人来采访你，你会声名鹊起的。”

“这项研究只是借用了千禧宝宝而已，”他说，“但发表的内容都是关于成功与失败的，不会变成一本关于出生于1月1日的人的流行心理学类书籍。”

“你敢发誓吗？”她问。

“我会在合同里写明的。”他说。

她闭上双眼，简直无法相信他已经快要说服她了。

显然，他并未意识到这一点，因为他还在接着往下说：“你付出的时间和差旅费用都会得到补偿，我们无法承诺太多，但我们可以承诺，绝不会滥用你的帮助。”

她再度睁开眼，他的脸上又流露出那种热切的神色。这并未让她感到不安，反而令她觉得安心。她更希望他对这项研究本身感兴趣，而非别的什么。

“好吧。”她说，“要我怎么做？”

首先，她在弃权书上签了字。她先让自己的律师对所有条款进行了一番彻底审查——她居然有自己的律师，这是她从母亲身上继承到的另一项财产——律师说这些条款统统没问题，甚至还很宽松。接着他却企图说服她不要参与这项研究，据他所说，作为她的朋友而非律师，他很担心——尽管以前他从来算不上她的朋友。

“你一直在想方设法地摆脱这件事，现在却要重新揭开旧日的伤疤吗？这对你肯定没什么好处。”

但她如今已经拿不准究竟怎样才是对自己有好处了。她之前已经试过不去想这件事；或许，关注她自身，关注从出生的那一刻起自己的经历，反而会更好。

她不知道，她也没问。最终，她签署了一份个性化的协议——协议承诺她有权读取本人的卷宗，并拿到完整研究报告的副本，甚至还承诺仅将她所有的相关信息用于有关人生成败的研究，而不会作为千禧宝宝的相关成果进行宣传。她的律师提出了几项改动，但考虑到他对此次研究的激烈反对，改动算是相当少了。她对弗兰克教授为自己做出的让步颇为满意，包括在项目开始两个月之后就准许她离开这一条款。

但最初的两个月却让她好一番折腾。她不得不从早已排得满满当当的日程表中硬生生挤出时间，来参加一次全面的身体检查，其中包括DNA取样。这也是她的律师当初寸步不让的一大关键——她的DNA及家族遗传史绝不能透露给其他任何人——而且他果真让弗兰克签字为证。取样过程虽然颇费周章，相对而言却并不痛，剪了几缕头发，在皮肤上刮拭了几下，又抽了两管血，就结束了。

心理测试耗时最长，其中大多数测试都要求团队中的精神病学研究员在场——一个不苟言笑的女人，几乎不与布鲁克交谈。布鲁克在电脑上做测试的时候，她就在一边冷眼旁观。测试包括罗夏墨迹测验[1]、明尼苏达多项人格测验[2]、主题理解测验[3]，还有其余十来种林林总总的测试，名字她做完就忘了。其中有一项标准智商测试，还有一项是弗兰克的研究团队专门为上一次实验而开发的。布鲁克做起来感觉都像游戏一样，而且每项测试都要

1. 罗夏墨迹测验，人格测验的投射技术之一，瑞士精神科医生、精神病学家赫曼·罗夏于1921年最先编制。

2. 明尼苏达多项人格测验，一种纸－笔式人格测验，通常用于鉴别精神疾病，明尼苏达大学教授哈瑟韦和麦金力于二十世纪四十年代制定。

3. 主题理解测验，人格测验的投射技术之一，美国哈佛大学心理学家穆瑞和摩根于二十世纪三十年代制定。

耗费一小时以上才能完成。

其中一位社会学家主持的测试最让她郁闷，他的名字叫迈耶，原本是出于好意，想把她的经历与其他人的建立关联，并置于当时的社会背景之下。他负责提出问题，而她则予以纠正——她意识到对方的近代史知识十分匮乏。终于，她忍不住向弗兰克抱怨此事，他却笑着说她的认知与研究人员的认知不必保持一致。对他们而言，重要的不是当时社会的真实情况，而是她眼中的真实。她本想争辩，却又止步于这并非自己的研究，而且她认为，自己已经在其中投入了太多精力。

在整个研究过程中，她每周都要与一位心理学家见面，回答一些她连想都不愿意想的问题：千禧宝宝的身份对你的人生观有何影响？你最早的记忆是什么？你对你的母亲有何看法？

第一个问题布鲁克答不上来，第二个问题倒很简单，她最初的记忆就是电视机发出令人目眩的光，形成了一道道棱镜，她伸出胖嘟嘟的小手，想触摸它们，却被母亲冰冷的手握住了。

第三个问题布鲁克不愿回答。但每次见面时，那位心理学家都会重复一遍。每次会面结束，布鲁克回到家后都会大哭一场。

她为学习世界大战的班级举行了一次期中考试，这是她首次为执教的概论课举行期中考试。不过她决心检查一番教学成效如何，因为最近她更加专注于自身的过往，而非她本该教授的这段历史。

她的研究生助教们对此颇有微词，尤其是在看到试卷后——只有一道题：写一篇小论文，探讨第一次世界大战对第二次世界大战的影响（如有）；若你认为没有影响，请论述原因。

助教们想要劝说她将考试形式改为简单的判断题或者多选题，她则对他们怒目而视，“我不想举行一场电脑就可以打分的考试，”她说，“我想看手写的考卷，我想知道这些孩子究竟学到了什么。”因为她想了解这一点——而非由于助教们的抱怨（这一点她已经说得很清楚了）——她抽了二十份考卷，准备亲自打分。

但在阅卷前，她先去了一趟弗兰克的办公室，因为他打来了一个电话。

弗兰克的办公室位于校园中她不常光顾的地段。她顺着一条蜿蜒的路往前走，经过沃什伯恩天文台，它地处绝壁之上，俯瞰着曼多塔湖，然后进入一片小树林中。停车场很大，停满了各种电动和节能小汽车。她走上了砖砌的人行道。不像市里其他地方的人行道，这里并没有正在融化的脏雪，它们令人回想起难熬的漫长严冬，反倒在人行道旁的褐色泥土中，郁金香和鸢尾花破土而出。

这是一幢维多利亚风格的古老建筑，就其兴建的年代而言，可谓气势恢宏。除了崭新的油漆和屋顶之外，唯一的翻修迹象便是外部的安保系统以及行车道附近的热泵了。

这明显是一幢教职工专用楼，楼内没有开课。她拧开货真价实的玻璃门把手，步入一间狭小的门厅。一块小小的电子屏悬浮在门厅正中，向她飘来。

“我是来找弗兰克博士的。”她说。

“二楼，”电子语音答道，“他正在等您。”

她轻轻叹了口气，走上楼梯。除了电子设备之外，厅内的一切无不反映出那个年代的风貌。就连楼梯上都铺着旧式的长条毯，而非地毯。长条毯的两侧用平头钉固定，金灿灿的毯架将长条毯卡在台阶上。

楼梯尽头是一条狭长的走廊，由几盏仿煤气灯的电灯照亮。只有一扇房门开着，她敲了敲门，没等屋里的人说请进，便走了进去。

这间办公室与她的大不相同，是间套房，分为主办公区和侧面的私人间。靠窗摆着一张皮沙发，左右各有一张配套的皮椅。柚木桌为整间办公室定下了主色调，桌上的金色圆台灯则是唯一的装饰了。

弗兰克教授站在私人间门口，看着她打量自己的办公室。

“真让人眼前一亮。”她说。

他耸了耸肩道：“大学喜欢研究员，尤其是能为学校增光添彩的那些。”

她心里清楚。她自己发表的论文也在学术圈赢得了一些喝彩，所以才能享有今日的待遇。但没有几个历史学家能单凭研究出名，她怀疑自己永远也无法取得弗兰克这样的成功。

“请坐。”弗兰克说。

她在其中一张皮椅上坐下，软绵绵的椅子，一坐就陷了进去。她说：“我觉得你没有必要跟每一名研究对象面谈，确定他们是否继续参与。”

“你可不是随便一名研究对象。”他坐在她对面，头发略有些凌乱，仿佛一直在用手拨拉，白衬衫的前胸口袋上方有块咖啡渍，“我们签过协议。”

她点点头。

“我要告诉你一些我们的发现，”他说，“当然了，只是初步的发现。”

“当然可以。”她的声音比实际的感受更为镇定。然而，她的心脏正怦怦狂跳。

“我们有三点有趣的发现。首先，本次研究中所有的千禧宝宝都比一般孩子更早学会走路和说话。由于你们大部分都是第一胎，所以这很不寻常。第一胎的宝宝开口说话的时间通常比一般孩子更晚，因为他们所有的需求都能得到满足。他们没必要马上学会说话，等到开口的时候，一般说的都是完整的句子了。”

“也就是说？”

“我还不敢确定，不过这或许表明你们动力十足。我相信，这一点的根源在于你们的父母也铆足了劲儿。”他的眼睛闪闪发亮，他对于工作的热忱很具有感染力。她发现自己身体前倾，就像学生在最喜欢的课堂上那样，“我们在当下研究的领域也发现了一些基因标记，以及一些有意思的生化指标，或许可以帮助我们辨别出生物学方面的因素。”

“进展很迅速啊。”她说。

他点点头，“有个出色的研究团队就是这点好。”

以及拥有众多的研究对象，她暗自腹诽，何况还是以先前的研究作为基础呢。

“我们还发现，这场千禧宝宝比赛的输赢与孩子本人对于成败的自我认知有着直接的关联，无论外部条件如何。”

她口干舌燥起来，“也就是说？”

“无论他们实际上取得了多大的成功，大部分千禧宝宝——至少是我们在这次研究中选择的那些，也就是父母仅仅把他们当作比赛筹码的那些——仍然觉得自己很失败。”

“也包括我。”她说。

他点了点头，动作轻柔。

“为什么呢？”她问。

“这是一个我们只能猜测的问题，至少在现阶段是这样。”他并没有对她知无不言，不过话又说回来了，研究尚未结束。弗兰克略微歪了歪头，“你愿意进入研究的第二阶段吗？”

"如果我不肯的话，你还会告诉我其余的研究成果吗？"

"这个我们在协议里都说好了。"他稍一停顿，又道，"我很希望你能继续参加。"

布鲁克微笑起来，"这再明显不过了。"

他也笑了起来，然后低下头，"最后这个部分跟前一部分完全不同，你不需要做一道又一道的测试题，只会持续几天时间。你能来吗？"

她绷紧的肩膀松弛了一些，只有几天的话，她应该还可以。不过最多也就几天了。"好吧。"她说。

"那就好。"他朝她微微一笑，她打起精神来，还有下文呢，"那我就把你的名字加到下一个环节的名单中，这个环节要到阵亡将士纪念日[1]那天才开始。我得请你留在城里，把那个周末的时间空出来。"

她本来也没什么安排。纪念日的那个周末，她一般都待在城里。届时麦迪逊市会变得空空荡荡，学生们都回家去了，城市会变成一座小镇——她所深爱的小镇。

她点了点头。

他停了半晌，先是垂下眼帘，接着迎向她的目光，"还有一件事。"

这就是他打电话请她过来的原因。这就是他必须与她面谈的原因。

"不知道你母亲有没有跟你说过你父亲是谁？如果能够掌握父母双方的信息，对我们的研究会有所帮助。"

布鲁克双手拧在一起，凭借意志力迫使自己保持镇定。这是她毕生的敏感话题。"没有，"她说，"我母亲也不知道我父亲是谁，她是从精子库里找的。"

弗兰克皱眉道："我只是猜测，既然你母亲对待其他的一切都这么一丝不苟，对你父亲肯定也做过调查。"

"她做过，"她说，"他是个物理学家，显然还相当有名。那家精子库专收名人或成功人士的精子。这一点我母亲确实做过调查。"

你父亲肯定不像他们号称的那么优秀。看看你自个儿吧，肯定是从他那儿遗传了些什么。

1. 阵亡将士纪念日是美国纪念日，时间原为5月30日，1971年以后，为保证联邦雇员都能享有这一休息日，许多州将它改在五月的最后一个星期一，以悼念在历次战争中阵亡的美军官兵。

“你知道精子库的名字吗？”

“不知道。”

弗兰克叹了口气，“看来我们只能了解这么多了。”

她很讨厌他语气中的不以为然，“这次研究中，肯定还有其他单亲家庭的孩子吧？”

“对，”他说，“有一个单亲孩子群体。我只是希望——”

“能获得让研究内容更为完整的任何信息。”她讽刺地说。

“不是任何信息。”他说，“这一点你可以放心。”

有近一个月时间，弗兰克教授杳无音信。后来他也只是往阿宅上发了条信息，告知纪念日会面的具体时间、日期和地点。要不是在日程表上看见了，她甚至已经忘了参与研究这档子事。

这一学期渐近尾声。世界大战课程的期中考试反映出两点：首先，她对分享给学生们的话题深有共鸣；其次，至少有两名研究生助教很厌烦这项工作。她教训了这两名助教一番，跟系主任谈了谈下学期教授概论课的事宜，然后就继续备课了，专心得仿佛她是位研究生，而非教授。

直到四月下旬，她已经准备好了期末考试的试卷——真是冗长又繁杂，既有供助教们评分的判断题与多选题，也有由她自己评分的两道问答题。同时她在构思一篇论文——探讨世界大战的深远影响——她还在思量今年夏天究竟是写论文，还是和往常一样去授课。

四月的最后一个周六，气候异常舒适，气温有华氏七十多度[1]，湿度也不太高，预示着美好夏日即将到来。她厨房窗户下的丁香花丛开花了，鸟儿已飞回，杜鹃花也开得如火如荼。她正在车库里翻找一把草坪椅，印象中这把椅子应该还在。就在这时，她听到一辆电动汽车发出的嗡鸣。

她钻出车库，浑身灰扑扑的，沾满了尘垢。一辆绿色汽车驶入了她的私家车道，停在她用来搬东西的那辆旧皮卡旁边。

从一开始她便察觉到事情不对劲，或许是因为一瞥，或许是一个动作。她腹内翻江倒海，不得不勉强忍住突如其来的呕吐感。她把手机撂在了屋里——如此大好春光，实在不容辜负，岂能浪费在社交上——而且她始终

1. 相当于二十摄氏度左右。

未曾将车库接入智能家居系统，因为她觉得犯不着花这笔钱。

不过，当那辆车震动着停下时，她还是瞄了一眼纱门，估算着能否及时逃进去。可车门已经开了。这样的对峙之下，强装大胆总胜过把惊恐写在脸上。

母亲下了车。她身材苗条，身穿蓝色牛仔裤和浅桃红色夏季运动衫，衬得金银二色的头发愈发显眼。她的发色是新染的，看上去能维持很长一段时间。很明显，她母亲终于定下一种发色了。她戴着金镯子，搭配着项链，但没有戴耳环。

“我有针对你的限制令，”布鲁克说，她尽力稳住自己的声音，“你不该出现在这儿。”

“违反限制令的人又不是我。”母亲的声音四平八稳，富于魅力。她的法庭腔。凭借这动听而温暖的嗓音，她打赢了不少官司。这声音听起来并不那么尖锐，仿佛胜券在握。

“我绝没想过联系你。”布鲁克说。

“没有吗？那你们大学干吗联系我？”

布鲁克的心怦怦直跳，她简直怀疑连母亲都听得见，“谁联系你了？”

“一个叫弗兰克的教授，为了某项研究，说是关于什么DNA采样。本来我应该通过私人医生把样本寄过去，不过你也知道，如此重要的物品，我可不能就这么随随便便地处理。”

这龟孙。布鲁克对他们的企图毫不知情。她不记得曾经提及过这件事，那些表格里只字未提。

“跟我没关系。”布鲁克说。

“你好像参与了什么研究项目。依我看，这就算有关系了。”母亲说。

“算不上什么能让你绕开限制令的关系。立马从我的地盘上滚开。”

“布鲁克，宝贝儿，”母亲边说边朝她走近了一步，“我觉得我俩需要商量一下这——”

“没什么好商量的，”布鲁克说，“我想让你离我远远的。”

“那不是犯傻吗？”母亲又走近了一步，“我们应该可以解决这个问题的，布鲁克，用大人的方式来解决。我毕竟是你母亲……”

“那又不是我的错！”布鲁克厉声道。她又扫了一眼纱门。

“限制令对付的是那些对你的生命构成威胁的人，布鲁克，我从来没有伤害过你。”

“戴恩郡[1]的法官不这么看，母亲。”

“那是因为你当时太歇斯底里了。”母亲说，“你我曾经相处得不错。”

布鲁克感觉自己的脸色忽然变得煞白，“怎么着，母亲？打过官司的一家人还应该继续住在一起吗？”

“布鲁克，原本就该属于我们的东西却没有给我们。咱们——”

“那些比赛从来没有规定过孩子必须自然分娩。是你理解有误，母亲。要么就是你想比别人表现得都更完美。就算我真是新千禧年第一个顺产的孩子，那又如何？又怎么样呢？都是三十年前的事了，算了吧。”

“第一名做代言赚的钱付完大学学费之后，还能建个信托基金……”

“你花的诉讼费加起来也差不多够那个数了。”布鲁克在胳膊上搓着双手，天气都变冷了。

“没有，宝贝儿，”母亲用布鲁克深恶痛绝、高人一等的口吻说道，“官司是我自己打的，没花钱。”

这完全是鸡同鸭讲。“我已经把话说得再明白不过了，我再也不想见到你。所以你还老要来烦我干吗？你连喜都不喜欢我。”

“我当然喜欢你了，布鲁克，你可是我女儿。”

“我不喜欢你。”布鲁克说。

“我们血肉相连，”母亲柔声道，“应当彼此支持。”

“兴许当年我还没长大成人的时候，你就该想起这回事了。我是个孩子，母亲，不是奖杯。你只是把我当成一种实现目的的手段，如今你又觉得被人坑了，这个目的并没有实现。有时你会怪我，怪我个头太大，怪我出来得太慢，怪我辜负了你；还有些时候，你会怪组织比赛的人没有给那些使用‘人工手段’分娩的人扣分。可你从来不会怪你自己，你半点错也没有。”

“布鲁克。”母亲说着又往前走了一步。

布鲁克举起一只手道：“母亲，你有没有想过，我们之所以与奖杯失之交臂，其实是你的错呢？你当时兴许应该再用力点，兴许应该剖宫产，又或者你压根儿就不该怀孕。”

---

1. 位于美国威斯康星州南部。

“布鲁克！”

“你不配为人母，法官就是这么判的。你说得没错，你从来没打过我，你根本用不着动手。从我能听懂人话的时候起，你就在对我说，我有多没用。你把输了比赛的怒气全都发泄在我身上。因为直到我出世之前，不管在哪方面，你都从来没有输过。”

母亲轻轻摇了摇头，说道：“我不是那个意思。说那些话的时候，我的意思其实是……”

“看见了吧？凡是顺利的事情，你就把功劳揽在自己头上；一旦出了岔子，你又全部往别人身上推。”

“我还是不明白你为什么这么生我的气。”母亲说。

这一次，上前一步的是布鲁克，“你不明白？你不记得那封公函了吗？就是限制令中引用的那一封。”

“你到现在还是不懂法律论述与实际情况之间的差异。”

“很明显，那位法官也像我一样愚不可及，搞不懂什么叫法律论述，母亲大人。”布鲁克气得发抖，“当时你说，把我生下来就只是为了在比赛中获胜。按理说应该由国家来抚养我，而不是你。法官对此信以为真了。”

“那是在打官司，布鲁克，我得阐明自己的论点。”

“你或许可以这样为自己辩护，我可办不到。我相信自己听见的，别人也都是如此。”布鲁克咽了口唾沫，她的喉头紧得发疼，“现在给我滚出去。”

“布鲁克，我……”

“我是说真的，母亲，你再不走我就叫警察了。”

“你至少还想让我帮忙做DNA采样吧？”

“你随便怎么着都成，我才不管呢，只要不用再看见你就行。”

母亲叹了口气，“别的孩子都会原谅父母在抚养他们时所犯过的错。”

“母亲，你那样的态度只是犯了个错吗？你现在改过自新了吗？还是说，你在继续打别的官司呢？你是不是还在努力实现一个三十年前的梦想？”

母亲摇了摇头，走回车旁，布鲁克对她摆出的这副姿势很是熟悉。这就相当于在说，布鲁克不讲道理，布鲁克不可理喻，布鲁克就是个包袱。

“总有一天，”她母亲说，“你会后悔这么对我的。”

“为什么呢？”布鲁克问道，“你好像并不后悔当初那么对我啊。”

“哦，我当然后悔了，布鲁克。当年，我要是知道这么做会让你对我深恶痛绝的话，我绝不会告诉你我们当时面临的麻烦，我会独自一个人扛下来的。”

布鲁克攥紧了拳头，然后又松开。她逼着自己深吸了一口气，而不是直接指出母亲又在故技重施了——还是把错都推到她头上——布鲁克说：“我这就报警。”她走向屋子。

“用不着，”她母亲说，“我马上走。我只是很抱歉——”

纱门砰的一声关上了，打断了她剩下的话。

一小时后，布鲁克站在了弗兰克教授的办公室外。那面小电子屏悬浮在她面前，低声嘟囔着说她没有预约，这栋大楼不欢迎她的到来，而她置之不理。这就是一台傻乎乎的小机器，刚才她问弗兰克教授在不在的时候，机器回答在。如果换成优秀的人类秘书，肯定会撒谎的。

系统明显已经通知了弗兰克，因为此时他正站在门口等她，目光警惕，脸上却挂着微笑。

“一切还顺利吧，克罗斯教授？”

“我从来没有允许过你联系我母亲。”她一边上楼一边说。

“你母亲？”

“今天她来我家了，声称我既然联系了她，限制令就无效了。她说你找她要DNA样本？”

“到我办公室里聊吧。”他说。

布鲁克从他身旁走过，听见他关门的声音，“我们确实联系过她。为了获得DNA样本，大家的父母我们都联系了。我们明确说明，提出这样的请求纯粹是为了研究需要，如果他们不同意的话，完全有权利拒绝。我们绝对没有邀请她到这里来，也没说过是你请我们联系她的。”

“她说这是我的要求，她也知道我参与了研究。”

“当然了。”他说，“你签署的弃权书中，有一份允许我们对你的基因遗传情况进行调查，这当中就包括了父母、祖父母，如有必要的话，还包括其他在世的亲属。你的律师并没有表示反对。”

她的律师已经不错了，但还不够出色，他多半不明白其中蕴含的深意。

“我想请你通过你的律师或大学的法律顾问发一封函，说明我绝对没有让你与她取得联系，你这么做纯粹是出于自己的意愿。”

“你想让我道歉吗？”他问。

“跟我道歉还是跟她道歉？”她反问道。

他猛吸了口气，她这才意识到自己头一回让他无言以对。

“我的意思是跟她道歉，”他说，“不过我想，我也应该跟你道个歉。”

布鲁克盯着他看了半晌，从来没有人对她说过这句话。

“是这样，”他显然不明白她沉默的原因，“你母亲说，这种保密信息不可以寄给不认识的人，当时我应该再仔细想想的，我还以为她只是单纯地拒绝了呢。”

“放在别人那里应该都是这个意思，”布鲁克说，“在我母亲这儿可就不一样了。”

“她是个有意思的女人。”

“对于外人而言。”布鲁克说。

他点点头，似乎领会了她的意思，“我郑重声明，我不是要故意给你找麻烦。很抱歉没有事先提醒你。”

“没事。”布鲁克说，“下不为例。”

直到阵亡将士纪念日的周末来临前，除了收到弗兰克给她母亲发去的公函副本之外，布鲁克再也没想起过研究的事。学期已经结束。大部分学生都顺利完成了世界大战期末试卷上的那道问答题：请阐述一战对二战的影响。

其中有名学生直接将一战称为二战之母。读到这里，布鲁克不禁停了下来，浑身打了一个激灵，她希望不是每个可怕的母亲都会养出更可怕的孩子。

弗兰克教授在寄来那封公函副本的同时，还一并附上了阵亡将士纪念日周末活动的说明。他请她把从周五下午三四点到周一晚上的时间都腾出来。她需要去位于市区西侧的剧院区报到，那里既是餐厅，又兼有酒吧。

她以前去过这家餐厅，原本是一幢四层堆叠式电影文化宫，后来被改造成了这么个新颖的休闲场所。餐厅位于场地正中，周围是若干大会议厅，修建者声称这里是无法承办大规模会议的小组织聚会的地方。话虽如此，这里仍然应有尽有——大饭店、酒吧、演讲厅、研讨会会场、私人聚所等等不一而足。还有三家小一些的餐厅，是由原先的放映室改造而成的，只能勉强坐下二十人，其中一个稍大的房间甚至还会每月举办一次现场演出。

得益于三年前的环保公投，这片区域如今已不再允许车辆入内。有人曾试图为电动汽车网开一面，但没有成功，因为交警认为会增加巡逻的难度。作为替代方案，此地设立了好几处轻轨站点，还有某位实干企业家建造了地下通道，将每栋建筑都连接到一起。到了冬季，布鲁克认识的好些人都喜欢来这里购物，可以躲避严寒。但她觉得只有轻轨一个选项很麻烦。她宁可自己开车出行，这样随时都可以走。

她离开翻新过的商场旁边的轻轨站，步行至剧院区。从外面看，这里似乎仍是一幢四层堆叠式建筑，屋顶加高了，外形像仓库。走近了才会发现，剧院区已经完全改头换面，就连透明玻璃窗都换成了烟灰色的。

正门入口处有通告，声明剧院区因举办私人聚会而暂不开放。她仍然伸手碰了碰大门——因为她心里清楚，所谓私人聚会就是他们的活动——扫描仪马上确认了她的身份。

欢迎光临，布鲁克·克罗斯，请进。

她微微战栗了一下，知道扫描仪不是辨认出了她留在门上的指纹，就是识别出了她的DNA，这是弗兰克设定的程序。她感觉自己像母亲一样，担心弗兰克掌握了过多的信息。

门咔嗒一声开了，她走进门去。一位深色头发、个子不高的女子急忙走到她身旁，布鲁克从未见过她。

“克罗斯教授，”女子说，“欢迎。”

“谢谢。”布鲁克答道。

“在开始之前，先为您介绍几条规则。”那女子说，“从现在开始，今天之内，我们不再称呼姓名。我们请求您不要将自己的姓名告诉任何人，不过除此之外的任何信息，您都可以与大家分享。在表明身份的时候，请您只使用这组数字。”

她递给布鲁克一枚可以粘贴的徽章，上面用加粗黑体印着一组数字：333。

“然后呢？”布鲁克问。

“等弗兰克教授宣布吧。另外，您被分到了印第安纳·琼斯[1]房。”

“谢谢。”布鲁克说，她将徽章贴到白衬衣上，然后沿着走廊往前走。所有房间都是以知名电影中的人物命名的，除了餐厅，所有房间的装饰风格也千篇一律：墙上的电影海报，柔和的金色灯光，薄薄的浅蓝色地毯。家具的摆放方式根据聚会的情况而有所变化。她以前曾去过琼斯房，当时那里举办了一场教职工派对，意在表彰某位来自北京的杰出教授；不过这一回，她估计室内的陈设必定有所变化。

双扇门都开着，她听到屋内传来轻柔的说话声，便在门外停下，审视着里面的情形。

里面亮着灯，不是金色的柔和灯光，而是充沛的自然光，因此每个人的面目都清晰可见。琼斯房是这里最大的房间之一，显然也是唯一保留了完整空间的剧场。目前屋里似乎还空着一半。

沿墙摆放着几张桌子，桌上放着各式各样的食品饮料、盛东西的小盘子，还有在灯光下亮闪闪的银器。人们三三两两地聚在一起。房内没有椅子，也没有组合家具，布鲁克清楚，是故意这么安排的。每堆人旁边都悬浮着若干小托盘，如果有人把空酒杯放在托盘上，托盘就会飘浮着穿过墙上的一处开口，而它原先所在的位置又会飞来另一个托盘取而代之。

不知为何，这样一簇簇的人丛让她觉得紧张，不是因为没有椅子坐，也不是因为她谁也不认识。她凝视了半晌，想弄明白到底是什么东西让自己不安。

这些人的外貌各不相同，有高有矮，有胖有瘦。有的留着长发、蓄着胡须，有的已然谢顶，有的染过头发。有白人，有黑人，有亚裔，也有拉丁裔，还有些人是混血，看不出任何明显的种族特征。这些人固然千姿百态，但其中没有一个老人或是未成年人。所有人的脸上都看不见皱纹，顶多就是几道笑纹而已，也没人看起来还不到二十岁。

他们的年龄似乎都差不多。她估计，他们都是她的同龄人——跟她的年龄一模一样。来参加这次聚会的都是弗兰克的研究对象：每一个人都生于2000年1月1日，每一个人的年龄都是三十岁零一百四十七天。

她打了个冷战，难怪弗兰克对于研究项目的后一部分会有所顾虑呢。

1. 印第安纳·琼斯是美国系列电影《夺宝奇兵》中的主角，一位考古学教授。

由于其特殊的研究性质，这类研究一般不允许研究对象彼此认识。她不由得好奇，弗兰克这次又想涉猎什么新学科？他到底想得到什么样的研究成果呢？

一个男人在她身边停下来，就站在门外。他身穿牛仔衬衫和紧身蓝色牛仔裤，系着饰扣式领带；金色的长发十分自然，轻轻拂在衣领上。他的皮肤晒成了古铜色——布鲁克这辈子基本没见过这种肤色的人——似乎闪耀着金光。他的姓名徽章上印着一组字母：DKGHY。

“嗨，”他说，声音低沉，带着南方人的鼻音，“我猜咱们就这么进去，对吧？”

“我一直在鼓励自己进去呢。”

他微笑起来，“被人拿掉了名字，感觉就像被剥掉了盔甲一样。我不知道是不是应该这么跟人说：‘嗨，我是DKG……剩下的是啥字母鬼才晓得。’或者我压根儿什么也不该说。”

“好吧，其实我也不想被人叫作333。”

“我觉得这不怪你。”他微微一笑，“不如我叫你特丽[1]好了，你可以管我叫——哦，见鬼，我也不知道该叫啥——”

“德，”她说，“我叫你德吧。”

“很高兴认识你，特丽。”他边说边伸出了手。

她握住了他的手，手指很温暖，“很高兴认识你，德。”

“你从哪儿来？”

“就是本地人。”她说。

“你在开玩笑吗？那就没有差旅补贴咯？”

“也不能住酒店房间。”

他再次露齿而笑，“有时候住酒店房间还是挺棒的，尤其是偶尔体验一番的情况下。”

“我看也是。”她微微一笑，他让这一切比她预想的轻松了一些，“你是哪儿人？”

“老家是加尔维斯顿[2]，不过很久以前我就搬到路易斯安那州了。”

---

1. 在英语中，“特丽”（Tre）的读音与“三”（three）相近。

2. 位于美国得克萨斯州。

“新奥尔良吗？”

“就在新奥尔良外面一点。”

“你们那儿的城市不错嘛。”

“是啊，只不过没有这种地方。”他打量着周围，“想进去吗？”

“现在想了。”她答道。

他们二人肩并肩地走了进去，仿佛是一对儿共度了大半生的情侣。他们都没有往食物的方向看，不过他还是从其中一张桌子上拿起了两瓶苏打水，把其中一瓶递给她。她拧开瓶盖，很高兴手里有东西可以拿着。

又有几个人从门外走进来。她和德往房间更深处走去，耳边飘过零星的对话：

“然后再也没缓过来……”

“过去五年都是牙科保健师……”

“父亲想把我们带到别的国家去，可是……”

然后，一阵轻柔的钟声当当响起，所有的对话戛然而止。弗兰克站在房间的正前方，那是以前挂银幕的位置。其他人一眼就能看见他，因为房间的地势整体下倾。他举起了双手，转眼间，房内一片寂静。

“感谢诸位的光临。”他的声音经过放大，听起来似乎就在布鲁克身边说话，而非隔着半个房间的距离，“你们今天的任务很轻松，我们不希望大家交换真实姓名，除此以外，你们可以随便聊。稍后，我们将在不同的餐厅为大家提供晚餐——诸位徽章上的字符会被列在餐厅门上——然后酒吧将为各位供应酒水。我们请求大家不要在午夜之前离场，并于明天中午返回此地，进行第二个阶段的内容。”

“仅此而已？”有人问。

“仅此而已。”弗兰克说，“诸位尽兴。”

“特丽，我觉得不太妙啊。”德说。

“我也觉得，”布鲁克说，“肯定没这么简单。”

“我看也不会。”

她叹了口气，“得了吧，我们既然签过合同了，还是好好享受算了。”

他斜睨了她一眼，蓝眼睛闪闪发光，“亲爱的，想不想当我今天的女伴？”

“身边有张亲切的脸总是好的。”说完，她不禁暗自诧异，自己竟然这么轻松地跟他调起了情。她还从来没跟任何人调过情呢。

“就这么定了。”他向她伸出手臂，“咱们瞧瞧这些好伙计当中有多少人对聊天感兴趣。”

“混呗，嗯？”她边说边挽住了他的手臂。

“我看我们来这儿就是要混的。”他皱眉道，“天知道，我怀疑不等周末过完，就会有出乎意料的情况。”

那天晚上没有发生意料之外的情况。布鲁克在其中一间小餐厅里与德、一位来自波士顿的女士以及两位来自加利福尼亚州的男士一起，共进了一顿妙不可言的晚餐。他们分享了各自的生活和工作中发生的事，对于共同之处只是轻描淡写地提了一句。一直等到吃甜点的时候，德才带头谈及此事。

“大家为什么要加入这么个傻不拉叽的项目？”他问。

“看在钱的分儿上。”来自洛思加图斯[1]的男士说。他瘦得只剩皮包骨头，黑眼睛，头发稀疏，衬衫的领口与袖口处都有轻微的磨损痕迹，“我还以为这钱好拿得很，谁知道要做这么多测试。”

“我也没料到。”来自波士顿的女士说，她身材高大，肩膀宽阔，手臂肌肉发达。大家聊天的时候，她说自己曾是一名职业篮球运动员，后来因为膝盖受伤，才不得不退出比赛，“自从毕业后，我就再也没做过这么多题。”

来自圣巴巴拉[2]的那个男人却一言未发，让布鲁克有些诧异。他又矮又胖，乍看似乎毫无魅力，晚餐的时候，他却是最健谈的那一位——滔滔不绝地大谈他干过的各种工作，还有他的两个孩子。

“你呢，特丽？”德问布鲁克。

“我要不是这所大学的，也不会加入。”她说，然后发觉事实确实如此。否则，弗兰克教授多半不会有时间说服她参与，她也会立刻把他打发走。

“至于我呢，”德说，“我可是欣然同意的。以前从未有人邀请我参与这样的事，感觉有点重要，你们明白吧。改善人类社会现状的事。”

“你又不是真的相信这一套。”圣巴巴拉男说道。

1、2. 洛思加图斯和圣巴巴拉均位于美国加利福尼亚州。

“你要是不相信的话，”洛思加图斯男对圣巴巴拉男说，“那又何必报名呢？”

“为了得到麦迪逊的免费机票呗，这儿可是度假天堂。”圣巴巴拉男答道，大家都笑了起来。不过他从始至终都没有正面回答这个问题。

布鲁克回到家中，坐在门廊上，望着星星。夜色温柔，蟋蟀唧唧鸣叫，她仿佛还听见一只青蛙在附近的水沟里发出了应和声。

这一晚过得如此轻松，反而令她感到不安。她和其他人一样，也想知道弗兰克到底在搞什么鬼。本次研究的其余内容都在严密的控制之下，这一回却如此随意。

晚餐很不错，晚餐之后换了一拨人聚在一起喝酒，依然很不错。不过大家的谈话内容几乎仅限于奇闻轶事和当代历史，没人讨论这个研究项目，也没人议论过去。

晚餐之后，她和德分散了，于是有机会去结识其他一些人：一位来自芝加哥的女士、一对来自亚克朗市[1]的双胞胎，还有三个来自盐湖市[2]的朋友。她过得很愉快，还找到了几位可以倾谈的人：一位历史学家、两个历史迷，还有一个好像什么都懂点皮毛的图书管理员。

当天晚上，德与她会合，陪她走到了轻轨站。他靠着站台的塑料棚，向她微笑。她已经好久都没遇到过如此魅力四射的男人了，自从大学以来就没有过。

“我本来想邀请你去我的酒店，”他说，“可我有种感觉，这个周末，不管我们做什么事，不管是否身处那幢奇怪的楼里，都会变成科学家的研究素材。”

她微微一笑，她也有那种感觉。

“只不过，”他又说，“有件事我还是非做不可。”

他倾过身子，亲吻了她。布鲁克愣了片刻，已经快十年没人吻过她了。接着她慢慢松弛下来，用双臂搂住他的脖颈，回吻了他。即便在他抽身后退时，她也没有半点想停下的意思。

1. 位于美国俄亥俄州。

2. 美国犹他州的首府。

“嗯，”他缓缓睁开闭上的双眼，“我觉得这对科学家来说已经够刺激了，你说呢？”

她险些说不是，幸好还没冲昏头脑。她不想在弗兰克的下一本书里读到关于自己性生活的内容。

轻轨列车沿着铁轨滑行，悄无声息地朝他们驶来。“那明天见？”她说。

“一定的。”德说。他的话中蕴含着承诺的意味，她拿不准自己是否想听到这样的承诺。

回家后，她抬起双腿，搁在草坪椅上，双臂环住膝盖。她既期盼着德此刻就在身边，又很庆幸他不在。她以前从来没有邀请别人到自己家里来过，她不愿与他人分享自己的天地。在她的一生中，隐私已经侵犯得够多了，不能让这点儿私人空间再遭到侵扰。

可是今晚，她险些就邀请德来自己家了，这个男人她根本就不认识。或许德根本就不是千禧宝宝，或许当晚有好多人都不是，或许数字和字母的区分就代表着这个意思。当晚她花了不少时间盯着大家徽章上的字符看，思索其中的含义。表面看来似乎是随机生成的，但其实肯定不是这样。必定有什么用意。

她摇摇头，将脸颊枕在膝盖上。她太把这项研究当回事儿了，正如对待别的事情一样。很快，这件事就会过去。她会获得一星半点原先并不了解的信息，将其存入自己脑海中，归档搁置，从此再也不去查看。

不知为何，这个念头让她有些伤怀。夜色转凉，她站起身，伸了伸懒腰，然后上床睡觉去了。

第二天上午，他们在另一个房间见了面，这个房间名叫“罗丝”，是以二十世纪的电影《泰坦尼克号》中的角色命名的。布鲁克希望这个名字没有什么特殊的象征。

靠墙的桌面上摆放着糕点和咖啡，你能想到的各种果汁，以及许多新鲜水果，但仍然没有椅子。前一天，布鲁克站得脚都疼了——虽然她平时也是站着讲课，但不至于一站就是几小时——她希望今天结束之前能有机会坐一坐。

她险些又迟到了，工作人员正在关门的时候，她匆匆赶了进去。房中清新的空气里夹杂着咖啡和汗水的气味。这群人再次聚到了一起，大家看起来更眼熟了，就连那些她昨天并未见过的人看起来也一样。看她走进房间，站在后方的人纷纷对她微笑，或者点头示意。仿佛只是在同一个房间里共处了一晚，大家就建立起了某种联系。共处一晚，以及一个漫长的周末。

她打了个哆嗦，空调开得很足，室内温度很低。既然屋子里有这么多人，天黑前肯定就会暖和起来的。但她还是拿不准自己这身丁香紫衬衫和卡其色长裤够不够保暖。

“奇怪，不管白天还是晚上，这些地方看起来都一样。”

她转过身。德站在她身后半步的地方，长发散落在脸侧。他仍然穿着牛仔裤和花哨的靴子，不过没穿牛仔衬衫和佩戴饰扣式领带，而是换了一件朴素的开领白衬衣，愈发衬出他古铜色的皮肤。不知何故，她猜测这身打扮让他更加自在。而他昨天之所以那样穿，究竟是为了让自己鹤立鸡群，还是为了引起别人的反感？她多半无从得知。

“人看起来不一样了。”她说。

“稍有不同而已。”他对她微笑道，“你真好看。”

“你在跟我打情骂俏吗？”

他耸了耸肩，“我向来认为对时间要善加利用。”

人群忽然安静下来，她微微一笑转回身去。弗兰克已经登上了前方的舞台，显得十分矮小，他两边各站了几名助手。

“来了。”德说。

“什么？”

“让这场鸡尾酒会就此打住的东西，甭管是什么。”他也紧盯着弗兰克，湛蓝色的双眼显得很警惕，“我有点想现在就走了，一起走吗？”

“干吗去？”

“不知道，逛逛景点？”

这主意听起来似乎不错，但就像昨天说过的那样，她是自愿加入这个项目的，她不会言而无信。何况她不得不承认自己对此感到好奇。

她咬住下唇，思索着应该如何作答。显然她不必如此。

德叹了口气，“看来你不想。”

室内变得越来越安静。弗兰克盯着大家，身子微微晃动。布鲁克猜测他现在非常紧张。

“好了，”他说，“我有几件事要通知大家。首先，下午一点，我们会在主餐厅供应午餐；晚餐七点开始，也在同一个地方。没有固定座位。其次，等我讲完话以后，大家就可以告诉其他人自己的真实姓名了。我们的秘密已经够多了。”

他略一停顿。这一回，布鲁克感受到了一丝恐惧，正是先前她在德的眼中见到的那种。

“最后，凡是徽章上印着字母的，请站到右手边；印着数字的，请站到左手边。”

众人在原地站了片刻，四下张望，等着别人先迈步。德把手放在她的肩上，说道：“这没什么。”他用手指滑过她的锁骨，然后向右边走去。

“大家快点儿吧，”弗兰克说，“这又不难。字母向右，数字向左。”

德的手指滑过肌肤的触感仍然萦绕在布鲁克心头。她往他的方向望去，只见右手边靠墙的糕点附近，已经聚集起了一小群戴着字母徽章的人，满头金发的德矗立在人群中。

她深深吸了口气，向左边走去。

戴数字徽章的人也聚到了糕点旁边，只不过是在左手边。她不知道弗兰克手下的研究员们究竟在搞什么。洛思加图斯男已经过来了，把手举在空中，似乎拿不定主意该吃肉桂卷还是甜甜圈。亚克朗市的双胞胎之一和波士顿女也站在这边。布鲁克与他们站到了一起。

“这是怎么回事？”布鲁克问道。

“一种在迷宫中辨别我们身份的方式。”

布鲁克认出了这个声音，她扭头一看，果然是圣巴巴拉男。他耸了耸肩，对她一笑。

她吃了一个甜甜圈，又给自己沏了杯茶，等着室内安静下来。

房间里终于重归寂静。地毯中央空荡荡的，在她看来，这段空隙宽阔得犹如一片汪洋。

“好，”弗兰克说，“现在我来告诉你们徽章的含义。”

听到他的话，两拨人群中响起一阵窃窃私语。来自波士顿、圣巴巴拉和洛思加图斯的几位都站在布鲁克两侧，正是昨晚共进晚餐的那群人，只有德不在。

“徽章上印着字母的，才是真正的千禧宝宝。”

布鲁克不禁想出声抗议。她生于2000年1月1日，怎么就不是千禧宝宝了？

“你们都被各自的州、郡和市选中了。你们的父母赢得了代言机会，或获得了奖励，或被媒体报道。而徽章上印着数字的……”

“全他妈是失败者……”洛思加图斯男低声嘟囔。

“也出生于1月1日午夜刚过不久，可惜出生得不够早，什么奖品也没拿到。你们之所以出现在这里，是因为出生之前，你们的父母同样接受过宣传或采访，知道自己怀孕不单单是为了生孩子，而是为了赶在2000年1月1日午夜后几秒钟内生出孩子。你们原本也会成为正式的千禧宝宝，却没能获得那个头衔。”

弗兰克稍微顿了顿。

“接下来，大家可以随意进行真实的自我介绍，并互相交流。这里全天都归你们了，我们只希望大家在接到通知之前不要提前离场。”

“仅此而已？”波士顿女问。

“这还不够吗？”圣巴巴拉男说，“他已经把咱们划分为成了和没成两拨了。”

“混账东西。”洛思加图斯男骂了一句。

“我们知道赢家也来了。”波士顿女说。

“那倒是，可我以为就几个人，”洛思加图斯男说，“谁知道有一半都是。”

“不过挺合理的，”圣巴巴拉男说，“这本来就是一项关于成功和失败的研究。”

布鲁克无动于衷地听着他们说话，一面盯着房间的右边。她这辈子应该一直讨厌这些人。她甚至仔细研究过其中几个，在网上搜索他们的信息，看看有多少文章写他们。

十岁时她就不再这么做了。母亲发现她在做这些，于是告诉她，别人如何对她们来说并不重要。如果布鲁克母女获取了应得之物，她们能把机会利用得更好。

她们的应得之物。

德隔着空荡荡的地毯凝望着她，脸上的恐惧依然如故。

“这么说，”圣巴巴拉男道，“我们可以报真名了。”

插画／高娜

“我猜也是。”洛思加图斯男说，他提了提裤子，看了一眼波士顿女。

她耸了耸肩道：“我叫朱丽·亨特，于东部标准时间12点15分出生在……”

布鲁克没有继续听下去，她不想知道失败者的故事。她很清楚作为失败者当中的一员是什么感受，但她不知道与成功者们站在一起是什么感受。

她在裤子上擦了擦汗津津的手，穿过空荡荡的地毯，朝另一侧走去。德看着她走近。实际上，整间屋子的人都注视着她走过来，仿佛她是摩西[1]，红海正在她面前分开。

在成功者这一边，谁也没有互相交谈，大家都注视着她。

她走到离德几英尺开外的地方时，他伸出手，将她拉到身旁，仿佛她正置身于某种危险当中，亟须他的救助。

“身入敌营？”他的语气带着几分打趣，“还是你本来应该拿字母徽章，结果他们给你发成数字的了？”

编一个谎话再简单不过了，但要圆谎，她又得再撒一堆谎，那可不行。“不是，”她说，“我12点05分出生于密歇根州的底特律市。”

一位靠后站的女士望向她，目光犀利。凡是来自密歇根州的人，也许都想起了那一时刻。她母亲的诉讼案在媒体上引起了轩然大波。布鲁克的眼角余光瞥见了弗兰克，数英尺开外都能感觉到他紧张的心情。

“亲爱的，那你怎么过来了呢？”德一紧张，南方口音就愈发浓重，她之前还从未注意到这一点。

她原本可以省点事，就说自己想待在他身旁，但这样不对。看看这群人盯着她的样子吧，一个个都双眼圆睁、嘴唇微张，大气也不敢出，好像生怕她要拿他们怎样似的。可她又能拿他们怎样呢？冲他们大喊大叫吗？那并不是他们的错。他们是一群幸运儿，在正确的时间地点出生。

但因为这份幸运不是他们自己争取来的，所以他们怕她，毕竟她也参加了同一场比赛，只不过晚生了几分钟罢了。

大家都没动，等待着她的回答。

“我觉得自己之所以过来，”她说，“是因为想了解一下成功者的感受。”

1. 犹太人的民族领袖，史学界认为他是犹太教的创始者。相传他带领希伯来人逃避埃及追兵经过红海时，神使海水分开，露出一片陆地，海水在左右作为墙壁，希伯来人渡海如履平地。

“站在这边未必就是成功者。”其中一个男人说。

她红了脸，“我知道，我过来是想听听你们说话，看看你们的生活，如果你们不介意的话。”

“亲爱的，我恐怕没听明白。”德说，只不过他的真名并不叫德。她并不知道他姓甚名谁，也许永远都不会知道了。

“你们生来就是成功者，从出生的那一刻开始就是如此，正如我们都是失败者一样。”

她的声音在偌大的房间里四散传开，她没料到这里的扩音效果这么好。

“我不清楚我们那一组其他人的情况，但我的出生时间影响了我整个人生。我母亲——”布鲁克顿了一下，她原本没打算提起母亲的，“一直提醒我自己的身份。我不知道你们当中有没有谁经历过同样的事情，还是说，因为赢了比赛，你们就觉得自己很特别；又或者你们根本不知情。”

说到最后，她的声音越来越低。她无法想象对此毫不知情的人生。被蒙在鼓里，开心地生活着。如果她当初也不知情，或许会干出一番更伟大的事业。她或许可以走得更远，拼得更凶，每一次努力之后都会期待成功来临，而不是在成功真的来临时感到诧异。

他们都盯着她瞧，仿佛她说的是某种外语。兴许她是有点鸡同鸭讲吧。

“我不知道这件事为何这么重要，”她身旁的一名男子说，“只不过是场愚不可及的小比赛而已。”

“在弗兰克博士的人跟我联系之前，”一名女子说，“我甚至都想不起这回事儿了。”

布鲁克喉头一阵发紧，“你们全是这种感觉吗？”

“当然不是了。”德说，“我每次过新年都会被人采访，就像钟表一样规律。进入新千禧五年来有何感受？十年呢？二十年呢？所以我才搬到路易斯安那州去了。我不太乐意被人关注，何况这样的关注并不是我本身应得的。”

“但赚到的钱不少，”人群中的一名女子说，“让我念上了大学。”

另一个女人摇摇头道：“我赚来的钱都让亲戚们花光了。”

左边越来越多的人正穿过中间的间隔往这头走来，似乎被这边的对话吸引住了。

“我赚来的钱也差不多。”一个男人说。

“我根本没赚到什么钱，只不过报纸登了我的照片而已，那张照片现在还挂在我墙上呢。”另一个男人说道。

布鲁克觉得有人在背后撞了她一下，原来是洛思加图斯男也来了，还有圣巴巴拉男和波士顿女——哦，不对，是朱丽。

“这场比赛为什么给你的生活带来了这么大的改变？”字母组的一名女子盯着布鲁克问道。

“对我并不重要，”布鲁克过了片刻才说，“对我母亲很重要，她输了。”

“见鬼，”德说，“是人就会输，这本来就是生活的一部分。”

布鲁克瞅了他一眼，发现他的眉心有皱眉留下的浅浅纹路。他也不明白，不明白人在屋外，脸被摁到玻璃上是种什么滋味。

“我出生才三个星期，”洛思加图斯男说，“父母就把我丢给了他们的朋友，说自己还没准备好要孩子。我没见过他们，连他们长什么样都不知道。”

“我父母说他们养不起我，”圣巴巴拉男说，“他们本来打算赚点奖金。”

“他们也把你给丢了吗？”那个女人问。

“没有，”他说，“他们只是说得很明白，他们不喜欢我这个经济包袱，当初要是赢了，就不会觉得我是个负担了。”

“负担肯定还是负担，”德说，“只不过他们会把错都怪罪到别的事情上。”

“没那么简单。”布鲁克说，房间里虽然很冷，她却浑身直冒汗，“这是一场比赛，一次竞赛，很多人没有展望过比赛之后又会如何。有些新闻报道了遭到抛弃和虐待的宝宝，而上一年十二月和2000年一二月份新生婴儿的人数多得不成比例，因为父母们都想沾沾千禧宝宝的喜气。”

“你不会跟我说，”德说，“出生时间这种无关紧要的小事决定了我们的未来吧？”

布鲁克说：“如果我们在成长中真的这么相信，那就可以。”

“弗兰克教授，这一点得到证实了吗？”德问。

布鲁克转过身。教授站在他们附近，正在听他们说话，一脸困惑。他明显期待着人群会做出某种反应，而现在的状况很可能出乎意料。

“这是我们需要确定的研究观点之一。”弗兰克说。

“我正是问你确定了没有。”德说。

弗兰克扫了一眼其中一名助手，那人耸了耸肩。房间里所有人都围到了弗兰克身旁，这是今天房间里第二次鸦雀无声。

“现在仍处于实验中，”他说，“如果回答了你这个问题，我不确定是否会毁掉这次实验。”

“可你还是想回答我。”德说。

弗兰克笑道：“没错，我是想回答。”

“这是个实验，”布鲁克说，“这一部分你随时都可以否决，可能你早就这么干过了。你原先不就是这么告诉我的吗？至少你曾经暗示过吧？”

弗兰克的目光在她和德之间逡巡，然后挺起肩，仿佛这副姿势让他更显强大，“我相信布鲁克说得没错。我的研究使我确信，如果告诉一个孩子某件事很重要，这件事对孩子的成长就会发挥重要影响。”

“这么说，我们这一群失败者这辈子都翻不了身了。”洛思加图斯男说。

弗兰克摇摇头，“我的结论不是这样。我相信，如果某件事对你而言很重要，你将主动选择如何应对。”他越说声音越大，这是他的教授腔，“在戴字母徽章的人当中，就有一些人的表现不如预期。你们违背了期望，想努力证明自己并不像别人说的那么优秀。”

德古铜色的脸颊上泛起了红晕。

“其他人则没有辜负对他们的期望，还有极少一部分人的表现超越了期望。但是——”弗兰克刻意地停顿了一下，“佩戴数字徽章的这一组比佩戴字母徽章的同龄人更为富裕。你们更努力，因为你们感觉需要克服某种东西。”

布鲁克感觉到洛思加图斯男在她背后动了动。

“我想，这可以归因于本次研究的参数。”弗兰克说，“你们的父母——你们所有人的父母——都希望能改善自己的命运。他们都有动力，所以你们大部分人也都具备动力，我们发现了生物学上的关联性。”

“哇，真的吗？”圣巴巴拉男说。

“但在这一点上，不仅仅是生物学在起作用。”

“但愿如此。”德说，“通过读取我的基因就能知道我是什么人，我很讨厌这个想法。”

弗兰克对他微微一笑，“你们的父母，”他接着又说，“把参加比赛当成了改善生活的手段，你也可以称之为买彩票。他们当中的大多数人都没赢，就算赢了也会发现，那条‘安乐街’[1]并没有那么安乐。佩戴数字徽章的人已经发觉，运气的影响力被高估了，唯一靠得住的就是自己的工作。”

“那我们这些戴字母徽章的呢？”来自亚克朗市的双胞胎之一问道。

“你们学到了不一样的一课。你们当中的大部分人都意识到，运气是由自己创造的。你或许中了彩票，但这并不会让你或你的家人比以前更幸福。”弗兰克望向布鲁克，“人们做过大量研究，关于有多少未能获胜的千禧宝宝遭到了抛弃或虐待，其中一些研究正是受到你母亲的案件启发。然而，即便是胜出的千禧宝宝，也遇到了同样的问题。只不过，金鹅只要还是金子做的，就没人会扔掉它。他们当中有许多人遭遇了情感上的抛弃，而不是身体上的。他们的父母生孩子只是为了赚钱或出名，并不是真的想生。”

“听起来好像你应该研究我们的父母。”洛思加图斯男说。

弗兰克咧开嘴笑了，“你现在知道我下一本书要写什么了。”

大家都笑起来。

“今天剩下的时间，请大家尽兴。”弗兰克说，“在这个周末余下的时间里，我会跟你们当中的某些人单独聊聊，总结一下。非常感谢大家付出时间来参与我们的项目。”

“就这么结束了？”德问。

“你今晚离开的时候，如果我还没找你的话，”弗兰克说，“那就这么结束了。”

听了他的话，大家报以片刻的沉默。弗兰克开始穿过人群往外走。有些人拦住了他，布鲁克没有。她转过身去，说不清心里是什么滋味。

她取得的成就虽不如自己当初希望的那么大，但仍然超出母亲的预期。她有自己的房子，有份好工作，还有许多对自己来说很重要的爱好。

但她仍然与母亲一样形单影只。至少在这一点上，她们俩是相同的。

“那么，”德说，“是不是多亏了这项研究，你的人生变得截然不同了呢？”

他问话的语气半是讽刺、半是认真，似乎期待听到她的答案。

1. 1917年上映的同名喜剧电影，是英国电影大师查理·卓别林为共同电影公司制作的影片中最著名的一部。

“你叫什么？”她问。

“亚当，”他皱眉道，“亚当·拉斯特。”

“第一人啊。”

“要是当时没赶上那么个出生时间的话，我就该叫谢柏之类的了。”他说这话的时候面带微笑，但眼中并未闪动笑意。

“我叫布鲁克·克罗斯。”她等了一下，看他是否能猜出她的原名。他没猜出来，又或者他猜到了，只是什么也没说。

“你还没回答我的问题。”他说。

她的目光扫过整个房间和房间里的所有人，大部分都各自聊得起劲，比画着双手，眼神很认真，他们正在对比彼此的经历，想看看是否符合弗兰克教授所言。

“我小时候，”她说，“我们住在一座小小的白房子里，面积大概只有一千二百平方英尺[1]。我母亲管那个叫起步阶段，她只买得起这么大的房子。可对我来说，那座房子就是整个世界，我母亲的世界。”

“那是个什么样的世界？”他问。

她摇摇头。该怎么解释呢？不过既然他问了，她还是要试着回答一下：

“在这个世界里，她做的事情都对，却总是失败；别人全都坑蒙拐骗，但不知为什么总能成功。如果像你的父母那样忽然时来运转，她相信自己会过得比他们强。如果她的孩子没有像我一样迟到，她的日子也会比现在好过。”

他盯着她瞧，眉宇间的皱纹加深了。

她的心脏怦怦直跳，但还是强忍着继续往下说：“几年前，我在给自己选房子的时候，足足看了好几十幢。不知看到其中哪一幢的时候，我意识到，对于住在里面的人来说，那些房子就是他们的世界。”

“这么说，在每一个街区里，都有几十个小天地了。”他说。

她对他微笑道：“是啊。”

“我还是看不出这跟我的问题有什么关系。”

她看了看他，又看了看整个房间。大家仍在继续交谈，如同他俩的对话一样严肃。“你刚才问我，这项研究是否改变了我的生活，这个问题我答

1. 1平方英尺约等于0.09平方米。

不上来。不过我可以说，它让我明白了一件事。”

他的目光与布鲁克的一样专注。

“它让我明白了，虽然我已经搬出了母亲的那座房子，却依然没能走出她的那方天地。”

他又仔细端详了她半晌，然后才道：“听起来真是一番恍然大悟啊。”

“也许吧，”她说，“这取决于我如何应对。”

他大笑道：“恰好证明了弗兰克的观点。”

她涨红了脸。她自己并没有意识到，不过确实如此。他向她凑了过来。

“知道吗？布鲁克，”亚当柔声道，“我喜欢迟到的女人，这样正好与我习惯性的准时互补。我们一起共进午餐，聊聊自己的过去怎么样？不仅仅是聊我们出生的那一天，也聊点儿别的，比如我们做什么、住在哪里、是什么样的人。”

她险些没答应。他来自路易斯安那州，而她来自威斯康星州，这段友谊——如果说这仅仅是友谊的话——根本不会有结果。

不过一直以来，正是这种态度束缚着她。正如弗兰克所言，她有驱动力，凭借着自身的优势取得了物质上和事业上的成功，却从来没有尝试过在人际关系方面取得成功。

她从不曾有过这样的愿望。

“那么，”她说，“你也得跟我说说，你从这次研究中学到了什么。”

“假设，”他粲然一笑道，“我是能够吸取经验教训的那种人。”

“就是假设。”她说着将手滑进他掌中。触碰别人的感觉不错，即便只有短暂的一瞬。感觉不错。

感觉不同。

感觉正好。

2020说疫病

INTRODUCTION

刘维佳

生老病死，爱恨别离，这是文学作品永恒的几大主题。这次我们来说说其中的“病”。

人吃五谷杂粮，哪能不生病？从古至今，各种疾病就不断迫使人类思考人生，疾病在文艺作品中也一向是重要角色，曾有网络调侃名句曰：“韩剧有三宝：车祸、癌症、医不好。”其实相比癌症、白血病这些绝症，传染病在影视剧中出镜率更高，而且经典名作层出不穷——《行尸走肉》《十二猴子》《我是传奇》《卡桑德拉大桥》《大明劫》《极度恐慌》《惊变二十八天》《生化危机》《釜山行》《最爱》《恐怖星球》《传染病》……无一不是描绘传染病大闹人间的一流叙事佳作。

优秀文艺作品迷人眼目，可谁也没想到，在科学如此昌明的2020年，传染病居然真在地球上狼突鸱张，不可一世。新冠病毒在全球疯狂肆虐，无疑是今年最震撼的头等大事。

写作这篇小文的时候，我已经超过五十天没有下楼了。以往我从未想到，在自己的职业生涯中竟然会有如此之长的宅家经历。

春节前回湖北老家，互联网上已是山雨欲来。除夕前夜封城，惊涛骇浪骤起。

大年初六，同学微信群里出现了第一张家乡某小区封闭告示的照片，夜幕降临之时，越来越多的类似告示从同学和亲友那里传出。

随后数日，几个微信群里天天都在互相通告封闭小区的名字。让我揪心的是，发现病例的小区离我家的小区越来越近。

很快出现粮菜短缺的情况，有同学在微信群里说自己冰箱里前年的腊肉都吃光了。晚上望着窗外昏黄的街灯，无尽的黑夜犹如压城黑云，我所在的这座小城显得岌岌可危、朝不保夕，周围的城乡渐次陷落……在科幻电影里飞车满天的2020年，我居然切身体会到了中古时代弹尽粮绝、围城欲摧的滋味。

最终，这场瘟疫在我家乡感染近千人，吞噬了三十七条生命。

我的记忆之中，其实基本没有瘟疫的狰狞面目。依稀的影子，不过是小时候甲肝乙肝流行时家人天天监督勤洗手，叮嘱注意卫生；还有就是“非典”暴发时，乘坐火车必须填写表格、测量体温。不得不说，我是幸运的，相比起来，农业时代的先辈们，与瘟疫共处了上万年，受尽荼毒，居然浩劫余生，何其不易。

是的，自从人类开始过上农耕生活，瘟疫也就随之降临。这一辑《银河边缘》所收录的《费曼突变》一文，描写了主人公在疾病与治疗手段的影响下，突获异秉，居然能看到远古时代景象的奇特故事。可以设想，如果这位主人公望向一万年以前，他肯定会惊讶地发现：在农耕时代之前，人类社会是没有瘟疫的。

原始人当然会患上传染病，但上古并没有瘟疫大流行——狩猎采集经济时代的生产生活方式，决定了那时难以暴发瘟疫。

瘟疫是农业革命带来的负面后果，它是人类社会进化发展必然会遭遇的绊脚石和必须要付出的代价。农业革命总体上来说对人类当然利大于弊，但弊端之一就是瘟疫的流行：农业生产导致人口日益聚居，而剩余产品增多和社会分工日益细化又导致贸易交流愈发频繁，结果使得瘟疫流行严重威胁人类。

整个农业时代，瘟疫一直死死纠缠着人类不放手，造成了巨大伤害，是多个相对先进的区域文明毁灭的重要原因，它多次绊住人类前行的脚步，严重阻碍了人类历史进程。

比如公元前五世纪在雅典暴发的大瘟疫，不仅彻底压垮了雅典，直接导致雅典在伯罗奔尼撒战争中一败涂地，而且摧毁了雅典人的精神，进而摧毁了整个希腊的精神。希腊文明因此由盛转衰，逐渐在历史舞台上失去了光彩。

世界史上光芒万丈的罗马帝国，简直可以说就是被瘟疫送进历史故纸堆的。瘟疫多次在关键的历史节点突袭罗马帝国，大大影响了罗马的国运：公元164年暴发的“安东尼瘟疫”，杀死了贤明的哲学家皇帝马可·奥勒留和五百多万人民，终结了被历史学家誉为“人类最幸福年代”的“五贤帝”时代，从而导致罗马帝国开始从巅峰滑落；数十年后暴发的“西普里安瘟疫”，肆虐十六年之久，令帝国人口从大约七千万减少到五千万，是罗马帝国灭亡的首要原因“三世纪危机”中最为浓重的一笔；公元六世纪，意欲光复罗马、重现罗马帝国昔日光辉的盖世雄主查士丁尼，东征西讨二十年，刚刚把地中海再次变为罗马内湖，就遭遇了惨烈无比的“查士丁尼瘟疫”，臣民死伤无数，帝国元气泄尽，皇帝一蹶不振，统一大业因此功败垂成……

中国自战国时期到现在，暴发了三百多场大瘟疫，多个王朝的兴衰都与瘟疫有着很大的关系。东汉末年的特大瘟疫，可以说是中国历史上最严重的一次，竟然令中国人口降到了封建时代的最低点，并且激起了著名的黄巾大起义，最终葬送了东汉帝国；公元1232年蒙古大举攻金，金哀宗困兽犹斗，强迫北方数百万各族人民集中到汴京，造成城市人口严重聚集，结果暴发大瘟疫，死亡近百万人，金哀宗不得不率众逃出汴京，一年多后在蔡州自尽，“汴京大瘟疫”成了压垮金国的最后一根稻草；明朝的灭亡也与瘟疫关系极大，明代万历、崇祯二朝鼠疫多次大暴发，华北三省死亡人口总数至少达到了一千万以上，李自成进攻北京时，城中人口已病死四成以上，根本无力抵抗闯王的农民军，最终不战而降，明朝灭亡。

封城隔离期间，寒室秉烛夜读，常见瘟神于列国史册上箕踞而坐，血债累累。都说瘟疫乃农业时代人类的头号大敌，可谓名实相副，整个农业时代，死于瘟疫的人类个体是最多的，甚至连战争也自叹不如（战乱中很多人其实是死于厮杀和屠杀之后暴发的瘟疫）。而在狩猎采集时代，猛兽的袭击才是晚期智人伤亡的头号原因。

瘟疫随着农业时代降临人间，却不会随着农业时代的结束而告别尘世。当今世界虽早已进入信息时代，但毕竟工业革命诞生至今才不到三百年，地球上还有很多地区依然处于落后的传统农业甚至自然经济状态，所以人类目前还残存着狩猎采集时代的食性，还必须依靠改良后的传统农业生产方式生产食物，近百年来人口暴增也导致集中聚居规模变本加厉地扩张，人员、物资流动的频率和广度更是史无前例增大，自然仍有很大概率暴发瘟疫。可以说，这一次的新冠病毒大流行，确实是难以避免之事。除非将来人类生产生活方式不断良性发展，自在自然高度转化为人化自然，农业工厂化甚至动物干细胞人造肉生产日益成熟（我认为未来人极有可能会变得只习惯吃干细胞人造肉，让他们吃现在这种养殖牛羊肉甚至会呕吐），瘟疫才可能渐渐远离我们。

万年来瘟疫害人无数，但万物皆有两面性。这一辑《银河边缘》里大卫·布林创作的《慷慨的瘟疫》这个故事，就描绘了一种奇特的“利他主义病毒”，专门操纵人类做出利他行为和善事，思路清奇，脑洞颇大，竟将谈虎色变的瘟疫描绘成改良推进社会之奇药。

这个科幻故事妙趣横生，虽为虚构，但历史上瘟疫确实对人类的发展进步有过很大的催化作用——人类社会进化发展最重要、最关键的一次“突变”，就是瘟疫客观上推进的，那就是终结了欧洲千年黑暗中世纪、激起宗教改革、极大推动文艺复兴、最终引发科学革命的黑死病大流行。

黑死病大规模蔓延、肆虐欧洲的往事，如今依然让人深感恐惧，因为伤害实在太过惨烈深重。当时在其横扫之下，欧洲染病死亡的人数竟然高达总人口的三分之一！如此骇人听闻的灾难，自然对欧洲历史进程产生了极其重大和深远的影响，带给社会的动荡变革，大概只有世界大战能比，这在客观上必然摧毁旧有社会体系和价值观，引发剧烈的社会变革。在当时，由于人口大量死亡，劳动力损失严重，自给自足的封建庄园经济受到极大冲击，导致欧洲农奴制逐渐瓦解，劳动力得到了解放。而自耕农的增多，又使得欧洲经济货币化程度不断提高，商品经济逐渐发达，为工业革命打下了基础。思想文化方面的变化则更加巨大。当时死亡随处可见，现实极端残酷，导致及时行乐的放纵生活在欧洲大为流行，彻底动摇了宗教对人们的桎梏，最终促使宗教改革暴发；长期朝不保夕、生死无常的生活，也迫使人们对人生和人的价值进行深入思考，人文主义的思想开始复苏，这种“人的发现”，促进了文艺复兴的出现。而文艺复兴和宗教改革，加上地理大发现，乃是推动欧洲迈入近代社会的三大动力。难怪有学者认为，黑死病可称为“中世纪与现代文明的分界线”，若没有这场史无前例的大瘟疫，欧洲可能还要在中世纪的黑夜中徘徊很多年，科学革命甚至都可能不会发生。爱因斯坦就认为科学的产生具有偶然性和随机性，若不是文艺复兴时期发现，通过系统的实验，有可能找到自然现象之间的因果关系，科学不可能诞生。

近代医学和卫生革命，也是在和黑死病的抗争中诞生并发展壮大的。当时医学革命得以发生，除了人体解剖学是基于认识自我、挑战传统的缘故，最主要的动力就是为了战胜传染病。第一次卫生革命的诞生，也是为了对付黑死病，结果三次卫生革命下来，彻底改良了我们的生活方式，大大延长了人们的寿命。

获得如此丰硕的收获，当然没必要感谢瘟疫，只需深感自豪，因为我们人类足够坚韧和伟大，面对层出不穷的各种可怕瘟疫，不仅没有毁灭，还化被动为主动，开发出现代医学，极大地改善、强化了我们人类这一物种。生而为人，甚为骄傲。

细想起来，在这上万年的“抗疫战争”中被我们制伏的瘟神，还真是不少：鼠疫、霍乱、炭疽、天花、疟疾、流行性脑脊髓膜炎、肺结核、斑疹伤寒、脊髓灰质炎……虽然截至撰文之时，新冠病毒依然猖狂至极，但我还是认为，除非出现科幻小说里一直极为令人担忧的外星瘟疫，就地球上的原生天然瘟疫而言，花样已经快玩儿到头了。

这次全世界抗击新冠病毒，最宝贵的经验，就是封城隔离。这一手也正是人类对付传染病的绝招——切断瘟疫的传播途径。传染病细说起来，就那么几种传播途径，绝大部分已经被人类拿下，可以有效应对，目前只剩呼吸道传染病闹得欢了。比如说曾经横扫欧洲的鼠疫，以鼠蚤为主要传播媒介，现在已经非常罕见（特别落后的国家偶有暴发）。随着人类生活方式的改良，寄生昆虫基本被清除，这类靠昆虫传播的瘟疫已不足虑。我国自1988年上海甲肝大暴发（因生食受污染的毛蚶而感染）后，这类食源性传染病也随着饮食习惯和卫生习惯的改良（甲肝的威胁导致毛蚶彻底从上海餐桌上隐退）而再难猖獗。随着一次性注射器的强制全面普及和各类血液制品采集制造的管控日益严格，乙肝、丙肝、艾滋病这类血液传染病也已几乎没有了医源性传染（我一直怀疑艾滋病之所以直到1959年才从动物传染给人类，而不是从古代就开始，是因为注射技术的传播实现了跨物种传染）的机会。曾经很棘手的母婴垂直传播，也被越来越成熟的母婴阻断技术所切断。

唯独呼吸道传染病，目前尚有余威可逞。因为这一传播方式不是良好的个人生活方式可以杜绝的，而当代都市生活方式恰恰给呼吸道传染病的流行提供了不少良机，比如通风不畅的拥挤公交和地铁、极其依赖中央空调的宾馆和写字楼等。随着人类进入现代社会，农业时代并不特别嚣张的呼吸道传染病，居然成为杀人最多的瘟疫！1918至1919年西班牙流感在全世界杀死了超过五千万人！1957年亚洲流感暴发，全球死亡超过一百万。直到现在，美国流感相关的死亡数据每年都高达数万人。因此有研究人员判断，在可预见的未来，呼吸道传染病将是人类生命健康的头号大敌。

对付这种瘟疫，也要如同改良饮食习惯和卫生习惯一样，从外部硬件入手。比如建筑学领域，需要设计能彻底隔离排水道空气传播的新式排水系统（当年香港淘大花园就是从排水系统传播SARS病毒的）；比如公共交通领域，需要思考怎么保持交通工具空气清洁；再比如所有写字楼、宾馆、豪华邮轮的空气调节系统，也要考虑防疫因素。而且，鉴于呼吸道传染病是当前威胁最大的瘟疫，是否可以在全国各超大城市都常设类似北京小汤山、武汉火神山、雷神山这样的呼吸道传染病专科医院，长期保持一定数量的隔离病床（哪怕日常空置也要设立），平时收治常见呼吸道疾病，若有大事，立即应变。而世界各国，应该建立防治呼吸道传染病的战略储备仓库，储备口罩、防护服、呼吸机等专用医疗装备，随时备战呼吸道瘟疫。政府还应出资并运用行政手段，全力开发价廉物美的低端呼吸机，打破商业机构因为担心廉价呼吸机冲击高端市场而迟迟不愿研发的尴尬局面。

当然，对抗瘟疫，特效药的研发也是极为重要的。值得欣慰的是，人类的药物研发能力正越来越强，对付各种病原体的办法越来越多。比如因为冠状病毒是RNA病毒，很特殊，针对它的疫苗研制困难重重，吉利德公司就另辟蹊径，采用核苷酸类似物来对付它（吉利德公司就是利用核苷酸类似物彻底征服丙肝，为人类立下了大功）。面对曾经令人谈虎色变的乙肝、艾滋病等传染病，人类也已经看到了胜利的曙光（吉利德公司的乙肝特效药韦立得已经上市）。

现代医学是强大的，人类是坚韧强悍的，古代先辈任由瘟疫宰割的命运，一定会彻底成为历史。在此，借用毛润之先生的经典名句相赠送行：

“借问瘟君欲何往，纸船明烛照天烧！”

| 雨果奖提名作品 |

慷慨的瘟疫

THE GIVING PLAGUE

[美] 大卫・布林 David Brin 著
刘为民 译

如果病毒能让你成为绝世好人，
你愿意被感染吗?

大卫・布林（1950— ），美国著名科幻作家、空间科学博士、物理学家、NASA顾问。他曾多次获得雨果奖、星云奖和约翰・坎贝尔纪念奖，并担任世界科幻大会荣誉嘉宾。大卫・布林擅长描绘浩渺的宇宙空间和外星生物独特的文化，最著名的作品是“提升”系列太空歌剧。

本文获1989年雨果奖最佳短篇小说奖提名。

1

你以为很快就能拿下我，是不是？那你可想错了，我知道怎么对付你。

所以我在钱包里放了一张伪造的卡片，声称自己是AB阴性血。卡片上贴了一个医疗警示标签，声明我对青霉素、阿司匹林和苯丙氨酸过敏。另一个标签声明我是笃行教义的基督教科学派[1]信徒，也就是说，我只靠精神疗法治病。一旦出了事，所有这些招数都应该能拖慢你的速度。出事是一定的，不会太久了。

即使生死攸关，我也不许任何人把输血针扎进我的胳膊，绝对不行。我了解血液供应的现状，不想掺和进去。

而且无论如何，我身上有抗体。所以你给我滚远点，ALAS。我不会做你的羔羊。我不会做你的载体。

我了解你的弱点，你知道。如果说你是精妙的恶魔，那你也是脆弱的恶魔。你不像TARP，无法承受暴露在空气中，或冷热酸碱的环境里。从血到血，你只走这一条路，别的路还有什么必要呢？你以为自己进化出了完美的技术，是不是？

莱斯利·阿杰森是怎么称呼你的？完美大师？病毒典范？

我还记得很久以前的HIV，也就是艾滋病病毒。其设计之精妙高效，令所有人惊叹。但是跟你一比，HIV就是粗鲁的屠夫，是不是？就是电锯狂魔；就是杀死宿主的笨蛋，笨得要靠某些可以自控的人类行为传播。噢，古老的HIV还算有些招数，可是跟你一比呢？业余水平！

鼻病毒[2]和流感病毒也很聪明。它们放荡不羁，变异迅速。它们老早就学会了如何让宿主流鼻涕、气喘吁吁、打喷嚏，好让受害者把苦难撒播到四方。流感病毒也比艾滋病病毒聪明得多，因为它们通常留宿主一命，只是折磨他们，与此同时入侵他们的邻居，一拥而上，造成新的感染。

噢，莱斯利·阿杰森总是怪我把研究对象当成人来对待。每当他来到

1. 该教派因认为物质是虚幻的，疾病只能靠调整精神来治疗，并称此为基督教的科学。总部位于美国麻萨诸塞州首府波士顿。

2. 鼻病毒是最常造成一般感冒的病毒，因会感染鼻子引起发炎而命名。

实验室里属于我的那块地盘，发现我满口美墨混合式脏话，咒骂某种烂病毒太不听摆弄时，总是做出预料之中的反应。我现在都能想象得出他那副模样，扬起一边眉毛，用温彻斯特[1]口音干巴巴地讲话：

“病毒听不见你说话，福尔利。严格说来，病毒没有知觉，甚至没有生命。病毒不过是包在蛋白质里面的一团基因而已。”

“是啊，莱斯利。”我会回答说，“只是那些基因很自私！只要有一半机会，它们就会占领一个人类细胞，迫使细胞制造出一大堆新病毒，然后把细胞冲破，跑出来攻击其他细胞。病毒也许不会思考，那些行为也许都是偶然演化出来的。可这一切不像是事先计划好的吗？那些肮脏的小东西不像是被什么人用什么法子引导出来，折磨我们、害死我们的吗？”

“噢，好了，福尔利。”他会以微笑应对我的美式率真，“如果没有发觉病毒之美，你就不会在这个领域里。”

老好人，自鸣得意、道貌岸然的莱斯利。他从来没有发觉病毒之所以吸引我，完全是出于不同的原因。在它们掠夺式的贪婪中，我看到了简单纯粹的抱负，甚至比我的还远大。它们没有思维，可我并没有因此减轻不安。反正我一向认为我们高估了人类的大脑。

我跟莱斯利初次见面是在他几年前去奥斯汀[2]休假时，那时他已经享有才子的大名。我自然拍了他的马屁。他回牛津后邀请我合作，所以我来到了多雨的英国，常常一边温和地跟他争辩疾病之内涵，一边聆听室外的雨点淅淅沥沥地敲打着杜鹃花。

莱斯利·阿杰森和一群装模作样的艺术爱好者混在一起；他本人则在哲学方面自命不凡，一开口便大谈那些微小肮脏的研究对象如何高雅、如何美。不过他骗不了我。我知道他像我们一样疯狂地迷恋诺贝尔奖；像我们一样痴迷于追寻一块特别的人生拼图，盼着它能带来更充足的经费、更开阔的实验空间、更多样的技术、更显赫的名声……带来地位和金钱，也许最终带来斯德哥尔摩的颁奖礼。

他宣称对这类事情不感兴趣，但只是嘴上说得好听，真的。否则在英国科学大败退的进程中，他的实验室怎么能够一直扩张呢？可就算这样，

1. 英国南部城市。

2. 美国得克萨斯州首府。

他照样一直装下去。

“病毒也有好的一面。”莱斯利一直说个不停，“当然，它们一开始经常让人丧命。新的病原体全都以这种方式登场。不过到头来，两种结果必然出现一种：要么人类演化出防御手段来清除威胁，要么……”

噢，他喜欢这种戏剧化的停顿。

“要么怎样？”我会追问，满足他的需求。

“要么我们达成和解，做出妥协……甚至结成同盟。”

这就是莱斯利常挂在嘴边的概念：共生。谈到共生，他喜欢搬来名人助阵，比如生物学家林恩·马古利斯[1]，医学家刘易斯·托马斯[2]，甚至“独立科学家”詹姆斯·洛夫洛克[3]，我的老天爷！莱斯利甚至对HIV这类卑鄙恶毒之物都能表现出敬意，真是可怕到家了。

“瞧瞧HIV是怎么把自己融入宿主的DNA的。”他会若有所思地说，“下一步是等待，直到宿主遭到其他病原体的攻击。然后宿主的T细胞准备自我复制，以便赶走入侵者。只是这时候某些细胞的化学机制已经被新的DNA接管了。本来应该复制出两个新的T细胞，结果却制造出大量新的艾滋病病毒。”

“那又怎样？”我应声道，“除了逆转录病毒，几乎所有病毒都是这么干的。”

“没错，但你往深处想，福尔利。如果艾滋病病毒不可避免地感染到这样一个人，他的基因组合让他无懈可击，想象一下接下来会怎样！”

“什么，你是说……他的抗体反应很快，足以阻止病毒感染？或者他的T细胞反应很快，足以抵抗入侵？”

噢，一旦兴奋起来，莱斯利常会换上一副屈高就下的腔调：

“不，不，好好想想！”他敦促我，“我是说这个人虽然已经受到感染，却不受病毒伤害。病毒基因已经融入了他的染色体，而在他体内，某些其

1. 林恩·马古利斯（1938—2011），美国生物学家。她推动了细胞起源的研究，还提出了共生理论，即细菌在活体细胞发展中起着主要作用的理论。

2. 刘易斯·托马斯（1913—1993），美国医学家、生物学家、科普作家、美国科学院院士，代表作《细胞生命的礼赞》。

3. 詹姆斯·洛夫洛克（1919— ），英国科学家，环境领域的主要作家，提出了盖亚假说，该假说将地球视为一个“超级有机体”。

他基因有能力阻止新的DNA触发病毒合成。没有新病毒产生，没有细胞遭破坏。这个人不受病毒伤害，但他现在完全拥有那些新的DNA……”

“只是少数几个细胞——”

“对。但假设其中一个是生殖细胞，也就是配子，再假设他用那个配子跟女人生了个孩子。现在，这个孩子的所有细胞可能同时拥有不受病毒伤害的特性和新的病毒基因！想一想，福尔利。你现在得到了一个新型的人类个体！艾滋病杀不死的人。但是，他拥有艾滋病病毒的全部基因，可以制造各种各样稀奇古怪的蛋白质……噢，大部分是不表达或无用处的蛋白质，这很正常。但是，这个孩子的基因组比普通人更具多样性，而且可以遗传给后代……”

有件事我常常想不通：当他像这样失去理智的时候，他真的相信这是第一次向我解释这些事情吗？尽管英国人对美国人搞科学表示尊敬；但他们往往认为，一旦问题靠向哲学一边，我们就开始偷懒了。不过，我几周前就看出他的兴趣正往这个方向转，所以用心多阅读了一些相关资料。

“你大概指的是某些类型的可遗传癌症的基因吧？”我问他，语中带刺，“有证据表明，某些致癌基因最初是由病毒插入人类基因组的，就像你说的。那些具有遗传性类风湿关节炎特征的人，他们的基因可能也是通过这种方式获得的。”

“完全正确。那些病毒的本体也许灭绝了，但它们的DNA一直活着，在我们体内！”

我学他的口音说：“好吧。结论是小孩子造福全人类！”

噢，我烦死他那副自鸣得意的表情了。（最后还不是从他脸上抹去了？）

莱斯利取了一支粉笔，在黑板上画了一幅示意图：

无害 → 致命 → 可治愈疾病 → 不适 → 无害

“这是观察宿主物种如何与新的病原体，尤其是病毒，相互作用的经典方法。当然，每个箭头代表一个突变和适应性选择的过程。

“首先，某种原本无害的微生物变换了形态，改变了宿主，比如说从猴子身上跳到我们身上。当然，我们一开始并没有适当的防御手段，只能任其宰割。这情形很像十六世纪的欧洲，梅毒在几天而不是几年之内就杀死了很多人……在一场啃食细胞的盛宴上，这法子对病原体来说实在不算高效。要知道，只有贪食的寄生物才会如此迅速地杀死宿主。

“那么接下来，宿主和寄生物都将经历一段艰难期，双方都在努力适应对方。这情形可以比作战争，或者换个角度，也许可以看作漫长的协商进程。”

我用鼻子哼了一声，表示反感，“玄妙的胡话，莱斯利。你的示意图我勉强认同。倒是你的战争类比很准确。所以为了给我方提供更好的武器，我们这样的实验室才会获得赞助金。”

“呃，也许吧。不过有时候这个进程看起来很不同，福尔利。”他转身又画了一幅示意图：

无害 → 致命 → 可治愈疾病 → 不适 → 良性寄生 → 共生

“你可以看到，这两幅示意图的左半边是相同的。不同之处在于，最初的疾病要么消失了——”

“要么隐藏起来了。”

“肯定的，就像大肠杆菌躲进了我们的内脏。毫无疑问，大肠杆菌的祖先在很久以前杀死了很多我们的祖先，最终它们变成了现在的样子：帮助我们消化食物的有益共生菌。

“我敢打赌，这情形同样适用于病毒。可遗传癌症和类风湿关节炎只是一时的困窘。到头来，那些基因将顺利完成融合。它们将帮助我们增强基因多样性，以防备来自未来的挑战。

“哈，我敢打赌，在我们的现有基因中，很大一部分就是这样来的，最初作为入侵者进入了我们的细胞……”

狗娘养的疯子。幸好他并未试图把实验室的研究引向他的魔法图太靠右的地方。我们这位才子对赞助机构非常了解。他知道对方没兴趣花钱让我们证明自己在一定程度上都是病毒的后代。他们希望，而且迫切希望，在对抗病毒感染的手段上取得进展。

于是，莱斯利把团队的所有力量都集中在对载体的研究上。

是啊，你们病毒需要载体，是不是？我是说，如果你害死一个人，你得备好救生筏，这样就可以放弃被你击沉的船，就可以渡水到达某个倒霉的新宿主。如果新宿主很强硬，把你打跑了，那首歌同样适用于你:《往前走，不回头》。

见鬼，即使像莱斯利指出的那样，你已经和人体和平相处，你还是想传播，是不是？了不起的殖民者，你这个小畜生。

噢，我知道。这就是自然选择。那些偶然找到好载体的病毒，传播出去了；那些没找到的，就没传播出去。可这事儿太诡异了，有时确实让人感觉目的性太强……

所以流感让我们打喷嚏；沙门氏菌让我们拉肚子；天花让我们长脓疱，脓疱干了掉痂，飞散开来被患者的亲人吸入。这些都是弃船逃生的好方法，殖民的好方法。

谁知道呢？曾有某种病毒让我们长出了饱满的嘴唇，所以我们想接吻了？哈，也许这个例子可以诠释莱斯利的“良性融合”。我们把这个特征保留至今，惹事的病毒却早已灭绝！多好的思路。

于是我们的实验室得到了大笔的经费，用来研究载体。莱斯利就是用这些钱找到你的，ALAS。他画了幅很大的示意图，涵盖了人到人传染的所有可能途径，然后让我们逐条排查。

留给他自己的，是血到血的直传途径。这自有原因。

首先，莱斯利是利他主义者，你知道。他很忧心有关英国血液供应的恐慌气氛和无稽传言。有些人甚至因此推迟必要的手术。坊间有人议论，要开始在英国做某些美国富人做过的事，用愚蠢昂贵的方式储存自己的血，免得在有医疗需求时被迫使用血库的血。

这一切都让莱斯利烦恼。但还有更糟的，很多潜在的献血者因为某些愚蠢的传言而回避献血。据说献血者可能被感染。

见鬼，从来没人因为献血得过什么病，除了轻微的头晕；也许脸上还长痘，那也是他们事后喂你饼干和甜茶造成的。至于因为接受输血而感染HIV病毒，新的抗体检测方法很快遏制了这个问题。尽管如此，虚无缥缈的传言还是在四处扩散。

一国之民必须对本国的血液供应有信心。莱斯利希望通过决定性的研究消除那些愚蠢的恐惧，一劳永逸。但除此以外还有别的原因，促使他希望亲自研究血到血传染的相关载体。

“当然，还有其他一些坏病毒利用了这条路径，比如艾滋病病毒。但我也可能在这条路上找到更古老的病毒，”他兴奋地说，“那些几乎完成了良性化进程的病毒；那些经过严格选择的，也就是一直低调行事、不会给宿主带来丝毫不适的病毒。也许我能找到一种共生的病毒！真正对人体有益的病毒。”

“一种未知的、与人类共生的病毒！”我抽了抽鼻子，表示怀疑。

“为什么找不到呢？如果没引起显而易见的疾病，怎么会有人找过它？也许这可以开辟全新的领域，福尔利！”

不知不觉间，我被这道洞察力的闪光打动了，才子到底还是才子。我永远不会知道他是如何努力不让自己的洞察力熄灭于保守的牛津剑桥的，但这近乎疯狂的洞察力是我无比依赖他和他的实验室的原因之一，也是我苦苦争取做他的论文的共同作者的原因之一。

于是，我随时留意着他的研究。这么干似乎很不可靠，蠢得不能再蠢了，但我知道坚持到底就可能奏效。

所以，当莱斯利有一天邀请我去布卢姆斯伯里参加会议时，我早有准备。那是例行的学术研讨会，但我看得出他已经憋了一肚子话了。后来，我们沿着查令十字路走到一家比萨店，离大学区足够远，在听力所及的范围内肯定没有同行，只有在莱斯特广场等待剧院开场的人群。

莱斯利屏住气息，要我发誓保密。他需要一个密友，你知道。我很乐意遵命。

“我最近见过很多献血者。”点完餐他告诉我，“似乎有这样的情况，虽然有些人因为害怕没去献血，但最核心的献血常客却增加了献血量。这在很大程度上弥补了缺口。”

“听起来是好事。”我说。这话出于本意，我并不反对有充足的血液供应。当年在奥斯汀的时候，我很高兴看到有人走向红十字献血车，只要别让我去就好。我既没时间也没兴趣。于是为了不献血，跟谁我都说自己得过疟疾。

“我找到一个有趣的家伙，福尔利。据他说，他从二十五岁开始献血，那还是闪电战时期，到现在为止，他的总献血量肯定在三十五到四十加仑之间。”

我迅速做了心算，“等一下。那他现在一定超龄了。”

“完全正确！我向他保证不泄密，他就承认了。据他说，他到六十五岁那年还不想停下来。老家伙身体很壮。几年前动过小手术，但总的来说状态相当不错。结果呢，当地献血俱乐部刚办完庆祝他退休的大型聚会，他居然搬到了本郡的另一头，在一家新血库注册，谎报了名字和年龄！”

“怪人。但是听起来基本无害。我猜他就是喜欢被人需要的感觉。我赌他一定爱吃免费食物，还爱跟护士调情……这有点聚会的性质，每两个月他总能盼到一次，有人关心他、感谢他。”

嘿，虽然我是个自私的混蛋，但这不足以说明我推测不了利他主义者的行为。像大多数其他“善用人者”一样，我对傻子做事易受哪种动机驱使有着良好的直觉。像我这样的人需要了解这类事情。

“我起初也是这么想的。”莱斯利点着头说，“我又找到几个跟他类似的人，决定称他们为‘有瘾献血者’。一开始我完全没把他们和另一群人联系起来，我称他们为‘归化献血者’。”

“‘归化’？”

“是的，归化献血者，那些突然成为献血者的人。注意这一点：他们做完手术刚刚康复就自愿成为献血者！”

“也许是为了支付一部分医疗费？”

“嗯，不见得。我们已经把健康包给国家了，记得吗？即使对自费病人来说，只要献几次血就差不多够付账了。”

“回报社会？”对我来说，这是一种陌生的情怀，但我大体能够理解。

“也许。少数人在与死亡擦肩而过以后，可能会提高觉悟，决定成为更好的公民。要知道，一年去几次血库，一次待半小时，用小小的不便就可以换得……”

道貌岸然的白痴。他当然献血了。莱斯利喋喋不休地讲着有关公民责任之类的话，直到女侍者端来我们的比萨和两份新酿的苦味酒。这让他闭了一会儿嘴。不过她一走，他马上身体前倾，两眼发亮。

“其实不然，福尔利。不是为了支付医疗费，也不是为了回报社会。至少对他们中的一部分人不是。这些人身上的变化可不只是提高了觉悟。他们是归化献血者，福尔利。他们开始加入献血俱乐部和其他社团！看起来简直是发生了人格的转变，从每个方面看都是。”

“你的意思是？”

“我的意思是，在过去五年里做过大手术的人中，有相当一部分似乎全盘改变了社会态度！除了成为献血者，他们还加大了慈善捐献的力度，加入了家长教师联谊会和童子军，活跃于绿色和平组织和救助儿童会……”

“重点，莱斯利，你的重点是？”

“我的重点？”他晃了晃头，“坦率地说，在这些人里，有一部分人的行为很像有瘾献血者……很像转向利他主义的有瘾献血者。由此我突然想到，福尔利，我们身边可能就有一种新载体。”

他说得就这么简单。我自然是一脸茫然地看着他。

“一种载体！”他压低声音急切地说，“忘掉斑疹伤寒、天花或流感。它们太业余了！蠢得不知道守秘密，又是打喷嚏，又是掉痂，又是拉肚子。当然了，艾滋病利用了血和性，但是粗野得过分了。它迫使我们意识到它的存在，开发检测方法，开始缓慢的分离过程。但是ALAS——”

“什么东西？”

“A-L-A-S。”他咧嘴一笑，“这是我给自己分离出的新病毒起的名字，福尔利，意思是‘获得性慷慨利他综合征’。你觉得怎样？”

“不喜欢。你是想告诉我有一种病毒会影响人类的思维吗？而且方式这么复杂？”我感到难以置信，同时也吓得够呛。我一直对病毒和载体怀有某种非理性的恐惧。莱斯利这次真的吓到我了。

“不是，当然不是。”他笑着说，“但考虑一种更简单的可能性：如果有一天，某种病毒碰巧获得了使人乐于献血的能力，那会怎样？”

我想自己当时只是眨了眨眼，无法做出任何其他反应。

“好好想想，福尔利！想想我刚才提到的老人。他告诉我，每隔两个月左右，刚好在献血间隔期结束之前，他就会感到‘浑身不畅快’。这种不适只有在他再次献血后才会消失！”

我又眨了眨眼，“你想说的是，每次他献血，实际上是在为寄生物服务，为它提供进入新宿主的载体……”

“新宿主之所以是那些手术康复者，是因为医院给他们输入了别人的血，一切都源于我们那位老人如此慷慨大方，是的！那些人被感染了！只不过这次是一种精妙的病毒，不是像艾滋病病毒甚至流感病毒那样贪婪的混蛋。它一直低调行事。谁知道呢，也许它甚至进化到了与宿主共生的程度，比如帮助宿主打击入侵的有机体，或者……”

他看到我脸上的表情，挥了挥手，“好吧，我知道这有些牵强。但好好想想这种病毒！因为没有疾病症状，到现在为止还没人找过它。”

我突然反应过来，他说过已经分离出病毒。接着，从事业发展的角度看，我立刻明白了这件事的潜在意义。我已经在心里谋划开了，琢磨着有朝一日当他公布这项研究，怎样让自己的名字出现在他的论文上。我是如此全神贯注，以至于一时没听进他讲的话。

“最有趣的部分来了。比如说，有个普通的、自私的保守党支持者，发现自己突然变了，一过献血间隔期就想去血库。他会怎么想？”

“呃，”我晃了晃头，“鬼迷心窍？被人催眠了？”

“胡扯！”莱斯利用鼻子哼了一声，“人类心理学不会这样看问题。事实上，我们热衷于做很多说不清原因的事情。但我们需要解释，所以我们将之合理化！如果难以为自己的行为找到一个显而易见的理由，我们就会创造一个，这个理由最好能帮助我们更好地反身思考。自我是强大的存在，我的朋友。”

嘿，我心想，少跟我班门弄斧。

“利他主义。”我大声说，“他们发现自己经常冲向血库，于是把事情解释为：因为他们是好人……他们变得以此为荣，以此为炫耀资本……”

“说对了。”莱斯利说，“而且，因为他们以新发现的慷慨品格为荣，甚至怀有虚假的道德优越感；所以他们倾向于把这一品格发扬光大，在生活中处处表现出来！”

我敬畏地低声说：“一种利他主义病毒！老天，莱斯利，一旦我们宣布这个……”

看到他突然皱眉，我没有往下讲，立刻想到他是因为我提到“我们”才皱眉。我当然预料不到他会有这样的反应，因为莱斯利一直都很乐意共享荣誉。不对，他有所保留的东西远比荣誉更重大。

“不，福尔利。我们还不能公布。”

我晃了晃头，“为什么不能?！这可是重大发现，莱斯利！它证明了你一直以来的大部分说法，有关共生之类的。甚至可能直取诺贝尔奖！”

我表现得很不得体，把终极目标都大声说了出来，但他似乎根本没注意。可恨！要是莱斯利跟大多数生物学家一样就好了，没有什么比斯德哥尔摩的诱惑更能驱动这群人了。可他不同。你知道，莱斯利是天生之才，天生的利他主义者。

这就是他的不对了，你知道。他和他那可恨的美德，驱使我第一次思考接下来决定要做的事。

“你不明白吗，福尔利？如果我们公布，就会有人开发出针对ALAS的抗体检测方法。血库将拒绝携带这种病毒的献血者，就像对待携带艾滋病、梅毒和肝炎病毒的献血者那样。这对那些可怜的有瘾献血者和携带者来说，将是极为残酷的折磨。”

“去他的携带者！”我几乎叫了起来。几位比萨食客朝这边望过来。我拼命压低声音说：“听着，莱斯利，那些携带者将被归入病人之列，对不对？那么他们将接受医生治疗。如果只有定期放血能让他们感觉好点儿的话，那好，我们就拿宠物水蛭给他们！”

莱斯利笑了，“聪明。但那不是我的唯一理由，甚至都不是我的主要理由，福尔利。不，我还不想公布，这是最终决定。我就是不允许任何人阻止这种疾病。这种疾病必须传播开，成为流行病，大流行。”

我瞪着他，看到他眼里透出来的古怪神情。这时候我知道，莱斯利不只是利他主义者。他染上了人类所有病症中最有隐性危害的一种——弥赛亚情结。莱斯利想要拯救世界。

“你没看到吗？”他急切地说，带着初入道者的狂热，“自私和贪婪正在毁灭这个星球，福尔利！但是大自然总能找到办法，而这一次，也许共生会带来属于我们的最后一次机会。我们有最后一次机会变得更好，学会合作。错过就来不及了！

“我们最引以为荣的，让我们的智力远超野兽的，是前额叶，眼睛上方的那点儿灰质，我们从中受益多少呢，福尔利？没有多少。我们没人去思考摆脱二十世纪危机的方法。或者说，至少我们单凭思考得不到。我们还需要别的东西。

“而且，福尔利，我相信‘别的东西’就是ALAS。我们必须守住这个秘密，至少守到ALAS在人群中根深蒂固、不可逆转为止！”

我吞了一下口水，“多长时间？你要等多长时间？等到开始影响投票倾向？等到下次选举？”

他耸耸肩，“噢，至少这么长。五年，也许七年。你知道，这种病毒往往只感染刚做过手术的人，而且他们通常年纪比较大。幸运的是，他们通常也很有影响力，就是那些现在给保守党投票的人……”

他继续说下去，说下去。我听得三心二意，但已经意识到事态之严峻。为一个共同作者的烂名分等上七年，对我的事业几乎毫无用处，对实现我的抱负也一样。

既然知道秘密，我当然可以泄露出去。但这只会激怒莱斯利，而且他会轻而易举地独占这一发现带来的荣誉。人们记住的往往是创新者，而不是告密者。

我们付了账，走向查令十字站。我们可以在那儿乘地铁去帕丁顿，再转火车去牛津。走在路上时，我们遇到了突降的倾盆大雨，于是去路边冰激淋小贩处躲避。等待期间，我买了两份冰激淋。我记得很清楚，他吃的是草莓蛋筒，我吃的是冰山树莓蛋筒。

莱斯利心不在焉地讲着他的研究计划，嘴角还沾着一小块粉红污渍。我假装在听，但心思已经转到其他事情上了：刚开始萌芽的计划和严肃的谋杀场景。

2

当然，这将是完美的犯罪。

那些电影里的侦探总是满口的“动机、手段和时机”。说起来，我的动机虽然充分，但是太牵强，太让人摸不着头脑，肯定没人想得到。

手段呢？真要命，我所在的行业有的是手段，成堆的毒药，成堆的病原体。我们从事的是小心至上的职业。但是，没办法，意外确实会发生，时机也会悄然而至。

有个麻烦绝对绕不开。才子的名声太大，即使我成功敲掉了他，也不敢马上宣布自己的研究成果。可恨！大家无论如何都会认为这项研究是他完成的，或者至少是他在实验室的“领导作用”为发现ALAS带了路。除此以外，他刚死我就声名鹊起，可能会让人怀疑两件事之间的因果关系。

所以，我想通了。事情终究还会像莱斯利希望的那样拖延下去。也许不是七年，而是三年或四年。在这段时间里，我将回到美国生活，开始做另一份工作，然后巧妙地制订自己的研究路线，使之有条不紊地覆盖莱斯利最近以来在灵感的闪光中一挥而就的所有基础工作。我并不喜欢如此拖延，但在那段时间结束后，这项研究将完全像是我自己完成的样子。这一回福尔利不再是共同作者了，当然不是！

事情的美妙之处在于，永远不会有人认为我与自己的同事兼朋友几年前的惨死有关系。要知道，他的死不是暂时拖延了我的事业吗？“啊，如果可怜的莱斯利活着看到你的成就那该多好！”我的竞争对手会这样说，一边看着我收拾东西去斯德哥尔摩，一边压抑着嫉妒的怒火。

当然了，这些想法并没有在我的表情和言语上表现出来。我们都有自己的正常工作要做。但是几乎每一天，我都要额外花很多时间帮莱斯利推进“我们”的秘密项目。单从研究角度说，那是一段令人兴奋的时光。我用缓慢、枯燥而又有条不紊的方式充实细化了莱斯利的一些思想。他对我的做法大加赞扬。

我慢慢按自己的计划行事，知道莱斯利并不着急。我们一起收集数据。我们分离出病毒，甚至得到了病毒结晶体，取得了X射线衍射图谱，完成了流行病学研究。一切都处在严格保密之下。

“太奇妙了！”莱斯利会禁不住大叫，因为他揭示了ALAS是如何迫使宿主感到需要“奉献”的。他会热情洋溢地大讲特讲被他归因于随机选择的优雅机制，但是我出于自己的非理性恐惧，忍不住将其归因于某种极具隐形危害的智慧形式。对于ALAS，我们越是发现其技术之精妙高效，莱斯利就越是赞赏，而我却发现自己越是讨厌这堆RNA与蛋白质。

这种病毒表现得相当无害，莱斯利甚至认为它能与人共生。无论事实是哪一种，都只是促使我更讨厌它了。这让我对自己计划好的事情感到高兴。我很高兴我要去阻止莱斯利放任ALAS自由发展的图谋。

我要从这个未来傀儡大师的手里拯救人类。确实，我会延迟发出警告以达到自己的目的。然而警告还是会发出来的，时间会早于我这位毫无戒心的同僚所计划的。

莱斯利毫不知情的是，他正在为我将要用来争取荣誉的研究做幕后工作。每一次洞察力的闪光，每一个他大声宣告的顿悟，都保存在我的私人笔记本里，与我自己的一堆乏味数据为伍。与此同时，我梳理了一遍手上可用的所有手段。

最后，我选择了一种特别致命的登革热病毒毒株，替我办事。

3

得克萨斯有句老话说："鸡只是蛋生蛋的工具。"

对于脑子里塞满希腊拉丁术语的生物学家来说，这句话有个更"优雅"的版本。人类是"合子"，由包含四十六条染色体的二倍体细胞组成……但我们的生殖细胞是单倍体细胞，也叫"配子"。男性的配子是精子，女性的是卵子，每个配子只有二十三条染色体。

于是生物学家说："合子只是配子生产配子的工具。"

聪明，不是吗？但是这些新话老话确实指出了自然界中的难题：如何确定一个"第一因"——拼图的某块核心，依照它可以拼出完整图案。我是想说，先有鸡还是先有蛋？

还有一句睿智的老话说："人是万物的尺度。"真的吗？去说给那些时髦的女权主义者听听。

我以前认识一个爱读科幻小说的人，他给我讲了自己读过的这样一个故事：原来，人类、大脑等等这一切之所以存在，完完全全是为了进化出一种建造星际飞船的有机体，这样苍蝇就可以迁徙出地球，殖民银河系。

但这个想法与莱斯利·阿杰森的一比，根本不值一提。他说起活体的人类，就像在描述实体的联合国。在莱斯利眼里，从我们肠道里的大肠杆菌，到帮我们清洁睫毛的小螨虫，再到为我们的细胞提供能量的线粒体，甚至组成我们小小DNA的脱氧核苷酸，一切都是一个妥协、协商、共生的大蜂巢。他辩称，我们染色体的大部分内容来自过去的入侵者。

共生？他在我脑子里创作了这样一幅画：一群极其微小的傀儡师，都用蛋白质牵线提着我们这些傀儡，左拉右扯，让我们随着他们的曲调、随着他们肮脏、自私的小伎俩跳舞。

而你，你是其中最坏的！像大多数犬儒派那样，我一直对人类本性怀着秘而不宣的信念。对，大多数人都是猪。我一直都知道。虽然我也许是个"用人者"，但至少我老老实实承认了。

但在心底里，我们"用人者"依赖的是愚蠢而莫名的慷慨大方、神秘而费解的利他主义，这些都属于那些有别于我们的人、善良的人、莫名正派的人……那些我们表面上嘲讽藐视、暗地里敬畏的人。

然后你出现了，烂病毒。你让人们如此那般行事，直到世上再无神秘可言，直到犬儒主义为世人所周知。可恨！我越来越讨厌你！

正如我越来越讨厌莱斯利·阿杰森。我制订计划，策划针对你们俩的精彩战役。在度过最后那几个清白的日子时，我感觉内心无比坚定、无比果断，感觉命运握在自己手里。

最后，一切都有始无终，半途而废。我没有时间做完准备，没有时间布置那个小陷阱——那块锋利的玻璃正好浸入致命微生物的混合物中。因为那时候CAPUC来了，恰好在我行使自己作为谋杀犯的权利之前。

CAPUC改变了一切。

这种令艾滋病如同挠痒痒的恶疾，全名叫作“突发自身免疫性肺萎陷”。一开始，CAPUC似乎势不可挡。病原体很长时间没有分离出来，载体完全未知。

这一次，新瘟疫主要发生在工业化国家，但很难识别出染病人群的群体特征。一些地方的学龄儿童似乎特别容易受伤害。在其他地方则是秘书和邮政职工。

主要的流行病学实验室自然全部行动起来。莱斯利做出预测：病原体将被证明是某种类似于朊病毒的东西。朊病毒是一种比病毒更简单、更难以追踪的伪生命形式，会导致绵羊患上带状疱疹，引起某些植物病害。莱斯利的反主流观点只得到少数人支持，直到亚特兰大的疾病防控中心在绝望中决定尝试采纳他的理论，并在用于牛奶盒、信封和邮票的胶水中发现了处于深度休眠的类病毒。结果符合莱斯利的预测。

莱斯利当然成了英雄。我们实验室的大多数人也一样，毕竟我们是第一道防线。我们自己的伤亡率也很骇人。

有一段时间，葬礼和其他公共集会被禁止。但他们为莱斯利破了例。他的送葬队伍有一英里长。我被邀请致悼词。他们恳求我接手实验室，我同意了。

于是很自然，我倾向于把ALAS忘得干干净净。针对CAPUC的战争夺走了社会拥有的一切。虽然我可能很自私，但即使是一只老鼠也能分辨出，什么时候加入拯救一艘沉船的战斗更有意义，尤其是在看不到其他港口的情况下。

我们最终学会了如何对抗，涉及若干种药物和一种血清。这种血清的基础成分是在患者自身骨髓中强制培养的反向抗体。患者首先需要大剂量服用一种危险的钒化合物，是我反复试验发现的。这种方法在大多数情况下有效，但患者都经历了生死线上的挣扎，常常需要一种特殊的全血输血法帮助他们度过最危险的阶段。

血库发生了血荒，甚至比从前还严重。唯有此时，公众才会迅速反应，慷慨献血，如同在战时那样。成群结队的康复者自愿去献血，这时候我本不应该感到惊讶，但是，当然，我已经忘掉ALAS了，不是吗？

我们击退了CAPUC。在我们充分了解它以后，很快就证明了它的载体太不可靠，太容易受干扰。可怜的小不点类病毒永远没有机会走到莱斯利的“协商”阶段。哦行了，这些只是小插曲。

我得到了各种本不该得到的表彰。国王授予我大英帝国勋章，以表彰我亲自拯救了威尔士亲王。我光临了白宫晚宴。

没什么了不起。

在那之后，世界缓了一口气。CAPUC似乎把人们吓出一种新的合作精神。我当然应该怀疑。但我很快就转到世界卫生组织任职了，在“根除营养不良行动”中承担了种种行政责任。

到了那时候，我几乎完全忘掉了ALAS。

我忘掉了你，是不是？噢，岁月流逝，我成了明星，大名鼎鼎，受人尊敬，受人爱戴。我不是在斯德哥尔摩领取诺贝尔奖的。讽刺的是，我是在奥斯陆拿到的。真想不到我能沾“和平”的光。只能说明你可以骗过任何人。

然而，我觉得自己并没有真的忘掉你，ALAS。你还在我的脑海深处。

人类签署了一些和平协定。工业化国家的公民通过投票临时降低了他们的生活标准，以对抗贫困和保护环境。突然之间，我们似乎全都长大了。而那些与众不同的犬儒派——我以前喝醉时曾与他们为伍，并且同样对肮脏卑鄙的人类不可避免的命运怀有消极预期——都渐渐抛弃了信仰，就像悲观主义者在世界变得光明时惯常做的那样。世界变得如此光明，即便是犬儒派也绝口不提现在只是迈向地狱之途的过渡期。

然而，我自己却忧思绵绵。因为我在下意识里不相信那是真的。

之后，第三次火星探险再次受到全世界的追捧，并带回了TARP。

那时候我们才发觉，所有土生土长的病原体是多么友善，始终不渝。

4

即使在深夜，超量工作让我筋疲力尽、步履蹒跚，我也会在莱斯利的肖像前站定。那是我下令挂在大厅的，正对我办公室的门。我站在那里咒骂他，咒骂他那可恨的共生理论。

想象一下人类与TARP形成共生关系的情景吧！那可真是了不起。想象一下，莱斯利。所有那些外来基因，参与我们的遗传，使得我们人类更富多样性！

只有TARP似乎对“协商”不太感兴趣。它求爱的方式是粗暴的，致命的。还有，它的载体是风。

世界靠我来拯救，靠我的同事来拯救。尽管我已经功成名就，但我知道自己只是个二流骗子。不管他们如何感谢我，赞美我；我永远都知道谁更优秀，甩开我好几光年。

一次又一次，即使夜色已深，我还是会仔细研读莱斯利·阿杰森留下的笔记，搜寻灵感，搜寻希望。就是那时候，我偶然间重新发现了ALAS。

我重新发现了你。

噢，你让我们表现得比过去好了，真的。到目前为止，至少四分之一的人类肯定拥有你的DNA，ALAS。面对从自身发现的新品格，他们先是不明所以，接着自我说服，最后以利他主义为自己定调。接下来就轮到其他所有人这样为自己定调。

在目前的灾难中，每个人都表现得太他妈好了。他们彼此协助，他们救援病人，他们全都这样奉献自己。

然而，有趣的是，如果不是你让我们全都这么拼了命地合作，我们可能永远也到不了那要命的火星，不是吗？或者就算我们到了，无所不在的疑心病也会让我们保持适当距离，免受感染。

话说回来，我提醒自己，你不做计划，是不是？你只是一团RNA，包在蛋白质外壳里，碰巧带有偶然获得的特性，让人们想献血。这就是你的全部，对吧？所以你不可能知道，你“改善”我们的同时，也害得我们感染上TARP，是不是？是不是？

5

我们现在采取了一些缓和措施。几种新技术似乎发挥了一些作用。事实上，最新消息很让人高兴：我们显然可以挽救大约一成半的孩子，其中至少一半甚至可以生育。

这是针对种族混合程度很高的国家而言。杂合性和基因多样性似乎能带来更好的抵抗力。那些血统“纯正”、世系简单的人将更难获救。话说回来，种族主义也有其必然的代价。

对于类人猿和马，情况非常糟。不过，至少这一切将使雨林重获生机。

与此同时，每个人都坚持不懈。没有恐慌，那种书上描绘的过去发生瘟疫时的恐慌。我们看起来终于长大了。我们彼此协助。

但是我在钱包里放了一张卡片，声称自己是基督教科学派信徒，AB阴性血，对几乎所有东西过敏。输血是现在常用的医疗手段之一，而我是一个重要人物。但是我不会接受输血。

我不会。

我成了献血者，但我永远不会接受输血。即使坠楼了也不会。你拿不下我，ALAS。你拿不下。

我是坏人。如果全都算上，我想自己一生中做的好事比坏事多。但那是碰巧，是偶发事件造成的，是这个怪异世界的变幻无常造成的。

我无法控制这个世界，但至少可以自己做决定，就像此刻做这个决定。

我下来了，离开了那高耸的研究大厦。街上是一家挨一家的诊疗所，破败而喧闹。这里就是我现在的工作场所。如今我并不在意表现得跟别人一样。他们都是傀儡。他们认为自己的行为是利他的，但我知道他们是你的傀儡，ALAS。

然而我是人，你听到了？我自己做决定。

我从一张床挪到另一张床，拖着被发烧折磨的身子，握住他们伸向我寻求安慰的手，尽我所能减轻他们的痛苦，救活几个。

你拿不下我，ALAS。

这是我做的决定。

未闻其声

POCKET FULL OF MUMBLES

［美］蒂娜·高尔 Tina Gower 著
吴 垠 译

汝声凝飞翼，未闻恐散失。

替君多采撷，此物最相思。

蒂娜·高尔，美国科幻作家。她在北加利福尼亚州的一个小地方长大，当地居民以奶牛数量超过人口为傲。蒂娜患有阅读障碍，却能创作出美丽的文字。2013年，她凭借小说《十二秒》获得“未来作家大赛”金奖。目前，她已经在多种杂志上发表了小说。

我收集人们没有听见的话，在空气中摘取它们，从沟渠里拯救它们，或者采撷于枝头——说出口的话无法长时间回响。我常常寻思如果耳朵不聋，自己能否听见它们。我往往在早晨散步时收集它们，还有一些可回收垃圾箱里的瓶瓶罐罐，然后在圣约瑟夫施粥处吃完晚饭后再去一次。

我沿着第七大道推着手推车，尽量避开沿途的碎玻璃。左前方的车轮颤颤巍巍，在轧过一堆废弃的金属时脱轨了。我强行掰了回去。哈罗德在下一栋大楼前朝我挥手。他总能听见我过去的动静。

灌木丛中的轻颤吸引了我的注意。我停下来，俯身凝视人行道旁的植物。我知道应该找什么，所以轻松地发现了这句话。它像一只落网的蝴蝶，在灌木丛中扑棱着。我轻柔地把它移出藏身之处，直到它停落在手中的细线上。它抖了一会儿，我不确定它在说什么——有时候，那些普通的言语很容易破译，但是这个比较微弱。

发现它们需要特殊的眼睛。我在罐子顶部刻下凹槽，然后用马鬃穿起来。马鬃是我从烂琴弓上捡来的，也或许是参加"流浪者工作计划"时从马厩里偷来的。我仔细观察着自己的新发现，试着寻找破译的线索。

在消寂之前，它们会持续震动数小时，有时甚至是好几天。"我爱你"的震动别具一格——短、长、短——而"我恨你"也一样。我密切关注着视觉上的音频高低。

我在街角跟哈罗德碰面。他披着一件从我这儿买的毛毡外套，橘黄色的毛线上织着破碎的承诺。他拍了拍我的胳膊，表示自己准备说话了，于是我看着他的嘴唇。"你找到好货了吗？"他问道。

我点点头，把罐子递给他。

他慢慢凑近，以免挨上去，然后面对着我站直了，"噢，它很特殊，麦琪·梅。"

"它说什么？"我比画着手语。但是哈罗德移开了视线，假装看不见。他不会手语。于是我指了指罐子，又指了指自己的耳朵。

他看着我，脸上逐渐堆起笑容，直到憋笑憋得浑身颤抖，"它很棒，与众不同。忧伤、希望、心愿和晚安合而为一。"哈罗德虽听不见具体的内容，却能意会。他曾告诉过我，也许是那对多余的染色体赋予了他这种能力。

他从我的手推车里取出几条毯子，摊在公园的长椅上，"今天这些款式都很棒，都很棒啊。"

我把最棒的言语织进毯子或毛衣里，但这似乎无关紧要。无论是消极的，还是积极的，织着言语的货物都是农贸市场上最卖座的商品。他们说这些诉说无人理睬，只有我愿意“倾听”，这可真是既浪漫又讽刺。

我拿出几件半成品，想给自己的新发现物色一个好去处。它看起来跟织着祈祷的挂毯和织着道歉的地毯都不怎么搭。

这时候，哈罗德拉住我，我看见他的双唇蠕动，但不明白在说什么。他察觉到我的茫然，便放慢语速重复了一遍：“你不能织这个。它很特殊。”

我瞪着他。什么意思？它们是我的话，我找到的。如果大家有意听见它们，当初就该认真对待。我继续尝试把这句话织进毯子里，但是行不通。线头都磨损了。

哈罗德惊奇地瞪大眼睛，嘴巴张成了O型：“它不想走。这样不合适。也许这是第一句你必须还给失主的话。”

我从没归还过任何一句话。它们既是我的收入来源，也是我和有声世界之间的纽带。

我受够了他优越的道德感，挥手赶他离开。他拍着我的手，像是在拍一只恼人的虫子，然后做出一副不可理喻的表情离开了。我把那轻颤的话语放回罐子里，它像一只受伤的动物似的瑟瑟发抖。今晚我得找个地方安置它。

它仍然在颤抖，幅度微小，但没有停息。它和所有材料都不搭——无论是织着咕哝的手提袋、织着愿望的围巾，还是织着辩解的手套。

最后，我一把将毛线团扔在了床上。

哈罗德坐在缠绕的线团上，递给我一本杂志，“今天我在收容所当志愿者。你要看杂志吗？”

我瞪着他。

“我很迟钝，老师说我比普通人迟钝，所以需要特殊护理。但是我知道你生气了。我不喜欢大家生我的气。”他抱着胳膊，垂下双眼。

我叹了口气，哈罗德正偷偷看着我。

他的表情如同一只期待得到奖励的小狗，“我能帮忙。我能找到更多和它一样的话，多到足够织一张舒适的大毯子。”

在迟钝方面，哈罗德可谓绝无敌手。我双手竖起大拇指，用力地咧开嘴，下巴都笑疼了。

我们会找到更多类似的话，然后做一个非同凡响的设计。我在脑海里计划着自己怎么花赚来的钱。买一条新裙子？或者一条漂亮的裤子？也许别人会因为这一身好看的行头聘请我，让我从此拥有一份固定工作。

于是，我把私人物品都装进了手推车，必须全部带走，否则就跟等着被偷没两样。接着我们便出发去寻找更多的言语，忧伤、希望、心愿和晚安合而为一的那种。

我们先找到了一个晚安，然后是一个心愿。但没有合在一起的。我把它们编成一股，但是那句话依然没法儿织在一起。它和其他的都不搭。我坐在街角，身前铺着一条围巾，以便行人在我工作时留下一些零钱。哈罗德盯着一位店主更换橱窗里的玩偶，兴奋地跺起了脚。

我注视着这句固执的话。它在哪儿都不搭，但我偏偏不死心。

此时一名警察走来，眼睛盯着我们，手搭在腰带上。我听都不用听就知道必须挪位置了。他让我们离开，用下巴指了指我的行头。哈罗德小跑着过来，我们迅速收拾好了东西。警察站在街角，目送着我们离开。

突然，哈罗德停下了脚步，激动地指向一间报刊亭。我抓住他的胳膊，催他继续走。警察抱着胳膊，还在远处留意着我们。

“快走。”我比画着，“警察在看我们。”虽然哈罗德不明白，但我还是希望警察能够看出我在努力了。我可不想成为社会的负担。

“看！”哈罗德敲着玻璃，“我们的公园，麦琪·梅！上面有一张我们的公园的漂亮照片。”

警察皱着眉穿过街道，朝我们走来。我只好使出更大的劲儿去拽哈罗德。

哈罗德拍着掌，上蹿下跳，一边扯自己的头发，一边开怀大笑，“读者喜欢我们的公园。也许会有更多人来买你的毯子。”

这张照片吸引了我的注意：这是远景拍摄的公园。图像的焦点是一辆蓝色轿车，驾驶座严重损毁，碎玻璃和金属片散落在人行道上。这辆轿车撞上了一棵树，车尾穿透了灌木丛——正是今天早晨我找到那句话的灌木丛。

“车毁人亡”，文章写道。我只读了几行字，其他内容在看不见的折页里。

警察再次走到我们身边。这下哈罗德缓缓地跟了上来，向这名警察讲述了公园和我的毯子的故事。随后警察摆弄着自己的对讲机，点了点头，跟我们一同走过几个街区后才离开。

哈罗德在我身边迈着轻快的步伐。那句话萦绕在我的脑海里。哈罗德是对的，它是一句必须还给失主的话。虽然它无法搭配我的任何一条毯子，但我知道哪里合适。

我藏在垃圾箱后面，对哈罗德点了点头。

他拍了拍我的肩膀，“你在做好事，麦琪·梅。以后会有更多的话找上门来，让你赚很多钱。善有善报。”

我不相信因果报应，但仍然微笑着拍了拍哈罗德。随后他爬出这个藏身之处，在街对面等我。一个人送东西更简单。

我只在巷子里坐着等了几分钟，就有一名护士推着洗衣车走出医院。她并没有发现我，我赶在门关上前溜了进去。换班的时间最适合偷偷溜进医院。护士和医生们正在检查病历，总结护理情况，或是在喝咖啡。

我扫视了一圈外伤病房的房门，看见了她：一个小女孩，七岁，黑头发，深色的皮肤。旁边的面板缓慢地闪烁着红色和蓝色的光，显示器则闪烁着绿色的光。我小心翼翼地从毯子里取出罐子，放在她耳边。她动了动，双唇微张。显示器闪烁的速度加快了。她的眼皮轻轻颤抖，皱起了眉头。

“我想你。”她的呼吸变得不均匀起来，阖上的双眼皱着，泪水将其濡湿，“妈妈，不要走。”

我帮她盖好被子，把织着催眠曲的毯子搭在腿上。

“好的，妈妈，我在你身边。没事儿。”

我继续举着罐子，直到震动减缓，如同逐渐消失的心跳。一绺头发落在女孩的眼睛上，我把它拨开。女孩陷入了更深的睡眠。我用细线和那已然逝去的言语织就了一串手镯，它服服帖帖地跟随着针线的走向。我把这个礼物戴在她手上。溜走前，我最后看了一眼那手镯。只见它短促地震动了两下，可能是在表示：

好好的。

我到家了。

谢谢你。

再见。

费曼突变

THE FEYNMAN SALTATION

[英] 查尔斯·谢菲尔德 Charles Sheffield 著
程 静 译

想象力在史前逆行，
真理闪耀于生命终焉。

查尔斯·谢菲尔德（1935—2002），英国数学家、物理学家和科幻作家，曾担任美国科幻和奇幻作家协会主席。他凭借《龙之眷属》获得1992年约翰·坎贝尔奖最佳科幻小说奖，凭借《我心中的乔治亚》获得1993年星云奖和1994年雨果奖最佳短中篇小说奖。1998年—2002年，他与美国著名科幻作家南希·克雷斯有四年左右短暂的婚姻生活。

苹果里的蠕虫，核桃里的螃蟹……科林·特兰桑正在给螃蟹的一节节腿描画细致的黑色刚毛，护士叫他去办公室。

进门的时候，他看了一眼手表，“第一次一小时十五分钟，第二次四十分钟，这次我只等了九分钟。有什么事要告诉我吗？”

护士没有搭腔。詹姆斯·沃拉斯顿医生五十来岁，矮个子，长着小嘴巴和一张娃娃脸，看上去脾气不太好。他没有笑，指了指一张椅子。等特兰桑坐在办公桌另一侧，医生才开口。

“我们先说要点，再聊细节。”沃拉斯顿医生一点儿照顾病人情绪的意思也没有，这正是科林·特兰桑喜欢他的原因之一。“还有一些检查结果没出来，但结论已经很明显了。你的左侧枕叶上有个肿瘤，这是坏消息。好消息是，手术效果应该不错。”

“不错？”

“对不起，是相当好。我们能完整地切下来。”他瞪着特兰桑，“你好像不吃惊。”

科林把那张画推到桌子对面：剥了壳的核桃仁，一端趴着一只描摹得非常细致的小螃蟹。“我又不是傻子。这几周我研究了一些关于癌症的资料。如果期待它是良性的，应该是奢望吧？”

“恐怕是的。这个肿瘤是恶性的，不过应该是原发灶。你的身体里没有其他肿瘤的迹象。”

“很好。看来我只得了一次癌症。”特兰桑折起那张画，塞进夹克的胸袋里，“我是不是应该感到庆幸？”

沃拉斯顿没有回答。他正对照着一张打印的表格查阅台历，“星期五是二十三号。我希望你提前一晚住进来，以便早些动手术。”

“我打算这个周末去多伦多，签一份内饰壁画的合同。”

“推迟。”

“很好。我还担心你会让我取消。”

“推迟到四周之后。”沃拉斯顿从办公桌侧边的抽屉里抽出一个文件夹，“我打算请雨果·亨斯利做手术，已经找他谈过了。他是落基山以东首屈一指的外科医生，不过有些自己的习惯：他希望在拿起手术刀之前，能了解清楚你从第一天开始的每个症状。头痛怎么样了？”

神经科医生的平静让科林心中的忐忑有所缓解，“老样子。早上最严重。”

“这很常见。你的第一个症状是在六十三天之前，眼前出现彩色亮光，请具体描述一下……”

沉闷的敲门声，听起来很敷衍——自从科林·特兰桑和女友同居以来，他姐姐就是这样敲门的。茱莉亚·特兰桑一只手拿着一个盒子，另一只手将一个装得满满的纸袋搂在胸前，一脚把门顶开，倒退着走了进来。

“帮我拿着，快掉了。”她转过身来，朝纸袋点点头，“买之后才想起来应该问一声的，你手术前能喝酒吗？”

“我也没问过。”科林查看了瓶子上的标签，“你混得越来越好了，少于六十美元可买不到大依瑟索这种好酒。”

“含税一共七十二美元。你怎么连葡萄酒的标价都知道？”

“这些天我觉得自己特别聪明伶俐。知道自己两周后就要被绞死，精力会高度集中的。”

“这句不得分。谁都能引上几句约翰逊[1]的话。”茱莉亚·特兰桑拔出瓶塞闻了闻，她弟弟则伸手从柜子里取出两只八盎司[2]的玻璃杯。

“你来晚了。”科林·特兰桑把细脖高脚杯放在桌上，看着茱莉亚将一注细细的深红色酒液倒进杯中。姐姐的面部很平静，手却在微微战栗，“飞机没晚点。来这儿之前你去找了沃拉斯顿，对吗？”

“当心聪明反被聪明误。你说对了。”

“有什么发现吗？”

茱莉亚·特兰桑深吸一口气。科林向来能够看穿她的谎言，眼下想要撒谎是不明智的。“胶质母细胞瘤。一种神经胶质细胞瘤。第四级。意味着——”

“我知道意味着什么。恶性肿瘤里最凶险的。”科林·特兰桑拿起酒杯，分四口喝光，然后走到水池边，盯着厨房的窗外，“老天，你还是那么擅长让人说真话，不是吗？我和亨斯利医生稍稍聊了聊，他可没那么诚实。说来说去都是程序上的事。后天他会锯开我的头骨，在两个脑半球中间捣鼓一阵，切掉一块网球大小的脑子，而且是局部麻醉——他希望我在手术中

1. 塞缪尔·约翰逊（1709—1784），英国历史上最著名的文人之一，集评论家、诗人、散文家与传记家于一身。

2. 约240毫升。

保持清醒。”

“也许想让你帮他拿工具，就像帮着换轮胎一样。听起来是个小手术。”

“对他而言是。他工作一上午赚五千美元。而且又不是他的脑子。”

“在别人身上动的手术都是小手术。”

“得一分。要不是我的脑子该多好。这是我第二喜欢的器官。”

“不得分——那是伍迪·艾伦在《傻瓜大闹科学城》[1]里的台词。你今天特别喜欢引经据典。”

科林·特兰桑在餐桌前缓缓坐下，“我在努力，茱莉亚。只是不太……容易。”

姐弟两人无法像什么也没发生过一样继续斗嘴，他们之间仿佛隔着一道脆弱的屏障，现在它破碎了。茱莉亚·特兰桑跌坐在对面的座位上。“我知道，科林。这不容易，而且很可怕。是我的错，我处理得不好。”

“不是你的错。每个人都会这样。我也会犯同样的错误。人活一辈子，好不容易搞清楚如何处事，突然遇到一个不知该如何处理的情况。天啊，谁愿意谈论死亡呢？”漫长的沉默，但是压力消失了。科林·特兰桑望着姐姐那张熟悉的脸庞，他们半年没见了，“我很害怕，茱莉亚。我晚上躺在床上睡不着，心想着，这下我做不成长寿老人了。”

伤心的小弟在哭泣。我们已经长大成人，二十年没有拥抱彼此了。“按照社交礼仪，我应该说：别害怕，科尔，你会好起来的。但是这么说的时候我会想，你很害怕，这不是很正常吗？你当然会害怕。我也有被吓懵的时候。我已经被吓蒙了。”

“你会待到我做完手术再走吗？”

“我是这么打算的。如果你觉得没问题，我会一直待到你出院。我有篇论文要写，已经写了一部分，关于灭绝的无脊椎动物。”她再次往两个杯子里斟满酒，酒瓶已经见底了，“有女朋友的话提前告诉我，如果她被我晾晒的女裤袜吓到，那就不好喽。”

“蕾切尔。只是偶尔在一起。”科林·特兰桑拿起空瓶子，瞪着瓶底沉淀的残渣，占卜自己的命运，“我们是不是应该喝慢一点？第一杯我几乎没尝出味道。这一次我会小口小口地抿，不然对不起这瓶高级红酒。”祖露情

1.《傻瓜大闹科学城》是一部发行于1973年的美国科幻喜剧电影，由伍迪·艾伦自编自导自演。

感的时刻过去，正常社交反应的藩篱回归原位，“蕾切尔没有问题，她要是发现你和我在一起，我就骗她说你是我姐姐。”

候诊室没有其他人。茱莉亚惶惶不安地站在门边，内心纠结。她想尽早知道手术结果，同时又比以往任何时候都渴望点上一支烟，但是医院的所有角落都禁止吸烟。

沃拉斯顿医生解决了她的问题。医生沿着她身后的走廊走过来，一见面便说：“好消息，手术进展得相当顺利。”

宽慰之情瞬间淹没了对尼古丁的迫切渴望。

“手术时间很短，”神经科医生继续说，“没有并发症。”他甚至挤出了一个微笑，“镇静剂的药效还没过，但是他想给你看看这个。他说你会明白的。”

他递过一张大约五英寸[1]见方的纸，中央有一只蓝墨水画就的小刺猬，鼓着脸颊，斜睨着茱莉亚。她感觉自己的脸颊火烧火燎，“那是我——科林心目中的我。家人间的小玩笑。”

“手术结束后立刻画的，亨斯利想测试一下他的动作技能。画得太好了，我觉得。”

“我能去看他吗？”

“如果你想的话可以，不过他现在可能认不出你。他应该在睡觉。而且——”医生犹豫了片刻，小心措辞，“如果你能抽出几分钟，我将感激不尽。你今天应该过得很艰难，也许我们可以去喝一杯，主要谈谈——”茱莉亚又察觉到一个极其短暂的停顿，“治疗方面的问题。我想和你谈谈你弟弟的事。”

她怎么能拒绝呢？前往酒吧的途中，茱莉亚意识到医生已经不动声色地打消了她探病的念头。在科林看来，这就是詹姆斯·沃拉斯顿的典型作风。粗鲁，时而暴躁，但却很聪明。

他们在垫着软垫的圆凳上落座，中间隔着一张酒桶形的桌子。她拿出一支烟，点燃了。医生一直看着她。

“一天抽多少？”

1. 1英寸等于2.54厘米。

“五六支。”茱莉亚吸了一口，把点着的烟放在烟灰缸里，“每个抽烟的人都一样，总是说五支——其实一包只够我抽一天半。”

“你会后悔的，吸烟对皮肤不好。再过十年，皮肤就会皱得像一颗梅子干。”

“皮肤？我还以为你要我注意心肺健康。”

“出其不意方能一击制胜。你应该把烟戒了。”

“我本来有这个打算，真的。但是你猜怎么着？自从母亲去世后，我和科林每星期都会通电话。”

“在星期天中午。”

“没错。你怎么知道的？”

“我知道很多你和科林的事。”

“那么你应该知道科林不是一个夸大其词的人。他一个字也没透露，在……这件事上。等他告诉我结果的时候，我直接被吓蒙了，完全不知所措。那天早上起床时，我本来已经下定决心要戒烟，刚扔掉几乎一整包。”她勉力笑了笑，“看来那天不宜戒烟。”

“《空前绝后满天飞》[1]里的台词，不得分。我想你弟弟会这么说。”

“我的老天！你真是太了解我们了。”

“在意识到科林的病情可能不太乐观后，我给他做了全套检查，测试他的记忆、反应和逻辑反应。我们还全面了解了他的经历，所以也知道了很多你的事，比如你的经历、工作等等。”他停顿了一下，“我甚至明白那只刺猬是怎么回事，虽然眼下提起它似乎不太合适。不管怎样，古生物的工作进展如何？”

“维持生计而已。对不起，一句套话。现在的研究挺有意思。你瞧，每隔几年业界就要乱上一次——事实方面的或理论方面的。比如新的放射性鉴年法、间断平衡理论、白垩纪大灭绝、线粒体DNA追踪、伯吉斯页岩假说等等。眼下正有一波新的冲击要来了。声势浩大的一波。”

“我听说了。”

“你听说了？不是科林告诉你的，这一点可以肯定。”

“没错，我读了相关文章。”

1.《空前绝后满天飞》是1980年上映的一部美国喜剧电影。

"他很烦化石。他说大地懒[1]是一位爱尔兰女数学家。"

医生思索片刻，"梅格·欧西奥伦[2]？"

"就是她。科林本来完全是一块数学家或物理学家的料子，只是后来对绘画的兴趣占了上风。他是个天才，你知道——而我不过写写论文，在大学里待一辈子。话说回来，刚开始他在晚上画画，后来——"她停下来，深吸一口气，摆了摆头，"对不起，医生。我话太多，有些神经质了。是你有话要对我说的。"

"没错。但是我也乐意倾听，除非你很忙？"

"除了坐在这儿洗耳恭听，没什么好忙的。"

沃拉斯顿点点头。葡萄酒到了，他冲着标签皱眉道："希望不会显得太没品位。这肯定不是你和你弟弟喜欢品尝的特级葡萄酒。这瓶天真的勃艮第葡萄酒生于本地，家世普通，但是我想诸位一定会喜欢——[3]"

"它的莽撞。不得分。但是我得一分，因为我把话接完了。"

"我得好好练练，否则不会是你们两个的对手。"医生开始倒酒，那一瞬间，他显得更年轻，也更容易动感情，"一次成功的手术，这是第一步，已经完成了。你和你弟弟讨论过接下来的事吗？"

茱莉亚摇摇头。科林从没提起过这个话题，她也没有。在手术前说这些似乎没有意义。"化疗？"

"常规的抗代谢药物不管用，很难穿透脑血管障壁[4]。一般情况，下一步要做放疗，但是胶质母细胞瘤的恶性程度极高，预后不乐观。我想尝试一种效果可能好得多的方案。不过在和科林讨论之前，我想先知道你的答案——"又一个停顿，寻找措辞。茱莉亚点点头，表达了内心的赞许。一位行事谨慎的好医生。"我想让他签一份实验协议，"沃拉斯顿继续说，"在大脑里植入一种释放药物的设备，一种完全不同的新药，自带脑内监控，非常敏感，能够对选择范围内的神经递质水平做出反应，调整释放速度。

1. 大地懒是一种巨型动物，见于上新世早期至更新世晚期的中美洲和南美洲地区。

2. 在英语中，大地懒（Mega therium）谐音梅格·欧定理（Meg O'Theorem），音译为梅格·欧西奥伦。

3. 引自詹姆斯·瑟伯（1894—1961），美国作家与艺术家。

4. 脑血管障壁，也称血脑屏障或血脑障壁，指一种在血管和脑之间选择性地阻止某些物质由血液进入大脑的"屏障"。

设备很小，安装时不用再次开颅。”

不知为何，他说话时没有看着茱莉亚。

“价钱不是问题，沃拉斯顿医生，除非高到离谱。我们有保险和钱。副作用是什么？”

“还不明确。这是一套新的治疗方案。免费植入，因为你弟弟需要参加一个对照实验。不过——”转折终于来了，他对上了她的眼神。

“科林得飞到欧洲去做治疗。你知道，现在FDA[1]还没批准。”

“他得一直留在那儿吗？”

他哑然失笑，“留在那儿？当然不用。他可以晚上飞过去，第二天完成植入，只要当地的外科医生同意，马上就可以动身返回。只是我不确定科林会怎样想。你觉得呢？这事儿FDA还没批准，所以——”

“我不用觉得，我知道。科林才不会把FDA放在心上。他会同意的。”茱莉亚掐灭了那根几乎在烟灰缸里默默燃尽的烟，“他肯定同意。科林想活下来。”

她终于喝了一口酒，接着痛饮两大口，“还有呢？”

“治疗方面的？没了，我说完了。再喝点酒，放松放松。该我洗耳恭听了。”他又笑了，“我希望你不是急着要走。”见茱莉亚还在环顾四周，他的笑容消失了，“你不急吧？”

茱莉亚仍朝吧台那边张望着，“侍者们都上哪儿去了？你知道，我今天什么都没吃。我快要饿死了。这里怎么点餐？”

茱莉亚·特兰桑走在回科林公寓的路上。这是一个四月的夜晚，夜色温柔，她心中却充满了愧疚。十个小时前，她弟弟脑子里被摘掉一个梨子大小的恶性肿瘤，他此刻还病恹恹的，毫无知觉地躺在那儿，可她……

在过去的三小时里，她一直在努力忘记科林的处境——而且在詹姆斯·沃拉斯顿的陪伴下，她过得很愉快。

从希思罗机场飞往华盛顿杜勒斯国际机场的协和式客机，正以超音速飞行在公海上方七万英尺的高空中。

1. 美国食品药品监督管理局。

科林·特兰桑坐在靠左侧舷窗的座位上，盯着蓝黑色的天空和被太阳照亮的云顶出神。机舱内差不多只有一半乘客，他和走道之间的座位空着。偶尔有空乘人员和其他乘客投来好奇的目光，但不会打搅到他。他已经见怪不怪，能够坦然接受人们的注视了，就像坦然接受自己头上的绷带和新长出来的头发茬儿一样。如果这副模样能够引发好奇心，当人们知道他脑子里趴着的那玩意儿时，又该做何感想呢？

也许他们会和曾经的他一样，认为它平平无奇。在进行植入手术之前，科林见过那个设备，可是丝毫没看出它有什么厉害的地方：一个凸起的彩虹色圆盘，和他的指甲盖一般大；周围环绕着作用惊人的感应器和药物输送系统。超级甲虫。他心目中的救世主可不是这副模样。他没有什么感觉，但是伦敦的医生们说它已经开始工作了。战斗已经打响。在他的头骨深处，圣甲虫打响了沉默的战争，将体内的慢性毒药注入那只螃蟹的狭小国度中。

它会赢吗？没有人透露过预期的效果，这是个糟糕的迹象。

“有什么不太寻常的想法，统统记录下来。”在飞往英国前，沃拉斯顿与他进行了最后一次面谈，医生镇定如常，“我们能够监测胃和胆囊的工作情况，但大脑是否正常运转，只有你自己知道。把你做的梦也记下来。”

“我的梦？沃拉斯顿医生，就算没生病的时候，我的梦也没有什么意义。”

“它们不用有意义。记住哈维洛克·艾利斯[1]说的：‘当梦未醒之时，它与真实无异；生活亦如此。’我想知道你的梦。”

科林开始对这话心有戚戚了。梦如人生，人生如梦。他想告诉沃拉斯顿，从头痛袭来、愈演愈烈并且盘桓不去的那个早上开始，自己的人生就成了一场醒着的梦。从那时候起，一切都变得不真实了。疼痛随着手术消失了，但是一种不祥的预感取而代之。再也没有清爽而自信的早晨了。科林觉得，自从做完手术后，自己一个正儿八经的梦都没有做过。他也不愿意记录自己的情况。他希望这件事从未发生过。

乘务员停在科林这排座位旁，带着疑惑的神情看着他。他不想和她说话，为了避免开口，只能再次望向窗外。在深色的天空中能够看到太阳，它位于飞机机尾的远端。在《马赫二号》[2]中，他们飞越了太阳。时间正在回

1. 哈维洛克·艾利斯（1859—1939），英国心理医生、性心理学家和研究人类性行为的社会改革者。
2.《马赫二号》是2001年美国上映的一部灾难惊悚电影。

溯。时光若能倒流，昨日便会重现。

科林感到大脑深处缓缓转动，不由得颤抖起来。有什么东西正从长眠中醒来。他凝视着太阳，瞳孔收缩，双手放松。他的神志还很清醒，却开始做起梦来。

我站在一片平缓的海岸上，看着大海。也许是坐着的，我不清楚，因为感觉不到自己的腿和胳膊。我只知道自己在那儿。我享受着照射在赤裸背部上的阳光，很舒服。不仅仅是舒服，简直是舒服得要命。凉爽、完美的一天，我感到血液在血管中流动。大概有东西死在离岸一英里左右的海域了，或者那里有一群鱼，因为成百上千只飞鸟正朝那儿俯冲、盘旋，然后降落。我打定主意要游过去，亲自看一眼……

茱莉亚·特兰桑浏览着第三张记录，“其余的都差不多吗？如果是的话，我就帮不上忙了。描述得不够细致。”

“我知道。”沃拉斯顿点点头，“如果你能说‘嘿，我十四岁那年的夏天，我们就是在那地方度过的’，当然很好。不过我没期待它能让你想起什么。继续读，如果你不介意的话——我是出于其他原因请你读这些记录的。”

“我还以为你是请我来吃晚餐的。”

他没有回答。她继续一言不发地读下去，直到最后一页，然后抬起头来，扬起眉毛：“接下来呢？”

他从一个文件夹里拿出四张长二十英寸、宽十四英寸的纸，推到桌子对面。“和你一样，科林对于他写下来的东西也感觉不满意。他说他是画家，不是作家；他擅长画画，而不是写作。从这些画里你能看出些什么？”

白色画纸上是墨黑色笔触的画作。前两张画茱莉亚看了几秒钟便放到一旁，但是后两张却看了很久。詹姆斯·沃拉斯顿密切地关注着她，但是没有说话，也没有动。

“如果你告诉我这些都是科林画的，我也只能接受。”她拍了拍摊在沃拉斯顿饭厅桌子上的前两张画，“但是这两张的确不像他画的。”

“为什么？”

“不够细腻。”她拿起其中一张，“科林要画什么，总是画得极其细致。并不是说他缺乏想象力，但他总是照实物画。但凡他看在眼里的，都能画下来，而且他所观察到的细节比你我都多。”

“这些他没见过，是梦中出现的。”

“你不是一直说，梦境与其他事物一样真实吗？不说别的，把头两张和其他的比较看看。这些应该是鸟儿，因为它们在飞，但它们是漫画里的鸟儿，翅膀、身体和头都那么模糊，好像科林完全不在乎它们的模样。再看看另外这两张，画的是潮汐贝类，还有螃蟹和虫子。精细至极。每一个关节和每一根绒毛都没放过。看到这个了吗？这是圣詹姆士海扇蛤——一种扇贝。看看边缘膜[1]上的眼睛，简直可以拿去当教科书的插图。这正是科林的风格。那两条海蚯蚓也是一样，你甚至能分辨出它们是不同的种类。但是前面那两页真不对劲儿。”她停顿了一下，“你没看出来，是吗？”

“我被你说服了。”沃拉斯顿盯着那些画纸，仿佛第一次看到它们。他本来已把领带取下，搭在一把椅子的椅背上，现在又拿起它，在手指之间绕来绕去。

“可是你不乐意，”茱莉亚说，“不乐意听到我说的前两页的事？”

“的确。”

“是个坏兆头吗？”

“我不知道。我只知道不是好兆头。对于科林而言，没有变化就是最好的变化。”

“你认为它卷土重来了？”

“我真想告诉你，‘不，当然不是’，但我不知道。老天，我讨厌不断对你重复这句话。我不知道，我不知道。但事实就是如此。”他朝她靠过来，比社交距离还要近上半步，“茱莉亚，我也希望自己能说些确凿无疑的话。这种变化是治疗引起的——新药、新方案、新的给药系统。”

“可你认为不是这个原因。”

“我觉得这些画可能受治疗的影响，”他把那些画作重新放回文件夹中，“可它们只是一部分。我还需要多看，多听，多感受，才能获得更多信息。直觉告诉我，这不仅仅是药物的副作用。我觉得科林遇到麻烦了。你打算待多久？”

“我一直没有决定。我可以待上整个夏天。虽然现在安排有点儿晚，但

1. 扇贝壳顶部和底部边缘的外套膜的一部分。

动作快些的话，甚至可以安排休假到明年。我需要这么做吗？”

茱莉亚听出了问题背后的问题，一颗心悬了起来，不确定自己是否愿意听到那个答案。

“我想你需要。”詹姆斯·沃拉斯顿医生看起来很痛苦，一位客观的医生不应该流露出这样的神情，“我想你应该留下，直到——嗯，能待多久就多久吧。”

公寓一楼的北卧室被改造成一个工作室。从朴素的大窗户看出去，是一个铺着砖的院子，野草从裂开的石头缝中钻了出来。这间工作室位于一条走廊的尽头，远离公寓大门。茱莉亚走过前门时，驻足听了一会儿。

悄然无声。真是奇怪。在过去的三个月里，每当她到来，科林总会说声：“嗨！”然后他会在厨房里逗留一会儿，讨论晚餐的安排。他一定是工作得太投入了。

她赶忙在走廊上将鞋子和披肩脱掉。

科林在工作室里。他站在画架旁，半转身对着她。他在用丙烯酸颜料作画，茱莉亚在巨幅画板上看到一片生动而灿烂的色彩。自打进屋起，茱莉亚就在打量科林。后脑勺的头发完全长好了，现在肯定有两英寸长。但是他很瘦，简直是皮包骨头，太阳穴的皮肤很苍白，看上去有一种半透明的质感。她看着画架后方的折叠餐桌，上面的食物原封不动。自从她十小时之前离开这里，他什么都没有吃。

“科林？”

科林似乎没有听见。他正沉迷于作画，笔触一如既往的快速而沉稳。她向他身旁走去，想看看那幅画，可是还没走到画架跟前，她先抬头瞥了一眼他的脸庞。科林的灰眼睛里呈现出一种异样的明亮，瘦削的脸上映射出欣喜之情，但并非因为茱莉亚的到来。他根本没有感觉到茱莉亚的存在。他正朝某个隐秘的空间微笑。

“科林！”茱莉亚感到一阵突如其来的恐惧，碰了碰他的胳膊。画笔颤抖，挥动着的手慢了下来。他眨了眨眼，皱起眉头，朝她转过身。“茱莉亚——”他说，“我越过了一道障碍。太美妙了。但是现在又出现了一个。更大的。我还没找到通过的方法。”他上下摆动着画笔，做出迅速斩落的动作，“就像一堵墙。如果我能翻过去……”

他满脸的陶醉突然被惊讶所取代。科林摇晃着呻吟起来。他的嘴唇向后咧开，露出牙齿。茱莉亚看到了他的牙龈，苍白、毫无血色，还有那不带一丝血色的白眼球。画笔掉在地上。她赶上去抓住他的胳膊，但还没等她扶稳，他已经往前一扑，双手在画布和画架上一阵抓挠，然后重重地摔了下去。

“不管你是怎么告诉科林的，我只想听你说说预后，无论有多糟糕。”

下班时间早已经过了，茱莉亚·特兰桑仍坐在医生接待室的沙发上，上面覆着一层乙烯薄膜，坐起来很不舒服。茱莉亚的脸和二十四小时前她弟弟的脸一样苍白。

“科林根本不听我的话，他好像完全不在乎。这种情况并不少见。”沃拉斯顿本来一直站着，但是现在走过来坐在她身边，“人们不愿意听到坏消息。”

“所以这是个坏消息，对吗？”

“非常坏，而且是意料之中的。”他叹口气，仰头靠在光滑的沙发背上。晚餐时，他把平时喝的普通葡萄酒换成了马丁尼。茱莉亚察觉到了这一变化。他比平时更加健谈，而且这一次，他希望她当一名听众。

“我很好奇一百年后会是什么情形，”他继续说，“或许内科医生们回顾历史，会觉得我们这些人就像中世纪的理发师，徒劳地尝试各种新药物。除了手术之外，所有治疗癌症的方法都基于一条相同的原则：采取杀死病人的手段，但寄希望于癌症能够先于病人被杀死。抗代谢药物——譬如科林植入的那种——会杀死分裂中的癌细胞，但仍有一些顽强地存活下来，而且会继续分裂、增殖。我见得多了。化疗开始了，病人似乎一切都好，恢复得相当不错。可是过几个月……就开始每况愈下。”

“科林就是这样——就算这种新的实验性治疗方案也帮不了他？”

他闭着眼睛点点头，后脑勺依旧靠在沙发上，“实验性治疗就像买彩票。你必须赌一把，但实际上胜算很小。”他闭着眼伸出手，摸索着她的手，“我很抱歉，茱莉亚。我们没有赢。它回来了，而且长得很快。自从上次CAT扫描后，我已经不再心存侥幸了。”

“多久，吉姆？”

“我不知道，很快吧。科林可以出院，如果他希望的话，让他留在这儿没什么帮助。临终安养院可能更合适。一天或两天，几个星期，一个月。谁也不知道。”

“你不能试试别的治疗方法吗？”

他沉默不语。茱莉亚盯着对面的墙壁，那儿挂着科林手术后的一幅画作。那是一幅素描草图，寥寥十几根线条，描绘出一幅鸟儿喂食幼鸟的情景。那只大鸟正将鸟喙深深地伸进小鸟张开的嘴里。

“墙上那幅画，科林是什么时候画的？”

“大约两周前。”沃拉斯顿动了动，“画得真好，不是吗？你看过其他的吗——他手术后画的其他画？”

“一张也没看过。这是我们多年来养成的习惯。科林为展出或交货做准备的时候，我是不看的，我会在最后对作品整体给出自己的看法。他不愿意让我待在他的工作室里。”

“这倒也不错。他最近的画有的很……古怪。”

“你是说他水平大跌？老天，对科林来说，这比死还糟糕。”

“不，水平很高，只是动物们看起来很别扭。比如他画了一对海豹，但是它们的鳍足太发达了，就像一对真腿。还有一只斑马，又不太像斑马，更像是滑稽版的獾㹢狓[1]。起初我还怀疑，这些画是否映射了科林脑子里的想法，但是没有。我只能说，他的感受很古怪，所以画出来的东西也很古怪。”他拍拍她的手，“我知道，茱莉亚，‘科林只画他亲眼见到的。’这话你不用说了。”

“你刚才说真腿？那只鸟身上还有翼爪，实在太奇怪了。它不是麝雉[2]的幼鸟。”

沃拉斯顿感到她抽开了自己握着的手，听到身旁的沙发上一阵快速的响动。沃拉斯顿睁开眼睛：“茱莉亚？”

但是她并没有坐在他身边，而是走到墙边，全神贯注地盯着科林的画。当她转回身的时候，嘴大大地张成O形，满脸的困惑和猜疑。

“就是这些。”茱莉亚·特兰桑在一叠画纸、画板和画布上拍了拍。他

1. 獾㹢狓是一种直到1901年才在非洲萨伊森林发现的大型哺乳动物，又称欧卡皮鹿。

2. 麝雉是一种热带鸟类，见于南美洲亚马孙盆地及奥利诺科河三角洲的沼泽、森林及红树林中。

们围在沃拉斯顿的办公室里，宽大的木质书桌已经清理干净，台灯开到最亮。“能找到的都在这里。你一般按照作画颜料和画布尺寸分类，但我按照时间顺序重新排序了。一共有八十九张画，都签了名，标注了日期。最上面这张是科林从英国回来后画的第一张，最后一张是他在工作室晕倒时画的。我希望你在评价之前，先把这些画都看上一遍。”

“遵命。”詹姆斯·沃拉斯顿开玩笑似地说。他知道茱莉亚在最近几个月里一直承受着巨大的压力。眼下是午夜时分，他们刚刚把科林·特兰桑的画作从医疗记录档案、公寓和工作室里收集起来。茱莉亚不肯说她到底在玩什么游戏，但是沃拉斯顿看得出来，对她而言，这比游戏重要得多。他开始认真端详那一叠画，有的是钢笔和墨水画的，有的是炭笔素描，还有油画、丙烯颜料画和铅笔画。

“怎么样？”没等他看完，茱莉亚便迫不及待地发问了。她满怀期待地看着他，尽管他刚刚看完第十张。

“他只画自然场景，不画别的吗？”沃拉斯顿问，“只画植物和动物？”他仍在一张一张地翻看。

“大部分是。科林是顶尖的生物插画作家。怎么了？”

“你总说他从生活中取材，只画他亲眼看到的。可是从这些画里来看，并非如此。”

“怎么说？”茱莉亚追问道。

“呃，前面这几幅画里的东西我认得出来，而且画得很好。但是这个——”他把自己正看着的一幅画抽出来，“看起来很别扭。”

“不别扭。那是巨水獭[1]——一种啮齿动物，河狸的一种。继续。那一张呢？”

“我要是认识就怪了。像一匹马和一只狗嫁接在一起——虽然科林一开始画的是马头，可是画到身体和腿时却改了主意。”

“你说得不错，那是始祖马[2]。栩栩如生。继续。”

可是沃拉斯顿停了下来，“你确定吗？我觉得看起来很奇怪，在比较解剖学方面我受过很扎实的基础训练。”

1. 巨水獭，又名巨河狸，是啮齿目的巨型种，见于更新世的北美洲。

2. 始祖马，又名始新马或始马，见于始新世早期至中期的亚洲、欧洲及北美洲。

"这我相信。"茱莉亚说着，从那堆画里抽出一张来，他们还没有看完一半。她的双手在颤抖，"但你说的是现代解剖学，吉姆。我是专门研究古生物构造的。科林画的全都是真实的植物和动物。唯一的特别之处在于，其中有些已经灭绝了。巨河狸是一种巨大的河狸，与熊的体型相仿。它们生存的年代在更新世。始祖马呢？是马的祖先，它的鼎盛时期是下始新世，四千万至五千万年以前。我们根据化石记录推导出它们的身体构造，而这些画与我们的推论高度一致。"

她浑身都在颤抖，但是沃拉斯顿丝毫没有被这种情绪感染，"我相信你的话，茱莉亚。但是我想指出，这没什么好吃惊的，想一想你自己的工作和兴趣所在。"

"不是那样的！"茱莉亚摸出一支烟来，点燃，深深地吸了一大口，足以让她的肺部最深处都皱缩起来，"不仅是吃惊，简直是震惊。第一次喝酒的时候我就告诉过你，科林对我的工作毫无兴趣。他对这些事一无所知，而且不在乎。他不可能从我这里获取相关知识。而且你知道吗？这些画呈现的年代刚好与作画顺序相反。测定化石的年代很棘手，我深有体会。但是在这些画里，科林绘画的时间越靠近现在，画中的生物就越古老。"

"你在说什么，茱莉亚？"沃拉斯顿的声音里透出浓重的担忧，但主要是为了姐姐，而不是弟弟，"如果你在暗示……你听上去在暗示的事情，纯属无稽之谈。眼前就有一个非常合理的解释。"

"比如？"

他伸出手去，把她指尖的烟拿走，掐灭，"茱莉亚，研究人类大脑时间越长，你就越会发觉它有多神奇。你说科林觉得你的工作无聊透顶，也许是对的。可是，这么多年来你一直在谈论古生物学，难道你认为科林从没听进去过一言半语，从没翻看过你的书？它们在公寓里到处都是，连我都看过。你能认出科林画的这些画并不奇怪——因为正是你把这些念头植入他脑子里的。"

"我没有，吉姆。我知道我没有。原因在这里。"她朝那堆画的底下翻，"现在我们超过了K-T边界——就是白垩纪大灭绝的时间。看到这个了吗？"

这是一幅色彩略显沉闷的油画，满眼都是棕色、土黄色和深绿色。画中的细节很丰富，创作者的视角贴近地面，是透过一片蕨类植物朝上看过

插画/婷婷

去的。在这个枝叶繁茂的隐蔽处之外的空地里，趴着三只带鳞片的动物，它们正盯着四只从左侧走过的其他动物。太阳的位置很低，在右侧投下了长长的影子，一缕缕清晨的雾霭在地面弥漫，使画面的线条看起来很柔和。

“蜥臀目恐龙。腔骨龙，我得说，而且体型不大。”茱莉亚指着前景中的三只动物，“我们之前看到的画面都是第三纪或离我们更近一些的，再往前是白垩纪之类更古老的。我认为这幅是中侏罗纪，一亿六千万年以前。没有鸟，没有开花植物。我认识这三只动物——但是它们后面的四只我不认识，连类似的都没见过。如果一定要猜，我会说它们是某种小型鸭嘴龙，某种尚且不为人知的、正骨龙的侏儒亲戚。那个扁扁的大块头，在背景里稍远一些的，也许是一条鳄鱼。回过头来，看看腔骨龙身上的细节，吉姆。我不可能告诉过科林这些——我甚至自己也不曾想象过。看看那些鳞片、皱纹，还有嘴袋里的褶皱，看看眼睛和锯齿形的眉骨——我没有在任何插图中见过它们，从来没有。植物也符合年代，裸子植物、苏铁类植物、银杏和针叶树。”

詹姆斯·沃拉斯顿大笑起来，但是从表情来看，他似乎并未觉得有什么好笑的。他很肯定，茱莉亚·特兰桑在以自己的方式拒绝现实，“茱莉亚，如果你来找我看病，然后说出这番话，我会建议你马上做检查。听听你都说了些什么！”

可是她已经翻出了最后那张画。科林·特兰桑跌倒在上面时，画的颜料还没干，所以留下了一道道污迹。“这张就更早了。”她平静地说，但并不是说给沃拉斯顿听的。他无奈地看着她。

“像是狂齿鳄属，一种植龙。但是下巴有点不同。左边是有角鳄属，一种链鳄。另一只我不认识，但是具有哺乳动物的特征。”她抬起头，“老天，我们一定是回到了三叠纪早期。两亿多年以前。这些是槽齿类古鳄，恐龙最初的祖先。他跳得越来越远了。我很害怕，吉姆。”

他朝茱莉亚伸出手去，她贴近他，把脸埋进他的外套里。但是她的声音却相当清晰，“天一亮我就要去看看科林。”

詹姆斯·沃拉斯顿觉得仿佛是天方夜谭的事情，科林·特兰桑听的时候却始终带着淡漠和恍惚的兴味。茱莉亚只消看他一眼便知道，不论神经科医生说什么，科林是再也不能出院了。不是因为静脉注射的导管，也不是科林苍白到近乎淡蓝色的脸庞，而是其他的东西，隐藏在病房空气中的某种气息，让她一眼便能看穿弟弟皮肤下的骨骼。

不论那是什么，科林似乎并未留意。他咧嘴笑着，凝视着她，可是目光又穿过了她看向别处，他的脸上充满了在工作室时的那种狂喜。他的谈话时断时续，有时候显得相当理性，可是下一秒就可能说起疯话来。

“太有趣了。肯定是植入的设备和药物干的。一定是。”听他的语气，仿佛谈论的是在某个熟人身上采用的治疗方法，“茱莉亚，你说，如果我是一只鸟，是不是会比现在好得多？好心的老亨斯利给我开了一刀，把大部分肿瘤切掉了。但是他一定落了一点儿——植入的设备搞不定那一点儿。可怜的小圣甲虫拿螃蟹没办法。可如果我是一只鸟，他们也许会把两个大脑半球全部切掉，我就能够恢复健康了。几乎和以前一样健康。当然了，我可能搭不成鸟巢，但是反正也没人需要。”

说着说着，他突然放声大笑，笑得透不过气来，胸腔连连抽搐，连导入他骨瘦如柴的双臂的导管也摇晃个不停。

“科林！”被好奇抑制一时的恐惧再次汹涌而至，茱莉亚被吓坏了，“我这就叫护士来。”

“我很好。”他那歇斯底里的笑声戛然而止，结束得如同开始一样突然，而且他的脸也在瞬间平静下来。

“好得很。不过我现在是一个机器人。我，机器人[1]。”

她惊恐地瞪着他。科林的精神濒临彻底崩溃，她对此深信不疑。

“你明白我的意思，茱莉亚。”现在他显得很理智，但是有些急躁，“别把我当成傻子。记住费曼说过，在物理学上，可以把任何一个正电子看作电子在时间中的逆行。你说我一直在回溯——”

“吉姆说那是胡扯。他说那是无稽之谈。”

“吉姆是谁？”

“沃拉斯顿医生。”

“就吉姆吧，既然你这么叫。有多久了？”他眯缝起眼睛，抬头狡猾地打量着她，“你告诉吉姆，我赞同你的想法。我在往回跑，而且我可以证明

1.《我，机器人》是美国作家艾萨克·阿西莫夫出版于1950年的科幻小说短篇集，多次被改编为电视剧和电影，最近一次是威尔·史密斯主演的同名电影。

这一点。按照费曼的理论，现在我脑子里的电子都是正电子。我有一个正电子大脑，明白吗？”他又一次大笑起来，瘦得皮包骨的手拍着床单，“正电子大脑。我是一个机器人！”

“科林，我这就叫护士。马上。”茱莉亚已经按下了按钮，但是暂时没人出现。

“等等。你知道我怎么证明吗？我可以证明这一点，是因为我感到美妙极了。”

他的脸上再次洋溢着古怪的狂喜。他握住她的手，“还记得四岁的早晨一觉醒来，想起自己就要过生日时的感觉吗？每个孩子都这样，一直是这样。不过个体发育重演系统发展：不成熟的个体会重演祖先的进化阶段。不仅身体如此，感觉也是。一直以来，孩子和所有动物感受世界的方式是相同的。我回溯的时候也是这样。美妙，不可思议。走得越远，感觉越好。你看过我的画。如果我真的在一直往回走，那我到了哪儿？”

茱莉亚犹豫着没有回答。她感到左右为难，一方面想相信自己的弟弟，看到更多奇迹般翔实的画作，并且进行研究；另一方面她又告诫自己正在与一颗被疾病严重扭曲的心灵打交道。

“最后那幅画展示的是恐龙诞生初期。那时候它们还是槽齿类古鳄，很少有人能认出来。那段时期的化石记录非常不完整。我们对它们的了解远远不够。”

“那么接下来会是什么时候——往过去走，我是说？”

“二叠纪。没有恐龙。在二叠纪末期，地球上百分之九十的生命形式都灭绝了。我们不知道为什么。”

他点点头，“障碍。我是说，在我努力回溯的时候，能够感觉到障碍。我曾经越过了一个，恐龙灭绝的那个。这一道障碍更大。我一直在努力突破。就快成功了，但是几乎耗尽了所有力气。”

“科尔，所有让你疲惫或沮丧的事都对身体不好。你需要休息。为什么要去爬那些想象中的障碍呢？”

“你不明白那种感觉。如果我能一路回溯，回到生命最初的火花绽放的时刻，我敢打赌，那种蓬勃的生命力和狂喜一定会刺激得难以忍受。我就要到了，茱莉亚。越过障碍，进入二叠纪，一路朝着最初的时刻进发。而且我永远不会再回来。永远。”

仿佛收到信号一般，他瘦削的身躯从床上猛地弓起，胡乱扑打着胳膊。他龇牙咧嘴，那模样惨不忍睹，呼吸声也变得粗哑而沉重。茱莉亚连连尖叫起来。这时候护士出现了，沃拉斯顿紧跟其后。

“癫痫大发作。”他朝科林俯下身，拿着一个橡胶压舌板，赶在科林的牙齿咬下来之前塞进了他嘴里，“握紧它，护士，我们可不希望他把自己的舌头给吞了。”

可是抽搐突然结束了，如同开始那样叫人始料未及。科林·特兰桑浑身放松地躺在那儿，呼吸松弛而平缓。他脸色平静，嘴角边凝固的微笑逐渐消失了，取而代之的是永恒的安详与幸福。

“沃拉斯顿医生！”护士看着监视器，一手还摸着科林的脉搏，“沃拉斯顿医生，出现心律失常。心跳越来越微弱了。”

沃拉斯顿将针头足有六英尺长的注射器拿在手中，针管里已经注满了药水。他将注射器举到科林·特兰桑胸口上方。这时候，他留意到茱莉亚的眼神。

她摇摇头，“不，吉姆，求你了。不要延续他的痛苦。”

他犹豫着，最后点点头从床边退开了。

“沃拉斯顿医生，”护士抬起头，感到自己错过了什么很重要的东西，却不确定是什么，她还握着科林·特兰桑的手腕，“我无能为力，他走了，医生。他走了。”

茱莉亚·特兰桑走过去，双手抓起弟弟的另一只手。

“没错，”她说，“他走了。”她弯着腰，低头凝视着那双没有闭上的眼睛，里面依旧闪耀着惊喜的光芒，“他走了。如果能知道他去了哪儿，我愿意为此付出一切代价。”

后 记

安东尼·特洛勒普[1]说过："天才得等待灵感。我不是天才，所以每天写作。"

我不是天才，也没有每天写作，但是有一个办法，保准能从我这儿得到一篇故事：你叫我写一个，并且规定主题，我的脑细胞就会立即开始工作。

这个故事始于罗伯特·西尔弗伯格的一封来信，他问我手里是否有一篇关于恐龙的故事，可以收入他正在编辑的一本新书中。我没有，因为当时我搁笔已久，正埋头苦读有关寄生虫病和癌症治疗的书籍。再说了，我对恐龙一无所知。

我给他写了回信，顺理成章地告诉他我有一篇故事，顺带提供了一个拟定的标题：《费曼突变》。可是我被胶质母细胞瘤、化疗和抗代谢药物迷住了，总是不由自主地想到它们。所以，假如你觉得这个故事与癌症关系更紧密，恐龙反而只是一笔带过，这下该知道是怎么回事儿了吧？

1. 安东尼·特洛勒普（1815—1882），英国维多利亚时代最出色的长篇小说家之一。

十字路口

INTERSECTION

[意] 吉奥·克莱瓦尔 Gio Clairval 著
孙梦天 译

特别策划·免疫

是谁令我左右为难?

吉奥·克莱瓦尔，出生于意大利的作者和译者。在巴黎度过大半生后，她搬到了苏格兰的爱丁堡。她的小说曾刊登在《怪谭》《奇幻杂志》《后记》等平台。这是她第一次在《银河边缘》国际版上亮相。

一群穿制服的人把我从扭曲的钢铁架中解救了出来，他们对我说着什么，但我只能听到震动的噪音。

我的脑海被一个女人的面孔占据，她长着灰蓝色的眼睛和饱满的嘴唇，非常漂亮。我对她十分了解，也知道我爱她，她是我妻子。

但她爱的是莱斯特。

那个笨蛋当时在开车，他没有停在十字路口，我妻子当时和我们一起在车里。

她现在站在救护车旁边，看起来没什么大碍。

莱斯特站在冷风中，很幸运。我听不到他的絮絮叨叨，他一直不停地说话，他唯一的本事就是说话。

可能他已经死了；如果还没有，我要帮他去死。

现在，世界变得黑暗、宁静。

我斜倚在床上，一些管子从鼻孔里伸出来，还有一根在我的下体，但没有管子伸进我的喉咙。一个体征监视器闪着绿灯。

我试着从床上起来，但是失败了。我试着活动四肢，但它们没有任何反应。泪水从我的左眼流了下来。

我不会就此放弃的。

我花了好一阵子才掌控了左手，把它移到头上，发现头上绑着绷带。我肯定看起来像隐形人，这个想法让我笑了起来。

这时，胸口突然传来一阵刺痛，让我的笑声戛然而止。

我又想起妻子的脸庞，感受到了一些慰藉，但我还是很困惑。

为什么她爱的是莱斯特，而不是我？

我恨莱斯特的程度不亚于我爱妻子的程度。

不是他死，就是我亡。

我现在可以四处走动了。

但是，我一直在揣度一件事——因为莱斯特觉得自己比我好，所以他应该代替我掌控主导权。

但是，我不这么认为，我觉得他只是比我能说而已。

说话这件事被高估了，男人可以既安静又温存，莱斯特只在乎自己是不是做决策的那个人。

莱斯特对那些使人生有意义的大事小事都毫无了解。就拿星星的音乐举个例子，当然，没有人能听到星星的音乐，但是我可以肯定，即使他能听到，他也不能像我一样深入骨髓地感受它。音乐无法触动他，在演出中，当贝斯手用扩音器来演奏心脏的跳动时，莱斯特身上唯一颤动的地方是他的裤脚。

他不比我强。他出生后，大自然母亲决定再试一次，因为第一次所有方面都出错了，而第二次尝试的结果就是我。

现在，我能理解人们说什么了，而不只是听到乱七八糟的词语。

莱斯特终于醒来了，我的妻子也来探视了。他一开始没有认出她，她在一个笔记本上写了些什么，然后拿给他看。莱斯特喃喃地念道："莉亚。"

她还拿着一份报纸。

"给……"他吃力地说道。

我瞥见了报纸，上面有一张车祸现场的照片，旁边是我和我妻子的照片。

他指着照片中我的脸问："谁？"然后开始叫骂。

妈的！他以为我妻子在他背后出轨了，跟我。

我感到很困惑，明明我是她丈夫，她背着我跟他出轨了，我知道她喜欢他多过喜欢我。

他现在举起一只手想打她。

我绝对不允许他这么做，于是我抓住他的手，把它摁下去，但是它猛地抬起来打了我的眼睛一拳。

护士拿着一袋冰块走了进来，莉亚接过冰袋，放在了我的眼睛上，她亲吻、安慰着我，以至于我甚至想让那个白痴再打我一拳。

今天，我要杀了莱斯特。

我们从医院回到了家，莱斯特能讲话了，但还不是很流畅。否则，我要被他的废话烦晕了。

他老是把报纸摊开得像一张床单，把两条胳膊张得那么开，害我看不到最喜欢的电视剧。他读报是为了炫耀，因为我还做不到，我现在能看到的只是报纸上歪七扭八的字符。

不过这一切都没关系，因为他很快就要死了，死人是不会读报纸的。

莉亚现在在上班，所以有个护士照顾我们，她有修长的双腿和甜美的笑容。她甚至还带来了玫瑰，我帮着把它插进了花瓶里。我想闻一下花香，但是感觉左鼻孔好像被堵住了。

护士一走进厕所，我就把莱斯特拖到窗边，他不想动，但是我比他强壮。

我把他推到窗台上，他半个身子都在外面了。

护士急匆匆地跑过来，大叫道："布朗先生，你在干什么?!"

我正在打赢这场战斗。

"快点阻止我!"莱斯特喊道，"我控制不住我自己。"

等等，他说什么？他控制不住什么？我才是那个推他的人。

护士把我们拉回来，让我们坐在沙发上。

我一定会想办法把他除掉的，一定。

"我这是怎么回事?"他问道。

"你当时突然轻微中风，然后你的车越道了。"

"中风……"

"轻微中风，症状只持续了不到一天。"

"但我还是认不出我妻子，还有自己的脸，是中风又发作了吗?"

"不是，是别的问题。"她轻拍莱斯特的肩膀。

她向他讲解了一种叫胼胝体的神经群，它像一座连接大脑两个半球的桥，他的这个部分在事故中被切断了，"你的右脑不受控制了。"

这让我愕然一惊，非常困惑。究竟怎么回事？她在说什么？我拒绝相信她说的医学术语鬼话。

"别担心，布朗先生，"她说，"这需要时间，但是经过一些训练，你就能学会控制自己的右脑。"

她在说什么？他会控制我？在敌人阵地有我的一只胳膊、一条腿和一个鼻孔，还有我俩中最好的那只眼睛。我现在醒了，绝对不会再睡去了。

贩卖疼痛

THE PAIN PEDDLERS

[美] 罗伯特·西尔弗伯格 Robert Silverberg 著
乔 丽 刘文元 译

旁观他人之痛苦，

终会加诸己身。

罗伯特·西尔弗伯格（1935— ），美国科幻作家、编辑，世界科幻巨匠之一。他曾多次斩获雨果奖和星云奖，并荣登科幻与奇幻名人堂。2004年，为表彰西尔弗伯格为美国幻想文学做出的杰出贡献，美国科幻奇幻作家协会（SFWA）授予他“大师奖”，这是一个科幻与奇幻作家一生中所能获得的最高荣誉。西尔弗伯格参加了从1953年第一届雨果奖以来的所有颁奖典礼，亦曾担任过世界科幻大会荣誉嘉宾。

痛苦即收获。

——希腊谚语

电话铃响了。诺斯罗普轻轻戳了一下通话开关，里面传来毛里洛的声音：“有个人生了坏疽，主任。今晚就得截肢。”

这番话令诺斯罗普心跳骤然加速。“手术费用是多少？”他问道。

“五千美元，权利归他们所有。”

“包括麻醉剂？”

“那当然，”毛里洛说道，“我试着跟他们谈过不使用麻醉剂。”

“你给他们报价多少？”

“一万。但他们没答应。”

诺斯罗普叹气道：“看来我得亲自处理了。病人在哪里？”

“克林顿综合医院的病房里。”

诺斯罗普扬起浓眉怒视屏幕。“在病房里？”他怒吼道，“那你怎么就没能说服他们同意呢？”

毛里洛看上去有些害怕，“是因为他的亲属，主任。他们很难对付。那个老头儿倒是毫不在乎，但他的亲属——”

“好吧。你待在那儿，我这就过去把他们拿下。”诺斯罗普厉声说道。他挂断电话，然后从桌子里抽出几张空白的弃权证明书，如果那些亲属让步，也好有所准备。坏疽固然很好，但一万美元也不是小数目。生意就是生意。电视台的人正冲他大吼大叫。他必须谈成这个单子，否则就得滚蛋。

他用拇指点开智能秘书，“三十秒内将我的车备好，在南街出口。”

“好的，诺斯罗普先生。”

“如果半小时内有人打电话，就帮我录下来。我要去克林顿综合医院，我不想在那里被电话打扰。”

“好的，诺斯罗普先生。”

“如果电视台办公室的雷菲尔德打过来，你就说我会交给他一个上等货。告诉他——哦，该死，告诉他我会在一小时内回电话。就这样。”

“好的，诺斯罗普先生。”

诺斯罗普皱着眉头看了一眼这台机器，然后离开了办公室。重力升降机眨眼间就把他从四十楼送到楼下。汽车已在预定位置等待，那是一辆有着流畅、修长线条和全景天窗的08款弗兰特纳克。当然，车是防弹的。电视节目制作人很容易遭到疯子的攻击。

他身体后仰，陷进车座上的长绒衬垫里。汽车询问要去哪里，他说出了目的地。

“给我来一粒兴奋丸。”他说道。

从面前的分发器中滚出一粒药片，他捡起来吞了下去。毛里洛，你让我烦透了，他想到。为什么没有我，你就搞不定呢？哪怕一次也行？

他在心中暗自决定，毛里洛必须得走。公司绝不容忍这种无能之辈。

这家医院有年头了。它位于一栋怪异且俗不可耐的绿色玻璃建筑中，这种细长形建筑在六十年前非常流行，既无格调亦无特色。诺斯罗普穿过五彩斑斓的正门，闻到了熟悉的医院的味道。大多数人很讨厌这种味道，但诺斯罗普非常喜欢。对他来说，这就是钱的味道。

这家医院太老了，现在仍然有护士和勤杂工。哦，走廊里还有很多机器飞掠而过，但中年护士也有不少，她们仗着自己有终身职位，推着餐车慢悠悠地溜达，还有一些勤杂工步履蹒跚地拿着扫帚扫地。诺斯罗普年轻时，曾经拍摄过一部关于医院走廊里这些活化石的纪录片。从面部松弛的护士，到闪闪发光的机器都有所记录，这部作品生动地展示出新型医院的不人道之处，为他赢得了一个奖项。那已经是很久之前的事了。自从有了增强器，一种不同类型的娱乐项目也随之流行起来。

一台机器把他带到第七病房。毛里洛已经在等着了，他原本是个神采奕奕的小个子，现在却一脸愁容，因为他知道事情没有办妥。他冲着诺斯罗普苦笑道：“你速度很快啊，主任！”

“总不能让竞争对手有机可乘吧！”诺斯罗普问道，“病人在哪里？”

“在最里边。你看到那边的遮帘了吗？是我给放下来的。跟那些继承人，我的意思是，亲属们斗智斗勇去吧。”

“跟我说一下背景信息，”诺斯罗普说道，“他们谁说了算？”

“大儿子，哈里。你得提防着点儿，他很贪心。”

“谁不是呢？”诺斯罗普叹气道。他们现在就在遮帘旁。毛里洛离开了。在长长的病房中，病人们都虚弱地颤抖着。他们全是潜在的节目录制对象，诺斯罗普想到。这个世界充满各种各样的疾病——而且每种疾病都以另一种为食。

他穿过遮帘，看到后面的病床上躺着一位老人。他面颊凹陷，脸色发绿，胡子拉碴，显得异常憔悴。病床旁立着一台机器，伸出一根静脉注射管从被单下穿过。病人看上去至少有九十岁了，诺斯罗普心想，哪怕减去因疾病而超出实际年龄的十岁，他依然非常苍老。

然后就是他的亲属。

在场共有八人。其中有五个女人，涵盖了青少年到中年的各个年龄层。还有三个男人，最大的约莫五十岁，另外两个都四十多岁。诺斯罗普猜，他们应该是病人的儿子、女儿、侄女和孙女。

诺斯罗普神情凝重。“我知道这对你们是天大的不幸。一个男人正值年富力强之时——他还是一个幸福之家的一家之长……”诺斯罗普看着病人说道，“但我相信他能挺过来。我从他身上能看到那股坚强的意志力。”

年长的男子说道：“我是哈里·加德纳，病人的儿子。你是电视台的人吗？”

“我是制片人，”诺斯罗普说道，“我通常不会亲自到现场，但助手告诉我，你们正身处一个千载难逢的境遇，你们的父亲是一个多么勇敢的人啊……”

病床上的老人还在昏睡。他的状态看起来糟糕透顶。

哈里·加德纳说道：“我们已经想好了。我们拿不出五千美元，不做手术了，只付医药费。手术费用会把人压得喘不过气来。”

“我完全理解，”诺斯罗普装出最真诚的声调说道，“这也是我们准备提高报价的原因。我们很清楚，住院治疗对一个小家庭的灾难性后果，即便是在有各种福利的今天也是如此。因此，我们的报价能有——”

“不！必须得用麻醉剂！”其中一个女儿说道，她身材滚圆，衣着朴素，薄薄的嘴唇毫无血色，“我们不允许你让他遭罪！”

诺斯罗普笑了笑，“相信我，疼痛的时间极其短暂。我们会在截肢后立刻使用麻醉剂，我们只需要捕捉到那一瞬间的——”

“不行！他年纪太大，必须得到最好的治疗！否则疼痛就会要了他的命！”

“恰恰相反。”诺斯罗普平静地说，“科学研究表明，在截肢手术中，疼痛往往是有益的。疼痛会促使身体产生神经传导阻滞，你知道吧？那样就会导致自体麻醉，而且没有化学疗法的任何有害副作用。只要截肢完成，就立即启动正常的麻醉程序，并且——”他深吸一口气，然后满口承诺道，“我们将会额外支付你们一笔费用，这笔钱足够为老人做最好的医疗护理，完全不用省着花。”

他们警惕的眼神放松下来。哈里·加德纳说道：“你出多少钱？”

“我可以看一下他的腿吗？”诺斯罗普问道。

他掀开被单，注视着那条腿。

情况非常糟糕。尽管诺斯罗普不是医生，但他从事这项工作已经五年了，从业余角度也足以对病情有所判断。他知道这个老人形容枯槁，沿着小腿往上的皮肤就像被严重烧伤似的，很可能只做了急救护理而已。然而，无产者所惯有的无知的乐观，使得这些亲属任由老人腐烂，直至坏疽。现在，这条腿已经黑得发亮，而且从小腿肚到脚趾末端明显浮肿，看起来已经烂到发软了。诺斯罗普觉得他能把那些肿胀的脚趾头一根根掰断。

不管做不做截肢，这个病人都必死无疑。腐烂很可能已经深入骨髓了，而且，即便截肢手术的休克没有让他死掉，术后的虚弱也会。对节目而言，这种能够引起胃部翻江倒海的痛苦片段不可多得，这正是数百万观众翘首以盼的镜头。

诺斯罗普抬起头来，“如果你们同意我们开出的条件，由电视台认可的外科医生做截肢手术，那么我们将会出一万五千美元；同时，我们还会承担外科医生的费用。”

“呃……”

“而且我们还会承担你们父亲全部的术后护理费用，”诺斯罗普平静地补充道，“即使他在医院待上半年，所花费的每一分钱都不用你们出，这可远远高出了给你们的电视转播费。”

从对方贪婪的眼神中，他知道自己说服了他们。他们已经濒临破产，自己的方案无疑是雪中送炭。而且，即使给老人截肢时不用麻醉剂又有什么关系呢？他现在已经神志不清，不会有任何知觉，完全不会。

诺斯罗普拿出一堆文件，包括弃权声明书，还有合同，上面涉及了原版重播版权费、拉丁美洲版重播版权费和付款凭证，可以说，相关的条款应有尽有。他派毛里洛赶忙找一个智能秘书，不一会儿，一台闪闪发光的机器就过来做了详细记录。

“麻烦您把名字签到这里，加德纳先生……”

诺斯罗普把笔递给大儿子。后者签了名、封装好文件，然后递给诺斯罗普。

“今晚就动手术，”诺斯罗普说道，“我马上就叫外科医生过来。他是我们最好的医生之一。我们会给您父亲最好的护理。”

他把文件放进衣袋。顺利成交。或许如此对待一位老人不太人道，诺斯罗普认为，但他对此并不担责。他的职责是给公众提供他们想要的节目，而人们想要的就是鲜血四溅的感官折磨。这对那位老人又有什么要紧的呢？难道不是吗？任何经验丰富的医生都会告诉你，他现在跟死了没什么两样。手术不会救他的命，麻醉剂也不会。如果坏疽没有把他折磨致死，那么术后的休克也会让他死翘翘。最坏的情况就是，他在手术刀下仅会忍受几分钟的痛苦，而他的家人却再也没有经济损失的恐惧了。

在回去的路上，毛里洛说道：“你不觉得有点冒险吗？主任，我的意思是，真要给他们承担住院治疗的费用？”

“你得敢于为想要的东西赌一把。”诺斯罗普说道。

“话虽如此，但如果真那样的话，费用可能会增加到五六万美元！这将大大超出预算吧？”

诺斯罗普耸耸肩，“我们能挺过去的，那个老头儿撑不过今晚。我们不会多损失一分钱，毛里洛，一分钱都不会。”

回到办公室，诺斯罗普把关于加德纳先生截肢手术的文件转交给助手，以便着手准备节目事宜，然后打算今天就这么结束了。现在只剩下一件得罪人的事情需要做：他必须得炒毛里洛的鱿鱼。

当然，这不能叫辞退，更像是降职。毕竟毛里洛有终身职位，就像医院里那些勤杂工和所有管理岗以下的员工一样。近几个月来，诺斯罗普对这个小个子的工作越来越不满。毛里洛在工作中缺乏创造性，不知道如何谈成一笔交易。他为什么想不到用承担住院治疗费用的方案，来说服老头的亲属呢？如果他不能为自己分担工作，诺斯罗普心想，那么也就没有用他的必要。公司里有的是助理制片人排着队想做这份工作。

诺斯罗普跟他们中的几个人聊过，并且已经有了人选。那是一个名叫巴顿的年轻人，他一整年都在忙着制作纪录片。巴顿已经把今年春天伦敦飞机失事的纪录片做完了。他在阴森氛围的营造上有着生花妙手。他还拍摄过去年朱诺市世界博览会的火灾现场。是的，巴顿就是他想要的得力助手。

接下来要做的事情就有点棘手了。尽管只隔着两个房间，但诺斯罗普还是给毛里洛打了电话——这种事从来都不能当面说——然后说道："我有个好消息告诉你，特德。我们要把你调任到一个新的节目组。"

"调任？……"

"没错。我们今天下午在这里聊过了，一致认为血腥暴力节目对你的才华是种浪费。所以我们想让你去少儿时段发挥才能，我们认为你将在那边大放异彩。你和山姆·克莱恩以及艾德·布拉根应该会组成一个很棒的团队。"

诺斯罗普看到毛里洛肥胖的脸上满是沮丧。用脚趾头都能想明白，在这里毛里洛还是二把手，但在那个更加无足轻重的新节目组，他顶多也就是个三把手。他很清楚，这对自己的事业来说就是巨大的下坡路。

按常理来说，在这种情况下，毛里洛应该装出一副得到难能可贵的殊荣的姿态。但他一反常态，眯起眼睛问道："就因为我没有签下那个老头的截肢合同？"

"你怎么能这么想？"

"我追随你三年了！三年，你就这么把我踢到一边！"

"我告诉过你，特德，我们认为这对你是一个很好的机会。这是职业的上升之路。这是——"

毛里洛那张胖脸满是愤怒。"这是把我当垃圾一样丢掉。"他苦涩地说，"好吧，无所谓，对吧？碰巧我也得到了别的工作机会。在你调任我之前，我就辞职。你就拿着你的终身职位去——"

诺斯罗普关掉了屏幕。

这个白痴，他想道，这个白痴肥佬！好吧，让他见鬼去吧！

他清理了一下桌子，然后把特德·毛里洛和他的烦心事抛之脑后。生活很现实，需严肃对待。毛里洛只是跟不上他的步伐，仅此而已。

诺斯罗普准备回家。这真是漫长的一天。

当晚八点，传来老加德纳即将接受截肢手术的消息。十点，电视台首席外科医生斯蒂尔打电话过来，告诉诺斯罗普手术失败了。

“他去世了，”斯蒂尔若无其事地说道，“我们尽力了，但他的病情的确糟糕到无可挽回的地步。他的腿已经有肌纤维震颤[1]，心跳刚才也停止了。我们做什么都无济于事。”

“那条腿截下来了吗？”

“哦，当然。刚刚说的那些都发生在手术之后。”

“录下来了吗？”

“他们现在正在做后期加工。我已经在出来的路上了。”

“好的，”诺斯罗普说道，“谢谢你的来电。”

“我对这个病人感到很抱歉。”

“不要自责，”诺斯罗普说道，“即使最优秀的医生也无能为力。”

第二天早晨，诺斯罗普看到了样片。样片在二十三楼的演播室放映，在场的是一些特邀观众——诺斯罗普、他的新助理巴顿、几位电视台领导，以及两三个剪辑室的人。几个打扮华丽、胸部丰满的女孩把增强头盔递给他们——在这里，这种事情是不用机器来做的。

诺斯罗普戴上头盔。当电极伸出并触到头皮时，他感觉到一种强烈而熟悉的兴奋。他闭上眼睛。脑电放大器开始工作，房间某处的电源响起低沉的嗡嗡声。屏幕亮了起来。

画面中出现了那位老人和他已经坏疽的腿。斯蒂尔医生也闪亮登场，他干净利落，面容粗犷，下巴上有个酒窝，他是电视台的明星外科医生，年薪高达二十五万美金的天才。他手中的手术刀泛着寒光。

诺斯罗普开始出汗。病人的脑电波通过增强器放大并传递给他。他能够感觉到病人腿部的颤动，对笼罩在他大脑内的疼痛感同身受，仿佛自己就是这位奄奄一息的八十岁老人。

护士们正在为截肢手术做准备，忙得团团转，与此同时，斯蒂尔则在检查电子刀。样片里只有无声的画面，当然还有录下来的病人的脑电波。不过，在最终放映的版本中会添加背景音乐、旁白等一切修饰元素。

坏疽的腿裸露着。

手术刀落下。

---

1. 下运动神经元损害的重要体征之一。

携带疼痛信号的脑电波袭来，诺斯罗普痛得龇牙咧嘴。当手术刀划开病变腐烂的骨肉时，他也感觉到一阵短促的强烈的灼痛。他身体颤抖，嘴唇紧闭，拳头紧握，然后一切就结束了。

疼痛消失了。真是一次酣畅淋漓的精神宣泄。那条腿不再向疲惫的大脑传导冲动信号。紧接着，病人出现休克，一切都平静下来，身体已麻木得连剧痛都无法感知。斯蒂尔开始进行收尾工作，将残肢收拾妥当并包扎起来。

样片就在这里扫兴地戛然而止。接下来，制作团队会把对病人家属的访谈放进来，除此之外，或许还会加一个葬礼的镜头，以及对老人坏疽问题的一点探讨。这些都是附加内容。而观众们真正想要的干货，则是能够让他们感同身受的纯粹的血肉模糊体验，并且确实能够最大限度地得到满足。这是一场没有角斗士的决斗，亦是以治病为名，行受虐狂欢之实。它奏效了，数以百万计的观众为之侧目。

诺斯罗普擦了擦额头上的汗。

“各位，看来我们的节目效果很不错。”他满意地说。

当他离开公司大楼时，心中仍然对这期节目回味无穷。他一整天都忙于剪辑、打磨，将节目塑造成型。他很享受细致雕琢的过程，这能帮助他忘掉这份工作的卑鄙之处。

天色已晚。他刚走出正门，就见到一个人影大步走来，此人身材壮硕，中等个头，满脸疲惫。他伸出一只手，粗暴地把诺斯罗普推回一楼大厅。

一开始，诺斯罗普并没有认出这个人是谁。他一脸平静，毫无表情，那是一张属于中年男人的空洞面孔。然后，诺斯罗普认了出来。

哈里·加德纳。那位死者的儿子。

“杀人犯！”加德纳尖声说，“你杀了他！如果你们用麻醉剂，他就不会死！你这个骗子，你杀了他，这样人们就能在电视上享受截肢疼痛的快感！”

诺斯罗普瞥了一眼大厅，有人从拐角处走过来。他放心了，并觉得自己用眼神就能把这个无名之辈吓跑。

“听着，”诺斯罗普说道，“从医学角度，我们已经对你父亲尽力了。我们给他做了最科学的护理。我们——”

“你们杀了他！”

“不……”诺斯罗普说道，然后闭嘴了，因为他突然注意到这个面无表情的男人肥胖的手里闪了一下，那是一把切割枪。他赶忙后退，但为时已晚。加德纳扣动扳机，枪口喷出一道耀眼的光芒，然后诺斯罗普肚皮开花，就像外科医生的手术刀划开那条坏疽的腿一样畅快。

加德纳转身逃跑，双脚在大理石地板上哒哒作响。诺斯罗普蜷缩身体倒在地上，他的外套已被烧焦，腹部还有一处被高温灼伤的伤口，有八分之一英尺宽，可能有四英尺深，高温撕开皮肉，割断了他的肠子和器官。疼痛还没有开始。他的神经还没来得及把信号传递到惊恐不已的大脑。但是很快大脑就接收到了。诺斯罗普痛苦地缩成一团，现在的疼痛可不再是对他人的感同身受了。

有人走了过来。

“天啊。”那个人说道。

诺斯罗普挣扎着睁开一只眼。是毛里洛。在所有人当中，偏偏是毛里洛。

“叫医生来，”诺斯罗普气喘吁吁地说，“快！天啊，太疼了！救救我，特德！”

毛里洛低头看着，然后笑了。他一声不吭地走到六尺外的电话亭，塞进一枚硬币，拨通了电话：

“派一辆面包车过来，快点。我发现一个目标，老大。”

诺斯罗普在地上痛得打滚。毛里洛在他身边蹲下。

“叫个医生，”诺斯罗普有气无力地说，“至少打一针麻醉剂。给我来一针吧！太痛了——”

“你想让我帮你止痛？”毛里洛哈哈大笑，“主任，你真是痴心妄想。你先坚持一下。在我们把增强头盔戴在你头上，并且把整个过程录下来之前，你可千万不能死啊。”

“但你已经不为我工作了——你已经离开这个项目组了——”

“那当然，”毛里洛说道，“不过我现在为洲际公司工作了。他们也在做一个血腥暴力节目，只不过他们不需要弃权声明书就能录制。”

诺斯罗普惊得目瞪口呆。洲际公司？他们不是向阿富汗、墨西哥、加纳还有其他连上帝都不知道的地方非法销售录像吗？他们根本不会支付任何费用。他认为那甚至都不能算作电视节目。自己在痛苦中死去，那群坏到骨子里的录像贩子却大赚一笔，这才是最糟糕的地方，诺斯罗普想到。只有毛里洛才能做出这种事。

“给我打一针吧！看在上帝的分儿上，毛里洛，就一针！”

“那可不行，主任。面包车随时会到。他们会给你缝合伤口，同时我们也会把这个过程好好录下来。”

诺斯罗普合上了眼睛。他感到体内盘绕的肠子在燃烧。他决定立刻就死，以报复毛里洛那群食尸鬼。但事与愿违，他依然痛苦地活着。

他忍了一个小时才死去。不过，这也足够毛里洛等人把他的痛苦给录下来了。他临死前的最后一个念头是：自己的节目竟然没能录制这个过程，那真是天大的遗憾。

超时空同居

HYPERSPACE PARTNER

宝　树
Bao Shu

中国新势力

如果可以，
我想握着你真实的手。

宝树，重度科幻综合征患者，民间哲学家，死理性派的非理性主义者，悲观主义的梦想家，最是沉迷与时间有关的故事。相信每个故事在无限时空中都是真实存在的，写作者只是通过心灵去探险，用笔或键盘去守护。出版有《三体Ｘ：观想之宙》《天象祭司》《时间之墟》《古老的地球之歌》等。

1

飞机刚刚起飞，我就开始思念丁小雅。

虽然距离我们的嘴唇分开还不到两个小时，但超音速客机每一秒钟都在带我远离她，使我们之间增加几百米冰冷的太平洋海水，这是无法弥补的现实距离。飞机上，我迫不及待地连上机载WIFI系统，又在视频里看到了小雅的面容，听到了她轻柔的声音，但那似乎也只是漫长告别的延长，徒增思念。我们都明白这一点，所以更加伤感。

我和丁小雅刚认识半年，正处在热恋期，却不得不分别。如果我早认识她半年，也许就不会选择去美国留学。丁小雅在国内已经工作，不可能陪我出去。五年，我们至少要分开五年，直到我拿到博士学位。虽然这个时代，我们不再像父辈那样需要通过书信和很难打通的长途电话才能相互联系，但在线的文字和视频聊天也代替不了那个活色生香的人儿。因为长期分居而劳燕分飞的情侣不计其数。

到了纽约，我的助理已经给我找好一间租住房。房子临近地铁，只需要坐两站地铁就能到达我就读的大学，租金相对经济实惠，而且比较安全，本区的犯罪率比起同样租金低廉的大部分房屋要低百分之四十，附近五百米内还有唐人街和中国超市，很适合留学生。这是根据我的需求，在数十万出租房屋中选择的最优解。入住的顺利让我摆脱了一点对丁小雅的思念，多亏助理帮忙。

当然不是真人助理——那种我根本请不起——而是腕表式电脑助理，华为出品的“华耀7.0”，这东西在国内时，一般也就是当手机用，助理功能的用处还不明显。但到了国外，人生地不熟，就非常依赖它的帮助了：查询交通路线，购买生活用品，提示当地的风俗禁忌，甚至有时候还需要它翻译一些生僻的外语。因为打交道越来越多，我给它起了个名字，叫阿华。

然而，我还是最想小雅陪在我身边。有一天，我对阿华说：“你要是能把小雅带到我身边就好了。”但这是再完美的助理也不可能完成的任务，我想。

但是我错了。五分钟后，阿华告诉我：“超时空生活共享方案已经制订完成。”

2

这个方案我很快就授权阿华去办理，但需要添置不少装备，虽然早已进入智能时代，美国的物流系统却还是慢得像蜗牛，一些配件好几天都没到货。新学期刚开始，有一堆课要上，导师还开了很多参考资料给我，我忙得焦头烂额，每天早起晚归，差不多这事儿就忘了。

但那天早上，我突然被一个熟悉的温柔甜蜜的声音唤醒："快起来啦，大懒蛋！"

我睁开眼睛，看到了小雅娇俏的脸，她躺在我旁边的枕头上，我一伸手就可以摸到。

"知道了……"我懒懒地回答，"先亲一个——"

我忽然反应过来，这不是在国内的旧时光。我眼睛瞪得滚圆，霍然起身，"小雅？我在做梦吗？"

"做你个春秋大头梦！你忘了超时空生活共享方案了？我也授权了的。"

我坐起身，看到小雅身后的房间陈设，正是我们在国内的旧居，我仿佛就躺在她的床上。"这……这是虚拟现实吗？"但我并未戴VR眼镜啊。

小雅笑了起来，"傻瓜，你看自己身后。"

我转身看了看，背后却还是在美国租的蜗居，桌上还堆着我买的比萨和饮料。身后又传来小雅的声音："跟你说了不要买那么多垃圾食品，会胖的！"

地球两边的两个房间，仿佛超越时空般拼在了一起。

"小雅，这是怎么回事啊?！"我疑惑地问，小雅却咯咯笑着，说："你过来我告诉你。"

我心一热，便去扑她，结果手撞到墙上，一阵生疼。我摸了下墙壁，才发现已经覆盖上了一层光纤显示膜。我这才反应过来，我们的床都是挨着墙壁放的，通过将墙壁两边的光学信息对应传递，制造出了两个房间拼在一起的错觉。说起来简单，但要清晰到几可乱真的程度，难度还是很大的。

“这是什么时候装的？”我诧异地问阿华。

“昨天下午你上课的时候工人来安装的。”阿华回答。

“我不在也能放人进来？”

“你已经授权了呀，而且智能家居系统可以保证安全。”阿华回答。我明白了，的确房间中的摄像头可以监视来者的举动，当判定有问题时，还能自动报警。

“好啦！”小雅说着，从床上跳了起来，“快带我去你们学校看看吧！”

3

小雅当然不可能真的跟我去学校，不过因为有阿华给我买的一副VR眼镜，镜片本身就是摄像头，眼镜脚上还有传声器，可以将我看到、听到的一切都转换成电信号，通过卫星发送回地球另一边的中国；小雅只要戴上一副同样的眼镜，就可以和我同步共享一切视听感觉，好像自己也身临其境。当然，反过来也是一样的。

“哇，美国的校园真漂亮！”小雅在我耳边絮叨着，“这么大的草坪，那栋带钟楼的红房子是做什么的呀？校长楼啊……什么时候建的？十八世纪，真的假的……”

“小雅，你没有时差吗？”我问，“这个点国内应该是晚上快睡觉了吧？”

“今天高兴一下不行呀？”她娇嗔道，“哎，那边有一片湖，还有天鹅！快带我过去！”

就这样，小雅重新回到了我的生活中，虽然本质上仍然是通过电磁波和声波，但却拥有了以前没有的参与感。隔着仿佛透明的墙壁，我们经常和以前一样靠在床头，她读她的小说，我看我的视频，偶尔说一两句话，再分享一下阅读和游戏的体验。即便出门在外，通过智能眼镜，我也随时可以和小雅聊天；要是她睡觉了，还可以把看到的东西存储下来，回头再和她分享。

智能家居系统甚至可以让我们的相处更加深入。小雅可以通过阿华分享的冰箱、洗衣机、摄像头的数据随时管理我的生活。而她做的几道菜非常好吃，出国后我很怀念，这个需求阿华居然也能帮我解决。它添购了一台炒菜机，通过国内的智能家居系统捕捉小雅的动作和炉灶的火候变化等信息，加以灵活分析后输入炒菜机，就可以大体模仿小雅，经过不断学习，磨合几次后，做出来的菜居然也能有小雅八九分的水准。

阿华还有一个更加神奇的方案：通过3D打印技术，用金属骨架和仿生材料打印出和小雅几乎一模一样的形体、毛发等，再组合成仿生人体。同时小雅在地球另一边穿上感应服，就可以实现动作同步，宛如在我身边有一个分身。我一度感到心动，不过最终由于价格过于昂贵，而且总觉得有点奇怪，还是放弃了。

如今的云通信手段已经越来越发达，可以实现远程会议、教学甚至诊疗等等，以至于我怀疑自己为什么还要来美国求学，即便在国内也完全可以实现和美国导师的实时交流，以虚拟方式参加系里的会议，甚至可以通过机器分身来进行实验操作……只是这个社会制度的进步跟不上技术。不过我想，到我和小雅的下一代，人类对于空间的概念将会完全不同，每个房间都会变成连通世界的魔法门，甚至是飞向宇宙的飞船……

4

这个世界上最遥远的距离，不是宇宙的尽头，而是相见不相识。即便表面上能通过高科技朝夕相处，但两颗心仍然可能渐行渐远。

学业进入第三年，再浓烈的爱情也会淡化，小雅的陪伴渐渐让我感到困扰。因为时差问题，有时候很晚了她还要跟我说话，而那些絮叨的琐事，我并没有多少兴趣；有时候我做实验回家晚了，她问东问西，怪我不陪她；有时候她还要我带她去观摩纽约时装周之类我不感兴趣的活动；而按她的手法炒的那几样家常菜肴，我也吃得有些腻了……

像所有认识了几年的情侣一样，我们开始相互指责，争吵，扔东西——当然砸不到对方。最后干脆关闭房间投影和一切信息交流渠道。坦白讲，我觉得这不失为一个双方冷静的好法子，但是小雅却做不到，每次这样，她只会更加抓狂。我还不想和她彻底分手，为此十分头疼。

时近我的博士中期考试，这是非常重要的一关，绝不能出差错。我问阿华："能不能想个法子，不切断联系，但让小雅不要再干扰我？"

阿华说："我分析了你们这两年的相处模式数据，发现有些用语会极大地激化对方的情绪反应，建议您不要使用，比如'你凭什么管我''这和你没关系''你烦不烦啊'……我可以自动屏蔽和替换成'我爱你''我错了''消消气吧'……"

"得，"我摇头，"吵架时说这个也不像话吧，还有没有更彻底的方式？"

"可以取消她的一些权限，比如房间影像读取权和VR眼镜登陆权。"

"这她不得继续闹吗？"

"这样的话，可以采用人际交往授权代理模式。"

"说人话！"

"……就是我以您的身份去和丁小雅小姐沟通。"

阿华解释说，它的智能可以利用手环中存储的海量资料，自动生成影像和对话，来应对人际交往，当然一些重要的决定还是要征求我的意见，但日常对话方面，它完全可以代劳。事实上，因为现代人际关系日益复杂，已经开始有人将一些普通的社交往来交给A.I.打理了。

"那太好了！"我开心地说，"就交给你了啊！"

"不过，"它说，"这违背了之前你们共同授权的生活共享方案中的条款，需要对方同意取消，否则无法操作……"

"……"

最后我在网上找到了一名黑客，帮我暴力删除了之前方案的代码，让阿华能不受其限制，帮我去应付小雅。

我试了几次，发现效果不错。在地球另一边，小雅可以看到一个窗明几净的房间，一位温文尔雅的男友，听她倾诉，陪她谈心，虽然那并不是我。而我获得了自由，可以自由做自己想做的事，甚至开始和其他女孩有些小暧昧……

多么完美的方案，感谢现代科技！

5

博士中期考核顺利通过。

得知消息的当天，我和朋友们去酒吧喝了个痛快，回到家就倒头睡去，等到醒来已经是第二天上午了。

想到还没告诉小雅这个喜讯，我心中略感愧疚。我想和小雅通话，但想想之前一个多月和小雅的互动基本都是阿华代劳，万一有什么地方说漏嘴了可不好办。所以，我让阿华生成之前聊天的内容，先过目一下。

聊天的内容还挺多的，我大概翻了一下，翻过一小半开始觉得有些蹊跷，许多内容都高度雷同：每隔几天，同样的对话就会重复一遍："最近好累啊！""多注意休息，累坏了我要心疼的！""嗯嗯，么么哒……"

"怎么会这样？"我问阿华，"好多话都是一模一样的！"

"我是一个A.I.，虽然通过复杂性随机算法，不至于同样的问题每次同一个回答，但资料库本身有限，难免会有重复。"

"那小雅也不至于看不出来啊？"

"我分析了一下，"阿华说，"有99.7%的可能，小雅也是A.I.代替的。"

"她……她怎么能这样！"

说来可笑，我自己弄虚作假无所谓，但知道小雅也在躲着我，却忍不住一股怒气往上冲。但愤怒了片刻，又改为恐慌，小雅在公司很多人追求，这我是知道的，难道她已经移情别恋了？

"阿华，快帮我查查小雅的生活数据！"

"很多都加密了，"阿华查了一会儿说，"或者是她的A.I.伪造的，比如她每天的睡觉和起床时间几乎都是一样的，说明她这段日子可能根本没在家里。"

我百爪挠心，"那有什么可以公开查的数据吗？"

"有了，"阿华查到了什么，"她使用打车软件的信息，因为你是她的紧急联络人，所以都会跟你分享，当然一般接收这些数据不会提醒……已经调出来了。"

我定睛看去，最近的打车记录也是十来天前的，而频繁出现的一个目的地是——

市肿瘤医院。

6

我联络了小雅的父母和闺蜜，终于搞清楚发生了什么。

小雅在两个月前体检，查出了问题，乳腺出现阴影，她去了好几家医院才确诊，是乳腺癌，而且已经是中晚期。看病前后，也是她情绪低落经常和我吵架的时期。但她考虑到我中期考试在即，并没有告诉我，还叮嘱身边的人也不要告诉我，怕我分心。在被迫住院之后，她还使用了A.I.代替自己，以免露出破绽。

……我买最快的机票，飞回到了小雅的身边。等我跌跌撞撞地冲进医院，小雅仍然在ICU，只能通过显示墙进行探视。她的头发已经掉光了，身体消瘦了很多，却强忍着，笑着，说自己已经没事了，让我不要担心。

我跪倒在她面前，痛哭流涕。

我请假在小雅身边陪伴了两个月，直到她病情暂时稳定，然后又才飞回了美国。小雅说，无论在家还是在医院里，都可以通过视频投影的方式远程陪伴，没有必要守在她身边。再说，她还想去看很多地方，让我用VR眼镜带她去呢……

但我没有听她的，而是办理了休学手续，很快又回到国内。

无论小雅怎么说，我知道她希望看到的是真正的我。科技可以缩短我们的距离，可以帮助我们管理人际关系，但无法取代最古老的沟通与陪伴，正如无法代替我们去——爱。

所以一年后，当小雅最后一次陷入昏迷时，握着的是我真实的手。

尾　声

“快起来，大懒蛋！”

小雅娇俏的面容再一次，再一次出现在旧日温馨的房间里。

我笑了，笑中带着泪。过去生活的一幕幕在面前重现，这些五十年前的影像，上万个小时的回忆，阿华还忠实地保留在容量近乎无限的云存储里，通过智能剪辑的方式挑选出精华段落，早已失落的时光，宛如昨日，宛如眼前。

“你看那时候的我们！”我对身边的人说。

小雅微笑着，将小手放在我的手上，钛金属骨架加上仿真高分子凝胶皮肤的身体，让她仍和五十年前一样美丽动人。

本文为《银河边缘》中文版专发篇目。

断　流

INTO THE BLANKING

白　贲

Bai Bi

中国新势力

江水能埋葬往事，

埋不掉荣光。

白贲，曾获第四届晨星科幻文学奖“最佳短篇科幻小说奖”。作品散见于《科幻世界》《科幻立方》《临界点3》《中国青年作家报》《今古传奇·武侠版》等刊物和观察者网、蝌蚪五线谱网等网络平台。

插画/刘鹏博

成楚吾儿：

知道你忙，咱爷俩平时也没空多聊聊。写这封信没别的意思，就是说说话。

转眼间，新世纪已经过去十年了，国家居然成功举办了奥运会，这在从前是谁都不敢想的事情。最重要的是，在刚过去的一年里，三峡大坝工程也正式完工开放了！要不是腿脚不方便，我真想登上大坝，看看咱们几代人的心血最终是个什么样儿。

大坝的落成让我回忆起当年的许多事，其中一件，今天忽然回想起来，都有点儿怀疑是不是真的经历过。当年一起的那批人，如今只剩了我一个，一个老东西的记忆到底靠不靠得住，也无从考证了。不过活得长确实有好处，我见证了这十年来，国家的飞速发展。世纪之交时人们对千禧年总有一种焦虑，现在看来也算是多虑了。唯一的遗憾，就是现如今的香烟变得难抽了，没味儿，哈哈。

这封信你有时间就抽空看看，可能有点长。如果你有心，也可以替我再去泰兴走走，兴许还留了些痕迹。如果没什么兴趣，那就权当看了个故事。

1

故事发生在1958年。

不少人以为三峡大坝工程是上世纪九十年代才开始启动的，其实不然，民国时期孙中山先生就打算在长江上游建水电站。新中国成立之后，国家接手了国民党政府所有的研究资料，组织大批工程师开始了三峡工程的前期准备工作。而我，十分荣幸成为其中一员，隶属于长江流域规划办公室第六勘测科。

1953年2月，某领导乘船视察长江流域，咨询长办主任关于三峡大坝工程实践可能性的诸多问题。三年后，长江流域规划和三峡工程勘测、科研与设计工作全面展开，1957年底基本完成。

1958年夏天，我们第六勘测科从湖北出发去上海，向总工程师进行最后的勘测结果汇报，算是给两年的勘测工作收个尾。火车经停扬州站转车，我们在车站听到一些传闻，说长江在泰兴流域曾经断流。长江不像黄河——历史上黄河曾多次断流，但长江的流量比黄河大多了，且长江流域多属亚热带季风气候，降水量很大，完全无法跟断流联系在一起。而泰兴段的江面非常宽，流势平缓，即使断流也不该在那个地方。

传闻说得煞有介事，精确到1954年1月13日，地点是泰兴吴家村。科长潘鸿明是那种责任心很强的老工程师，也是我进科室后的师父。听到传闻，科长立刻决定改道泰兴。

长江断流不是小事，这是大坝工程前期规划阶段未曾考虑的影响因素。不解决这个问题，一旦大坝开始蓄水，长江的径流剧烈变化，万一造成下游大面积瘫痪，海水倒灌，后果不堪设想，无数人会因此丧生。更何况，泰兴断流虽然是孤例，但谁也不敢保证不会在其他江段重演。三峡大坝工程事关民生大计，不容许出一丁点儿差错。

科长给总工程师发去电报汇报了此事，我们便动身出发。

副科长邹远图租了两辆小面，同行的还有一批科考工程兵。他们的班长对高工出身的师父很崇敬，说是既然要实地考察，一定需要干活儿出力的，也就有用得着他们的地方。

车开了大半天，终于到了吴家村。

吴家村布局狭长，沿江呈条形。村里许多建筑还是明清时候的硬山顶砖瓦房，村子正中修着祠堂。路多是青石板老路，很窄，行不了车，科长请两位司机把车停在村口，给了钱，托他们等几天。工程兵带着设备去江边支起了帐篷，我们勘测科先进村子走访。

当时已是傍晚，我们在炊烟里敲响了村委会的门。村支书一听是国家派下的水利勘测队，非常热情地接待了我们。支书的普通话方言味儿很重，他说长江断流确实发生过。据他回忆，那天下午四点左右，江面忽然开始下降，迅速见底。所幸天色已晚，打鱼和挖沙的船都回了，无人伤亡。江水断流，河床里沉了许多鱼虾，对于靠水吃水的吴家村人来说是巨大的诱惑，一些胆大的村民听到消息纷纷下到河床里去捡鱼拾虾。没想到两个小时后，江水又回来了。这一断一复太过突然，躲闪不及的村民们被江水冲走，再没上来。只有一个人活了下来，叫吴仲义，但也瘫痪了。

我们听完沉默许久。我打小在浙江海边长大，每年退潮时下海拾贝的渔民都会被卷走几个。水火无情，我见得太多了，一个人的死往往牵扯的就是一整个家庭。

支书打破沉默，说根据县志上的记载，数百年前长江还断流过一次。

“还有一次？”我们都吃了一惊。

支书点点头，说个中细节他也记不清了，现下晚了，第二天一早去县城给我们借县志回来。

从村委会出来后，邹远图叹道：“这倒奇了，两次都在同一个地方，我们来对了。”

说着话，人已到了江边，江边的林子里晦暗不明。江面目测有两三公里宽，如此宽阔的大江在短时间内断流，可真是难以想象。工程兵们早已支好帐篷，眼见天色不早，也生火煮起了行军粮——这东西就是压缩的无水细粮，一小块泡开能煮一锅，已经煮得差不多了，闻着比在武汉的要香。看来这一段的水质不错。现在想想，这倒不失为一种评定水质的方法。

晚饭很快吃完，抽过烟，我同邹工闲扯几句，也去睡了。这一夜，工程兵换班守夜。

第二天一早，我们就看到了支书借来的县志，纸质脆黄，显然上了年头。没多久，支书就找到了关于另一次断流的记载：

“元大德二年七月暴风，江水上涨，高达四五丈，人畜漂溺无数。至正二年八月，长江一夜枯竭见底。次日，江潮骤至。”

大德二年，是1298年。至正二年，是1342年。

县志的记载让我们更加疑惑，八月无疑是长江的汛期，寒带南下的冷空气和热带北上的暖湿空气在此相交成暖锋锋面，并且是停留时间颇长的准静止锋，导致长时间大范围的锋面雨。这种情况下长江发生断流，实在是难以置信。

科长要来一张纸，叫邹远图凭记忆绘制当地的长江图。

邹工接过白纸说：“长江在扬州境内大致呈自西向东的流势，在三江营处却转向南下。三江营的上游，长江从西沙头开始，分出一条支流向东南方流去，也就是县志中提到的夹江。夹江横穿扬中半岛，在七圩埭处重新汇入长江。”

我思忖一番，又提笔加了一道：“芒稻河。”

邹工点点头，“对，芒稻河也在三江营汇入长江。当年黄河夺淮入海之后，淮河也随之改道，从芒稻河流入长江。长江在三江营忽然转向南下，应该就是受到了淮河冲击。”

科长忽然开口：“夹江两端之间的长江流域，正好就是断流的泰兴段。”

我们面面相觑，难道长江断流的秘密，就在这条夹江？

大致有了这样一个模糊的猜想，我们谢过支书，动身去找四年前唯一的幸存者，吴仲义。

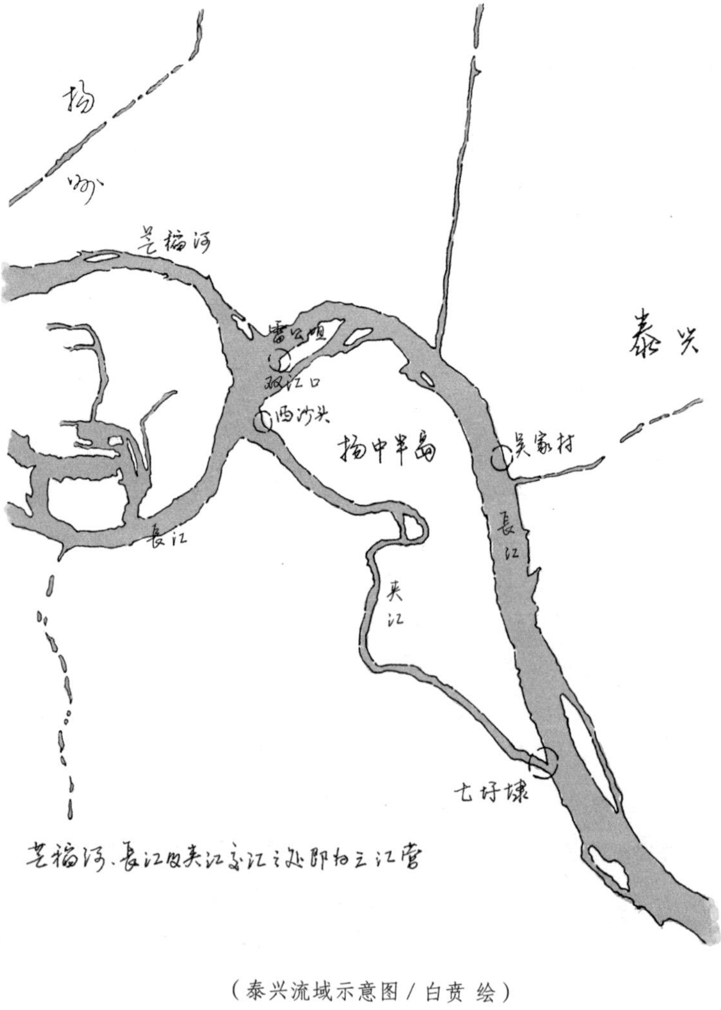

（泰兴流域示意图 / 白贲 绘）

2

支书事先打过招呼，到吴仲义家时，他的老伴丁姨已经在门口等我们了。丁姨领我们转过一条青砖墙的巷子，走入一进四合院落里头。院墙脚下划出一块方形土地种了些菜果，旁边是一口青石老井，再旁边是形色古朴的石磨。

进到里屋，吴仲义正坐在雕花木床上做竹编。只见他头发花白，面颊凹陷，皮肤黝黑，几乎看不清面容。看见我们造访，吴老汉挣着想要起身，但终究没能站起来，只好抬手作揖："各位领导好。"

"我们不是领导，叫我潘工就好。"科长道。

吴仲义不懂普通话，只会方言，我们都听不太懂。来回讲了几遍，我们才大概了解了当时的情况。在那批因为断流而下到江底的人里，吴仲义处于最下游，他也比较灵活，事先在腰上缠了麻绳，一旦有事就让人拉他上去。听到水声后，他第一个往岸上爬，岸上的人也死命拽他上来。但水势来得太快，一个浪头给他拍到了岸堤上。他呛了水，背过气去，醒来后下半身失去知觉，脊背给撞坏了。

这当儿，外头传来女孩儿声，像在叫妈。女孩儿很快进来，个头不高，生得不算很好看，但眼睛很大，穿着打了补丁的对襟衫和工装背带裤，收拾得很干净。丁姨高兴坏了，上前紧紧抱住女孩，不停唤道："丫头家来了，丫头家来了。"吴老汉却嘴唇一颤，淌下泪来。

"家来了"是回来了的意思。我们都没想到老两口的孩子居然这么小，才知道两人也就四十出头，比科长还小一点儿，不过是看上去老。丁姨告诉女儿我们是来了解长江断流的，也告诉我们女孩儿叫吴琼。

我走上前去自我介绍："我叫江文良，属于长江流域规划办公室第六勘测科。"接着，我又挨个儿介绍了科长和副科长。

原来吴仲义瘫痪后，吴琼被迫辍学，后来外出务工，常年不在家。明天是七月三十，按本地习俗是"斋孤"的日子，斋孤是七月半的延续，"斋"是指舍饭给僧道神鬼；"孤"就是孤魂野鬼，这天当地人会在河边路口烧纸钱，买嘱鬼魂莫扰自家门楹。斋孤本是男丁才能经手，无奈吴仲义卧床不起，只能由吴琼帮衬，所以她专程从外地赶回来。

吴琼的普通话很好，跟她沟通起来便利了许多。丁阿姨欢喜地出去了，说要给丫头弄好吃的。

四年前的长江断流，当时吴琼只有十四岁，刚从学校回来，也见到了这骇人的情状。她提供了一条很特别的线索，她说："我站在岸上，看见河道底沉了一大块铜锭子。"

"铜锭子？"科长问。

"是的，"吴琼点点头，"江底有块巨大的青铜，大半沉在淤泥里，布满了青绿色的铜锈。"

经这么一提，吴仲义也说有些印象，只是当时这青铜器还在更下游，离他很远，反倒不如岸上的吴琼看得分明。吴琼又大致描述了青铜的形状，潘鸿明惊叫出声："应该是鼎！"

我师父是当时较为典型的一类老工程师，那时的老一辈学术人才往往对文史也有涉猎。师父出身苏州富绅之家，家学渊远，好古，这方面造诣颇深。

"这却怪了，"我想了想说，"长江跟黄河不同，黄河经常改道，有时会淹没一些陆上的古墓，地上河段还有镇河墓，水底出现古物不稀奇。但长江底理论上不该有古墓。"

科长点点头，"而且泰兴地处吴越，春秋时吴越地区铜矿资源短缺，不似中原国家拥有大型青铜礼器。"

科长又说，泰兴段周遭地平如纸，别说山川，连丘陵都没有，聚不得气，收不住势，不宜作墓葬选址。吴琼再回忆不起更多东西，就提议带我们去江边看看，指指鼎的位置。科长欣然接受，正待出门，才发觉外面已是一片沉寂，连风都没有，层云黑密，气压低得喘不上气，隐隐有沉闷的雷声从天际传来。

"要落雨了。"科长说。

"很大的雨。"吴琼喃喃道。

似乎是为了应和两人，话音一落，大雨便在一声嘹亮的响雷中倾盆而至，一瞬间下出了雨雾。我们暂时走不掉，只好在吴家多叨扰一会儿。左右无事，我与吴琼攀谈起来，得知她常年在扬州打工，依仗一身好水性替人打捞沉到江里的物什，最常做的是打捞尸身，这种活计赚得最多。她比我小五岁，实在看不出来。那年代的人都早熟，但吴琼更甚，常说穷苦人家的孩子早当家，当真不假。

聊了一会儿，话头尽了，她翻出斋孤用的纸钱继续叠。吴仲义点了油灯，继续编竹篾，父女俩也不搭话。屋里影影绰绰，一片寂静，我们不便作声，端了凳子坐在门前，看挂着的防蚊纱帘在雨中一摆一摆地拍打着门框。天地间充盈着沉郁的黛色，大雨细密，直下到天边泛光。

傍晚雨小了，丁姨跑进屋。吴琼唤了声“妈”，丁姨应了一声，便端出吃食，那是一盘鸡蛋荞麦摊饼和一大锅元麦粥。夏天里，当地人喜好煮一锅粥之后放凉了喝，养人又解暑。

“各位领导也吃一点儿吧。”丁姨说。

我们当然拒绝了。吴琼却走过来笑说：“领导还是吃一些，我妈已经做了各位领导的份儿，我们仨吃不掉的。吃的夏天放不住，过了夜就都坏了，多可惜啊。毛主席说厉行节约，严禁浪费粮食，不是吗？”

科长一时语塞，苦笑一声，“好伶俐的丫头，只好恭敬不如从命了。”

雨声渐停，我们也吃得差不多了，太久没吃过新鲜粮食，都咂摸着嘴。科长取出手帕擦了擦额头，说该走了。吴琼要去江边指位置，科长却说天色太晚，村里没通电，女孩儿家不安全，明天再说。离开前，我们认真谢过了吴老汉一家，科长算了数，摸出适当的粮票油票和钱给丁姨。丁姨死活不肯收，还是吴琼劝妈妈不要让领导违反纪律，丁姨才千恩万谢地收下了。

回到江边的时候，工程兵们满脸泥水，据说费了好大气力才没让大雨把篷子都冲下江去。所幸我们驻扎在林子里，有个依凭，要是在光秃秃的堤岸上，可就神仙难救了。听说我们在村里买饭吃过了，工程兵们都很开心，把留给我们的面糊重新热过后，各自分吃了。

大清早，我就听见工程兵程班长的大嗓门。凑近去听，原来这两天工程兵都在江边干等，实在无聊，今天说什么也要跟我们进村瞅瞅。科长拗不过他，便说了我们近日的收获。

“1954年？”程班长忽然激动起来。

“怎么，有什么问题吗？”科长诧异道。

“有，当然有。”程班长挥着手，“那一年淮河全境大洪水，我们一个连都在郑州抗洪抢险嘞！您不晓得？”

我跟科长都浑身一震。这事我们当然知道，那一年大气环流异常，雨带长时间徘徊在淮河流域，造成了淮河全流域的大洪水，仅河南一省就有八十五个县市受灾，其中淮滨县更是几乎全县淹没。只不过这两天我们的关注点尽在长江上，当局者迷，没想到这一点。

科长眉头一颤，朝我喊道：“叫小邹过来！”

邹远图很快赶到科长帐篷前，他拿出长江图，摊在一块大石头上，按科长说的，补上了淮河东部的局部流向。我们惊呼了一声，芒稻河是淮河的干流，而它正巧在三江营汇入长江。

“长江是被淮河冲断的！”科长激动地抛出了猜测，“1954年，淮河全流域大洪水，径流量达到史无前例的高峰。如此庞大的水流取道芒稻河入长江，短时间内冲断了长江的流势，导致长江水转入夹江流域，从另一端流入长江的下游。如此便造成了长江断流。但淮河的流量毕竟小于长江，阻断长江流势只能是一时，上游的江水很快补充回来，所以短短两个小时之后断流就恢复了。”

我们都震惊得说不出话来。这一猜想解决了另一个问题：泰兴并不是长江的入海口，为何只有泰兴段有断流记载，下游却不曾听说，而海水也未因此倒灌？这是因为泰兴段恰好处于夹江与长江交汇的两点之间，长江水取道夹江，并未对下游造成影响。

邹远图最先回过神来，说：“科长这个猜想应该是目前最合理的了。但还有一点疑问：淮河在汛期的洪峰流量大约是15000至17600立方米每秒，最高不会超过21000立方米每秒。而泰兴附近的长江流量约在23000立方米每秒，还是大于淮河的。更何况五四年的强降水多少也会影响长江，哪怕算上夹江的引流，等式两边还是配不平。相差出来的水量去哪儿了呢？”

科长想了想，点点头道：“小邹说得不错，确实是个问题。”

我说：“1342年是不是也发生了淮河洪水？如果确实如此，我想科长的猜想也八九不离十了。”

科长于是用电报机给长办驻扬州办事处发去电报，让查一查淮河历年的水文记录。我动身去找吴琼，让她指指铜鼎的位置。程班长一语点醒我们，自觉立功，喜不自胜，倒也不再缠着同往。科长让我过会儿再走，避开饭点。

3

吴琼领着我们往江边去，到了江边，我们顺流向下走，出了林子，经过一处划地引水而成的方塘。吴琼告诉我们，那是她母亲承包的水地。父亲瘫痪之后，只能靠母亲赚生计，母亲到底是女子，打起鱼来气力不足，更不说挖沙子了。后来她母亲想了个法子，在江边划一块地，用薄膜兜着，蓄上半咸水，养大头虾，再加上自己外出务工，如此才勉强维持生计。

走出吴家村地界许久，吴琼往下游遥遥一指，“喏，就在那里。”

“师父，我去喊工程兵们过来。”我说。

科长二人继续往下游走，吴琼回村子，与我同路。不多时到了林子里，听我说完后，程班长立刻叫人带好勘测设备向下游赶去。我正要跟他们一道，吴琼忽然叫住了我。

“怎么？”我问。

吴琼捻着衣服下摆好一会儿，才开口道：“领导，你念过大学？”

我一愣，“嗯，水利部北京水利学校，现在叫北京水利水电学院了。”

“大学里学些什么杲昃呢？领导你和我讲讲呗。”吴琼说。

“搞子？”

“不是搞子，是杲昃，杲昃就是东西的意思。”

“东西？”我一时没反应过来。

“对。”吴琼莞尔一笑，蹲在地上捡块石子写出了那两个字，“日出东方是为杲，日落西方是为昃，所以用‘杲昃’指代‘东西’。”

“你真有文化。”

“我不晓得的，”吴琼失笑道，“去年我认识了一个如皋来的大学生，方言相通，他教我的。”

“哦。”

“那领导你可晓得，为什么‘东西’叫‘东西’呢？”

“不晓得，我学理的。”

“这叫法是朱熹传下来的，能拿得起来的叫‘东西’。东方属木，西方属金，金木拿得起来；南方属火，北方属水，拿不了，火会烧着，水会漏下去。”

听到吴琼的话，我愣了一下，像是想起了什么。“水会漏下去……”我忽然叫道，“我明白了，江水是从河底渗走了！”

吴琼先是一怔，随即嗔笑道：“呆子！”

“哦对，还要给你讲讲大学生活呢，从哪儿说起呢……”

“不用了，”吴琼抿嘴笑，“忙你的去吧，早点弄清楚断流的原因，我也想知道。”

走到下游，程班长正哼哧哼哧踩着链式发电机，衣衫都湿透了。工程兵已经把压力式水位计送进江里，信息通过导线源源不断地输送回岸上的接收设备，机子断续地向外吐着穿孔纸带。邹远图把尚有余热的穿孔纸带送入读取仪器，分析河底的水位数据，再把结果誊画在硫酸纸上，鼻尖汗涔涔的。

望着这副光景，我蓦地回想起1956年，长江流域规划勘测刚刚开始的时候，就是我们科在北碚站修起了全国第一条机动水文缆道。

我凑上前去，“师父，怎么样了？”

科长拿着记录纸，摇摇头，“水底淤泥流动性大，找不着鼎。”

邹工也站起身，掀起上衣擦去脸上的汗，“四年前断流恢复，水流大，可能又把铜鼎冲走了，我们这样无异于刻舟求剑啊。”

“师父，也许我们不必找到鼎，倒不如反推一下鼎是哪儿来的。”

科长闻言神色一动，似有所悟，“小江，你有想法？”

我整理了一下思绪，说：“师父，咱们离解开断流之谜只差一步，就是长江跟淮河差出来的水量去哪儿了。我想啊，这水又不会上天，那不就只能下地嘛。”

“你是说，漏到地下河里去了？”

程班长见我们停下了动作，远远喊道：“潘工，还弄不？”

“先停一停，程班长，歇一歇。”科长说。

“好嘞，那我们先去做饭了，有需要随时叫！”

我继续说：“唯物辩证法告诉我们，要用联系的观点看待问题。联系是事物内部和事物之间相互影响相互制约的关系，我们不妨把青铜鼎跟地下河联系起来，这两者或许是一件事儿。”

邹远图一拍脑袋，“小江说得对啊，或许青铜鼎的来源跟长江水的去向就是同一个地方！”

我抹了把脸，看向科长，“师父，以您的学识，您觉得那鼎在江水里腐蚀了多长时间？”

科长摘下眼镜，用手帕擦了擦眉间的汗水，说：“如果是比较成熟的青铜器，混入了锡和铅，化学性质相对稳定。据吴丫头的描述，铜器锈蚀严重，即使考虑到河床淤泥的化学反应和江水的冲蚀，变成那种情况也需要上百年。”

“五百年合适吗？”

科长正要点头，忽然明白过来，“你的意思这尊青铜鼎就是上一次断流之后被江水冲出来的？”

“师父您看可能吗？”

“从时间上来看，确实非常接近。”科长思忖一番，“如果真像你说的，那这一次断流时失去的江水应该也去了同一处地方。”

这时候，工程兵们来喊我们去吃饭。吃过饭，科长给我跟邹工散烟，每每这时候我都很开心，他抽的是八角的恒大，我只能抽得起两角的利群，邹工更是抽的经济烟，时不时还得蹭我的。科长说：“小江继续说你的想法，你觉得那青铜鼎的来源在哪儿？”

我深吸了一口烟，浑身一松，说：“从道理上讲，大鼎的来源肯定在芒稻河入江口的上游，长江在那儿失了水，叫芒稻河一冲，这才断了。这样一来范围确实被缩小了些，可还是太大了。”

邹工接话道：“是啊，以咱们现在的装备，要找到这地儿还不知道要多久呢！唉。”我们点头称是，都有些不自在，只闷头吸烟，一句话也没有。

正愁着，一名工程兵跑来说市里回电报了，我们都凑过去看。电报上说，1342年淮河也是全境大洪水，从前一年年底一直泛滥到当年八月。这样一来，我们的猜测总算站稳了脚跟，也基本确定泰兴段的断流是当地地形造成的特例。

天色晚了，太阳没完全落下去，月亮已经升了上来。回头看去，村子处处点起明火，是开始斋孤了。远远看到两个人影走来，近了才认清是丁姨和吴琼丫头。丁姨在江边点燃了纸包，嘴里反复念着“大鬼小鬼拿钱用”的话。吴琼拎了张口袋，掏出十数个折好的河灯，一盏一盏地放入江中漂流，每放下一盏，就轻念一个名字，几寻过后我才明白，那都是四年前被淹死的村民的名字，都是吴老汉的朋友。

河灯顺江流而下，映红了已经黏稠的暮色。纸钱包也已点燃，丁姨望着火光，双手合十上下摆动，吴琼盯着河灯默然不语。

我也看着河灯，纸叠的灯盏在水中漂荡，随着水势，时快时慢。灯花摇曳中，我隐隐捉摸到些东西，忙紧地一细想，那东西终于清晰起来。我叫了一声，对科长喊道："师父，我想到了！"

"说。"

"按我们之前的推想，青铜鼎的来源就在长江失水之处。既然是芒稻河导致了长江断流，那这失水之处就不可能在芒稻河入江口的下游。这是其一。"我瞧见吴琼也往这边看着，不自觉提高了音量，"青铜鼎之所以会在水底，被吴琼姑娘看到，就是因为它太重了，最初的势头消耗掉，吃重落下。既然青铜鼎这么重，那么如果它也经过了三江营处江水的锐角转向，肯定在那儿就会沉下了，不可能继续冲到下游。这是其二。"

"所以我们要找的地方，不能在三江营上游，也不能在三江营下游，"邹远图领会我的意思，叫了声好，"那就只能在三江营！小江你可立大功了！"

科长也是喜形于色，叹道："我们明天就启程，去三江营。"

吴琼忽然跑过来，"我和你们一起去。"

我们都吃了一惊，只说不用劳烦。

吴琼说："我原本就在雷公咀那边做工，那边水势我熟，我水性也好，肯定能帮到各位领导。斋孤完了我也要回去了，还想蹭各位领导的顺风车，到了那边，自然会出点力，就当还了车钱。各位领导也不要让我违背纪律吧。"

经她这么一说，我们不好再推辞，只得应下来。当晚休整一夜，第二天天一亮就出发。

4

三江营的江水中央有一片叫雷公咀的沙洲。落脚时已经是中午，当年的雷公咀还没发展起来，俨然一座长满了树的岛屿。在双江口那一侧我们捯饬了大半天，一无所获，于是打算换去岛屿的另一边碰碰运气。我们深一脚浅一脚地穿过林子，去往雷公咀的北岸。朔月无光，林子里晃动着的尽是探照电筒的光斑。吴琼走在最前面，携带小刀时不时斩断拦路的藤蔓。

总算到了对岸，宽阔的芒稻河就在眼前。一路上吴琼讲了许多雷公咀周围的见闻，她说芒稻河入江处水势复杂，水下山脉连绵不绝，常有旋涡，水流湍急，声若震雷，故沙洲得名雷公咀。许多船只都交待在这里，所以她打捞物品，最多就是在这段。

科长脸色不好看，“这就难办了，既然水下地势复杂，以我们的设备要找到线索就不容易了。”

当年我们用的都是最先进的苏联设备，可囿于时代局限，仍没有办法利用多普勒声波技术采集河底信号，一般这种情况，只能靠人下潜。吴琼也明白这一点，却是一脸轻松，“那就潜下去看嘛。”

邹远图吐吐舌头，“河道少说也有三四十米深，直接下潜如何吃得住？”

吴琼嘻嘻一笑，“那我这打捞的活计倒做不下去了？”

我们都是一愣，“姑娘你有办法？”

“各位领导随我来。”说着，吴琼领我们沿江畔往北走，不出半里，就瞧见林子边上树木掩映之中有一座瓦房。瓦房前是一方矮墙围成的院落，铁栅栏门用链子锁锁了，门上锈迹斑斑。原来这就是吴琼每日上工的地方，边上还有几条船。吴琼纵起一跃扒住矮墙，身子一蜷翻上墙顶，像猫一样跳了下去。我不放心，依样画瓢翻过墙，跟上她。

瓦房的门也锁着，我跟吴琼从窗子翻进去，闻到一股霉味儿。我屏住呼吸，吴琼拿起一团物事，屋里暗看不清，但我上手一摸就明白了那是什么东西。她手上是一顶摩托车头盔，下面连着一件皮衣，橡皮管子从头盔后面伸出来，接了气囊和储氧袋，头盔的嘴部是简易的气阀。这是个简易水下作业装置，我在老家常见到，很多人用这东西下海采珠。

正琢磨着，吴琼忽然动了起来，那边传来衣物摩挲的声音，我脑里一荡，呼吸立刻变得粗重——她在换衣服。我登时脸就烧了起来，往后退了几步，“姑娘，你……”

黑暗中传来她银铃般的笑声，“不碍事，反正你也看不见。”

“就用这个下去？”我努力说些话来缓解尴尬。

“别看这玩意儿简单，好用就行。而且我生在江边，玩水玩到大，打捞浅一点的地方，不靠这个，憋口气就下去了。”

“那还有多的吗？给我也弄一套。”

“你？”

“我在海边长大，水性不差着你。我陪你一道下去，有个照应。”

我俩换好衣服，翻出矮墙，像两株大蘑菇，吓了他们一跳。我给他们解释了这身行头，吴琼笑道：“各位领导，带上小女子我还是有用的吧？”

众人于是苦笑摇头，向江边走去。工程兵在江边架设起了岸标照明支架，两盏白晃晃的探照灯打进水里。我先试了试水，夏天江水略凉，但还能承受。科长嘱咐我们带齐家伙，便下水了。

江水浑浊，水下的山脉看得并不明朗。两盏探照灯的光斑如同坠入江水中的巨大圆月，我们缓慢下潜，从一轮月亮游向另一轮月亮。

水压大起来，身上开始有些酸疼。下了二十几米，水下山脉近在眼前。山脉从对岸的地层伸入水底，交相勾连，实在复杂，若要在岸上用全站仪或者水位计去摸，可真难搞明白。我开始觉出水流的游移，于是打开手电，把荧光颜料倒在水里。颜料随水势勾勒出明黄色的线，把水流的曲折都描了出来。我们遵循着颜料的行迹继续下潜，发现了一处水中峡谷。峡谷向对岸延伸，豁口越来越小，在峡谷的尽头，岩层堆出一个巨大洞穴。

我由衷一喜，心想地下河的入口就是这里了。吴琼冒失，就要往洞里游，我忙拉住她，打光照向洞里。洞里的黑暗像棉花一样把灯光都吃掉了，说明光没有产生反射，洞里的空间非常大。她点点头，明白了我的意思。我看到吴琼的储氧袋已经瘪了，说明支撑不了太久，于是拍拍她，示意缓慢上浮。这洞穴时而虹吸时而吐水，可想内部结构相当复杂，也造成了这段河道里神出鬼没的旋涡，因而多发航船事故。往日里受水流吸引的落水物都挂在山脉上，故而吴琼一直没能发现这个洞。

开始上浮后，氧气消耗得更快，眼看气囊见底，江面仍是遥不可及。忽见吴琼身子一扭，蜷曲起来。我忙将吴琼一把拉过，只觉疲软无力，随水而走。我心头一惊，不知出了什么变故，只得搂住她的身子，觉出她实在太瘦，背脊在怀里不住地抽动着。我当下不敢怠慢，加速上浮，生怕她松气呛水。

终于浮出水面，我也不够气力搂着她游到对面，只得在这边上岸。我问她怎么样，她说不碍事，在我的搀扶下站起身来。我松了一口气，看来没有呛水，于是向对岸大喊，说了水下的境遇。

一会儿，对岸传来程班长粗厚的声音："江工，潘科长说你们做得很好，咱们发电报给扬州地方水利局，明天调全套潜水装备过来，集体下潜。你们先在对岸歇息，不忙回来。"

吴琼听得这话，绷紧的身子放松下来，身子朝下颓萎。我搀着她坐下，褪了头盔，只见她面无血色，嘴唇青紫。我吓了一跳，问她哪里伤着了。她抿着嘴不说话，倒像不曾受着外伤。我歪头一想，忽然有些明了，问："难不成你是来'那个'了？"

她点点头。我站起身，"那不行，我去跟科长说，明天你歇着不能下水。"

"江文良，"她忙拉住我的手，"你坐下！那洞我一定要进去的。"

"你何苦逞强呢！"我半跪在她跟前。

"我就是要亲眼看看，是什么害我吃了这么多年苦。"她咬住嘴唇。

"何苦来哉！"

"我就是不服。"不知是因为肚子疼还是别的什么，吴琼眼里泛起泪花。

我长叹一口气，起身往远处走，捡些干柴来烧。在这里换不了衣服，这样下去不是办法。我拆了电筒，用里面的电线打出火花，折腾了好一阵才点燃柴火，跟吴琼坐在一起烤火。

"暖和点了吗？"我问她。

"看不出来，你还挺来事儿。"她扑哧笑了，脸上也渐渐转圜出血色。

我们装备的军用水下电筒都是合金外壳，玻璃镜片，六十米以下防水。这时我把灯罩拧下来，洗干净，盛了江水架在火上烧。水开之后等稍凉，递给吴琼喝。吴琼一口一口地呷着，说："你倒挺会照顾人。"

"那也经不住你这么瞎折腾。"我没好气道。

"你能管得我几时？"

我脖子梗了起来，说："我，我哪儿管得了你？"

"那你想管吗？"吴琼眨了眨眼睛。

我答不上话，只得拿过她手里已经见底的灯罩，说："我再去给你烧点水。"

水又烧上了，想了一会儿，我轻轻问："你真的那么想念书吗？"

这时的吴琼已经恢复了气力，身子像是也不那么难受了，她望着火光出神，好一会儿，才说：“我讨厌自己的无知。尤其这些天认识了你们之后，觉得你们好聪明，什么都会，什么都懂，长江断流这种老天发怒的事情，你们也能搞清楚。我常想，要是我也念到大学了，是不是也这么厉害呢？”

“你觉得我聪明吗？”

“你嘛，也就还行吧。”吴琼觑了我一眼，笑出声来，“逗你呢，你很聪明啦，比我聪明多了，学东西又快，脑子又活泛。”

“那，”我挠挠头，抬眼看天，“想学，我教你。虽然我不懂‘杲昃’的意思，也不会讲朱熹的故事，但我懂的都可以教你。我不会的，你想学，我就学会来教你。”

半晌都没听见回应，我有些慌，怕是好为人师唐突了人家，慌忙低头看向她。却见她双手抱膝，脸埋在臂弯里，好一会儿才抬起，破涕为笑，“你啊你，还惦记着‘杲昃’的事儿呢？”

“我，我文科真的不好。”

“说话要算话哦，”吴琼皱起鼻子，“你准备教我多久呢？”

“多久都行。”这话没经大脑，说出口我才反应过来，当即脸就红了。

星星出来了，银河映着大江，星汉闪烁好不温柔。正值夏天，红色的心宿二高悬天中，长江涨水，浪潮轻微而有节奏地扑打着堤岸，发出野兽舔水般的声音。在这声响里，我们时不时搭上两句话，有一茬没一茬地聊着。

夜深了，程班长划小船来接我们，我们回到对岸，换了衣服休息。吴琼身体好，一觉醒来就恢复了精神头。中午的时候，邹远图带着全套的潜水设备从市里回来，我们收拾停当，打点清楚，午饭后集体下潜。班长留了两三名工程兵在岸上看东西。

我和吴琼游在最前面，不多时，就越过水下山脉来到地下河的入口。程班长朝里头发射了一枚照明弹，没照见大型鱼类，于是我们放心进入。灯光下，我们渐渐发现这并不是天然形成的地下河床，而是人工修建的排水井道。这一发现让我们吃惊不小。继续深入，井道开始出现缓坡向上的势头，也开始分岔。原来这道入江口并不唯一，只是一条干道。难怪水下山脉里的水势如此多变。

灯光一照，前面忽然现出一张破碎的巨脸，我一惊之下电筒几乎脱手。

吴琼显然也看到了，抖了一下就朝我依偎过来。科长从后面拍了拍我，向前一指，示意我细看。我冷静下来，定睛一瞧，才发现是一扇巨石闸门，石门上是个巨大的人面纹，粗看会以为是人脸。闸门已经被冲垮了，随着光影转动，人面纹上还有些细腻的突起暴露出来，虽然被水流磨去不少，但依然能看出是某种纹理。

我们越过破碎的闸门，井道更加宽敞，逐渐出现了古朴的石阶。拾级而上，我们逐渐走出水面，发现身在一座巨大的蓄水池中。周围的岩壁上参差排布着许多出水口，有的甚至还在排水。这让我们吃惊不小，不知是何方神圣的手笔。

蓄水池不知有多大，但从一路上来的水压变化看，底部一定还有其他井道导流，却不知这些水都去了哪里。石阶的顶部原本有一条石砌的廊道，却断了一截，我转念一想，恐怕就是被青铜鼎撞的。我们继续往前游，攀上了尚存的石道，摘下面罩，长舒一口气。沿着石道继续前行，不晓得走了多久，终于来到了水池的边缘。廊道的尽头是一进高阔的石门，门外是漫长的向下台阶，拿灯照去竟看不见底。

台阶颇为难走，许多连着的石阶都被撞毁塌陷，毁坏严重的地方甚至需要手脚并用才能通过。歇了许多回，我们才终于走到了底部，探照灯下，是一片望不到边际的地下裂谷。

5

1979年，国家公布了湖北大冶铜绿山古代冶矿遗址的影像资料，震惊了全世界。可这种震惊我在二十一年前就已经体会过了，那一刻我感到的只有亲切，为这世间尚有另一座保存完好的古代地下工程遗迹而热泪盈眶。

当时在我们面前显露的是一处极长的地下裂谷，水蚀过的岩壁上还能依稀看到人工开凿的痕迹，青苔爬满了地面和岩壁。无数纵横的竖井、平巷以及盲井深入高峻的岩层之中。通明的探照灯光下，能看出岩壁的分层，循着开采井道的走势，可以辨认出深度开采过的铁镍矿脉。

我们面面相觑，一时都讲不出话来。工程兵们习惯性地用探照灯扫过整个空间，灯光经过裂谷顶部的时候，因为空间太高，看不分明，但依稀可见植物的根系。邹工考察了一下峡谷的构造，他是地质出身，据他的观察，构成岩壁和地面的主要是华东地区分布较广的花岗岩，他推测这条地下裂谷是数千年前地质变动产生的断层，后人发现并进行了开凿，才有了现在这般规模。有的石穴中垂下铁链，该是当初劳工上去用的。可我们有女孩有老人，行动不便，于是选择了一处有台阶的井道，其规模也比周边大得多。

进去之后，邹工说，这本是一个受过地下河水蚀的构造洞，在地质变动中被暴露出来，古人在此基础上进行了打磨和扩张，采用条石框架支护；因为受水蚀厉害，这巷井中没有矿脉，遂被作为冶炼和锻造的场所。洞外有轱辘的残骸，应该是用来提升矿石的。我们随后又发现了井中井，垂直而下，依然能看到水，想来是挖掘作提水之用，通向我们来时的排水管网。科长拿灯往下照，隐约能看到虹吸现象，说明井通向一处更大的水源，应该是刚刚看到的蓄水池的旁支。看来古人修建的下水管网不但可排水，还兼具给水之用。古代人没有掌握密封的技术，不能靠水压来传递用水，只能利用高差进行输送，因此给排水系统的构造比今天更为复杂。以我们今人的空间想象力，仍推想不出完整的给排水管网。

吴琼好容易从震惊中缓过来，偷偷拽着我说："邹工他们懂得好多啊。"

我说："现在觉得我不够聪明了？"

吴琼掐了我一把，"怎么这么小心眼儿呢你！"

井道越往里空间越大，俨然一条完整的金属加工生产线。地上和石台上散落了一些模具，造型迥异，结构精细，颇不寻常。科长拾起半个模具，奇道："这是失蜡法的模具，古代用来加工精细构件，可这模具长得真怪。"

就着光一看，科长又咦了一声，咋舌道："这里面是铁。怎么会是铁呢？"

"有什么不对？"邹远图问。

我想了想，接话道："从刚刚的闸门来看，这地方多半是先秦时候的遗迹，先秦时候没有铁器吧？"

科长缓缓摇头，"人面夔龙纹是先秦的纹样不错，但春秋末期就有铁器了。不过当时用的都是块炼铁，产生不了熔融的铁液，用不上失蜡法啊。"

前面传来邹远图的声音，在巷道里回响："科长，您看这边的陶罐也是炼铁的吗？”

我们走上前去看，散落地上的陶器小了许多，器型不一，都是陌生的形制。科长仔细看了，告诉我们，这都是些鬲、簋、豆、匜、甗，是古人用来盛放饭食酒水和蒸煮黍米的器具。邹远图手上拿的是个木胎髹漆的食盒，形制朴素，约莫是劳工用的东西。

前方黑洞洞的不知还有多深，考虑到地下裂谷的尺度，我们只得往回走。从井道下去之后，工程兵生火造饭。科长思虑周全，既然将要探测的地方能吃掉长江水，那规模决计不会小，便事先让我们带好了粮食和炊具，这下用上了。

我跟吴琼坐在最角落，她打开饭盒，让我挑些吃。我忙摆手，“发扬风格，不拿群众一针一线。”

“对你来说，我现在还算群众呀？”吴琼凑到我跟前。

我脸红了起来，说：“那你入党了吗？”

“呆子，”吴琼做了个鬼脸，“你不是要教我学习吗，就当学费啦。”

吃喝停当，我们继续往前走。从盲井的分布来看，裂谷底部本该还有大量运输的器具，而今都已看不到了，想来都被江水冲走了。走出几里，前方岩壁上出现了一口长方形洞窟，宽度是长度的几倍，依着岩壁修建了五道条石台阶，规模相当可观。这引起了我们的注意，上去一看，井道直且深，不断有分支通往别处。巷道的尽头整齐地列着一排大型鼓风机，每个都有几人高，尽管木质部分早已朽化腐败，尺寸仍是吓人，封口镶铁已锈。但更让我们吃惊的是前头一个巨大的壶形空腔，少说也有数十米高。邹工感叹，这样大的地底空腔肯定是天然形成的构造洞穴，被后来人发现并利用了。

“邹工你看这个。”我打灯照向岩壁。岩壁似是被抛光打磨过，光滑温润，像是附着了一层蜡。邹远图一看，眉头皱了起来，“这是琉璃化啊。”

岩石的琉璃化现象是长时间高温反应形成的，一般是因为火山暴发或地底熔岩流。这里的地下深度不会遇到熔岩流，江苏区域也没有火山，那眼前的现象只能是因为人为的剧烈爆炸或者焚烧，这样规模的爆炸肯定会破坏天然洞穴，那唯一的可能只有焚烧。这种程度的琉璃化需要极高的温度焚烧很长时间，当时的技术能达到如此高温吗？

我们随着灯光再向下看，空腔的底部漆黑一片，估计都是煤渣。空腔对面也有几个类似此处井道的洞口，隐约可见鼓风机和送料口。洞穴的顶部是陶制的巨大风管，不知延伸向何处，灯光下，管道里隐约可见金属光泽。我们环视了一圈，忽然都明白了这是个什么地方，但结论太过离奇，谁都说不出口。

吴琼看看我们都不说话，问道："这什么呀，太上老君的炼丹炉？"

"高炉炼铁。"我们几乎同时念出了这四个字。

话说出口，再回过头来看这个空腔，才发现炉喉、炉身、炉腰、炉腹、炉缸等构造都是齐全的，虽然称不上是成熟的冶炼高炉，但毫无疑问具备了雏形。可高炉冶炼技术要到十七世纪才出现并投产，国内甚至至今都没有成系统的高炉炼铁设备，钢铁产值一直上不去。科长掏出相机，打起镁闪光拍照。虽然是不知底细的古代设施，但若能组织专业人员学习和改进，把技术推广开来，完成五月份中央提出的一千零七十万吨钢铁年产值不是没有可能。

众人震惊唏嘘了许久，才缓缓走出这处远古的冶炼高炉。尽管借用了天然形成的巨大构造洞穴，但究竟是什么年代的人才能拥有如此技术，我们无法得出结论。出了井道，我们继续往前走，目力所及尽是冶炼和采矿开出的洞口，却不知道如此惊人产量的铁器都被输送到了哪里。

光照到了一个巨大的阴影，矗立在裂谷的正中，四四方方，极具压迫感。我们从震撼中回过神，发觉阴影并不移动，估计是一座巨大的构筑物，于是加快了脚步。中途又停下来吃了两顿饭，休息了一次，我们终于看清了阴影的真面目，原来是一座近三十米高的高台，放眼望去尽是石阶。石阶前的地面正中铸有巨大的青铜基座，深入底部的花岗岩之中。青铜基座上有四个凹槽，想来上面原本放置的就是那尊被江水冲走的青铜礼器。

科长绕着基座转了一圈，点点头，"这原是一尊四足方鼎，应该就是吴琼丫头看到的那个。四是阴数，四足方鼎为阴鼎，天圆地方，方鼎祀地。"科长抬头望着高台，又说："如果我们运气好，台上应该还有一尊三足圆鼎，阳鼎，用来祭天。"

尽管有台阶，可我们还是休息了三次才爬上这座高台。高台之上陈列着无数生铁架子，架上皆是诸如戈、矛、戟等长兵器。它们的木杆被水浸得开胶，更有甚者已腐化了大半。铁质的刃尖上也生满了海绵般的铁锈，早已不复往日的雄光。我们瞠目结舌，不知道这高台上有多少兵器，也不知道高台究竟有多长。一股湿潮黏涩的铁锈味在高台上盘桓不去。约莫走了一里，前头的陈列架空空如也，上面的兵器少说有上万件，都被取走了。

"师父，鼎！"我眼尖，瞧见远处高台的中央立着一尊巨鼎。

我们小跑上前，果真如科长说的那样，是一尊三足圆鼎，鼎足有一米多高，侈口、圆肚、无腰，三蹄形足。青铜鼎的底部也被水泡得不成样子，好在没被冲走，鼎的上部布满铜绿，但鼎耳的蟠螭纹和蟠虺纹依然细腻精巧。我们都惊叹出声。1978年曾侯乙尊盘出土后，我立刻联想到了这尊鼎，两者繁复的纹理如出一辙，毫无疑问属于同一文化主体。

科长失口叫出声："这居然是楚国的东西！"

我疑惑了，"这边不是楚国的地界吧？"

科长没有回答，而是指着鼎腹内保存完好的铭文，欣喜若狂。所幸鼎中铭文多是刻在腹内，免遭水蚀。从鼎身的锈蚀程度来看，遗迹中历史最高水位不会超过鼎口，实在幸运至极。

铭文纤细颀长，是春秋战国时期楚国特色的虫鸟篆，我是一个都不认得，科长仔细看着，竟念出了开头的几个字：

"'唯王二十六年……'"

后面数百字科长也认不得了，只好继续往下看，偶有认出的字，却无法连缀成文。

"师父，真是楚国的东西？"我问道。

"错不了，"科长喜形于色，"楚国的纪年方式都是这样，从在任楚王即位之时开始算。可惜我们没法知道是哪一任楚王。"

"真是的，"吴琼嘟起嘴，"写上哪一任王不好吗？"

"孩子话，"科长笑起来，"楚王不离世哪来的谥号？若是用楚王的名字，犯了名讳，可是要杀头的。"

"哦，那这是哪个年代的东西呢？"吴琼问。

科长继续往下看，在第一段铭文后看到了落款"令尹申"三个字。

"呀，我晓得了，"科长抚摸着落款的三个虫鸟篆，"既然令尹是他，应该就是楚昭王或者楚惠王父子俩了。"

一段铭文之后，下面又是一段铭文，字迹和深度都不同，可见是后来人刻下的，落款是"上柱国昭云"。再下面一段铭文的落款是"唐昧"，字迹也不同。最后一段铭文的落款是“项燕”。我们又转到大鼎的另一边，看到这一面只有两个大字，不再是虫鸟篆文，这两个字连我都认得，是“项藉”。科长掏出相机拍下铭文，留待回去仔细琢磨。

青铜鼎的两侧不再是兵刃，而是许多我们不认得的器具。科长到底家学渊远，很快认出其中几个。

他第一个认出的是“璇玑玉衡”，得名自北斗七星中的“天璇”“天玑”以及“玉衡”三星。璇玑玉衡又称“浑仪”，从外表看也颇有北斗星的模样，只不过形似斗柄的“杓”和“衡”只是支座，由赤道规和游环等组成的空心球状结构才是浑仪的主体部位。后世在浑仪的基础上优化，西汉天文学家落下闳设计出了浑天仪，东汉张衡进行了完善。

科长兴奋不已，朗声吟诵了屈原的《天问》:“斡维焉系，天极焉加？八柱何当，东南何亏？”念完，科长告知我们，今本《天问》中的“斡维”，古本中又作“管维”，也就是我们现在看到的浑仪上的窥管。先用权、衡调准仪器，将璇对准北极，握住魁首对准正南方向，透过游环上的窥管观测，就能够获得中星、入宿度和去极度等精确数据。屈原能够写出《天问》，就代表他对当时的天文学了解极深。东周列国，楚国的天文学无疑是最发达的。

此外，科长还指出了一些圭、表以及日晷等，但有一盏八面铜灯，科长也认它不出。那风灯置于案几之上，下衬皮革地图，绘制了当时诸国的疆域，现已模糊不清。图上遵星图分布钉入铆钉，以银线交相勾连，裱出二十八宿。北极之位立了那盏八角风灯，精铜铸造二十四根骨架和八道辐条，阴刻螭纹，错金银，金已褪，银已黑。中间本是硬纱扪布，此时皆已凋敝。往细了一看，才发现风灯里并不是灯芯，而是一组复杂的机栝。灯座正中垂下锥状的悬摆，垂摆周围有八道牙机，牙机各接月牙盘和杠杆，八道牙机对应的位置摆放着八颗金属铃球，千年不腐。

“这难道是……”我忽然想起一样跟它看似不搭界的东西。

“地动仪。”科长说道。

1953年国家发行张衡候风地动仪邮票，举国惊叹，我们都印象很深。与其构造一对比，风灯的本质呼之欲出——这就是楚国的地动仪。一旦地震波传来，动摇垂摆，机发吐珠，珠弹铃响，声振激扬。

“邪门。”邹远图走上前来，“张衡的地动仪采用的是直立杆原理。可瞧这灯里的构造，却是更先进的悬垂摆原理，借助惯性感应地震波，通过费力杠杆[1]进行放大。这种设计保证了装置的灵敏性，也排除了其他因素的干扰。因为悬垂摆只能感应地震的横波，寻常纵波的震动哪怕再大，装置也不会发动。战国时就已经有悬垂摆的原理，怎么到了汉代反而倒退了？”

“估计是秦始皇焚书坑儒导致的吧。”科长叹道。

这次却是科长错了。2005年，中科院教授冯锐根据古籍记载重新复原了张衡的候风地动仪，其设计采用的就是悬垂摆原理。原来是1951年版本的复原地动仪设计错了，并不是张衡错了。那时我才明白，张衡的地动仪就是在楚国科学的基础上改进来的，只可惜科长和邹远图都已经过世了。

说着，我们已经到了高台的边缘，前面出现了纺锤形的分岔，内部向下凹陷。我们便要下去，众人都说有些饿了，就在台上做饭。科长高兴，破例开了两罐梅林牌的红烧扣肉罐头，加热分吃了，醇厚的肉香从高台上直飘下去。我们连上工程兵，总共有十人多，哪里够吃？可即使这样，大家还是沉浸在肉味中不得脱身，吴琼尤甚。一时之间，大家都有点儿肉醉，精神头一松，疲倦劲儿就上来了，惫懒之下，各挨各地睡去。

6

没睡得多久，大家就觉出地底下湿潮，都醒了过来。吴琼发觉自己脑袋挨在我肩上，推了我一掌。众人哄笑一团，开始往高台下走。

下了高台，我们再回头望着台上，当真气派无比，这才意识到原来这边才是高台的正面。青铜圆鼎高踞台上，两侧天象仪器岿然而立，观象授时，世序天地，昂然若纳万邦来朝。

我们从背面登上高台，自然先看到的是林立的兵器。

高台前方的凹陷原来是一道弧形回廊，回廊两侧的石壁等距开凿出方形石槽。石槽内依次放着巨大的镶铁木箱，木质腐烂，露出里头满盛的铁制零件，因为时间久远，精巧的零件也都锈蚀粘接成了一块。我们请工程兵暴力掏出一口木箱，砸去外头厚厚的一层铁锈，只有内核很小的一块避

1. 费力杠杆：动力臂小于助力臂的杠杆，目的是节省动力移动的距离。

免了锈蚀，拿在光下一看，成色很好，硬度高，耐磨，有点渗碳钢的意思。

我们沿着廊道走，渐深入高台之中，里面也别有洞天。高台内是上下三层的石室，放置着许多巨大的弧形铁壳，不知何用。石室的地面还有积水，铁壳锈得发红，看不清花纹。

“这全是楚国的东西？”我有些不敢相信，“楚国能达到这么高的锻造水平吗？难道那高炉炼铁也是楚国留下的？”

“目前为止，没有看到其他朝代的痕迹。”科长叹了口气。

邹工倒是很兴奋，“如果整片遗迹都是楚国的，那就是两千年前的东西了，两千年前，这裂谷可能并不完全在地下，裂口是暴露在外的。这就解释了如此规模的冶炼和锻造如何维持氧气供应。两千年的地质沉积作用下，封土盖住了裂谷的开口，这才将其长埋地下。”

“若真是那样，”科长摸摸鼻子，“楚国镇国之宝泰阿铁剑传得如此之神，倒有理可循了。泰阿剑的铸造技术远远超出了时代，自然削铁如泥，寻常铁剑不是对手。传说泰阿剑‘以天地为一炉’，指的或许就是这天然形成的地下高炉。”

我们纷纷点头，继续朝前走。高台前的官道宽阔而平坦，可容数十辆卡车并行。科长猜这就是当年楚军列阵的地方，于是我们在此驻足，略微想象一下以丰盈平旷的空间。

再往前就出现了岔路，两边通道都宽阔，我们有些无措。这时，其中一条岔口深处隐隐传来雷鸣般的水声，我们便先选了这条。一路深入，又见高阔的石门，门楣上阴刻着四字虫鸟篆——“太一生水”。这是楚国朴素的宇宙观，他们认为天如鸡子，天大地小，表里有水。天地各承气而立，载水而浮，算是浑天说理论的滥觞。

甬道一路向西北而去，尽头又是一片巨大的水库，如同地下海洋。水池中修建起石墙将水体分隔成数十条水道，每条水道的正上方，从岩壁顶部垂下手臂粗细的数根铁链，端头隐约可见巨大的锈铁齿轮。绝大部分铁链空悬，只有最中央的三组挂着形状奇异的大船。我们四下寻找，在这一侧的岩壁上看到了木栈道的残骸，不难推断这些栈道原本呈悬臂结构，古人以此登船。可惜时间久远，栈道早已毁去，空余几根石柱。

我们只好打灯去看，探照灯光下，大船呈长条形，表面的木材已经凋敝朽烂，露出里面的铁壁。这倒奇了，船舱的内部居然是整体浇筑的弧形铁壳，与祭台内部陈设的铁壳如出一辙。原来祭台内部的铁具都是这怪船的构件。

“师父，不会吧，”我呆住了，“楚国人居然能用钢铁造船？”

科长也是唏嘘不已，“实在是不可思议，不过如果他们真掌握了高炉炼铁和渗碳钢的锻造技术，铁船的材料基础就有了。但要做到铁器卯合不漏水，真是不敢想象啊。如果能看看里面的构造，兴许能明白些。”

“要是有枪能给它端下来就好了！”程班长仰头跳脚。原本工程兵确实配枪，但既然是水下作业，他们就都没带上。不过即使带了，看那铁链的粗细，估计枪子儿也奈何不得。

水池中分隔水道的石壁都是天然岩层开凿后留下的，每个都有一米来宽，正对甬道的这一条尤其宽，足有十数米。我们沿着最中央的石道往前走，走了大半包烟的时间才到头。这里水声震耳欲聋。原来水池的边缘是巨大的重力坝，借助高差的地势形成了一个完备的地下闸坝工程。

我们所有人都兴奋不已，搞了多年水利，都知道我国最早见于记载的水利工程就是楚国的期思陂，比著名的都江堰还早三百年[1]。去年某领导视察南方路过豫南时，高度赞扬了期思陂的修建者孙叔敖。现如今，看到两千年前的重力坝仍在运转，我们顿时民族自信高涨，激动不已，对即将上马的三峡大坝工程充满了信心。相信它一定会像主席期望的那样，维持运转数百年乃至数千年不坏，功在当代，利在千秋。

眼前的闸坝恐怕比期思陂的规模还大，与水库的水道数量对应，共有数十道泄水闸门，由机栝锁水蓄势。只是毕竟年代久远，有三四道水门年久失修，垮了，湍急的水流下落，坠入人工开凿的地下河，雷鸣般的水声便是来源于此。不难想象，千年前闸坝启动的时候，数十道如此磅礴的水流一泄而出，会是多么壮观。

前面过不去，也没必要过去了。自从进入地下以来，我一直拿着1：20000的地形图，一边走一边在图上标记，所以此刻我们已经知道，眼前这条地下河通向京杭运河古邗沟段的地下入水口。这片埋藏两千年的地下古楚遗址，从三江营起始，至此已经绵延了近四十公里。古邗沟是春秋时期吴国开凿的人工水道，这片遗迹既然属于楚国，那修建的目的不言而

1. 亦有说法是两百年，目前史学界对此尚无定论。

喻——伐吴。而我们眼前的卅门闸坝，自然也不是为了地下泄洪，而是为了给大船提供初速度。

我们折返回去，继续探索另一处岔路口。一路上湿气极重，没留下什么，几乎都被江水清理过。从周遭看，这是顺着另一条地下矿脉的走势开辟而成，开采殆尽后改建成行军官道。官道非常长，顺势向西南而去。在官道里，我们看到了一系列完善的屯粮仓库和便溺设施——尽管什么都没剩下，地下排水系统也惊人地成熟，看来是作大军短暂隐匿之用。从体量上看，可供百万人生活一月有余。行至一半，见裂谷两侧修筑了宽大的石阶，几乎与官道同宽，通向地上，千年前的楚军和工匠该就是从此进入。我们试着走上去，却发现两边都是死路，该是两千年的岁月里被地质沉积覆盖了。

于是我们继续沿官道向前，又休息了一次，吃过两顿饭，才走到官道的尽头。在那里，我们发现了第三处出水口。出口的大门沉在泄洪水池中，我戴上面罩下水观摩了一番，比我们来时看到的巨石闸门还要大，是一扇双层生铁夹钢门，门内的空腔灌了铜水加固，极重，但两千年来的江水冲击还是造成了不可逆的金属疲劳，最终将它击溃。恐怕1298年的长江泛滥就是冲垮它的最后一根稻草，古楚遗迹自此暴露在外。好在这时长江水量不在峰值，从这里涌入的江水不算多，遗迹的排水系统还能处理。回到陆上后，我与科长他们讨论一番，终于理顺了前后关系，解开了长江断流之谜的最后一环。

1298年后，每到大气环流异常之时，江淮流域都会同步泛滥，但长江水从这里涌入遗迹之中，被排水管网疏浚到各处地下河道。而邗沟段的出口有卅门闸坝，京杭大运河无法倒灌，淮河水量持续增多，流经三江营时短时间冲断了长江流势。1342年断流时，江水持续涌入遗迹，最终裹挟着青铜巨鼎，以极高的水压冲垮了三江营处的巨石闸门，断流恢复。而1954年的时候，石门已毁，江水停留在遗迹中的时间自然短了许多，所以元朝时断流维持了一夜，而1954年的断流只维持了两个小时。

面对如此恢弘的遗迹，我们都唏嘘不已。曾有文人以“投鞭断流”的修辞形容苻坚的前秦军队之强，可楚人两千年前修筑的地下武装工事，却真正做到了让长江断流。我不禁在心中默念：惟楚有才，于斯为盛[1]。

---

1. 语出长沙岳麓书院门口的集句对联，上联出自《左传》，下联出自《论语》。

吴琼也终于弄清是什么毁了她的家庭，此刻默然不语，我想她其实早就想通了，是她父亲自己。只是无论如何，这口气总出不去。念及此处，我捏捏她的手心，轻声说："跟爸爸和解吧。"吴琼心弦一松，坐倒在地上哭了起来，哭声在巨大的地下空腔中回荡。

程班长最先回过神来，破口大骂："册那，古代皇帝修这等工事，不知要死多少人。我们这些农民阶级，历来就是受苦受难受死的，又岂会在历史上留得姓名？狗皇帝活该千刀万剐，活该被推翻！"

其他工程兵跟着附和，说着些"工农阶级翻身当家做主"的话，最后攒起嗓子合唱了一首《团结就是力量》。歌声也在巨大的地下空腔中不断回响。

歌曲终了，众人回程。科长解开了断流之谜，但鼎上的铭文尚不明了，仍是老大不痛快。因为时代原因，铭文直到二十多年后才断断续续译出来，这里不妨先说一说那铭文：

楚昭王时，伍子胥引吴军伐楚。后楚军借秦师退吴，收复疆土，迁都载郢。昭王命令尹子西制定伐吴策略。子西即令尹申，通晓天文地理，造地风灯（地风即地震波）。在地风灯的帮助下，子西观察到襟江一带的地下震动，遣人前往，发现了巨大的地下裂谷，以及暴露出来的丰富铁矿资源。

昭王二十六年，王伐蔡，迁蔡国至长江、汝水之间。同年，子西占据地下裂谷作为拒吴关隘，主导地下武备库的修建。两年后，吴王夫差修邗沟。子西遣工匠向西北挖掘，引裂谷通邗沟。时公输迁楚，建造出钢铁大船的雏形。此大船名为"鎈"（楚人生造之字，应取典自"仙人乘槎"中的"槎"字，辅以金旁，在嬴政统一天下文字后失传），"鎈"作为水下伏击武器，从地下河道入水后，外层的浮木层层剥落，缓冲水压，露出精钢船身缓缓上浮。船舱内置机栝，弹射巨刃，撞击水面之上的敌国水师。越王勾践嫁女于昭王，楚越之间形成隐形同盟。惠王时期，墨子游楚，献图于王，子西以此改进铁船设计，增设人力驱动枢纽，使铁船入水后仍能转向加速。后勾践伐吴，楚军在邗沟以"鎈"伏击吴军船只，大破吴师。勾践因此灭吴称霸。

昭阳字云，官拜上柱国。楚威王六年，昭阳将军灭越，受封于兴化一带。自此，地下武库才终于归属楚国领土。昭阳主管期间，地下武库规模不断扩大，楚人的冶铁技术也突飞猛进。“镃”也从一次性使用的水下战船进化成常规军事奇袭舰。楚国国力进入鼎盛时期。

怀王之后，唐昧接管地下武库。怀王时楚国国力式微，内忧外患。诸侯的威胁也从东部的齐、吴、越转移到西北部的秦国。地下武库的军事地位逐渐转变，唐昧为人审慎，将楚国最先进的理论和技术在此备份，包括璇玑玉衡、地风灯等，以及上万卷竹简。

项燕掌管地下武库之时，楚国已垂垂暮年。秦国攻占铜绿山之后，地下武库成为楚国最大的金属矿产来源，也是最大的军备核心。成千上万的兵器在这里生产，又通过水陆运输到拒秦的正面战场上。依靠超越时代的铸铁技术，楚军大败李信率领的秦军。但负隅顽抗终难长远，王翦兴六十万秦军伐楚，楚王被迫迁都寿郢，半数江山尽归秦。楚国东迁之后，秦军东进的势头得到遏制。时隔百年，“镃”再次出现在历史舞台上。在巴楚之地曾多次大败楚国水军的秦军水师，在邗沟被“镃”全歼，楚国因此得到短暂的喘息。不过到底大厦将倾，偏安一方的楚国无以为继。随着项燕兵败蕲南，楚王负刍被俘，楚国彻底灭亡。这伴随大楚三百余年的地下武库，终归寂灭。

鼎的另一面虽再无铭文记载，但仅凭“项籍”二字即可断定，楚国灭亡不足二十年，先进的楚制精铁兵器再次出现在风云际会的反秦战场上，照亮了西楚霸王的名号。所谓“楚虽三户，亡秦必楚”。

如今回想起来，鼎中的铭文应该与祭台同向。那座青铜三足鼎是被转动过的，有人将项籍的名字朝向了整个遗迹的正面，考虑到铜鼎的重量，这个人应该就是项籍自己。也许在他看来，仅“项籍”这两个字，就盖过了前人所有铭文留下的功绩，无须后人评说。

至于楚国灭亡后武库中数万工匠的去向，也许在另一座被水冲走的大鼎上留有记载，可我们再也没法知道了。

7

当年的我们急匆匆地回到地面，即刻动身赶赴上海。可到了上海，我们却得知，因为苏联专家的撤走，国内技术尚不成熟，三峡大坝工程的启动被迫无限期搁置。

我们在上海时，留在泰兴的工程兵们也向上级领导汇报了地下裂谷的情况。工程兵跟长办并不属于同一个系统，彼此之间没有管辖关系，他们的决策我们无权干涉。工兵团立刻派遣了两个排的军队前往，快速修建工事，封堵了地下裂谷的三个出入口，避免长江断流再次发生。班长程德红记一等功。

而地下武库中的巨量铁器，因为腐蚀过于严重，在当时已经不被定性为文物了。正逢那个年代“大跃进”运动开始，几千万人掀起了轰轰烈烈的“全民大炼钢铁运动”，来自楚国的铁器，为两千年后的“大炼钢”做出了巨大而卓绝的贡献。

武库内的那尊青铜三足圆鼎，我也不知道最后去了哪里。

三峡大坝工程暂时搁置之后，我们科各奔东西。邹远图在三年困难时期饿死了。再往后就是六七十年代了，见证了这件事的所有人都缄口不言。潘鸿明科长因为成分不好，吃了许多苦，所幸当时已经升到营长的程德红四处活动，才保住了老科长的命。那年岁我自顾不暇，为了跟吴琼两个人过好日子，已经是拼尽全力。

直到七十年代末期，国内才恢复了大范围的考古工作，一座座来自楚国的墓葬和遗址被逐步发掘出来，两千年前的那个绮丽王朝才终于又一次出现在人们的视野里。

八十年代后，我已经翻译出了铭文上的内容，但也找不到人说。多方打听，才得知了潘鸿明的住处，去苏州一看，老科长却得了阿兹海默，什么都不记得了，没几年，就去了。

再后来你就大了。成楚啊，你也看到了，你妈妈从来就是暴脾气，小时候你没被少骂，我也没被少骂，好在你成材了不是？你妈妈没念成大学，看到你念了大学，还出国留学，虽然嘴上不说，心里可欢喜嘞。

不知不觉就到晚上了。今天是小年，护士给我端来了猪肉芹菜饺子，香呢。我看病房里床都空了，家里都把病友们接回去过年了吧，我知道你在美国也忙，不烦你。不过成楚啊，你看咱们国家也强盛起来了，不用惦记人美国的好了，你什么时候回来啊？

这饺子不行，芹菜不新鲜，馅儿用的是生姜汁，没有姜末，差点儿意思。唉，还是惦记你妈做的素饺子，干香菇干木耳泡发了切丁，蛋皮切丝，拌一点儿熬过的猪油渣，咬在嘴里都流汁儿，鲜啊。你妈妈走了之后，我试过几次，怎么都不是那个味儿。

从我们那个年代过来的人，都谨慎得很，谨小慎微了一辈子，到今天才决定把这件事写下来。可写下来的一瞬间我又后悔了，那种多说多错的恐惧几十年来一直如影随形。但要销毁这长信我又舍不得，罢了，成楚你也大了，就把这个决定权交给你吧。看完这封信，是留是毁都依你。这件事我藏在心里大半辈子，也该放下了。多的不说，至少你知道了，我跟你妈妈为何给你取下“江成楚”这个名字——

惟楚有才，于斯为盛。

江文良

2010年2月7日于扬州

本文为《银河边缘》中文版专发篇目。

宇宙来信

LETTER FROM UNIVERSE

久　念
Jiu Nian

这封长信，
会被我流放在宇宙里。

久念，新人科幻作者，太空歌剧与蒸汽朋克爱好者，致力于创作浪漫的科幻故事。

I. 语　言

艾伦。

七十四个地球日过去之后，我在狭小的飞行器里，还是忍不住念出了这两个破碎的音节。唇齿抿成半圆弧，舌腔微顶上颚，再把气息吐匀，像地球上每一个念过你名字的人类一样。直到现在，我才真切地觉得，在浩渺的宇宙轨道里漂流是在每分每秒地离开你，以光年的距离。

每分每秒的光年。信才写个开头，我就哑然于自己对地球用语的熟稔。你看到也许会发笑吧，毕竟我曾茫然于人类的任何计算单位，不管是时间还是距离。

就像我遇见你之后，曾认真地端详过你手腕上的那只表。冬天的清晨起着大雾，你在弥漫的淡白色光晕里抬手看着时间，我的目光随即落在你修长的手上，金属手表的细针有节奏地运转弹格，带有明显的颤动。

你留意到我的视线，低头与我对视，额间有碎发遮了下来。你的眼底有情绪流动，有好奇，有不解。最后，你还是用温和的语调讲出人类世界的时间运转规则，分秒时，四季轮回。

“像现在，”你在晨色里笑了，“一切还很早。”我皱眉，摇头，这是我刚到地球的头一个月，还在学习抽象的知识。

“那你们呢？”你没有过多解释，把话题转给我，也许是在训练我的语言能力。我试着描述我的家园，塞维斯星上对于时间的判定。

塞维斯人对于时间没有清晰的界限，只因我们对万物有更深邃的感触力，声音的穿透程度，动作的幅度，哪怕是呼吸频率，都能被塞维斯人的神经元强化放大。最后，我们选用光影的强弱变化来感知时间。

然后，当我伸出手，想用指尖在冬日早晨的雾气里缠绕一圈，感受淡白色的气流后，我才学着你的语气说道：“是的，一切还很早。”

你像是被我逗乐了，低头拉近我们之间的距离，用手揉了揉我的黑发。来地球前我做足准备，尽管塞维斯人与地球人的长相差别不大，我仍谨慎地扮成一个东亚女孩的低调模样。而你不同，你身形高大，眉眼轮廓更深，有褐色瞳孔，是被地球人称作英俊的长相。

在靠近我的刹那间，我与你的差别放大，我感受到你眼睫的颤抖和鼻翼的翕动。我没有地球人的生理反应，却觉得自己的身体出现了变化，只因这一瞬，我感觉到有奇特的电流在划行，翻滚。

这股电流窜进我的身体里，在胸腔搅动着，我有些不知失措。

离开地球的这些天，我搬了几大箱书进飞行舱，在逼仄的空间里阅读你们的文字，终于，我也找寻到人类语言对这股奇异电流的描述——

心动。

Ⅱ. 文　字

艾伦。

我没有告诉你我的离开，也没有告诉你，我飞行舱里的所有书，都复制于你的书房。来地球的第二个月，我已经能熟练地用一种地球语言进行对话，你的母语。可我仍对文字的概念感到模糊，我不明白，为何地球人需要用到两种载体进行交流——语言和文字。

于是，你把我带进你的书房。冬日绵长未尽，气温寒冷，窗沿上升腾着朦胧水汽，午后的金色光线从中透过，散射到满墙的书架上。你从邻近的书架上拿出一本书——薄而小的一本书。

我也伸手碰了碰，书页的纸张质感特殊。尽管我来到地球之后，共触能力迟钝了许多，但依然能看清当你翻动书页时有粉尘颗粒沾在你的指间。

我想帮你拭去，你却摇头，与我一起在沙发上坐下，用你一贯温和的语调开始念诵书上的文字。

塞维斯星与地球有诸多相似，除却人类的长相，我们也存在图符，但跟地球上的书籍比起来要拙劣很多。并不是我们不够先进，相反，塞维斯星的科技远比地球发达，人种的进化也更为优质，以至于塞维斯星人对万物的感受力和共触力更加全面。

无须文字，我们仅凭感知就可实现高效的精神交流；而图符的存在，更像是一种塞维斯星人未雨绸缪的文明象征。

但地球不同，地球人的认知系统钝缓，也许文字在这里，有多元的意义。

你手上拿的是一本诗集。然后你开始念诵，从句子里捕捉到三个词：

雪景，森林，黄昏。

我曾跟你提起塞维斯星很单调，空中永远悬挂着铁锈色的巨大恒星，没有城市，没有山川，有的只是永无尽头的金属房屋、硬核线条、立体抽象而广袤无垠的荒凉。

来到地球后，你有意带我搭乘多种交通工具，在光怪陆离里穿梭。幽深山谷，无垠大漠乃至静白雪原，世界的多样性在我的眼中幻化成奇异的律动，辽阔的绝色风光下升起的是极致的美感。每当我凝视美景，密集的感官神经元都在战栗，随着流淌的云层、湖海起伏荡漾。

跟地球人相比，我所感知到的美感放大了数倍。

就如同你当下的低语，寥寥几词就再现我们曾经历过的无数光景，升腾出难以用词汇形容的浩瀚。看到我神色的变化，你只是笑着，而我却明白了地球文字的意义——是构造，是连接。

“真美妙，不是吗？”你穿着白色毛衣，舒适地靠在柔软的沙发里，手臂垂下拢住我的肩，刮蹭过我的耳畔，袖边的毛线触感绒绒的。你呢喃的声线总是这样温柔。

我情不自禁地点头。

离别的前一天，我瞒着你去了市区的书店，短暂的两个月里，我已学会像地球人一样生活。塞维斯人的记忆力远胜过人类，我早已记下你所有的藏书。

我挑了好几大摞书去柜台结账。你曾花很长时间向我解释你们的货币制度，并给了我一大笔钱希望我去练习。我一直认为这样的交易方式笨拙愚钝，从不屑去尝试。塞维斯星上的物资总是自由运转的，能量充沛无竭，我们只进行必要的商业争夺。

我们从不花费多余时间在生活补给上。可当我在地球上进行物资交换后，人与人的交易游戏又让我觉得有趣。我敏锐地觉察到收银员的善意，她小声地说：“谢谢惠顾。”

我回了一句：“不客气。”

你说过，人类互动会引起温暖的感知共振，当我第一次也是最后一次独自出行时，我才真正体会到。

我坐在舱里，地球与我的距离愈发远了，我每天都在阅读，几大箱的书就快被我看完了。我买了相同的诗集，试着用你的语调读出相同的字词，你是地球上我唯一熟知的人类，我始终是你的模仿者，模仿你的语调、你的行为——你的一切。

雪景、森林、黄昏。

也许因为宇宙太过空旷寂寥，那个冬日下午空气里氤氲着的美妙气息，始终无法在飞行器里重现。

消逝的，还有你讲述的万事万物。

如果万事万物都如你，想必也有相同的温柔吧。

Ⅲ. 情　感

艾伦。

还有十个地球日就将抵达塞维斯星了，我的身体也正在发生着变化。在地球上钝化的共触力变得更加敏锐，与此同时，那些仅存于地球上的东西在我脑海里变得模糊起来——声音、温度、情感。

是的，在地球上生活的第三个月，我终于明白塞维斯星与地球的本质差别，塞维斯人没有情感。我们有丰富的神经元，神经网络在万物中蔓延，这是基础的感官体验。我花了很长时间才弄清楚，共触能力与共情能力是不一样的。

与地球相似，塞维斯星也存在家族网。我就生于塞维斯星最尊贵的家族，可我们没有地球上用奇特的血缘搭建起的亲情，我们的家族内部没有情感，只有利益交换。

听到这里，你沉思了一会儿才说："这就是为什么你会逃出家族，选择在宇宙间漂流吗？"

因为没有情感，所以任何形式的离别都干脆利落，离开土生土长的星球也没有拖泥带水。我思量了一下，并无异议。

你没有对我的身世刨根问底，只是注视着我，末了发出一声叹息，"那如果有一天你离开了，会不会想念我呢？"

想念，真是一个原汁原味的地球词语。

也许是我的语言能力比我想象中的要匮乏，面对你的叹息，我竟没有办法回答。

这番谈话结束后的几天里，你的脸上偶带焦灼，像是有什么预感。一天下午，你认真地提出要带我去一家照相馆。

“我想要一张我们俩的合照，这是我们的认识仪式。”

你的措辞真怪，以合照作为仪式，让我分不清你是成熟的大人，还是更像一个小孩。地球人比塞维斯人多了一套情感系统，以此衍生出更多复杂的情绪，比如安全感、仪式感。这些东西于我而言之所以陌生，也许是太过无用，早被塞维斯人进化掉了。

我想要向你解释合照的无用性，塞维斯人的记忆源庞大，我将永远记得你的眉眼、柔软的发、身上的气味，甚至还有落在你脸上的阴影。

“可我不一样，”你像是对人类的缺陷感到失落，“我会遗忘。”

最后，我同意了。

你带我走过城市的中轴线，老旧的街巷背后是密集的住宅区，这里藏着一家留存数年的照相馆。馆内一切都是陌生的，你小声地介绍起上世纪的红色背景布，还有摄影器材。我久久地注视着一台摄像机，连带机身上飞落的尘埃。

当我站在红色画布前方，我竟没由来地战栗。身旁的你用手臂揽住我的肩膀，笑着说：“别紧张，放轻松。”

可我原本以为，我从不会紧张的。

起初只是身体发颤，紧接着是整个身体产生了大面积的拉扯感，然后是细胞撕拉般的疼痛。

当快门摁下亮光闪起后，我难以抑制地痛到蹲下。熟悉的痛觉在迅速恢复，却比以往任何时候都要强烈得多。

你吃了一惊，以为是刺眼的闪光设备对我造成了伤害，你低身扶起我，想说什么，我却只顾着摇头。

体内的增殖细胞在无限撕裂爆炸，痛感加剧的面积遍布整个腹部，进而扩大，痛感的时间也在延长。造成这种局面的原因，只有一个。

我曾告诉你，在塞维斯星上我也归属于自己的家族。我未细讲的是，家族的判定不依靠血缘，我们来自同一个受精卵细胞，有着同样的DNA序列，联通着彼此的共触能力。

换言之，家族共享感官体验，可这在平日从不凸显。除了痛觉。

每一次疼痛来袭，都意味着家族个体的受难。

这一次，我感受到体内的细胞如烟花般收缩炸开，海量神经元在灼烧，我知道，家族浩劫即将来临。

那一刻，你终于抱住了我，凭借支离破碎的意识，我恍惚闻到你身上独特的气味，抚到你身体的温暖。

我的眼前突然出现第一次遇见你的画面。便利店里，我学着像众人一样怀揣商品走出店外，当店门警铃响起时，我撞进你的怀里。在塞维斯星上，每个人都是独立个体，触碰只因必需。刚来地球第一天，当我和你撞了个满怀时，异感让我连忙往后退去。

可眼下，仍然是你的怀抱，我却无比贪恋。

贪恋。

我的眼睛突然流下泪来，透明而连续的液体，像真正的地球人一样。即便有痛感在蔓延，我仍能觉察出我的变化，万千神经元仿佛突然生出枝节，延展出波形纹路，这是独特的反馈路径。

这叫情感。

我多想抱住你，可眼泪遮挡着我的视线，哭泣占用了我的声带。

我欺骗了你，我不是宇宙的流浪家，我是塞维斯星的逃亡者。

Ⅳ. 爱

艾伦。

如今，我下定决心向你坦白，只因我知晓了此前所有的意义。宇宙的航行漫长幽邃，我有足够的精力消化在地球上的日日夜夜，并适应那些在我的精神层面新生长出的情绪波动神经。

阅读地球的书籍与诗歌不再是囫囵吞枣，我开始领悟人类身上更精微的东西。

生命、希冀、信仰、爱欲……

如同单薄的窗纸被捅出小孔，清亮的光射进无比开阔的空间，光线的渗透以波幅的形式叠加放大，哪怕流连于再微小不过的事物，也能收获无与伦比的感动。感动源于生命原始的存在，而存在本身就充满了让人落泪的生生不息的希望。

于是，我更能理解体内那日益加剧的痛感，是无数存在的消亡，是我的族人。尽管塞维斯人没有灵魂，我的族人们也不过是一群强大的感知赛博格。

可我不同，地球一行后，我的内核中出现了一股复杂的暗流，鞭笞着我的所作所为。

你永远都不会知道，我对你的隐瞒，源于我的恐惧。当“罪恶”一词输入我的认知系统，我害怕的是你知晓我的全部恶行后，视我为不折不扣的罪人。

地球人的认知比我想象得要迟缓，你们无法企及未知的精神领域，只好创造出许多看似逻辑自洽的论断。比如“因果论”，请允许我用你能理解的方式进行解释，所有的苦果必有源头。

在塞维斯星上，或许也存在“因果”。

塞维斯星上的物质非常丰富，虽然有商业竞争，但也只进行必要的竞争而已。塞维斯星人的生命周期非常长，自我出生以后，我的家族总在争夺星球上最珍贵的航行能源。

那不过是一块普通的金属地皮，底下却蕴藏着丰富的星际元素，足以支撑无数次宇宙航行。塞维斯星上两股最庞大的家族势力为这块地皮争夺数百年，甚至动用新型的技术热攻击。

由于塞维斯星的科技已经爬升得更为尖端，谁也无法预料，这一次，新技术的战争是否会造成星球消亡。

我出生的家族古老尊贵，有着顶尖的共触力，而我是年轻一代的继承人，掌握着金字塔尖才知晓的宇宙航行技能，以及异于常人的无比精密的感知能力。

第一波热攻击触发后，塞维斯星看似照常运转，我却感知到空中的恒星位置发生了细微变化。

生平第一次，我嗅到了毁灭的气息。

可战争一旦开始便很难停止，我比任何人都先感知到这颗行星正在以极快的速度偏离恒星的轨道，随之而来将是裂变、冲撞、消泯。

清晰可预的毁灭。

于是，当我查阅了塞维斯星上的所有图符后，成功发现了地球这颗距塞维斯星仅十一光年的行星。尽管图符显示，地球文明落后迟钝，不具登陆价值，但它运转的稳定系数颇高。

我抢在所有人之前，启动了家族唯一一艘宇宙飞行器，驶向了地球。

为了我自己可以活下来。

在地球上的日子里，你为了让我更快适应地球人的世界，常带我去看午夜电影。你不厌其烦地向我解释电影中的主角与反派、正义与罪恶、救赎与惩罚。

你总说，反派终归有苦衷。而塞维斯人是独立个体，自身利益是个体存在的基石，我们没有苦衷。

而我是塞维斯星上最大的反派。

从地球的道德法则来看，我窃取家族抵御敌人的筹码，抛弃继承的使命，是对家族乃至星球卑鄙的背叛。

塞维斯星，我不可抑制地想起它，这颗永远悬挂着铁锈色恒星、没有城市与山川湖海、只有无垠的金属荒原的行星，我在此成长、学习、劳作，日复一日地生活。

那一日，巨大的疼痛在我体内翻涌撕裂，家族生命体被寸寸吞噬，星球被撼动倾颠——那颗我所存在的星球。

我突然流下泪来。

我知道，我必须赎罪。

“冬天就要结束了。”

启程离开地球的那个夜晚，毫不知情的你突然对我说，窗外是今年最后一场雪，天气预报显示气温即将回升，往后是积雪消融，万物生长。

我回忆起地球的时间单位，三月一季，新的季节就要来临。你的絮语透露出你的兴奋，尽管春树夏花、秋叶冬雪年年都会重现，你却仍然期待，期待其中蕴蓄的簇新未知的生命。

直至此刻，我仍能描摹出你动容的样子，你感性温柔，对我的引导总是细致温情。

在宇宙间漂流比我来时更加单调，与地球的航距越远，越容易让我想起你，你的眉眼，你柔软的发，你身上的气味，还有落在你脸上的阴影。

这是想念吧，因为你而流淌在我的胸中温暖的热流，每一次想念你，热流底下又会升起生理之外的痛苦。

你对整个世界与生命充满希冀，我畏惧你知晓我的不堪行径。

我多想成为你，为此必须洗尽笼罩在我身上的沉重的内疚与负罪。

我必须返程，返回那金属荒原，哪怕我将要面对残破的家族、消逝的星球。

我终于明白，能摧毁塞维斯星的不是高度发达的科技，而是，塞维斯人不懂得爱。在塞维斯星严苛的进化体系里，我们仅仅保留理性文明，在无限加速原有的科技进程时，我们丢失了让星球稳定运转的灵魂内核。

知晓这唯一武器的奥秘的当日，我选择告别，也学会了想念。

在星际航行中，每一次想念，都是甜蜜与痛苦的交织，蜜糖与砒霜的共鸣，这样的悖论一次又一次出现。

我爱上了你。

Ⅴ. 梦 境

艾伦。

我曾在地球的书籍上看到这样一种理论，说大脑发出的信号比我们以为的要走得更远，经历无数个年头的漫长跋涉，一个人的思绪会抵达另一个人的脑海，哪怕跨越星球。

地球人对此有个美妙的用词：梦境。

抵达塞维斯星的前夕，我梦到你了。这是全新的感官体验，梦里的你面容模糊，我却认定那是你。

可地球上也有一种理论说，当一个人梦到自己，也是遗忘的开端。

我更偏向前一种理论，那也是我写下这封长信的缘由。我不愿我的思绪在宇宙间漂流，最终抵达你。而当梦境在我身上出现，我又沉迷后一种理论，我愿意相信，你在遗忘我。

其实我很高兴。

你总是完满地接纳我，相信你也能理解，我们隶属于不同的星球，有各自的人生。

至此，这封长信就要结束了，我采用地球人信赖的书信体进行记录，这薄薄的树脂纸，数页下来，在我的手间沾染无数细微粉尘。我不会介意，因为回到塞维斯星后，我决定把地球上的所有回忆全部封锁在我的体内，不再想起。

而这封长信，会被我流放在宇宙里，它会被暗物质分解，被无数元素销蚀，然后不复存在。

再也不会抵达你。

艾伦，请原谅我的不告而别。地球上消磨爱的方式有很多种，最古老的是“遗忘的梦”。

为了你，我愿意营造出无数个梦境。

但愿你会忘记我。

本文为《银河边缘》中文版专发篇目。

所爱非人

THE BELOVED ONES

陈　茜

Chen Xi

机器人也会要求合葬吗？

陈茜，自2006年开始从事科幻写作，中短篇作品多见于《科幻大王》《科幻世界》《九州幻想》《最小说》等杂志。2014年出版科幻作品集《记忆之囚》，2015年出版少儿科幻长篇《深海巴士》。

宋麦克快下班时来找我，总不会有什么好事。

“你，出来一下。”他倚在门边，冲我点点头。

我从电脑显示器侧面探出脑袋，上下打量他——这位仁兄眼圈发红，青灰的下巴冒出胡楂；警服衬衫外罩着件粗布夹克，拉链敞开，鼓起腹部上的那片菜汤污渍分外引人注目；裤子全是皱褶。估计昨晚又睡在了办公室——难怪老婆跟人跑了。

我站起身，做了个手势，“去顶楼吧，我要买杯咖啡。”

泉州刺桐港区十年前还富得流油时，市里的拨款用也用不完，局长在顶楼辟了个警员休息区出来，买了堆文娱器材。那时，每天午休时，所有人都聚在一起打台球，十五块一局，宋麦克总是输给我，后来他就不打了，可能觉得输给新人小丫头片子太没面子。

眼下，台球室和健身房已经成了鬼屋，只有角落处的自动咖啡售卖机还有人用。

我请了他一罐意式浓缩，自己拿了杯美式。在遭受整整一天的文书工作折磨后，我也需要醒醒脑。

“有私活儿。有个富婆来找我，说自己的机器人不见了。”宋麦克抠开易拉罐，摸摸鼻子，“看样子是自己改装过的那种。”

“哪种？”我扬眉。

在港区，靠警局发的那点儿工资，你连车都养不起，大家都会私下接些私家侦探的活儿。上司也睁一只眼闭一只眼，只要别太越界。宋麦克偶尔会找我搭把手，特别是需要和女性打交道时。他是个老派的男人，在某些事上，保持着罕见的羞涩。

我当然也不反对，谁会拒绝外快呢？

“看上去像那种……”他掏出手机，调出一张照片递给我。

是一张合影。照片中的女人已界中年，穿着驼色的大衣和看上去挺贵的鞋，面对镜头，笑得冷淡又得体。那位失踪的机器人站在她身侧，神色专注，盯着主人的侧脸。它极为俊俏，有着在流水线产品上找不到的艺术感。这货绝对价值不菲。

“这不是刘妍吗？”我说。

照片中的女士在泉州可谓无人不晓，是商业新闻版的头条常客。最近几年对外宣称退休，低调了不少，但仍算是位风云人物。

“她说那是她的商务秘书，知道公司不少商业机密，必须得弄回来。”宋麦克干咳一声，“我觉得他们关系没那么简单。她说不出这个机器人秘书的型号，说是私家手工制品。”

“哇哦——”我再次欣赏起照片里的美男，对这位女士的品位表示了赞赏。

“她约我一小时后在她家面谈。”宋麦克说，抽回手机，“我觉得有你在，聊起来会更方便些。”

“一个玩火玩过头的有钱寂寞女人，想找回失踪的机器人宠儿。”我耸肩，“听上去是个肥差。”

踮起脚，将喝空的咖啡罐隔着半个房间投进垃圾桶，精准。我看了眼腕表，“我收拾下东西，十分钟后停车场见。”

以前这种时候，宋麦克都会嘀咕，要不是你穿着裙子，谁能看出你是个女人。

可今天他似乎心情低落，只是瞟了我一眼，什么也没说。

1

宋麦克开着他那辆破大众，我坐在后座上，膝头的电脑随着颠簸上下跳动。我们穿过泉州破败的市中心，远远能看到暮色中开元寺那暖色的灯火。又是一年中元节快到了。

细雨中，成群的失业青年在街头游荡，塑料荧光外套闪闪发亮。他们爬上废弃购物中心的窗口晃着长腿，嚼口香糖。有人认出了宋麦克的车，一边比中指，一边冲我们吐口水。

“你不管管？”我半真半假逗他。

“现在是下班时间。”宋麦克说，语气厌倦，“再说能怎么样？把这群小兔崽子揍一顿吗？”

而远郊滨区则是一片截然不同的天地。车窗外掠过落日余晖中波光粼粼的海面，一串归巢的飞鸟轻轻落在白色浅滩上。这里连沙子都是直接从国外小岛运过来的，滨区的房价早在72年就涨到了六位数。

我们的委托人就住在这片别墅群里。

可惜我们都没心情欣赏眼前难得一见的、充满了金钱气息的风景。宋麦克让我抓紧时间查一下刘妍——那位委托人的背景。

网上关于她的信息虽然多，但大部分都是官方商业报道和采访，没什么真正的干货。刘妍出身草根，年轻时靠着几轮太空投机生意暴富，后来离开北京隐居泉州刺桐港区，但手里还掌握着几家知名公司的股权；结过一次婚，前夫陆国涛也曾是商界名流，后因重大经济犯罪嫌疑潜逃，已有多年。他们过去属于夫妻合伙经营，刘妍居然奇迹般地从中洗白，保住了自己的资产。

我迅速翻看检索结果，一边挑重要的念出来："网上找不到什么负面新闻。要么天生低调，要么公关工作做得好。"

宋麦克哼了声，"有钱人，屁股有几个是干净的？"

自从几年前，在仓库谋杀案上碰壁后，他就对有钱人过敏。

我没理他，继续看资料，"她前夫陆国涛的背景倒挺有意思，在炒小行星地产前，读的是神经内科的医学博士学位，还有和人工智能研发相关的大学教职呢。人到中年才改行经商。"

"嗯。"宋麦克应了声，语调有些淡漠。

"他们以前夫妇感情倒是挺好。"我盯着屏幕，稍稍一检索，就能在各种旧新闻的照片中，看到陆国涛与刘妍出双入对的样子。陆国涛也没传出过什么婚外绯闻，在他那个级别的富豪中，可谓十分罕见了。

"也没碍着她老公跑了后，找个机器人排解寂寞。"宋麦克说得酸溜溜的。

我们已经进入了别墅区，大众开开停停，向无数重安检系统提交邀请码。

砂石板路两边是椰林掩映下的小屋，紫荆正在落花，铺得一地残红。刘妍的房子在湖区深处，西式双层，通体雪白，屋子侧面有个大露台，直接伸入海湾中。露台上摆着藤椅和遮阳伞，令人不禁对那些悠长的午后休闲时光浮想联翩。

整幢屋子，只有客厅的灯亮着。

我们坐在车里看了一会儿，顺便讨论了一下刘宅整套警备系统的造价。屋顶上方正有几架隐形监控无人机巡逻，泉州最大的银行也不过如此。

“住在这儿，简直像在城堡里一样安全啊。”我一边感叹，一边掏出粉盒，整理头发，补妆。

宋麦克出发时，换上了一套深蓝色的干净西服。这是我替他保管在警局更衣室的，为的就是应付眼前的状况。他离婚后，我偶尔会帮他打理一下需要见人的工作。局里也有人说闲话，说我们搞在一起了。我俩之间其实心知肚明，不会有那回事。他是当年带我入行的人，互相照顾是应该的。

仅此而已。

门铃响了十几秒后，女主人开了门。

刘妍比照片中看上去要年轻一些，乌黑浓密的长发披在肩头，眉眼没多少人工调整的痕迹，称得上端正清秀。她知道宋麦克会带女伴过来，所以只穿了一身灰色的丝绒瑜伽服和一双拖鞋。

我真希望自己四十多岁时，也能保持她的纤细腰围。

“宋警长，欧阳小姐。”她伸手与我们相握，声调细柔甜美，“很感激你们能抽出时间，来帮我解决一个小小的私人问题。”

宋麦克点头。

我们走进客厅，在沙发一角落座。刘妍的居所看不出暴发户的痕迹，每件家居都昂贵得简洁悦目。墙上挂着一幅枯笔山水立轴。肯定是真迹了，我想。

转眼间，刘妍亲自端着茶具过来了。

我有些惊讶，这所大宅里居然真的没有管家了。

她抱歉地解释道：“见笑了，这些工作平时都是3908负责的。它失踪后——”

“3908？”我扬眉。

“就是我那位失踪的机器人秘书的名字。是它自己起的。我原本想给它起一个更人类化点的名字，但它在这个问题上很固执。”刘妍笑笑。

宋麦克和我对视了一眼。

“这也是我希望能尽快找回3908的原因，它——很聪明。我害怕它受到伤害。”刘妍犹豫数秒，细瘦的双手合在膝头。手背凸起的筋脉是她身上唯一泄露真实年龄的地方。

“聪明？您的意思是，它使用的电子脑程序不是市面上通行的版本？”宋麦克问。

我瞥了他一眼。

今天他有几分急躁，一上来就指责客户钻法律空子。这可不利于套出信息。私自改动机器人电子脑程序，是被明令打击的技术犯罪。但挡不住商业利益与极客好奇心的驱使，这条法令正日益成为一纸空文。

“这不重要。”刘妍说，微微侧头，语调升高了些，“我只是说，您可以将它当成一桩真人失踪案来调查。让两位见笑了，自从独居后，它是我唯一的伙伴。我将它看成家庭的一分子。”

“我们理解您的心情。”我冲她微笑时，拿出了纸质笔记本和笔——这招总能莫名使客户觉得自己受到重视，“人工智能监察也不是我们管理的范围。我们只有充分了解您的机器人秘书的行为逻辑，才好推测它身上发生了什么事。”

刘妍神色和缓了些。

我暗中横了宋麦克一眼，“能不能请您描述一下它失踪的具体情况？”

“是昨天早上的事。”刘妍说。进入回忆叙述的她冷静而有条理，令人不由得想起她曾经是位成功的女商人，“3908也是我的全权商务代表。昨天早上，我让它去公司，替我面试一位新的财务经理。结果到了约定时间，公司那边打来电话说，3908没有准时抵达会议室。我很意外，也很担心，于是派人沿途搜索了一遍，发现3908的车停在离公司不远的公路辅路上，车门锁着，没有暴力痕迹。只是它本人消失了。”

“您的机器人，体内没有定位装置吗？”宋麦克问。

“没有。”刘妍摇头，“它不喜欢身上有监控，我替它拆掉了。”

我皱眉。

“请原谅，女士。”宋麦克身体前倾，“您这位机器人的自主权限和智力水平，大致在什么水平上？”

“3908是一位艺术家朋友的作品。我承认，它运行的不是标准程序。”刘妍说，她似乎对宋麦克的再次咄咄逼人并不介意，“3908的心智水准，具体我也无法描述。毕竟我不是专业人士。”

她微微弯起嘴角，像是想起了什么，“只能说在日常相处中，它和正常人类完全一样，只是更单纯。它是个好孩子。”

“女士，您胆子可真够大的。”宋麦克摇头，“一旦程序出错——”

“人生在世，总得承担一些风险。”刘妍说着，抬起眼睛，“和难测的人心相比，我更愿意与机器人做伴。”

作为每天都要与人类罪犯打交道的警察，我们都一时无言。

“你觉得它失踪的原因会是什么？哪些人会想得到它？”我用笔尖点着纸面，打破沉默。

“我真的——不知道。”刘妍微微摊开手掌，“我已经基本退休了，只是在公司尽一个挂名顾问的义务。在泉州，我的人际关系也很简单，没有仇家。可能有人误以为3908的头脑里有重要的商务机密，绑架了它？”

“它本身对其他人有什么价值？”宋麦克又问。

“从金钱的角度看，顶得上一辆顶级豪车吧。我朋友的作品一直有很高的市场价值。”刘妍弯起一边嘴角，笑得有点嘲讽，“可以将它的电子脑格式化后重新出售。它很漂亮，肯定能轻易找到买家。”

她想了想，补充说：“我也放出过消息，愿意出个好价钱将它赎回来。但到目前为止，还没有人联系我。”

宋麦克咕哝一声：“有意思。”

茶过三巡，我们告辞离开。

刘妍将我们送到院门。外面起了风，她裹在柔软瑜伽服下的身体显得异常单薄。我也再次注意到这所大宅有多么空旷安静。

“有消息我们会联系你的。”我说，握住她的手，轻轻摇了摇。我居然有点喜欢她。

“如果找到它时，损毁得已经太厉害，别给我看照片。”她说着抽了抽鼻子，高贵冷静的外壳突然裂开了个口子，“直接告诉我情况就好。别让我看照片。”

2

“你怎么看？”回到车上，我凑近暖气直搓手。

那间大宅子冷得像冰库似的，还没到九月份，冻得我起了一身鸡皮疙瘩。

宋麦克不回答，他忙着点烟。

“他们的关系，恐怕不是我们想象中那么热辣。她看那个机器人更像是一条宠物狗。”我补充。

或一个朋友。但凭我的直觉，宋麦克不会喜欢听到这个词的。

在深深呼出两团烟雾，把车内空气彻底污染之后，他侧头瞟了我一眼，“你真没看出来？”

“啊？”我弯腰探身顺过烟盒和打火机，也给自己点了一支，“什么？”

“这幢大房子里一个活人都没有。”他发动汽车，破大众的引擎干咳起来，“那女人也是个机器人。”

我呛了口烟，差点把肺咳出来，“不可能吧……现在机器人能做到这么逼真了？”

仔细回忆和刘妍握手的触感，皮肤的质感、暖度，动作的力度，完全与人类一般无二。

“咱们待的是什么地方，又没北上广那些限止令，”宋麦克耸肩，“早几年就有这样的高仿真产品出现在市面上了。”

我有点不寒而栗，“在哪儿？平时我们看到的人里面——”

“想什么呢？”宋麦克喷笑道，“那些假人外表长得漂亮，但全傻头傻脑的，很容易分出来。咱们今天遇到的这个不一样，真正的高级货。我也没见过仿得这么厉害的，不过有些细微的差别还是能看出来。我具体形容不出来。”

“那些傻乎乎的仿真人你是在哪里看到的？”我盯着问。

他转开眼睛。

我想了想，明白了，“你也去抄过水蔡？”

宋麦克将车窗摇下一条缝，放出我俩制造的烟雾，“今天晚上你还有事吗？”

“嗯？”

“我们去拜访一下那个做机器人的。他住在石井，真名没人知道，都叫他嘉礼匠。”

嘉礼戏是本地人土话中的木偶戏。我想了想，这个外号送给做仿真机器人的技师，倒也合适。

宋麦克认识他，说实话，我一点儿都不意外。在刘宅，当宋麦克没花力气逼问刘妍所谓“艺术家朋友”的详情时，我就知道他心里有底。另外，这桩案件的性质已从“富婆私下寻找被偷走的情趣机器人”转向了更诡异的方向，彻底激起了我的好奇心。

再说，宋麦克的情绪也有些不对劲儿，我不想放他单干。

“走呗。我明天不值班。”我说。

3

石井在入夜后是个神奇的地方。

十多年前，这是整个刺桐最繁忙的地区。每天有上百艘巨型星际货运船在港口川流不息，带来了源源不断的钱、新技术和旅客。当时的整个港区，奢靡得如同旧时代那些坐在石油井上的国家。

我们都以为好时光会永远持续下去。

直到虫洞运输出现，货船再也没有必要经停这里了。港区以令人惊异的速度衰变成黑市，甚至成了失业者与地外逃犯的聚集区。哪怕我穿着警服带着配枪，白天独自来这里，都得掂量掂量。

跟着宋麦克过来，倒不用担心安全问题。他将破大众停在外面，带我步行进入石井。刚降过一场雨，年久失修的路面积起水凼，映照着街道两边的各色店招，大部分都是卖走私电玩和违禁药品的。卖面线糊和海蛎煎的铺子夹杂其中，散发出诱人的香味。

一路上，不断有人上来和宋麦克拍肩拥抱。要不是他意志坚定，肯定已经被人拖入酒吧去“喝两杯”了。我则努力不让自己去盯视路上那些人体改造爱好者。他们的电子器官裸露在体外，心脏、肺还刷着荧光颜料，随着呼吸心跳一明一灭。注意到我的窥视，他们开始吹口哨，“嘿，我们经过改造的地方不止这些哦！”

我扭开视线。

“那东西就住在这里。”宋麦克双手插在裤袋里，下巴点着一座破旧大楼说。

楼里一片漆黑。

“你们以前有什么仇？”我听出他语调里的厌恶感，检查起藏在袖子里的电棍。那是我自己弄来的黑市装备，比一截铅笔还小，能把彪形大汉电得躺在地下尿裤子。

他侧头看我一眼，“以后再说。”

我们走到楼前，正厅玻璃门早已破碎，靠着一道铁栅栏和老式环形锁阻挡流浪汉的进入。

宋麦克用力摇晃铁门，吱嘎声在夜晚的寂静中十分刺耳。

“我知道你在里面！”他喝道，“你要是三分钟内不开门，明天我带拘捕证过来。”

楼道里寂然无声。

我和宋麦克站在栅栏外，夜风吹透了我的外套。

“会出来的。”他说。

果然，没一会儿，楼道里亮起一束手电光，传来拖沓的脚步声。我眯起眼睛，适应光线后，看清了来人。“嘉礼匠”是个小个子男人，佝偻着背，没有头发，穿着一套没有军衔的旧军服，满脸皱纹，眼神却很灵动，年纪在三十岁到七十岁之间都有可能。

他摇晃着钥匙打开环形锁，放我们进去。我留意到他有双细白纤长的手，指甲里污迹斑驳。走近了，能闻到对方身上一股子酒臭。

“你答应过，不来烦我的。”他小声抱怨道。

“只要你老实，我当然懒得来管你。”宋麦克哼了声，“走，去检查一下你的车间。”

他犹豫了一下，带我们坐上一部居然还在运行的电梯，进入地下室。

巨大的房间灯火通明。当我看清眼前的景象，需要猛吸一口气才能控制住自己，别尖叫出声。

四处都散乱着人体部位。胳膊、腿、女性胸腔带着不同形状的乳房，各色头发如巨大草堆团在墙角。一排排面孔悬吊在支架上，有个小姑娘正拿着彩笔为其中一颗头颅画眉。

不，那也不是真正的女孩。我再仔细一看，她仅胸以上的部分具有人形，下半身是一团乱七八糟的金属支架。

真是令人毛骨悚然。我能感到冷汗流过满布鸡皮疙瘩的后背。按说当警察将近十年，凶杀现场也见过不少，可这里的景象仍有种超越理性的诡异。

宋麦克肯定不是第一次进来，他在工作台和车床间随意溜达，顺手拿起一只耳朵或一根手指看看。

嘉礼匠站在墙边，紧紧盯着宋麦克的一举一动，双手藏在袖子里。

他怕警察。

"我最近一直在做合法的单子。"他说，声音喑哑，"火星上一家服装公司要两百个走台模特。我就忙着这件事，连门都没出过。"

宋麦克折回来，拿出手机，划亮，放到他眼前，"你做的？"

屏幕上是刘妍和机器人秘书的照片。

嘉礼匠转开眼睛。

宋麦克直接膝头一顶，重重撞在他胃部。小个子男人的喉咙里发出阵阵污泥翻滚的浊音，缩成一团。我皱起眉头，退开几步。

"现在再问你一次，你做的？"宋麦克揪着他的头发。

"他们给了很多钱，说要保密。"嘉礼匠嘶声说，生理性眼泪一直流到鼻尖，悬在那儿闪闪发亮。

"站起来。说说，谁下的单子，要求是什么。"

他歪头，先看宋麦克，再看我，声音发颤："说了我就死定了。他们不是一般人。"

我微笑着看他。宋麦克从不揍无辜的人。企图冲我卖惨，他可是打错了算盘。

"不说你更死定了。"宋麦克露齿而笑，"别忘了仓库那事儿，你还欠着账呢。"

"那个女人，是我做过最精细的活儿。"嘉礼匠去洗了把脸，回来时已经恢复了镇定，"他们只要求质量，不催活儿，钱也给得足够多。很大方的买主。"

"什么时候的事？"宋麦克问。

“让我想想——起码有两年，不，三年前了。是个中年男人下的订单，拿着照片来的，说要定做一模一样的机器人。”匠人捡起工作台上的一截金属骨骼，搓了搓，动作神经质，令人想起昆虫颤抖的触须，“我说你要一模一样的，得多提供些照片。他第二天给我发来了数千张各种场合的照片，有些甚至很私密。”

我颇为意外。宋麦克的神色也阴晴不定。

要弄到刘妍的各种私照，难度可不小。我们刚拜访过她家，各种监控设备足以把普通的变态跟踪狂挡在门外。

“我很快给他弄出了模型初稿，他看了之后觉得不满意，说没达到他期望的水平。”嘉礼匠闷哼一声，“很少有人对我的活儿不满意的。”

“他要求以假乱真的程度很高？”宋麦克皱眉。

“过了几天，他把那个作为原型的女人直接带来了。”他说，“我吓了一跳。我原来以为他是那种得不到某个女人，就复制一个替代品的有钱变态。结果没想到带来的还是个相貌平平的中年女人，而且他们之间关系很近——像是多年夫妻。”

我和宋麦克面面相觑。

“那女人比照片上老得多，很没精神的样子，像是得了重病。他们在我的工作室待了一整天，我根据她的样子修改了模型，直到他俩都满意为止。”嘉礼匠从工作台下翻出一本沾满油污的活页本，翻开，里面全是美貌惊人的年轻人偶照片。他终于找到了其中一页，递给我们。

是刘妍，我们刚刚见过的那位贵妇。照片中的她面无表情，脖子以下的身躯还未覆盖皮肤，看上去像一辆敞着前盖的汽车。

“提货那天，是他们俩一起来的，女人随手翻我的产品目录相册，看上了一款漂亮的男性侍者，开玩笑说买下来当作给‘那个她’的诞生礼物。男人竟然直接下了单子。”他低头抠着指甲里的污渍，声音变得含混不清，“他们付的现款。”

“你就没好奇过，他们要拿仿真度这么高的机器人干什么？”宋麦克问，“我看你三年前吃的苦头还不够。”

“我也稍微查过他们的身份。大人物。反正我是惹不起的。收钱做事就好，我不想惹上麻烦。”

“晚了。”宋麦克说，“那个男性侍者机器人偷偷跑了。你可能又造出了一个杀人犯。”

又？我呼吸一顿。

“这和我没关系。”嘉礼匠回应得极快，“他们在我这里只定制了机器人的躯体，我交出去的只是两具空壳。电子脑的事儿他们说自己会处理。”

宋麦克冷笑，“你敢说自己和电子脑的供货方完全没接触？调试阶段的活儿是谁干的？”

嘉礼匠举起双手，“别！别动手。都是通过电子邮件联系的。”

我们都盯着他。

他打开电脑，进入邮箱。我挤开他，自己操作，直接将他与供货者之间的邮件全部复制了一份。

“你们还想要什么？尽管问吧。”他长叹一声，“反正我已经死定了。”

宋麦克想了想，又在手机屏上划拉了几下，向嘉礼匠展示，“是这人来定做的机器人吗？”

匠人皱起眉头，眼睛沉在阴影里。

“别推脱你忘记了，你可是做人脸的艺术家。”宋麦克提醒他。

“应该是他。”他轻声说。

4

“要不要去吃点东西？”出了大楼，宋麦克问我。

我点头，“你确实欠我一顿好饭。”

所谓好饭，最后也不过是酒吧里的两碟古巴三明治。老板是熟人，给我们留了靠角落的座位。

吃饭时，我们一直没提案子的事。

餐后附赠的甘蔗水上来后，宋麦克说的第一句话是：“欧阳，这事到此为止。今晚出来的报酬我会分给你。”

我差点当场直接给他一拳头——论体能格斗，这孙子没准儿还真打不过我。可能我的表情过于狰狞，宋麦克叹了声，“是不是已经晚了？”

我双臂抱在胸前，直瞪着他，“是不是和仓库那事有关系？”

宋麦克一怔。

我们又沉默了一会儿。他挥手点了杯杰克·丹尼。很少有人知道，宋麦克的酒量其实小得可怜。这杯下去，我可能得找人扛他回去了。

“又是陆国涛。果然又是他。”他盯着气泡从黄浊酒液底部慢慢升起，咧嘴一笑，“欧阳，关于78年的仓库案，你知道多少？”

“一群小混混在港区仓库斗殴，有人动用了火器，导致十三人死亡。”我说，顿了顿，补充道：“你调查此案后，从前途无量的刑侦队长被踢成了片儿警。局里各种流言蜚语我就不转述了。”

当时，我正回警校脱产进修。半年后回到局里，发现搭档被降职，自己也莫名转到了文职部门。别人都说是宋麦克连累了我。我和宋麦克从未正面提起过此事。他不主动说，我也不问。

仓库案像是我们之间一个沉默的结。

宋麦克继续盯着酒杯。我没催他说，都等了这么多年了，不在乎多几分钟。酒吧昏暗的灯光下，我突然意识到他老得厉害。

“78年8月，当时我还在刑侦组。有人报警，说港区有座仓库里，散出某种不好的味道。我带人去了。当时你不在泉州……还好不在。”宋麦克干笑一声，“现场和你刚才看到的嘉礼匠的工作室场景差不多吧。只是，那个现场全是活人的尸体，尸体碎片，更确切地说，已经腐坏了。我们叫上法医清理了一个星期，确定死者有十三名。身份全是石井区的小流氓。”

“枪械走火不可能造成这样的伤害。他们到底是怎么死的？”我轻声问。

“这是最古怪的地方。现场除了死者的DNA外，只有一个陌生人的生物痕迹。甚至不是血迹。后来查出来了，在场的第十四人是嘉礼匠。你看那龟孙子当场尿裤子的熊样儿，像是能杀掉十三个年轻男人吗？”宋麦克说，“死者们像是被什么东西直接大力撕成了碎片。法医老李花了很大工夫才把他们拼起来入殓。”

“这么大的案子，怎么没听说总局介入调查？甚至我们局里大部分人都不知道。”我说。

“就是总局摁下去的。”他耸肩，“反正那些石井的贱民也没什么有地位的亲友会替他们出头，死了就死了。”

“你怀疑有人在仓库调试非法机器人，结果出了意外？”我想起他对嘉礼匠说的，他还欠着债，以及刚才对刘妍的嘲讽：你胆子可真够大的。

还有，陆国涛曾经是个人工智能专家。拼图的碎片正在合拢。

“那鬼东西也已经吓尿了，他亲眼看着那些机器人发的疯。”他转动酒杯，往衣服上蹭了蹭手汗，“抓他也没什么用。嘉礼匠说白了只是个手艺人，他只会做机器人外壳，电子脑是另外一些人带来的。他能接触到的也是那个组织的下层代理者。当时也是那些人把失控的机器人带走了，只留给我们一地尸体。可怜的年轻人，那天他们可能只是做搬运工，想挣点零花钱。”

我盯着玻璃杯中的黄色残渣，喉咙里泛起苦涩的味道。几件事的时间点一核对，顿时明白了好些事情，“陆国涛和这事有关系？他就是捅下这个篓子之后逃走的？”

“哪儿至于啊。”宋麦克笑出声，“泉州的上层高官才不为了十三个贱民得罪这帮富豪。陆国涛必须潜逃，是犯了别的更大的事。”

我默然。自从泉州衰落后，本地政府对这些带着巨量财产来定居的富豪，实在是关怀备至。本地的运输业早就完蛋了，整座城市都靠他们撒下的蛋糕渣维生。

宋麦克身上毛病不少，但他是个好警察。我能想象他死咬着对方不放的样子，不由得苦笑。当年的降职顿时有了合理解释。他刚才叫我从此事中撤身，也自有道理。

“陆国涛逃走后，我还以为这事已经了结了。我想管也管不了。”宋麦克说，“但现在看来，他和他老婆刘妍一直保持着密切联系。很可能他通过刘妍，继续控制着泉州的生意。”

“是刘妍的机器人。”我纠正他，“按嘉礼匠的说法，刘妍参与了她自己的仿真机器人制作全过程，而且她看上去已经重病缠身。你觉得——真正的刘妍还活着吗？”

“我赌五块钱她已经死了。”宋麦克说，“像他们那种有钱人都看不好的病，就是真的没办法了。”

“同意。我也觉得她已经死了。”我一边说，一边慢慢理清思路，“陆国涛一直私自研发电子脑。他犯事儿外逃后，通过刘妍继续管理公司。几年后，刘妍得了绝症，死期将近，他们决定制作一个以假乱真的刘妍机器人来维持运作。”

想了想，我又补充了句，“他们给机器人再弄个机器人宠物。真是十分奇妙的安排。”

宋麦克看我一眼，“可能他们不想让假刘妍过多接触外人，时间长了，总有露馅儿的风险。通过寂寞贵妇的一个机器人宠儿出面代理，合理得多。一条安全的傀儡链。”

我垂下眼睛，拨拉着盘子里的生菜叶碎片，“所以，你早知道刘妍是陆国涛的前妻，陆国涛又屁股上夹着屎，你为什么还接这个私人委托？除非你还打算顺藤摸瓜，捉陆国涛归案。”

他不作声。

我继续说：“还有个更大的疑问。刘妍的机器人——也就是背后的陆国涛，为什么会委托你去找失踪的3908？他完全有财力再从嘉礼匠那里定制一个机器人。我们可以忘了那些机器人是家庭成员和伙伴的温情狗屁。陆国涛是个理智的冷血商人，3908的脑子里肯定有某些装置，能在紧急情况下，将其中的资料远程清零。他也肯定知道，你是当年执意想追责的那个警察。他应该对你避之不及才对。”

宋麦克仍拒绝和我对视。

我能听出自己的声音越拔越高，掩不住怒火，“老大，这他妈是个陷阱！别说你看不出来。”

“我不是想充什么狗屁英雄。”他终于开口说，声音沙哑，粗短的手指将油腻的短发从额头拢到后脑。

我扬眉。

他抬起眼，视线越过我的肩，空落落地掉到虚无中，“陆国涛清楚3908可能已经失控了。他自己兜不住这摊子事，他怕仓库案旧事重演，而受害者不只是小混混。我是少数几个知道事态能有多糟的人。”

将残酒倒入桌边的装饰性花盆里，宋麦克说，“他不是想找回那个机器人。他只是通知我，最好去收拾掉一个大麻烦。”

5

那天凌晨，从酒吧出来，在和宋麦克分别前，我半是强迫性地逼他答应：不要独自去追索那个可能已经发了疯的仿真机器人。

他笑着答应了，速度之快令人生疑。

而我看着那辆破大众歪歪扭扭地开走，意识到自己其实束手无策：当年他调查仓库案的细节，我几乎一无所知。今夜他向我述说的，肯定只是冰山一角。宋麦克眼里，我永远还是那个实习生小姑娘。他出于某种愚蠢的直男自尊心，想把我撇出这桩危险的案子。

陆国涛。

我默念着这个名字，回到自己狭窄的公寓，已是凌晨两点。我在床上躺了半小时，徒劳地闭上眼睛，满脑子都是车间里的人体残片。

我烦躁地翻身坐起，拎出笔记本电脑，盘腿而坐。宋麦克说过，陆国涛是由于另一件他掩盖不了的事情，不得不逃离此地。他含糊的说辞令人起疑。既然已经知道了陆国涛的名字和案发时间节点，也许找到某些线索并非难事。

我翻出手机通讯录，找出几位警校培训时结识的总局技术科刑警电话。在等待通话时，我联入局里的内部信息网，开始着手慢慢筛检信息。

6

“老宋？”我大力敲门。

等了半分钟，没回音。

我直接刷虹膜认证，进了宋麦克的办公室。曾几何时，我还是他的助理；调职后，他也一直没取消我的门禁权限。

里面一股子烟味。我开了换气扇，在房间里巡视一圈。仓库案的旧卷宗摊在桌上，因为翻得太频繁，边角都起卷了。台式计算机的电源也亮着，我晃晃鼠标，屏幕跳出密码框。

算了。

他的外套和车钥匙不在。

我骂了声，这货是故意甩开我的。今天早上，我把整理出的资料汇总发给了他，电话留言让他等我来局里。陆国涛可远不止是个玩火过头、偶尔导致悲剧的疯狂科学家。他私下研发仿真电子脑过程中犯下的事儿，要搁上世纪死刑废止前，足够直接吊死了。

虽然宋麦克追踪陆国涛行踪多年，我仍拿不准，他是否知道对手有多可怕。宋麦克是个老派警察，他并不擅长网络资料的挖掘和整合。而在仓库案被官方封存后，他也无法得到局里技术员的帮助。

心急火燎赶来局里，结果却是扑了个空。

我能想象他解释时的嘴脸：我不能带着个女人一起去追捕发疯的杀人机器。老天，他都脱离一线好几年了，也没见参加任何体能训练，现在八成连个街头混混都打不过。

“张科长，借一下你的车。”我摸出手机，打给局里的一位改装车爱好者。

对方答应得很痛快。

驶入山区时，我开始庆幸自己借车的决定。顺滑的公路没多久，即变成了坑坑洼洼的石道。市里已经没钱维护这些偏远的公路网了。

一路上，打给宋麦克的电话他都没接。我则努力不去想仓库案卷宗里的现场照片。

好在没过多久，就看到了他的破大众，歪在辅路上。

我停车，摸了摸配枪。击毙一个机器人得打它们的腹部，它们的能源在那儿——再次默念这个刚刚学到的知识，我踢开车门。

“老宋！”我喊了一声。

四周寂静无声。公路两边全是碎石滩，耸立着巨大的岩块，石缝间某种开黄花的入侵植物长得漫山遍野。

“我在这儿呐。”他应了声，声音中透出一丝无奈，“不是叫你别过来吗？”

松了口气，循声绕过几块巨岩，我看到了宋麦克。

他正蹲在一具人类的尸体边。不，是一具被损毁的机器人。

3908仍穿着他失踪那天的高级定制西服，衬衫掀开，腹部的能源模块已经不见了。原本精美绝伦的面部，已变得惨不忍睹，像被人用刀子胡乱破坏过。嘉礼匠看到眼下的场景肯定会痛心疾首，我想。

“破坏面部，是为了防止有人认出它？”我在宋麦克身边蹲下，“没什么意义吧，整个港区估计也就这么一个高级男性仿真机器人。”

“不是我干的。”宋麦克说，“我找到它时，它已经是这副模样了。我觉得破坏者动手毁容，更像是妒忌。”

“谁会妒忌——”我愣了愣，摇头，“我的天。”

宋麦克站起来，“你来得倒也是时候，帮我一起挖个坑把它埋了。万一有人看到当成人类尸体报警，又是个麻烦。”

“要干体力活儿时，你倒想不起我是个女的了？”

我们一起在石滩上清理出一个浅坑，将3908的尸体挪进去。它的电子脑也被取走了，只留下空空的脑壳。捡起石块往它身体上盖时，能听到细微的金属与塑料摩擦的吱吱声。

最后，我找了块有特殊花纹的方形石块，放在它的坟头，然后退后几步，拿手机拍了张照片。

宋麦克看了我一眼，“打算给刘妍一个交代？你知道我们不能——”

“别这么混蛋。”我叹了口气，“我知道。”

7

回警局的路上，我们始终沉默着。

宋麦克跟着我去还车钥匙。在局里溜了一圈，可能见我脸色缓和下来，他终于开口道：“上天台聊聊？”

顶楼天台空无一人。蓄了几天的秋雨降了下来，滴滴答答敲着顶棚，水迹在墙上画出道道印迹。

“你是怎么找到3908的？”我手里捧着一杯热巧克力，让蒸汽温暖僵硬的面部。

“是陆国涛想让我们找到尸体，把定位器直接放回去了。”宋麦克的声音干哑，他没买饮料，直接燃了支烟，“我昨天从嘉礼匠手里弄到了那个信号频段。陆国涛等于把3908的位置直接送到我鼻子底下了。”

他顿了顿，“你又是怎么跟上来的？”

我犹豫一下，还是直说了：“我定位了你的手机。”

“妈的。”他笑骂，听上去并不是很介意。

"我很担心你。"

他尴尬地挠挠头，闷了半天，憋出一声抱歉。

我摇头，"昨天夜里，我想办法进了交通监控数据库，找到了那段所谓3908失踪的视频。是陆国涛直接把3908接走的。当时我吓坏了，认为陆国涛是想设局杀你灭口。他干得出来。他是那种人。"

"我知道。"宋麦克用脚将烟蒂碾灭，"我也误会了。直到看到3908的尸体，才反应过来，陆国涛想利用我收拾的，不是那个男性机器人，是他的机器人老婆。"

"他为什么不能自己动手？"我扬眉。

"天知道，也许是下不了手。毕竟那些鬼玩意儿太像活人了。"宋麦克耸肩，"今天晚上，我约了陆国涛见面，就在刘宅。把整件事儿做个了断。你也带上配枪。"

"他居然敢来？"

"我跟他说，要是他不屈尊过来直接谈清楚，我不会管这事儿的。"宋麦克说着，抖落空烟盒，烦躁地将其扔进雨幕，"等他的假老婆在别墅区发疯，伤到其他有头有脸的好市民，他可以试试自己收拾。"

我喝了口热饮，闭上眼睛。糖分带来的安慰聊胜于无。

"你说，3908，和刘妍，知道自己是机器人吗？"

"有区别吗？"

"我不知道。"

"你不能犹豫。"宋麦克转向我，语气生硬，"这事儿没商量的余地。"

我沉默了片刻，向他保证："当然，我们今天晚上得处理掉所有危险的机器人。它们都是巨大的安全威胁。我看过仓库案的卷宗，我知道。"

他盯着我，"它们只是长得像人类而已。你别多愁善感。"

我叹了口气。

8

第二次去刘宅，仍是宋麦克开车。我靠在后座上，抚着外套内袋里的手枪，那份冰冷的金属感直沉进我的胃部。

我给人们带去过很多坏消息。警局的潜规则：要是由看上去温柔和善的女人带去噩耗，也许能减少伤害。于是我敲开过一扇又一扇的门，告诉母亲她们的孩子在车祸中身亡，告诉妻子她们的丈夫进了监狱。

眼下，只是需要去通知一个机器人，它的机器人伙伴再也回不来了。我不知道自己为什么如此悲伤。

它们的情绪只是一段程序而已。而且它的悲伤也不会持续太久了。

我闭上眼睛，再次回想起刘妍，那个清秀单薄的中年女人，眉眼里一瞬间的孤独与自我嘲讽。都是假象，都是程序。她早晚会崩坏成杀人机器，她必须被处理掉。私心里，我希望宋麦克能干掉脏活儿，留给我的任务只是帮他一起处理“假刘妍”的残骸。就像那天埋葬3908那样。

但直觉告诉我，这事儿宋麦克可能下不了手。他是个老派的男人。要他击毙一个无辜的女人，过于强人所难。然而这事儿必须有人干。

我再次检查手枪的子弹数量。

刘妍的别墅在雨夜里像一座湿漉漉的精致模型，白得透亮。

我们在房子背后的小山坡上停车。宋麦克看了好几次表，终于，远处传来发动机的轻微轰鸣，是辆熟悉的黑色奥迪，我们都在监控录像里见过。

“你待在车里。”宋麦克说。

原先的安排即是如此，我点头。

他下车，陆国涛也从奥迪里钻出来。和失踪前的旧照片相比，陆国涛胖了。棱角分明的长脸变得圆团团一片和气，两鬓的头发已然全白。

“宋警长。”陆国涛说。

“我不想和你握手。”宋麦克在离他几步远的地方停下，说。

他们的声音通过宋麦克身上的微型话筒传回来，杂音沙沙作响。

“可以理解，我给你们添过很多麻烦。”陆国涛收回手，点点头，“今天又得拜托你了。”

“我怎么知道，帮你擦了这次屁股，不会有下一次？没完没了了还。”宋麦克说，“警力是给你这么闹着玩儿的？”

“不会有下一次了。”陆国涛说着，把手伸进衣兜。

我呼吸一窒，结果那商人只是掏出了烟盒，“刘妍和3908是特殊的。我没打算在贵地继续实验电子脑，仓库那件事已经给了我们——足够的教训。”

“解释一下。”宋麦克说。

“高复杂程度的电子脑和机体的配合问题一直没解决。它们会失控。我和我下面的团队试过很多方案想稳定它们的心智，只有一种暂时有效。”谈到这些，陆国涛的口吻像是有了鲜活的气息，像所有谈到深爱事业的人一样，“要是给电子脑输入大量活人的记忆作为运行基础，至少在模拟器上，能正常运作三到五年。可惜的是，现在的技术还不能无损地提取活人脑中的记忆。我们出钱找了不少绝症病人当志愿者，他们很乐意给自己家人留下丰厚的遗产。”

我感到一阵恶心。

陆国涛说得漂亮，实际上，他的实验品远不止“自愿”的绝症患者。几桩地外孤儿院丑闻的暴发，才是他当年畏罪潜逃的真正原因。看着卷宗里那些孩子的遗照，我明白，他根本没有人性。

“真是个慈善家，我代表那些病人感谢你。后来你发现自己老婆也活不长了？”宋麦克打断他。

“是的。”陆国涛承认，说得波澜不兴。

“她得的什么病？”

“一种太空辐射导致的后遗症。早年我们刚开始倒卖小行星土地时，去看地的都是她。”陆国涛苦笑，“谁都不知道报应会在二十年后等着我们。她知道自己来日无多后，提出来，用她的记忆制作一个仿真机器人，来继续出面打理我们的生意。我刚开始没同意，这就像——”

他表情扭曲，做了个手势，“面对自己妻子复活的尸体。”

“为你的痛苦感到抱歉。”宋麦克声调平板。大概连一堵墙都能听出他语气里的嘲讽。

陆国涛也可能意识到站在面前的，并非适合抒发感情的对象，于是干咳一声，“但我们也走投无路了，我是已列为失踪人口的逃犯，出钱雇佣别人作为代理风险又太大。于是我们一起去找了嘉礼匠，定制了她的替身，和一个男性助理。”

“那个助理也是用真人记忆做出来的？哪儿来的？”宋麦克问。

陆国涛低下头，烟头燃起的微光照亮了他的面孔。他比实际年龄看上去苍老得多。

“3908是我的复制品。”

“你刚才说，现在还没办法——”宋麦克皱眉。

“我接受脑损伤的风险。手术后我经常发作癫痫，短期失忆，情绪控制也有问题。”陆国涛笑起来，“但我没其他选择了，用别人的记忆，复制人不会全心全意为我的利益考虑。”

宋麦克一时无话，我也愣在车里。3908的残骸躺在乱石滩中，还有那张毁掉的面孔。宋麦克说过，这种恶意像是出于妒忌。

陆国涛杀死的是另一个自己？

“刘妍的机器人版本开始运行时，我们之间的关系很尴尬。她实际上并不知道自己是个机器人。我们定期对她的记忆进行调整，抹掉所有穿帮的时刻，帮助她维持稳定的世界观。”陆国涛倚靠在车门边，语气又轻又急，“她从理性上知道自己是我的妻子，但她显然不爱我了。我能从她的眼睛里看出来。从活人到机器，转换的过程里肯定丢掉了什么东西。我原来以为电子脑就没有感情这个功能，反正我们的目的只是维持生意，那个和我过了一辈子的女人已经死了。”

他又尖声尖气笑了一声，那声调令我浑身发麻，“但她和阿妍真的太他妈像了。每次我看到她，就觉得她其实没死。我当然也没那么疯，会想去跟一堆塑料和金属零件睡觉。我们只维持一种工作关系。直到差不多一年前，我和团队在检查刘妍和3908的记忆时，发现他俩他妈的相爱了。”

“哦。”宋麦克说。

“我还不至于吃自己机器人小白脸版本的醋。你别用这种眼光看我，我头上没绿。我老婆死了好多年了。再说，机器版本的我，和机器版本的刘妍再次看对眼，岂不是很正常的事？”

陆国涛耸肩，掐灭烟头，“但这给我们的工作带来了麻烦。他们不能有感情生活。嘉礼匠做的机器人，没做爱这个功能。谁会想到这种鬼情况。每次他们企图上床，就会发现自己的身体和普通人不一样。我们不得不经常清洗掉他们整块的记忆，来维持他们‘自己是活人’的假象。”

“太麻烦了，所以你决定处理掉3908。”

“麻烦？我为了造他，把自己搞成了残废。”陆国涛提高声调，“电子脑经不起这么反复折腾。本来他们的系统稳定时间也就三五年，结果又多了这档子事，他俩已经到了损耗殆尽的边缘，他们该退休了。于是，我自己处理掉了3908。”

他声音发抖，说不下去了。

“但你没法下手杀刘妍。”宋麦克替他接下去，“所以你想到了我。”

“最后一次。你想要什么条件我都能给。钱、升职，我在港区的关系网还能办成点事。”陆国涛轻声说，“我不会再弄出新的刘妍了。她应该安息。这事解决后我就离开地球。你不会再看到我。”

宋麦克轻轻哼了声。

他们的背影在夜雨中像两截枯木。

“你去宅子里解决下刘妍的事。这里交给我。”宋麦克在通讯器里对我说。

我应了声，跳下车，往山坡下的刘宅走去。

走出百多米时，我听到身后传来一声枪响。

9

第二次看到她，我控制不住自己，开始细细打量她的眼睛、她的头发，还有她呼吸时微微起伏的胸口。

嘉礼匠确实巧夺天工。

刘妍注意到我的眼神，笑了，侧身让我进去，“你知道了。”

她知道自己是个机器人。

“我们的对话应该不会很长，就不请你坐了。”她说。今天她穿着一身淡米色麻布衬衫和休闲裤，头发在脑后绾成希腊式的发髻，还化了淡妆。

我们站在门厅的地毯上，相视无言。

“3908是老陆处理掉的？”刘妍垂下眼睛，问。

“是的。”我承认。

她知道多少？会不会垂死反抗？我想起仓库案的现场照片，冷汗顺着脊背直往下淌。

“他没受什么苦吧？”刘妍小声说。

你丈夫把它的脸都挖下来了，我想着，掏出手机，调出3908埋葬之地的照片，“没有，只是把电池取走了。我们把他埋了，不会有人打扰他的。”

“老陆肯定还会把电子脑毁掉。这样才安全。”她盯着那片荒凉石滩看了很久，顿了顿，“等下，我也希望你这么处理我。”

我一时间不知道说什么好。

“我有刘妍的很多记忆。我知道，我们这种机器人，到了一定时限，不处理掉就会发疯。”她说话时，眼周细细的纹路由于微笑而聚拢，“找你们，是我和老陆一起商量出来的主意。老陆下不了手杀我，只会一天天拖下去，直到事情变得无可挽回。”

所以她今天精心打扮了。她知道死期将近，想结束得体面些。

“你想在哪里……”我说。

“在花园里吧，刘妍活着的时候最喜欢侍弄花园。也方便你们处理，已经请人帮忙挖好了一个坑。”她眨眨眼，“我现在可是个一百三十公斤重的金属女人。”

10

“你弄完了？”宋麦克问。

“你个笨蛋。”我摇头。

陆国涛的尸体正躺在山坡上，半个脑袋都轰没了。宋麦克用的不是局里的配枪。谢天谢地，他还能留意到这些细节。

“你要是回局里检举我，我不会怪你的。”他说，大概觉得自己特别有孤胆英雄范儿地企图在雨中点烟。

可惜他的打火机不是陆国涛那种高级货，试了几次都无果。

“闭嘴。”我抓起死者的双腿，“快过来一起抬。”

宋麦克愣了愣，立马冲过来。我们一起把陆国涛的尸体装进大众后备厢，驶进刘宅。刚才，我已经找到了刘宅内部的安保控制系统，关掉了警报装置。

论布置意外现场，不会有人比警察更专业了。

陆国涛想处理掉自己制造出的机器老婆，结果反被暴走的机器人击杀。完美的故事。为了效果，我们又冲陆国涛和刘妍的尸体开了几枪。我对刘妍感到抱歉，她没能在自己准备好的、玫瑰摇曳的花园墓穴里安息。

但也只能这样了。

回程路上，我俩全身血迹斑斑，累得动不了一根指头。幸好宋麦克的破大众有自动驾驶系统，否则就凭我们颤抖的双手，没准会撞死在高速公路的围栏上。

宋麦克好几次侧头看我，欲言又止。

今天晚上我没力气再打哑谜了。宋麦克对仓库案多年来如此执着，除了正义感，他肯定也有私人理由。不用是天才警察也能猜到这点。

“当年仓库里死掉的十三人里，有你的朋友。”我说。

“是兄弟。”他承认，“还有三个从小一起长大的发小。我是在石井长大的。为了考公务员进警局，我改过身份。没人知道。”

我点头，完全意料之中，“姓陆的是罪有应得，他为了搞那个见鬼的研究，手中的人命已经有三位数了。我们不阻止他，他还会继续干。干掉他是对的。”

宋麦克没应声。

他究竟是看完孤儿院失踪案的卷宗才决定击毙陆国涛，还是早有预谋，我不想再费脑子。我只确认一点：让陆国涛安安静静躺在地下，这个世界会更安全一些。我们是警察，我们必须这么做。

“你说得对。他值得吃一颗子弹。”宋麦克终于捂住脸粗哑地笑起来，“我欠你一次大的。”

尾 声

车窗外，雨仍在下，雨痕在玻璃上描出蜿蜒扭曲的泪痕。

说来也许是另一件奇妙之事。刘妍和陆国涛，他们活着时是一对完全不介意别人生命安危的、自私的狗男女。转世成为电子机械后，反而变成了不愿伤害无辜、自愿赴死的可爱情人。

我伸手触摸衣兜里的一小缕黑色人造头发和一枚戒指。

等事情完全平息后，我会再去一趟乱石滩。机器刘妍希望自己的一部分能和3908合葬。

若是完成这件事，我大概能最终忘记她的眼睛。

本文为《银河边缘》中文版专发篇目。

夜幕时分

NIGHTFALL

钛　艺

Tai Yi

这个世界上有绝对的正义吗？

钛艺，村上春树的脑残粉，不仅喜欢阅读村上的小说及杂文，更喜欢用村上的笔触来抒写自己的内心感悟。现居月球中央湾，喜欢和朋友去居酒屋喝纯正的得其利，以及逗适应不好重力的猫。已发表《响》《绮月物语》等多篇科幻小说。2017年第28届中国科幻银河奖“最佳新人奖”获得者。

其　一

吉野织佳在放学后，和同学兼朋友的内原美雪一起回家。

夜幕刚刚降临，道路两旁的灯都亮了，而每隔一段距离就会有一些利用V.I.[1]才能看到的广告。

一年前，如果不添加过滤字段的话，密密麻麻的基于V.I.的广告或个人涂鸦就会挡在人们的面前。后来国会通过了关于V.I.的管理法案，这种恼人的场景才不见了踪影。

“我实在想不到小麻美会跳向电车自杀。”吉野织佳带着哭腔说道。

“是啊，我也没想到……”内原美雪的脸上还挂着泪痕。

“可小麻美为什么会这么做呢？她一直那么开朗，待人也很和善。实在是想不明白。”说着说着，她又哽咽起来。

在离家不远处，她和内原美雪分别了。吉野织佳心事重重地走在路上，然后止步于路口。等视野中由V.I.加强效果的红绿灯变成绿色后，她才踱步向前。

突然，她的耳边响起了一记急促的刹车声，车灯发出的光芒盖住了她的视线，随后一辆小货车将她撞飞出去。

山田立也警官用V.I.翻看着死者的档案。

死者是一名花季少女，现在还躺在停尸房里，她的家人可能已经在相关人员的陪同下去那里确认遗体了。

由于她的书包中装有学生证（其实大部分人都将自己的证件跟V.I.绑定在一起了），所以警方很快就联系到了她的家人。

发生如此横祸，对于任何家庭来说都是万分悲痛的事情。

“课长，肇事者怎么说？”当刑事部搜查一课课长尾田一郎走过来时，山田问道。

“肇事司机老老实实地跟搜查官们把事故前后的所有细节都说了。他的

1. Vertual Interface，虚拟视觉界面。

V.I.中也有那段时间的录像，证实了他所有的话。确实是那个女生突然闯红灯，撞向了货车，这点毋庸置疑。”

“所以，搜查课的同事们都认为这个女生是自杀？”

“嗯。”尾田点点头。

“如果是这样的话，不用叫我来。”山田说道。

尾田的脸上浮现出微妙的笑容。

“这事不对劲儿。”山田说道。

“是的，不对头。”尾田点点头。

尾田调出了其他几份案宗的信息，共享到山田的V.I.中。

死者是墨田区一所高中的学生，包括她在内，这所学校在两个月内已经有三名女生死于非命了。而且，她们都是自杀。

“不像是巧合。”

“巧合的可能性虽然存在，但我们需要去确认这一点。”尾田扫了眼这些案宗，然后对山田说，“我们已经将死者的V.I.扣留了，去找鉴识课的IT支持担当安娜君吧。”

听到安娜这个名字，山田的面部几乎本能地抽搐了一下，甚至下意识地望向天花板。

“找她合作有问题？”尾田见状撇了撇嘴。

“那个问题儿童本身就是问题。”山田无奈地看着尾田说道。

“想找她搭话的男人可要排队呢。”尾田笑起来，不大的眼睛变得更细了。

“我不在其列。”山田揉了揉太阳穴。

“可我听说安娜刚来时你们之间有猫腻啊……”

“我们做过一段时间的男女朋友。”

“现在再续前缘也不是不行嘛，我听说她对你一直念念不忘。”

“你要把我当祭品送给豺狼吗？”

“她对感兴趣的男人向来知无不言。”

“所以搜查一课有十二个杀人犯搜查系，你偏偏把我们七系叫来了。”

“效率至上。”尾田拍着山田的肩膀说道。

山田感觉肩膀压着无名的担子，随即从课长的办公室离开了。

安藤健悄悄回到家中。

在亲眼确认吉野织佳横死街头后，他长舒了一口气。

目标到现在为止还剩两人。警察暂时还没发现这是一场凶杀，但随着死者增多，警察一定会注意到死者间的联系。

所以，自己还不能松懈，要抓紧下手，安藤健在心中思索着。

不久前，安藤健从暗网上购买了几个社交账户，分别去浏览目标们的主页。这些账户是被暗网上的极客盗取的，安藤健选择了和这些账户原主人登记地址相匹配的地区性VPN去登录，以此隐藏自己的踪迹和企图。在慢慢掌握了目标的社交关系和爱好后，他发送了数封能引起她们兴趣的广告邮件。当她们点击广告邮件的地址时，V.I.立刻就会被植入木马，所有权限尽遭劫持。

根据国会的立法，任何人在使用V.I.摄影、录像或者录音时，他们的头顶上都会亮出相关标志，这些标志可以被其他人通过V.I.看到。这是为了保护公民的隐私不被偷拍。但劫持所有权限之后，安藤健对目标的V.I.底层程序进行了修改，利用目标自己的V.I.进行拍摄时不会亮出这些标志。目标眼中所见被偷偷录像，通话被监听，聊天信息也被获取，而这些信息都通过木马源源不断地送到他手里。

看着这些不断更新的录像，安藤健小心翼翼地制订计划，现在已经得手两次了。

但千万不能功亏一篑。他对自己说道。她们一个都逃不掉。

想到这里，他攥紧了拳头。

其　二

内原美雪和驹井纯子约好中午在学校的天台上见面。

“前天你和吉野织佳一起走的时候，她有提到什么吗？”驹井纯子问道。

“没有，除了哀悼麻美以外，并没有提到别的事情。昨天我被警察叫去做笔录，也是这么说的。”内原美雪说道。

“她没说要自杀吗？”

“没有，完全没有。唉，这件事发生得好突然。”内原美雪这几天睡得不好，面色很憔悴。

“那……该不会，是三木裕子搞的鬼？”驹井纯子犹豫了一会儿，把自己的猜测说了出来。

“不！不可能！她已经死了啊！”听到这里，内原美雪变得有点歇斯底里。

“嘘……”驹井纯子提醒内原美雪道，“不要这么大声。”

“嗯……”内原美雪摇摇头，紧张的汗水顺着她的额头流了下来，然后小声说道：“我们该怎么办？”

“回家的路上注意安全吧。只能这样了。”驹井纯子说道。

“嗯，你们加油。”听到这里时，安藤健露出冷笑。

这几天，山田立也除了和同事们分别约见吉野织佳的家人、老师和朋友，还要亲自往泽城安娜那里跑。之前，为了获得家属的授权花了点时间，有了授权之后，鉴识课的IT担当马不停蹄地侵入到死者的V.I.中，对其进行了彻底的检查。

“里面干净得很？”

“干净得很。”安娜躺在椅子里，摆出一副扑克脸，让山田完全吃不透。

“所以说，死者的V.I.没有问题咯？”山田继续问道。

“当然不是这样。有点太干净了。”安娜摇摇头，然后坐起身来，通过共享视野向山田演示自己的发现。

“死者的V.I.内装有杀毒与防火墙软件，但在两个月前就休眠了，直到发生车祸事故后，软件才被重新激活。”

“有没有发现什么木马，或者病毒？”

“没有。首先，杀毒与防火墙软件休眠这件事本身就很奇怪；其次，在这段时间里，死者V.I.内竟然完全没有木马和病毒的痕迹，这就更奇怪了。”

“这段时间里，她可能没有浏览什么乱七八糟的网站。”山田思索道。

“不排除这种可能性。但在两个月前，我发现她点了一个广告链接。我用沙盒系统去点击那个链接后，什么事情都没有发生，网址的信息已经被清空了，沙盒系统也没有中病毒。但也就是从那天开始，V.I.的杀毒与防火墙软件都失效了。”

"所以说？"

"所以说，在车祸发生前，死者的V.I.很可能已经中病毒了，而她的死多半也和这件事有关。"

"嗯。就我个人的直觉来说，我也认同你的看法。"

"所以，山田警官，今晚有时间吗？"安娜的眼神突然变得富有挑逗的意味。

"嗯，有……"两人分手之后，安娜时不时会暗送秋波，而山田总是有意无意地忽略掉。

"我还以为你会说没有。好失望啊。"

"在被课长卖给你的时候，我就做好充分的心理准备了。反正我又不会少一块肉。"山田直视着安娜。

"那就好。今晚警局门口见。"安娜微笑着用手指轻抚嘴唇。

"嗯，今晚见。"山田点点头，然后走出了门，去找课长汇报情况。

周末的下午，安藤健远远地跟在内原美雪的身后，并且谨小慎微地躲避着街上的摄像头。等她进到一个未完工的废弃大厦后，他停下了脚步。大厦的门口还有警方的封锁标志，包括实际的封锁线，以及V.I.的封锁提示。

这是第三个目标了。

其实，他本想把第四个目标驹井纯子一起约出来的。他黑进两人的聊天工具，分别在两个时段向对方发出邀请，约对方出门。

"有话想当面跟你说，周六下午可以吗？"

之所以想要一劳永逸地干掉目标，只因如果这次不动手，一旦警方介入，他就更难找到机会下手了。

可惜驹井纯子的戒心很重，死活不同意出来，来的只有内原美雪。

那就先动手吧。

这幢废弃的大厦也是三木裕子自杀的地方。她在十七层跳楼自杀，由于建筑尚在施工中，外墙还没做，她从那里向下一跃。想到这里，他感觉呼吸有些不畅，手心也全是汗。

其实，他最希望看到的，是四个目标都从这里跳下去陪她，不过实现起来难度太高，所以只能退而求其次。一个一个来，分散在不同的地方，伪装成不同的死因，尽可能不要引起警方的注意。

楼层不低，内原美雪慢慢往上爬。等爬到约定的十七层，她一边往里走着，一边轻轻唤着朋友的名字：“纯子……纯子，你来了吗？”

没有人回应。

安藤健藏在楼下，沿街的摄像头没有一个拍到他。他一边截取内原美雪视野里的信息，一边打开了远程控制程序。这个程序可以不动声色地调用她V.I.中的视觉生成程序，用虚假的图像覆盖实际的视野。在她离大楼边缘五米的时候，这个程序根据刚才在视野中截获的图像对视觉进行覆盖写入，导致她以为自己离大楼边缘还有十米。

安藤健看着她被覆盖写入的假视觉，以及她的V.I.摄像头传来的实际情况。她正在慢慢走向死亡，而她本人浑然不觉。在她已经到达十七层的边缘时，覆盖她视觉的图像显示离边缘还有五米。

然后她踏空了，从楼上摔了下去。

安藤健听到了一声凄厉的惨叫，随后便是重物冲击地面的声音。他攥紧了拳头——这局他又取得了胜利。虽然他很想去现场看一眼，但理智警告他不要这么做。

弄不好一会儿就有人发现内原美雪的尸体，现在还不能暴露自己，因为还有一个目标要解决。

明天通过新闻来确定就好了。毕竟，她不可能还活着。

其实，在惨叫发出的那一刹那，他就删掉了她V.I.内的聊天记录，删掉了木马和调用程序，恢复了杀毒和防火墙软件的运行。

现在要抓紧想办法解决驹井纯子了。

其　三

山田与安娜云雨完之后，一起平躺在床上。

“山田君还像以前一样，是个纯粹的抖S呢。”安娜心满意足地点燃一支烟。

“安娜君的抖M体质依然令人欲罢不能。”山田侧着头，看着安娜吐出烟圈时的侧颜。

“那为什么要和我分手啊？”安娜迎上了山田的目光。

“因为除此以外，你我还别有所求。”

“该分开时要分开。你还是像以前一样，不能放下心去享受乐趣。”

“我也希望能做到这点……”山田轻轻抚过安娜的锁骨，慢慢往手臂上滑行。

“男人果然都是遵从欲望的动物。”安娜笑道。

“女人也一样，只是有时候不知道自己的欲望是什么罢了。而且，为了欲望，女人和男人一样残忍。”

“嗯，这倒是。毕竟我们的本质依旧脱离不了动物性。”说罢，安娜侧过身去，盯着山田说道：“话说回来，你肯来我这里，也不只是为了快乐吧。”

“安娜君，你对这次的案情怎么看？”

“你来鉴识课的时候我就跟你说了。”

“但我觉得你有所保留。”山田也侧过身来，盯着安娜的双眸。

“为什么这么觉得？”

“这次的情况很微妙。我以前见过类似的情况，而那时你还在科搜研。我觉得你知道些什么。”

“你觉得我是因为这件事被贬到这里来的吗？”安娜的眼中漾着笑意。

“我不知道，所以问一下。”

“我被调到这里，是因为我睡了我们的老大。老大是个抖M，完全不能满足我，我就不理他了。他气急败坏，然后就把我踢走了。”

“没想到你玩儿得这么大。”山田心悦诚服。

“不过，你说的那件事我大概也猜到了。和现在发生的这件事确实有些相似。”

“能说说那件事吗？”

“多个黑帮小混混连续自杀，最初是开车进入已经禁止通行的铁道上，汽车被疾驰的火车撞毁，后来有人跳楼，有人掉进地铁，现场没有搏斗的痕迹，但和他们有关系的人，都不觉得像他们那样没心没肺的人会自杀。借此机会，警视厅当时把他们整个组织翻了个底儿朝天，结果没有任何证据显示是他们的老大逼他们自杀，也没有敌对势力动手的线索。最后，这些案件就以孤立的个体自杀为结论结案了。”

“安娜君记得很清晰嘛。”山田赞叹道。

“毕竟当时做了很多功课。”

“那你自己对此有什么看法？”

“你真想知道？”

“想，所以我才会来。”

“如果我说了，你以后还会来我家吗？”

“只怕你会拒绝我。”

安娜听罢露出了灿烂的笑容，然后把头靠在了山田的肩上，而山田握住了她的手，手心涌起一股暖意。这时，安娜将V.I.的视野共享给山田。

“这是我当时整理的笔记。直接说我自己的结论——我觉得有人对他们的V.I.视觉动了手脚。虽然，连接着V.I.的蓝牙耳机所带来的听觉恐怕也是，但最重要的还是对视觉动了手脚。”

“就像全视野覆盖的V.I.游戏那样吗？”

“可以这么理解。但根据国会的立法，不管是全视野覆盖还是现实辅助增强的游戏，都要提醒玩家必须身处安全场所，并且由玩家亲自点击确认后，才会进入到游戏画面中。V.I.系统的底层代码会对不遵守这种要求的视觉覆盖程序直接报错并杀掉进程，而大部分的杀毒软件也会强制关闭这种程序。”

“但死者的杀毒软件被停用了。”

“是的。”

“那有没有方法绕过V.I.系统的底层代码呢？”山田若有所思道。

对话陷入了沉默。

山田看着安娜的眼睛，谨慎地说道：“按正常道理来说肯定没有。但你拿不准。”

“嗯。”

“为什么？”

“一来国会对这方面的立法很严格，现在街道上乱七八糟的V.I.广告或者涂鸦全被清理干净了，如果商业体想要投放广告，必须遵守V.I.相关的广告法，对于投放的空间和时间都有严格规定，这样严格的法案将V.I.系统严格限制了起来，所以普通民众想篡改他人V.I.中的景象是完全没有可能的；另一方面，V.I.的操作系统厂商们每年都会举行盛大的极客比赛，邀请极客们随意攻击沙盒中的系统，以发现系统本身的漏洞。基本上，能来参加这些比赛的人物都是圈里有头有脸的大牛，这些年来，他们已经提报给操作系统厂商数量相当可观的危险漏洞。厂商们针对这些漏洞一直在不断打补丁完善，已经可以杜绝大部分针对底层代码的修改了。”

“也就是说，基本没有什么人可以攻破V.I.的底层系统了？”

“按理来说是这样，但暗网上一直有关于某个黑客组织的传说。”

“什么传说？”

“他们一直可以轻易黑入用户的V.I.中，然后通过视觉覆盖来杀人。这样的死亡事件很容易伪装成交通事故或者自杀，如果不是之前针对某个集团进行集中处死的话，警方根本觉察不到。”

“暗网可能是个突破口。”山田说道。

“嗯，我再查查吧。不知道能不能找到有用的线索。”

就在这时，贴在外耳道的微型蓝牙耳机响了起来，山田激活V.I.进行接听。

“出事了？”等山田接完电话后，安娜问道。

“嗯，一个女生坠楼了，是那个死于车祸的女生的同班同学。”

“我们一起去本店[1]吧。”安娜说道。

“我记得今天是你的同事值班，你先休息吧。”山田劝道。

“嗯……那明天见。”

“明天见。”山田穿好衣服，开车去往事发现场。

其　四

“虽然现在还没有证据证明这是相互关联的谋杀案，但由于事件集中发生在同一所学校的同一个班级里，现在就由杀人犯搜查第七系牵头展开调查活动，由系长山田立也警官负责。”

早会上，尾田课长向第七系的刑警们宣布了这一决定。

在会议前，第七系只是以协助搜查的名义在跟进案件，而会议后，第

1. 东京都内各警察署称为“支店”，警视厅本厅称为“本店”。

七系的八位刑警便成为本次搜查的主力军，全力投入到这多起疑似凶杀的自杀案件中。

根据山田之前的调查，除了第一位自杀的三木裕子留有遗书，其他人既无自杀动机，又无遗书。当时他就认定，三木裕子是最重要的突破口。

不过，她的遗书上只是写了自己很累，虽然对不起父母，可还是很想去休息了，根本看不出自杀的原因为何。

在调查的过程中，不管是老师还是同学，对于三木裕子的情况都语焉不详，这让山田更觉得她身上一定发生了什么。

“三木裕子被同学霸凌过吗？”再次约谈班主任时，山田警官单刀直入。

“我不清楚。应该没有吧……”班主任是一名年近中年的女性，看上去颇有些局促，说起话来也支支吾吾的。

“她没向老师报告过吗？”他接着问道。

“没有……”

“她想向你求助，但你拒绝了她。”见她的目光躲闪，山田如此猜测。

“不是！我没有拒绝她……曾经有人举报过她被霸凌这件事，然后我几次把她喊来办公室了解情况，但她什么都不肯说。我已经很有耐心了，但我不可能把所有精力都放在她一个人身上啊！”听罢，班主任多少有些歇斯底里起来。

看来，班主任虽然不知道三木裕子的身上究竟发生了什么，但知道她确实是遇到了什么麻烦。

“是谁举报的呢？”山田问道。

“不知道。匿名发来的。”班主任摇摇头。

山田的其他几位同事约谈了三木裕子的家人和同学。家人回忆说，一直很乖巧的三木裕子在自杀前突然变得沉默寡言，经常一个人在房间里发呆。被约谈的同学们慑于刑警们的威压，最终给出了几个名字。

大田麻美、吉野织佳、内原美雪、驹井纯子。看来霸凌确实发生在三木裕子身上了。

“驹井纯子可能有危险。”山田看完这份名单后跟同事们说道。

“自从内原美雪死后，那个小丫头一直闭门不出。”

“这样做倒是还算聪明。中田彩加警官和菊田沙世子警官，请两位去驹井纯子家里问她些问题。上次在学校里约谈，她大概没说实话。另外，检查一下她的V.I.设备，看看有没有被人侵入的痕迹。”山田对两位同事说道。

“系长，收到。”两人点点头。

“另外，黑泽准二警官，需要你做一下安排，我们可能很快就要监视驹井家周围的情况了。”

“收到。”黑泽准二点点头。

“怎么办？”安藤健无时无刻不在问自己这个问题。

驹井纯子完全不出门了。警方也在内原美雪死后大张旗鼓地介入进来。当安藤健远程发现警官上门，第一时间就删除了V.I.中不利于自己的聊天记录和木马程序，还恢复了杀毒和防火墙软件的运行。

不得已，他在警官上门的当晚，根据已经掌握的信息想办法侵入了她母亲的V.I.设备，然后继续监视目标。也是通过这样的方式，他才得知警方搜查了驹井纯子的V.I.设备。

既然被警方盯上了，那就只能收手了。安藤健心里想道。

既然无所事事，那就休息会儿，毕竟最近做的事情很累。于是，他躺到床上，回想起这些日子经历的种种。

他想到了三木裕子，以及和她相遇的校保健室。

安藤健在班级里是个存在感很弱的人，一直没什么朋友，幸运的是，也一直没什么敌人。上课时，学生们通过V.I.看着老师板书时，老师们能通过自己的V.I.进行监控，就像拍摄提示一样。安藤健很早就黑掉了这个设置，所以当他浏览别的网页甚至编程时都不会被老师发现。

不过，作为没什么存在感的人，他更喜欢请假去校保健室。反正老师讲的课也没什么意思，考前突击一下就能过，不如忙自己的事情。毕竟，在保健室里可以更加无拘无束一些。他会在保健室的床上躺一整天，拉上床位周围的帘子，浏览黑客的网站，学习黑客技术，同时也会浏览暗网，看上面的人卖很多出格的东西。

在保健室里，他每个月都会看到三木裕子几次。她是个给人感觉笨笨的女孩，长相普通，并不漂亮。不过她脾气很好，一直带着和善的笑容，笑起来有些可爱。另外，她月经时会痛得很厉害，这也是为什么每个月她总有几天会来保健室的原因。每次来的时候，她总是脸色发青，一言不发地躺在旁边的床上。虽然跟自己无关，但安藤健总觉得有点坐立不安。所以，每当安藤健起身去喝水时，总会为她也拿一杯热水。

“谢谢。”她坐起身子，让自己的脸上尽量露出笑容。

“不必客气。”安藤健回应道。

当安藤健觉得自己做了该做的事情后，他就会躺回床上，拉上帘子，继续在网上学习黑客技术。过了半小时，三木裕子起身出去，回来时也为安藤健带了一杯热水。

“谢谢。”安藤健点头道。

“不客气。”她也微笑着回应道。

就这样，安藤健和这个叫三木裕子的女孩熟悉起来。

其　五

估计三木裕子怎么也没想到，自己会成为霸凌的对象。

由于一些莫名的原因，一直脾气很好的她被小圈子孤立了起来，大田麻美和其他人总是对她爱答不理。后来，值日的时候三木裕子被迫自己一个人留下来打扫。接下来，由于她过于软弱不会反抗，霸凌行为不断升级。三木裕子的室内鞋里被人撒下图钉，户外鞋被扔进了学校的池塘；桌面遭人乱写乱画，书包也给扔到了厕所里。

看着她泫然泪下的样子，安藤健心里很不是滋味。但他又不想公开抻头，于是偷拍了三木裕子的鞋子被人丢到垃圾桶的影像，然后匿名发给了班主任。班主任为此问询了三木裕子，结果她什么都不敢说。

没承想，由于班主任的介入，针对三木裕子的霸凌更加猖獗。那段时间，她出现在保健室里的时候总是衣冠不整，哪怕没有痛经她也总往保健室跑。安藤健想跟她搭话，但她总是闭口不言。之后的某天，突然传来三木裕子自杀的消息。

为此，安藤健失眠了。他躺在自己的床上，眼睁睁看着天边亮起，阳光再度透过窗帘洒进室内。那晚，他突然感觉自己背负了一条逝去的生命。他责怪自己不该多事，如果当初自己没有出手，也许三木裕子不会有性命之虞。但第二天来到班级时，他从自责变成了愤怒。三木裕子的桌子上摆着悼念死者的花朵，但大田麻美她们却依旧有说有笑，丝毫没把她的死放进心里。

她们彻底激怒了安藤健。

于是，他开始入侵“凶手们”的V.I.设备，当他成功侵入大田麻美的V.I.之后，他翻到了没删除干净的视频，彻底明白了三木裕子自杀的原因。原来班主任找她了解情况后，四人组在天台上扒光了三木裕子的衣服，并且拍下裸照。刚开始，她们以此威胁三木裕子不准把霸凌的事情报告给老师，结果后来越来越出格——她们逼迫三木裕子去援交，如果不去的话，就把她的裸照公之于众。

这件事之后，一个周六的晚上，三木裕子跳楼自杀了。

大田麻美、吉野织佳、内原美雪、驹井纯子。这四个人必须死。

安藤健下定决心。

“山田警官，你怎么看这四起连续高中生死亡事件？”尾田召开搜查进展会议时，向山田问道。

“根据调查，第一起应该是因为霸凌引起的自杀。班主任提供了一份匿名者寄来的V.I.影像，其来源很难追踪，匿名者应该是具有一定水准的黑客。结合我们在死者以及驹井纯子的V.I.中发现的线索，我认为后面三起死亡事件是由同一人或团伙实施的谋杀。”山田说道。

“也就是说，你认为后三起是伪装成自杀的凶杀案？”尾田问道。

“是的。”

“凶手是怎么做到的？”

“死者的V.I.视觉被篡改了。”参会的安娜回答说。

“唔……”尾田瞬间理解了这个案情的危险性，然后接着追问道：“能找到篡改V.I.视觉的工具吗？”

“我这几天在暗网追查第一起和第二起死亡时间之间的发帖，查到有人在那段时间发帖求助，希望获得篡改V.I.的工具。”安娜将查到的线索共享到大家的V.I.中，一个ID叫“fox0705”的人发了帖。

“能追查到发帖人究竟是谁吗？”尾田问道。

“很可惜，暗网的交易无法在暗网内追踪，这里的ID和发帖地址也都是不可追溯的。”安娜摇摇头。

“嗯……那有人回复他了吗？”

“有很多回复。大部分的回复者一看就知道是骗子，比如有人说自己有这种工具，需要‘fox0705’支付十万枚比特币才能购买到。但有一个ID名为‘straw_lc’的人给他留下了一个‘阅后即焚’的一次性留言。”安娜一边说着，一边注意着山田的表情，他听到“straw_lc”这个ID时眉毛一挑。

“你认为凶手是从‘straw_lc’那里得到了可以篡改V.I.视觉的工具？”

“我是这样推测的，但暗网的痕迹很难追踪，所以到现在也没有找到直接证据。”

“山田警官，你对此有什么想法？”尾田思考了一会儿，然后问道。

“我们假设这个ID叫‘fox0705’的人从‘straw_lc’那里得到了可以篡改他人V.I.视觉的工具，并且他是这一系列死亡事件的始作俑者，那么他很可能对驹井纯子下手。我们已经在驹井纯子家附近布控了，而且在她的V.I.里安装了强制监视软件，一旦受到攻击，我们立刻就能发现。”

“如果他不动手呢？”

“针对三木裕子社会关系的筛查还在继续，我们已经征得了她双亲的同意，检查了他们的V.I.系统，暂时没有找到他们与连续死亡事件的任何关联，他们甚至到现在还不知道三木裕子自杀的真正原因是什么。我们下一步的搜查重点，会放到她的朋友和同学身上。”

“希望狐狸早日露出尾巴。请继续搜查下去。”尾田总结道。

“嗯，收到！”与会的警官们回答道。

其 六

“警察好像已经发现这几起凶杀案之间的关系了。”通过虚拟机中Linux系统的bash程序连接到聊天室，他跟“straw_lc”联系上了。

“这是可以预见的，毕竟这几起死亡事件的关系太过明显。现在警方已经把你的下一个目标保护起来了。”对方回复道。

“为了保证我最终能够成功，现在可能要暂时收手了。”犹豫了一会儿，安藤健输入道。

“嗯，我也准备将之前给你的工具收回了。稍后我会发送给你一个阅后即焚的留言地址，请记好，过段时间你可能还会用到这套工具。”

“好的。总之，感谢！”

“不客气。再见。”

安藤健一个后仰靠在椅背上，透过V.I.看着房间的天花板。突然间，他想到些什么，在聊天室里继续敲入字符。

“你为什么会免费帮我？虽然之前没有问，但我一直很好奇。”

大概过了一两分钟，对方才回复：

“在面对无法被制裁的恶时，普通人理应得到最终的机会。”

“如果我在使用工具时被警方抓住怎么办？”

“只要你开始使用工具，我就会一直监视你。如果发生这种情况，我的工具和你的V.I.都会被我强制快速低格[1]。”

“明白了，这样最好。另外，你ID中的lc是指last chance吗？”

“你很聪明 :)。再见。”

安藤健看着聊天室的过往内容被远程删除掉了，虚拟机中的linux也进入了自动卸载程序，那个篡改他人V.I.视觉的工具也随着linux的卸载而消失。

通过暗网那个阅后即焚的信息，联系到这个神秘人物以后，安藤健已经干了很多不得了的事情了。之前还没有实感，今天在跟“straw_lc”告别之后，他突然明白了一点——自己已经是一名杀人犯了。

但他一点也不惊慌，相反，他在大脑中慢慢反刍着这句话的余韵。

自己已经是一名杀人犯了。

为了达成目标，现阶段他必须要藏好。

以后会怎样，这种事情怎样都好。但现在目标还在活蹦乱跳，做了极恶的事情之后可以不受法律制裁地活蹦乱跳，这是不可接受的事情。

所以，他要先躲过现在的风头。

现在，他必须要将大脑运转起来。

警方已经发现了这几起死亡事件的关联，那么他们随时会对三木裕子的家人和同学进行搜查。虽然安藤健有权拒绝协助警方搜查自己的V.I.系统，但这样做恐怕只会引火上身，所以要在他们搜查前把V.I.中的相关信息全部抹除掉。

---

1. 低级格式化，就是将磁盘内容重新清空，恢复出厂时的状态。

要冷静，要像“straw_lc”那样冷静。

深吸一口气，他又检查了一遍自己的V.I.，看看还有没有会引起警方注意的信息。为了避免怀疑，他甚至把自己外出监视目标时的GPS记录用伪造工具黑掉了，所有调用过GPS的App都会显示他当时停留在家中。之前黑入目标V.I.后获取的文件也要不留痕迹地处理掉，他进入存放这些文件的文件夹。

然后，他打开了那个视频文件。

视频中，三木裕子满脸泪痕，她被迫脱光衣服，用胳膊掩着自己的胸部跪在学校天台的地面上，而那四个人肆意笑着。

“如果你再找班主任的话，下回这个视频可要发到网络上去了。”那是视频拍摄者大田麻美的声音。

“我没有找班主任。”三木裕子抽泣着说道。

“胡说八道！隔壁班的人都听到她在问你鞋子的事情了。”说完后，大田麻美扇了三木裕子一巴掌。

随着四人围得更近，三木裕子眼中充满了恐惧。然后，她被以面朝上的姿势按在了地上，视频中顿时充满了淫猥的画面。

“为了让你长长记性，你去援交吧。如果不同意的话，我们就把这段视频发给全校的同学。明白了吗？”

“不要！”三木裕子哭喊道。然后，她的嘴里被塞进了自己的内裤，几个人都在扇她的脸。

“明白了吗？”四人一个比一个声音高地轮流发问。

最终三木裕子点了点头。视频的最后是她凌乱的发丝、红肿的脸、脸上的泪痕和口水，还有恐惧的眼神。

安藤健还记得那天的事情。三木裕子来保健室时，用长发掩着自己的脸躲到了床上，然后一直低声抽泣。当时，安藤健并不知道怎样安慰她，于是心情也跟着难过了起来。

然后，就在那周的星期六,三木裕子自杀了。

大田麻美、吉野织佳、内原美雪、驹井纯子。这四个人必须死。

驹井纯子，必须死。

还有多管闲事却把人给害死的我，也必须死。

看完视频之后，安藤健这样想道。

其　七

警方对学生们再度进行调查时，安藤健甚至没进入被调查的第一梯队。在问及三木裕子的朋友都有谁的时候，这个班级里，包括老师在内，没有任何人认为安藤健是她的朋友。

就连安藤健自己都觉得他并不是三木裕子的朋友，顶多算是点头之交罢了。

虽然这让安藤健明白自己只是个刻奇的人而已，但他依旧没有打算收手。他把之前从目标那里搞到的一切信息都打包放到了境外的多处网盘中，然后把自己V.I.中的相关信息都清理干净了。警察在申请调查他的V.I.时，他爽快地答应了。

由于驹井纯子拒绝来上学，而且自己不敢轻易黑入她和家人的V.I.中，那么就得用别的手段获取情报了。一直喜欢找个安静的角落独自吃午饭的安藤健开始默默地待在班级里，一边吃饭，一边竖起耳朵。

“驹井纯子还不来上学，她到底怎么啦？”某天，一个女生小团体聊起了近日的情况。

“听说是被连续死亡事件吓到了，以为是三木裕子捣的鬼。”

“说不定是真的呢，警察都来学校好多次了，也没找到凶手。”

“不过说起来，她真的是被吓到了吗？”

“为什么这么说？”

“我这几天路过桥旁边的电玩中心，总能看见她待在里面。”

“噢——”几个女生拉长音起哄道，看来大家认为驹井纯子只是找个借口，以便逃避上学偷偷快活。

啊哈，这就是我想得到的信息。安藤健则在心里默默想道。

由于近期警方搜查的声势正转向校外，所以安藤健利用之前记好的阅后即焚的留言地址，再度取回了工具。

他通过网络上的照片信息，伪造了一封求职信发给电玩中心。有人点开之后就会感染病毒，安藤健便借此机会获取那人的V.I.视野。通过这种方式，他确认了驹井纯子的行踪——她每天下午四点左右都会来游戏中心，大概六七点之后才离开。

安藤健闻到一丝阴谋的味道。

以前黑入驹井纯子的V.I.时，并没发现她对电玩有什么热衷之处。警方始终没有抓住嫌疑人，所以有可能想出这招来引蛇出洞。

安藤健本想再等等，结果同学之中已经开始传言驹井纯子要转学了，而且可能会离开东京。到那时，安藤健虽然有机会入侵到她的V.I.之中，但自己就不方便侦查踩点了，贸然下手的话很有可能会暴露自己，导致行动失败。

怎么办？

这几日他一边确认驹井纯子的动向，一边在思考策略。

一个大胆的计划在他的脑中慢慢成形。为此，可能要借助“straw_lc”的力量。

周六的一天，驹井纯子走入电玩中心。

“毛隼和红隼已经就位，街道上无异常。”七系的成员齐藤浩史坐在自己的便车里向山田汇报道，他在外执勤时的代号是“毛隼”，而同行者细谷裕行的代号是“红隼”。

“阿穆尔隼已经就位，电玩中心内无异常。”另一名七系成员入野彬人假扮为电玩中心的工作人员，低声汇报道。

“今天也请继续保护好在外活动的驹井纯子，他们一家就快搬离东京了，到时候可能更难抓住凶手了。”山田通过蓝牙耳麦对他们说道。

“收到！”三个人回复道。

等驹井纯子在电玩中心待腻了，也没什么异状。

“目标已经离开电玩中心，请毛隼和红隼继续监视。”在她走出电玩中心大门的时候入野彬人说道。

“我们并没有看到目标离开。重复一遍，我们并没有看到目标离开。”齐藤浩史回复道。

入野彬人拔腿就往门口跑去，齐藤浩史迅速把车开到附近。

“抓紧调用目标身上的定位装置！”山田喊道。

定位系统显示驹井纯子离他们并不远，就在他们的视线内。但三个人并没有看到她。

“警官们的V.I.看来被人黑入了。”山田联系了安娜后，安娜根据情况分析道。

“警用的V.I.安装有特殊的防火墙和杀毒软件，这在理论上可行吗？”山田问道。

“现在大变活人的魔术就发生在诸位面前，我认为十有八九是遭到了侵入。”安娜冷静地分析道。

“可是齐藤浩史和细谷裕行两个人都在门外守着，如果他们的V.I.被黑入之后驹井纯子只是大摇大摆地离开，不会很快就出现画面和现实的冲突吗？”

“先不说画面会不会同现实出现冲突，毕竟之前的几名受害人都没发现自己V.I.视觉的异状。为了避免被盯梢的警察发现，犯人应该就近就把驹井纯子藏了起来。让刚赶过去的警官们检查一下现场吧。”

“嗯，好的。”山田隔着电话点了点头。

其　八

下水道里，安藤健推着一辆小推车前进。

借助“straw_lc”的技术工具，他成功锁定并黑入附近几名警察的V.I.系统，当驹井纯子出现之后，直接把她推入预先打开井盖的下水道中。由于警官们的V.I.视觉被篡改了，所以他们没有发现井盖的事情，也没看到安藤健的袭击。

驹井纯子掉入下水道的时候脑袋磕到了井边，所以一直昏迷不醒。安藤健用胶带绑住了她的双脚和双手，取出了她眼睛中的V.I.设备并扔掉（“straw_lc”告诉他这个设备会被警方追踪）。之后他又对她搜了身，把所有疑似装有跟踪器的东西，诸如发卡、鞋子、钱包等一并丢掉，处理完这些物品之后便把她扔到一辆小推车中，一路小跑着将小推车推向目的地。

到达目的地附近的井盖处，趁她尚处昏迷之中，安藤健用结实的麻绳拴住她的腿，然后从下水道爬出来，再利用麻绳把她拉出下水道。由于平时疏于锻炼，他把驹井纯子拉到地面上就已经气喘吁吁了。

此时的暮色已经笼罩着整座城市。安藤健抬头望了一眼三木裕子终结生命的地方，心里五味杂陈。

想到还要把驹井纯子背到十七层，安藤健感觉自己的心脏简直要漏一拍。不过没办法，这是自己计划中的一部分，以后再也不会遭这种罪了。他安慰自己道。

“我们在下水道发现了驹井纯子的物品，包括V.I.和藏在鞋子里的定位装置。”黑泽准二向总部报告。

“松雀鹰城市空中侦查无人机并未发现附近路面异常。”无人机的操作员汇报。

“警犬还在下水道中追踪两人的气味。”警犬班的警员汇报。

由于被保护者遭受了袭击，事件等级已经升高，尾田向总部申请到了以上两支队伍的支援。

“锁定嫌疑人了吗？”尾田问道。

“是的。事发之后，我们立即挨个联系了三木裕子的亲友和同学，发现一个名叫‘安藤健’的少年始终无法联系上。经检查发现，他的V.I.并未关闭，只是把我们的呼叫信息都屏蔽掉了。我们认为他是本次系列案件的主要嫌疑人。”山田回答说。

“当初搜检他的V.I.时没有发现任何破绽吗？”

“可以说是毫无破绽，以至于我们甚至怀疑最初的搜查方针是否正确。不过他应该得到了其他黑客的帮助，不然不可能黑入警察的V.I.设备中。”

“去找他的父母了吗？”

“已经派中田彩加和菊田沙世子去他家了。他父母早年离异，现在跟父亲一起住。他父亲是一家IT公司的中层管理者，平日忙于加班，每天回家的时候安藤健都已经休息了，父子之间基本没什么交流，他对安藤健现在的情况也毫无头绪。”

“还有其他突破口吗？比如他有没有什么朋友之类的？”

“他的父亲和同学都说他没有朋友，甚至连之前自杀的三木裕子都算不上是他的朋友。说不定，他的朋友只剩下那个神龙见首不见尾的黑客了。”

“看来只能依靠无人机和警犬班的追踪了。”

“是啊。”山田着重将警犬班的追踪路线从V.I.中调了出来。虽然下水道充满异味，但相对密闭的环境中，气味会消散得慢一些，所以警犬的追踪路线会更准确一些，而无人机则以警犬班为中心在空中进行辅助搜查。

看了一会儿，山田用手势缩放地图，然后调出了连续死亡事件的发生地点。

“老大，让无人机去检查这幢大楼吧。我感觉他的目标可能是这里。”山田将自己的视野共享给尾田，然后指向了之前三木裕子和内田美雪跳下的那幢大楼。

“你是指……”

“犯人可能要去这里。”

尾田稍微沉思了一下，然后点点头，指示无人机的操作员去搜查那幢大楼。

不一会儿，无人机的反馈热成像仪发现有两个人正在往楼的高处爬去。

“马上包围他们！”尾田下命令道，而山田也坐上警车，向那幢大楼驶去。

“你逃不掉的！”驹井纯子听到楼下的警笛响起时，对安藤健说道。

“没事的。”安藤健嘴角露出的微笑让驹井纯子更觉刺骨的寒冷。

在安藤健背着驹井纯子爬楼的途中，他发现她醒了过来，便解开了她腿上的胶带，把准备好的狗链系在她的脖子上，牵着她往楼上走去。如果她稍有反抗，就会被藤条抽打，强烈的痛感使她不得不顺从。

终于到了高楼的十七层。

很快一切都会结束的。安藤健对自己说道。

突然，他的眼前出现了一个身影。那是之前在学校见过的一名警官，名字好像是叫山田。

“你已经被包围了。”山田一边说着，一边举起了手枪。

安藤健将一把锋利的料理刀具架在驹井纯子的脖子上。虽然自己预想过会被警察先一步发现，但真的发生时心里还是充满了慌乱。

不行，这样会露出破绽。安藤健深吸一口气，然后将刀子使劲按在驹井纯子的脖子上，一道血迹随即冒出。

山田依旧没有把枪扔掉，用枪瞄准着安藤健。

“你杀掉她也不能让三木裕子复活！”山田喊道。

“你们懂什么？你们这些警察在她被逼死的时候谁也没站出来拯救她，反倒是冒出来保护这些渣滓，你们难道没有羞耻心吗？！”安藤健也回喊道。

“我们也没办法啊！我们又不能侵犯平民的隐私，把所有人的一举一动都监视起来。”

他们的声音在空旷的大厦中不断回响着。

其 九

安藤健原本想把驹井纯子从这个楼层推下去，随后自己也跳楼，因为山田警官挡在两人的面前而被迫停止了。

为了防止被人偷袭，安藤健慢慢拉着驹井纯子退向墙边，而山田警官也举枪慢慢向前移动。

“你已经疯了！”驹井纯子喊道。

“不用你管。”安藤健冷冷地说道。

“你对着空气已经自言自语很久了！”

听完这句话，安藤健吃了一惊。就在他打算把眼睛里的V.I.摘下来时，V.I.中传来一道耀眼的强光，耳中登时涌出刺耳的鸣叫。强烈的感官刺激让他跪倒在地，而驹井纯子则趁机从他身边逃了出去。

等再度睁眼时，他的V.I.中挤满了各种杂乱的广告和涂鸦。这些密密麻麻的无用图像充斥在这座城市的各个角落，和车水马龙相互交织在一起。本来，安藤健想把自己的V.I.摘掉，不过自知追不上驹井纯子，所以放弃了。

“你入侵了我的V.I.设备？！”他大声喊道。

“只要锁定了嫌犯是你，入侵你的V.I.简直易如反掌。”山田警官从楼梯口走了上来。刚才他拦住了慌忙奔逃的驹井纯子，把她交给其他警员去照看。

“刚才我是被真实的闪光震撼弹攻击了吗？”

“那只是我们篡改的V.I.视觉而已。”

“但光线很强，不像是V.I.自带的光源。”

“厂商们在底层限制了V.I.视觉的光源流明上限，但我们可以修改。”

“原来是这样。现在我的V.I.里充满了管理法案颁布以前人们制作的V.I.视觉图像，看来这些图像并没有真被清除掉？”

“算是吧。我们把某个时间点以前的所有V.I.图像增加了删除标志位，V.I.厂商们根据我们的技术要求，直接在底层增加了屏蔽这些图像的功能，凡有这些标志位的图像都不会在人们的V.I.中显示了。”

“你们有所有V.I.厂商的底层权限？”

“是的，虽然大都不是合法授权。”

“我也没想到你们会使用这项技术。我刚才甚至没察觉到那个你只是影像。”

听到这里，山田笑了起来。

“你笑什么？”

“本来，这就是我们的技术。”山田说道。

“稻草使用的技术就是你们开发的？”安藤健有点惊讶。

“没错。稻草曾经是V.I.视觉篡改技术的开发人员之一，但有一天他突然复制了核心代码，然后远走高飞了。我们之所以不惜让驹井纯子充当诱饵把你引出来，就是想要锁定你的V.I.设备，然后寻找稻草的痕迹。让警官们在保护驹井纯子的时候继续戴V.I.也是为了这点。如果你发现他们没戴V.I.或者不能入侵成功的话，你应该也不会动手。”

“那你们要失败了。我刚试着联系他，结果发现他已经把所有的工具都清理掉了，一切痕迹也都抹除了。你们不会找到他的。”安藤健笑着说道。

“没关系。他这次实在是大意了，之前的他是不会犯这种错误的。”

“什么错误？”

“让我们发现他在参与谋杀案的错误。以前有很多被掩盖成自杀案的事件，事后很久我们才能发现是和他有关的。”

“哦。我也很奇怪，像他那么谨小慎微的人竟然会帮我到最后，甚至教我怎么入侵警员的V.I.设备。”安藤健说道。

“奇怪吗？一点也不奇怪，不管他技术能力再强，他也只是一介人类。所以他肯定也有弱点。”山田警官说道。

“你是指？”

“他可能也想为三木裕子报仇，她和他是有某种关联的。”

“唔……”山田的思路让安藤健有些惊诧，细细思考之后安藤健接着问道，“那你为什么还在这里跟我耗着？”

“什么意思？”

“我大概只是吸引你们注意力的诱饵。驹井纯子可能要被杀死了。”

恰在这时，有警员用V.I.对山田警官进行呼叫：“将驹井纯子送回家的车被一辆卡车撞到了，车上的人员生死不明。”

听到这里，山田转身准备离开。

“你不逮捕我吗？”安藤健问道。

“这是其他警官的工作。”山田一边走一边说道。

“你不怕我现在就跳楼自杀吗？”

“这也是其他警官的工作。”

“你可真是个不像话的警官啊。”安藤健笑道。

“那又怎样？”山田已经头也不回地向楼下走去了。

尾　声

几天后，山田躺在安娜的床上，而安娜枕着他的胳膊。

“那个想为同学报仇的少年，现在怎么样了？”

“你说安藤健啊。他被高人指点过，拒不开口，他的V.I.里也没有任何证据能证明他实施过谋杀，而相关人员驹井纯子也已经在车祸中死掉了。现在他身上能坐实的罪名只有绑架，他父亲估计很快就能把他保释出去了。”

“警方这边全面落败。”安娜笑着说道。

“也不完全。稻草。”

“嗯，稻草。”

“时隔这么多年，他终于露出了尾巴。”山田的嘴边露出一抹不易察觉的笑容。

“恭喜你，前科学搜查研究所的技术担当山田警官。”

“你果然很厉害，安娜警官。不过我一直想不明白，公安部外事一课把你派到科搜研到底是为了什么。应该不止是为了稻草吧？”

安娜用手指轻轻抚摸着山田的身体，然后说道：“视觉篡改可要比保加利亚的毒伞尖隐蔽多了。如果稻草把这个工具的信息公开出去，你肯定无法想象我们的工作将会有多被动。”

“看来你们和我们一样，在某些场合已经用过了。”

“有了V.I.之后，人类将越来越分不清楚何为虚拟，何为现实。”

“这不重要，重要的是有些不小心的人可能为此丧命。”

“这不就是我们最期待的事情吗？归根结底，你也不在乎驹井纯子那些人的生死。”

“是的。我根本不在乎。”

“你在乎什么？”

“真正的正义。”

说罢，山田又吻起了安娜。他的手指在安娜温热的身体里搅动着，她的脸上泛起了红霞，轻轻的呻吟声再次点燃了山田的欲望。

与此同时，尾田在浏览鉴识课提交的一份关于损毁严重的V.I.设备的鉴定结果。

一辆卡车的驾驶员被篡改了V.I.视觉，闯红灯将警车直接撞毁。由于撞击十分严重，所以驾驶员眼中的V.I.设备当场损坏。几名警员殉职，而驹井纯子也当场死亡。山田警官到达现场后做的第一件事，就是把这一对V.I.设备从司机的遗体中取出，然后亲自驱车送到鉴识课。也正是由于V.I.设备损毁过于严重，自动删除程序也失效了。经过几天的修复工作，安娜从中提取出了视觉篡改软件，核心代码和当初被稻草窃走的代码高度一致。

“最终还是让稻草得手了。”尾田摇摇头。

不能再有下一次了。一定要在他再度动手前抓住他。尾田下定决心。

冷血至极的山田，是唯一有可能阻止他的人。

这也是尾田在知道山田来历的情况下允许他担任七系系长的原因。

战斗恐怕还要继续。

尾田看着窗外夜幕已至，关闭了V.I.中的报告。

本文为《银河边缘》中文版专发篇目。

为什么科学家要写科幻小说？

WHY DOES A SCIENTIST WRITE SCIENCE FICTION?

[美] 格里高利·本福德 Gregory Benford 著
刘博洋 译

格里高利·本福德，科幻作家、物理学家、天文学家，加州大学尔湾分校物理学教授，当代科学家中能将科幻小说写得很好的作者之一，也是当今时代最优秀的硬科幻作家之一。独特的风格使他多次获奖：星云奖、约翰·坎贝尔纪念奖和澳大利亚狄特玛奖等。他发表过上百篇物理学领域的学术论文，是伍德罗·威尔逊国际学者中心研究员和剑桥大学访问学者，曾担任美国能源部、NASA 以及白宫委员会太空项目的顾问。1989 年，他为日本电视节目《太空奥德赛》撰写剧本，这是一部从银河系演化的角度讲述当代物理学和天文学的八集剧集；之后，他还担任过日本广播协会和《星际迷航：下一代》的科学顾问。

（本文整理自格里高利·本福德 1985年在美国加州大学圣迭戈分校校友会上的讲话）

我对自己刚来这里读研究生的那些日子记忆犹新。当时最令我感到震惊的，是这里学生之间乃至师生之间交流的频繁。甚至有人吐槽说，圣迭戈学子们主要的工伤是舌头会被晒伤——因为每个人都说太多话了。这座学府是个神奇的地方，让我久久不能忘怀，所以我后来写了一整部关于校园的小说。拉霍亚[1]这地方也真是与众不同，这里非常重视投资未来，对未来的谋划比其他任何地方都要前卫——尤其是跟阿拉巴马州相比，那地方基本还活在过去。

另一个活在过去的地方是英国的剑桥。我在自己的小说《时间景象》中写到了两个不同的时代，一个是基于1962年到1963年间的圣迭戈校园，另一个则是基于二十世纪九十年代的剑桥。之所以这样安排，主要是我想对比两个不同的社会，以及两个不同

1. 美国圣迭戈市一个富裕的海滨度假社区。加州大学圣迭戈分校就坐落于此。

的时代。

1976年我曾去剑桥做过访学。有天晚上，我去国王学院赴宴——高桌晚宴，有核桃仁、波特葡萄酒和毕恭毕敬的侍者。那晚的一个故事让我记忆犹新：他们从学院拿到一大笔经费，正在想该怎么花。学院的财务主管说："当然应该买房，就买像校园里那些矗立上千年的房产。"但房间里年资最长的学者摇了摇头说："这当然也不错，然而过去这一千年的经验并不一定适用于未来。"

嗯，我也这么觉得，这一千年并不代表未来。而且我非常确定，下一个千年也肯定代表不了。从根本上说，这就是科幻小说要传达的意思。

多数文学作品都聚焦于很短时间内的过往，并极度依赖个体经验，无法意识到社会整体的长期变迁。所以我喜欢写科幻（尽管我不只写科幻），因为它能讲述世间万物对社会的影响，而不只谈个体经验。当然，小说必须围绕个体、围绕角色展开。不巧的是，科幻小说谈论的是科学——要不它怎么叫"科学幻想"小说呢？不过，你如果看得多了，也许会提出相反的意见。

科学是一个世纪以来驱动社会的力量。比起以往任何时候，历史学家都更愿意把过去一个世纪称之为"科学的世纪"，因为只有这个时期，科学显而易见地成了驱动社会的主导因素。在过去，宗教之类狂魅的东西主导了人类社会；近些年，舞台上活跃的则变成了无政府主义等新兴的政治信仰。正是科学，驱动人类社会走向这样的非线性时代——我曾在等离子体物理研究中花了很多时间处理这种非线性问题，那简直让人痛不欲生。而现在这个社会显然也正在步入这种境地，而且愈演愈烈。

不过，这也是科学家写科幻的困境。作为科学家，首先必须面对社会对你的偏激认识：一帮穿着白大褂的人。你看，科学家已经成为真理的代言人，看看那些商业广告你就知道了。如果他们想把什么东西宣传得无可置疑，他们就会说"这是科学证明了的"——即使他们只是随机找了五六个人，做了个问卷调查。

真理的反义词是谎言，而我们知道谎言的同义词是"幻想"。所以，作为真理的代言人，你要怎么构造一个叫作"科学幻想"的东西呢？这到底是什么意思？幻想是不错：美好、诗意、激动人心，甚至历久弥新，但不管怎么说，它还是谎言。那什么是科幻？它是关于真理的谎言，还是关于谎言的真理？不管你怎么选，都是作茧自缚。正确答案不在这两个选项里。科幻应该是告诉我们，科学到底在社会中搞什么名堂的文学。

关于科幻，有另外一个困扰我的事实：它似乎并不总是具体描述科学家，而是在描写诸如星舰舰长，或者登陆外星球的某人，乃至世界上妄称能预见未来的独裁者，抑或是其他显然更能被读者接受的角色。

如此一来，身为科学家的我，为什么还要写作科幻小说呢？我真的应该在题目里就把答案公布出来。我的同学布莱恩·梅普尔——显然混得比我好多了——给我打电话说：

"我们想让你来讲历史、研究工作之类的。"

我说："噢太好了，布莱恩，你是想让我讲星系的相对论性喷流？"

"不是。"

我又问："那你想让我讲等离子体物理？"

"也不是……"

"所以又是老一套呗，讲写科幻的事，对不对？"

于是我就来了。

我给出了跟过去一样的回答。我写科幻的原因是：写这玩意儿可真有意思！我认为你要是不觉得什么东西有意思，就不要写。这就好像为什么我们写科研论文这么费劲，搞科学研究明明挺有意思啊——可如果你需要把研究写成论文那就没意思了，尤其是要像德国人那样（严谨）地写。我曾经给《奥秘》杂志写过一篇伪论文，题目叫《如何写论文》。这篇文章是按照科学家实际阅读论文的顺序写的，所以一开篇就是参考文献。是的，你看，你们全明白了吧！这就是我们科学家习惯的那一套。接下来是致谢，然后才是标题和一些图片。然后"论文"就写完了！不是科学家的人肯定看得一头雾水，除非你解释清楚，读者才能领悟到妙处。

这基本上就是我在《时间景象》里面干的事——给读者提供科学家视角的文学作品。尤其是圣迭戈校园的那部分，记述了我和同僚们的共同经历，还有那些伟大的头脑；我还写了些英国的物理学家，以及我觉得英美未来会发生的事：如果我们不思改革的话，会发生什么。

我知道，你们觉得我的职业绝对是非常有意思的。但从外界看来，科学家的工作基本上就像盯着油漆等它干掉一样无聊，只是节奏不太一样。在科幻的阵地上，我们有《星球大战》和各种"高坎普"[1]科幻。但这些跟科学无关。跟科学有关系的是类似《2001：

1. 意为"以夸张的方式展现"。高坎普（High Camp）科幻，这里指那些夸张、猎奇、吸引眼球的地摊风低俗科幻。

太空漫游》这种更上档次的作品。《时间景象》是我写的第一部想要讲科学家的小说。而新书《人造物》基本是关于考古学家如何工作的，也涉及了不少政治议题。正如你们很多人注意到的，在《时间景象》中，我跟其他小说家一样，从现实生活中截取了不少片段。

很多教职员在小说中被写到了。这不是他们的错，他们只是刚好在此任教，所以我就用了他们的名字。我还从研究生那儿借了很多东西，他们中多数人都从未发现。只有一个人，我觉得他必须作为一个原型人物出镜，并分配到一些台词。最终，我把稿子复印了发给出版商，出版商担心人们不理解自己被写进小说这种事。我倒不是很担心——科学家可没时间打官司。

后来，我在美国科学促进会（AAAS）的会议上，碰到了那个能被人一眼认出来的角色。他已经看过书了，还跟我相谈甚欢。然而在谈话中，他丝毫没有表现出觉察到自己已经被写进了书里。我相信他完全没有注意到自己被写进书里这回事，这让我放心多了。有人不久前告诉我——应该是阿瑟·克拉克——如果你在写角色的时候，使用了不同于原型人物的外貌，他就几乎永远认不出来这是自己。我觉得这是真的，我从这件事上学到了很多。所以如果你想要写一本有关身边朋友的书，你大可放心，想怎么写怎么写，只要把诸如角色眼睛的颜色改改，你就安全了。

在写《时间景象》的时候，类似这样的事情都特别有意思，它让我跟那个时代很多在这里工作生活的人重新取得了联系。很多出现在书中的人——包括间接出现的，今天都重聚在这里。

不过，我觉得自己不会再写有关校园的题材了。因为那个对我来说极为独特的时代已经一去不返。在《时间景象》里我谈论了时间，以及我们的物理学理论并不完善这一事实。正如爱因斯坦所证明的，在物理学中有很多隐藏的假设，需要被重新研究。所以，回到我们今天的话题，我认为，科学家都应该尝试写写科幻，向读者传达一个事实：科学并不是大多数人想象的那样——由一些公认的观点、不会变动的数据组成；科幻小说也是关于未来的，通过不断变换的科学视角观察到的未来。

在日常新闻洪流之上开辟另一个视角，可以帮助人们加深对未来的理解和预期。例如，我们正在经历里根时代，而这终会过去，更广袤的未来汲汲可期。这些年来，我花了很多时间思考苏联。1984年，我曾在那儿待了三个寒冷的星期——虽然我不知道具体气温是多少。然后呢？很显然，苏联解体了[1]。也许有人会感到惊讶，因为人们往往认为庞大的政权国祚绵长。而在它轰然倒塌之后，这个世界会突然意识到事实并非如此——虽然对有些人来说，这会是件很震惊的事情。

技术会为我们打开大门——尤其是计算机和互联网。但是，理性和科学的新敌人也会崛起，我们必须打败他们——通过把科学的体验和神奇深深植入人们的脑海，不是作为奇观（科幻往往仅仅是奇观），而是作为一种洞察。

科学研究中常见到新思想的相互斗争，有的人无法理解的是：科学是局部的、暂时的知识。而有的人想把科学当成信仰——这就是为什么有那张乔纳斯·索尔克穿着白大褂的照片[2]。我们对大众来说成了真理的化身。“这在科学上是真的！被科学证明了！”可当我们说“不过这可能随时变化”时，人们就无法理解了。只要一个新发现的事实，就可以摧毁世界上最长盛的理论。然而大众无法理解，即使这是科学最基本的特点。

我想，我们作为科学家，有义务不断提醒人们，我们不是什么拜占庭式的官僚：复杂、难以理解，掌握汗牛充栋的知识。实际上，我们只是探索者，想要发现世界到底是怎么回事。在物理学领域，你们知道，科学家就是这么自不量力，往往是在试图寻找那些跟你毕生所熟知的事实完全相反的新现象。

科学有如此的复杂性。大众无法理解科学表面的复杂性和蕴含简单规律之间的区别。简单是我们打动人心的唯一办法。复杂只会让他们觉得这是另一种信仰。他们只会认为物理学世界是一台庞大、复杂的机器，并不期望自己去理解。你知道有多少人不敢坐飞机，只是因为无法理解飞机的工作原理吗？他们不知道什么是伯努利定律、流体和力。他们不能理解是什么把飞机托了起来，因此担心飞机会掉下来。这是一个简单的例子，只是为了说明社会上的人是怎么看待科学的。任何我们能做的，只要是跟这样的思想对抗，反驳他们对科学的错误理解，都是好事情。所以我希望你们都能去做科普，用你们想采取的方式。给稿费很高的杂志，诸如《科学美国人》写文章，或者出席当地扶轮

1. 本段论述是作者于2014年新添加的片段，不包含在1985年的演讲稿里。

2. 乔纳斯·索尔克（1914—1995），美国医学家、病毒学家，曾率先研制出小儿麻痹症疫苗，在20世纪50年代，他是美国为号召国民注射疫苗所打造的科学家明星。

社[1]的活动，谈谈你的“信仰”。自由选取任何一种方式，告诉人们科学的真相，都是一个好主意。我们拿到的所有科研经费，用来支持我们扩展知识边界的钱，都来自纳税人。如果我们不做科普，他们无法获得科学精神，最终他们便不会再资助我们。这是最重要的。所以我想说，你们都应该成为科普者，因为如果科学无法普及，它就会不受欢迎。我们可不想那样，对吧？

1. 曾经最著名的国际公益组织之一，一种地区性社会团体，以增进职业交流及提供社会服务为宗旨，其特点是每个扶轮社的成员需来自不同的职业，而且每周在固定的时间和地点召开一次例行聚会。

高迦楼罗

GARUDA SUPERIOR

[美] 杰夫·卡尔霍恩 Jeff Calhoun 著
陶凌寅 译

真正的友谊可以跨越物种和语言。

杰夫·卡尔霍恩，美国新锐科幻作者，资深科幻迷。本文是他发表的第一篇科幻小说。

盖伊·理查德蹲在一棵貂皮树毛茸茸的树干后面，用拇指拨开卡宾枪的保险。

那是个凉爽的早晨；天仓五悬在地平线上方，西边天空中仍然可以看见那弯淡橙色的罗摩星。下方五百米处，陡峭山岩间形成了一片天然的圆形空地，一头孤独的独角龙正用弧形的喙啄食一丛丛绿宝石般的青草。盖伊发现了绑在那头大蜥蜴第三只左脚上的绳子。没有其他动静，尽管之前的传感器扫描显示有两个人隐藏在更远处的山丘上。

一声刺耳的尖啸打破了静谧。盖伊抬起头，天空中出现了一个翼展五米的轮廓。那只迦楼罗斜身转弯，猛地向圆形空地俯冲，然后开始水平飞行。拴在绳子上的独角龙嗅到了捕食者的味道，开始疯狂地哀号，想要逃跑。迦楼罗在貂皮树上方翱翔，黑色翅膀在朝阳下熠熠闪亮。盖伊看到大鸟的两只前爪紧紧地抓着一柄长矛，矛尖镶有黑曜石。他打开了头盔上的摄像头。

迦楼罗向上爬升，再次俯冲，趁势掷出了长矛，宛如一枚制导导弹。独角龙徒劳地想要挣脱，扬起了一团尘埃。矛头刺进了它的侧腹，刺穿了内脏，把它击倒在地。它无助地踢踹着空气，然后永远地安静了下来。

迦楼罗后爪着地，收拢巨大的翅膀，从独角龙的尸体上拔出长矛，小心翼翼地舔净血迹。然后，它从皮质腰带上抽出一把短柄斧，开始分割尸体。就在这时，它看见了独角龙腿上的绳子，一下子僵住了。

几秒钟后，刺耳的机枪轰鸣声撕裂了早晨的空气。那只迦楼罗被打得千疮百孔，毫无生气地倒在它的猎物之上。

两个人类骑着蹦蹦跳跳的瓜德鹿从藏匿之处现身了。两人都裹着头巾，穿着背心和松松垮垮的裤子，是普什屯斯坦省的常见装束。他们的脚上还穿着独角龙皮制成的靴子，说明是本地的牧民。但盖伊发现他们的武器是军用的，不仅罕见，而且非法。

两人翻身下鹿，查看被杀的迦楼罗。这时盖伊才拨开掩护，小心翼翼地前行，侧耳细听。

“小心点儿，白痴！”矮个子叫道，“要确认它真死透了！”

“咱们的子弹都把它撕成碎片了，德尔默叔叔。”高个男子回应道。

德尔默摇了摇头，“有一次，一个男人信誓旦旦地说自己已经把它弄死了，结果还是被那鸟开膛破肚，我亲眼看见的。用你的激光刀把它的脑袋砍下来。”

就在这时，盖伊的脚踢到了一块松动的岩石。两个牧民猛地转身，正对着他。悄悄接近的策略到此为止了！

“殖民政府护林官在此！”盖伊吼道，“放下武器！”

年轻的男人伸手就要拔枪，他的叔叔出手阻止，“照他说的做，阿里！就算这个穷酸的小喽啰把咱们逮捕了又能怎样？咱们只是捍卫自己的财产，没有哪个法庭会因此判咱们有罪。”

“那头独角龙身上系着绳子，你们是故意诱捕迦楼罗，”盖伊揭露道，“这说明你们显然不在乎搭上那点儿财产。”

“这只尖啸鹰杀了我们的牲口，我们都录下来了，那场面能把新闻网观众的魂儿都吓飞。”德尔默反驳道。

盖伊敲了敲头盔上的摄像头，“可是我录下来的这段会告诉观众，你们俩像懦夫一样给那只迦楼罗下套。我不需要提醒你们，那些大鸟受到《原住知觉生物法案》的保护。你们不能到处屠杀它们，它们不是蠢笨的肉用动物。”

“所以你认为这些倒霉的尖啸鹰是有感情的？”德尔默啐了一口，“见鬼了，我老婆的猫都比它们聪明两倍！”

“几只尖啸鹰能灭掉一整群牲口，”阿里补充道，“我们完全有权利保护自己的生计，等马立克沙当上我们的领袖，他会唾弃你们宝贵的《法案》。”

听到悉多星上最有政治势力的牧场主的名字，盖伊笑得更灿烂了，“多谢了。我早就料到是马立给你们提供了非法武器。”他掏出一副手铐，抛给自己的囚徒，“我想你俩都知道该怎么办了吧？”

他说话时，用下巴碰了碰头盔上的传感器，头盔自动把他的飞行器从小山另一侧的停泊地召唤了过来。飞行器以自动驾驶模式在空中滑翔，引擎的轰鸣吓坏了瓜德鹿，两个家伙都蹦跳着逃走了。飞行器垂直降落，扬起大团尘土，一颗旋转的沙粒吹进了盖伊的眼睛里，令他暂时失去了视力。这片刻的分神对他的囚犯来说已然足够。

德尔默屈膝跪下，抽出藏在靴子里的一把激光刀，把激光束对准了盖伊的肩膀。疼痛突如其来，盖伊丢下了卡宾枪。阿里冲过来，奋力一拳把他打倒，然后抓起了那把枪。

“现在谁说了算？”年轻人啐了一口。德尔默走上前，一把将盖伊的头盔拽了下来，那里面藏有他的通信终端和摄像仪。“你的宝贵证据就到此为止了。阿里，把那两匹该死的瓜德鹿赶回来！”

盖伊坐了起来，感觉昏昏沉沉的，“让我提醒你一句，谋杀护林官可是死罪。”他说。

“我们会把这活儿留给本地的食腐动物。”德尔默回答。

“甚至有可能是另一只尖啸鹰。”

像是接话茬一般，嘹亮的啸声在头顶响起。接着，阿里尖叫起来，一柄长矛刺穿了他的背，把他扎成了签子上的烤肉。德尔默从侄子僵死的手中夺过卡宾枪，朝围着他们低飞的两只迦楼罗开火，直到第二柄长矛刺入他的脖颈，把他撂倒在喷涌的深红色血水中。

盖伊挣扎着站起来，仍因伤口的疼痛瑟缩着。两团巨大的黑影矗立在身后。他缓缓转身，用近乎期待的心情等着黑曜石的短柄小斧劈入自己的颅骨。

站在他身后的两只迦楼罗后腿很长，覆有羽毛，它们正用深邃的目光注视着他。它们的羽毛不像大多数同类那样是斑驳的黑色和棕色，而是橘黄色的，胸口和腹部呈白色。两只巨鸟都穿着皮制甲胄，比一般的皮腰带精巧得多。不过，吸引盖伊注意力的是它们高高隆起的额头。

这对迦楼罗互相看了看，发出介于嘶鸣与尖叫之间的声音。起初盖伊以为它们在交谈，然后他想起来了，迦楼罗还没有进化出口头语言。这也是像德尔默这样的牧民认为它们只是动物的主要原因之一，尽管它们非常聪明，也非常危险。

其中一只迦楼罗正察看他的伤口。令盖伊吃惊的是，这只大鸟俯身朝他的肩膀吐了一口唾沫。那生物的唾液渗入他撕裂的肌肉中，盖伊因刺痛缩成一团，但痛感很快就缓解了，随着肩膀渐渐麻木，最后竟完全不疼了。

两只迦楼罗彼此激烈地尖叫嘶鸣，盖伊明显能感觉到它们在争吵。最后，它们双双展开巨大的翅膀，各自用前爪抓住盖伊的一条胳膊，把他拽了起来。翅膀拍打着空气，爪子般的后脚离开地面，这两只猛禽飞向天空，并把盖伊架在了中间。

迦楼罗继续往高处飞，云朵一下子变成了巨大而明亮的岛屿。身下，翠绿的地面逐渐被棕色的山麓所取代，然后又变为卡利多尼亚山脉的大片花岗岩和雪顶山峰。这条山脉是普什屯斯坦省和卡利多尼亚省的分界线。

咆哮的风灌入盖伊的耳道，拍打着他的面孔和头发。最后，他彻底迷失方向，闭上了双眼。

他强迫自己梳理一些已知的事实。从太阳系到天仓五的第一艘星际探测器发现了一对双子行星——罗摩和悉多，它们围绕着一个共同的引力中心运行，该中心距离主恒星0.85个天文单位。在这两颗行星中，只有悉多星被证明适合地球上的生物生存，因为罗摩星受天仓五巨大的彗晕的强烈影响，生态系统完全毁坏，只适合采矿等工业活动。

尽管如此，由于悉多星的大气比地球大气的密度高，含氮量过高，人类无法生活在那里的低海拔地区，定居点仅限于北部大陆的高地，海拔数千米。多亏这颗行星的轴倾角角度合适，一年中大部分时间都有充足的阳光，适宜种植农作物。当地的动物几乎都可以食用，而且进化程度很高，最高级的动物就是迦楼罗，这个名字来自印度神话中的神鸟。

突然，刺骨的寒风刮在盖伊的脸上。他睁开双眼，长久地注视着脚下白雪覆盖的山峰。在寒冷的气流中翱翔的迦楼罗似乎毫不疲倦。

他遥望山巅之外，广阔的平顶山在面前展开，被克罗马蒂裂谷分割开。他希望它们能把自己放下来……但两只迦楼罗依然继续飞行。

也许它们并不打算杀死我。见鬼，它们本来随时都可以把我扔下去的。可这到底是要去哪里？

一片巨大的青铜色湖面出现在西北方向。那是凯尔派湖，就像他家乡的日内瓦湖一样，被认为是由古代陨石撞击形成的。罗伯逊岛是湖中央一块孤零零的陆地，岛上只有一座巍峨的花岗岩山峰。

它们在那儿有巢吗？把我掳回去是为了让小鸟饱餐一顿吗？

一种熟悉的嗡鸣声传入耳中。盖伊歪过头，看见一架民用飞行器就在正下方。飞行员显然是不敢靠近，以免迦楼罗受到惊吓把猎物扔了。盖伊对此深怀感激。

两只大鸟觉察到了飞行器的存在。其中一只对同伴尖啸一声，两只迦楼罗完美地同时斜转弯俯冲下去，把飞行器甩在了后面。地面迅速向盖伊逼近，他不由地尖叫起来。

然后，迦楼罗又同样突然地开始水平飞行。这段疯狂的旅行终结于凯尔派湖的南岸，它们轻轻地把盖伊放下，让他双脚着地。

那架飞行器伸出起落架，在他身边降落，扬起一团团灰尘，然后关闭了驱动场。迦楼罗很快就飞走了，它们掠过水面，飞向罗伯逊岛。

飞行器的舱门砰地打开，一个穿着卡其布工作服的年轻女子探出身来。“你还好吗？”她关切地问。

“我很好，女士！”盖伊说道，向她致意，“我没问题。这就是殖民政府护林官的日常工作！”

说完，他晕倒了。

盖伊醒来的时候，天仓五正沉入西边天际。他平躺着，身上盖着毯子，脑袋靠在枕头上。他掀开毯子，发现那身破烂的衣服不见了，然后意识到飞行器的驾驶员就坐在自己旁边。

“别紧张！”看见他醒了，她说道，“我受过专业的医护训练。你身上没什么是我以前没见过的。你的衣服一团糟，幸好我的飞行器是为长时间野外作业而设计的，配有一个洗衣间。我是艾尔莎·布兰蒂特，悉多大学的生物学家。”

“盖伊·理查德中士，殖民政府护林官。我真的急需和总部联系。”他试着坐起来，但一阵眩晕袭来，又不得不躺下。

她把一只手搭在他肩头，“悠着点儿，你没少遭罪。”她递给他一罐维生素饮料，“你知道为什么那两只迦楼罗想带你去罗伯逊岛吗？”

他喝了一口，然后才回答：“不知道。但它们确实把我从两个普什屯斯坦牧民手中救了出来。那两个人在伪造宣传材料，想废除《原住知觉生物法案》。”他把之前发生的事情解释了一遍。

“我明白了。”听盖伊说完，她应了一句，“你可以使用我飞行器里的通信终端。”她的脸上露出一丝疑问的神色，“上级没安排后援就把你派出来了？”

他又从饮料罐里喝了一大口，然后答道：“我们人手不够，资金也不足，而这颗行星面积很大。”而且不幸的是，马立克沙在普什屯斯坦籍护林员中也有支持者。“你说自己是生物学家，你注意到那两只迦楼罗有什么不同了吗？我不是说它们的羽毛。”

“你是说它们的大脑壳？当然注意到了，我就是因为这个才来这里研究它们的。几个月前，有位牧民向悉多大学报告说发现了一种新的迦楼罗。”

他又试着坐起来。“你的衣服现在应该干净了。别担心，你穿衣服的时候我会转过身去的。”

这时盖伊注意到了自己的肩膀。伤口已经不见了，只剩一条苍白的细线。他转动手臂，没感到疼痛，“真是难以置信！”

“什么难以置信？”艾尔莎检查伤口时，他解释了受伤的情形。“你确定这不只是皮肉伤吗？”她问道。

“当然不只是皮肉伤。就算只是轻伤，这点儿时间也不够伤口愈合。”

她困惑地皱起眉头，“来自外星物种的体液可以治愈人体组织？我必须找一具迦楼罗的尸体提取样本才能确定。”

“如果马立克沙得逞了，不久就会有很多迦楼罗的尸体。”他愤愤地说道。

古普塔上尉的面孔突然出现在艾尔莎飞行器的通信终端屏幕上。“理查德中士！”他咆哮道，“你到底上哪儿去了？！”

盖伊急忙解释了一番，并保证回到总部后会提交一份详细的报告。

“没有时间了。这是一个小时前刚刚在新闻网上出现的。”盖伊看到了一段视频，画面上有两个人被迦楼罗杀死，而第三个人显然受了伤，正蹲在附近。他认出这些人是德尔默、阿里和他自己。

“目前看来，这些画面是真实的，”盖伊说，“但我敢打赌，马立克沙的人编辑了这段录像，把他们伏击第一只迦楼罗的镜头剪了。”

“现在他们要让全悉多的人都能看到这段视频。”古普塔说，“反对《原住知觉生物法案》的人越来越多。在我看来，这只是废除《殖民地宪章》、脱离联合省的第一步。我们得到消息说他正在组建一支私人军队，尽管还没确认。”

“您说的是一场内战。”盖伊冷峻地说。

“有可能，”古普塔应道，“有这个苗头。”

“长官，目前我被困在卡利多尼亚省了。我能帮上什么忙吗？”

古普塔调出一份报告，“正是因为有要事，我才联系你的。这份档案里面有一批卡利多尼亚护林官的名字，他们的立场存疑。我正用传真发给新格拉斯哥总部的安森上尉，我完全信任他。你尽快到他手下报到。”

“遵命，长官！可是如果……”

“如果什么？有话直说。”

“如果我们能提供证据证明，迦楼罗不仅演化出了一个更智慧的亚种，而且拥有对人类有益的生物和医学特性呢？这不就能打击分裂主义运动了吗？”

上尉疑惑地看了他一眼，“你在说什么呢，中士？”

盖伊解开外套，展示他已愈合的伤口，“一把该死的激光刀差点儿把我的胳膊割断。可一种新的迦楼罗用唾液治好了我的伤。”

古普塔依旧满脸怀疑，“你能拿出更确凿的证据吗？”

“活体样本怎么样？这里有位布兰蒂特博士，她是悉多大学的。过去几周，她一直在研究这些新的迦楼罗。”

就在这时，艾尔莎接过了话茬：“如果能在可控的条件下对一只迦楼罗进行检测，我们大学就很容易判断高迦楼罗是否真的具有感知能力。但我需要殖民地护林官的许可才能获取样本。”

“我批准了，布兰蒂特博士。中士，一旦你获取了一只那个——高迦楼罗？——立刻向安森上尉报到！通话完毕。”

屏幕黑了，盖伊看向艾尔莎，“高迦楼罗？”

她笑着耸耸肩，“总得给它们起个名字吧。”

凯尔派湖的水宁静而幽深。艾尔莎坐在飞行器的主驾驶座上，因为飞行器是大学的财产。盖伊坐在她的右边，盯着监视器，寻找生物或其他飞行器的热信号。

“罗伯逊岛就在前面。”她说道。高耸的山峰划破了北方繁星密布的夜空。她加大了发动机的推力，提升高度，“我敢肯定，高迦楼罗在那儿有一个巢穴。”

艾尔莎驾驶飞行器绕着那座孤山倾斜飞行，黑黢黢的山岩占据了他们的视野。开始下雨了，盖伊发现山坡周围有很多热信号。“是迦楼罗，”他说，“看来你说得对，确实有巢穴。”他放大了成像传感器的画面。

她指指屏幕，“那些是普通迦楼罗。高迦楼罗在哪里？”

盖伊发现了另一些热信号正向岛的方向移动。从读数中可以清楚地看出热源不是迦楼罗。“看来我们有客人了。”他发信号向对方打招呼，“没有回答，我怀疑他们不太友好。”几分钟后，像是为了印证盖伊的判断，飞行器的左翼上出现了一道灼烧的焦痕。

现在可以用肉眼看到那些飞行器了：一支航空小艇中队，艇身狭长，专为探索不宜居住的低地而设计。这些飞行器大都装备了激光武器以抵御掠食性动物。“你打算怎么办？”艾尔莎问道。

“没什么办法，咱们没有武装。”盖伊回答，“咱们最好着陆，藏在你能找到的任何掩护下面。没必要给他们当活靶子。也许我能拍下他们杀害手无寸铁的迦楼罗的画面。一旦你完成了研究，我就可以用录像证明他们犯下了种族灭绝的罪行。”

她把飞行高度降低。山顶上长满了貂皮树和其他原生植物，艾尔莎相中了两棵巨型貂皮树的树冠，毛茸茸的枝丫缠绕在一起。“我们可以躲在那里。”她说道，展开起落架的同时调低了引擎的转速。

盖伊从舱口爬了出来，检查周围情况，他的手电光束穿透了黑暗，“嘿！这是什么？”

一个山岩洞口隐没在灌木丛中，宽度足够容纳两个人。盖伊把手电照向洞口，“看起来曾经有熔岩从这里淌过。”说话间，飞行器的引擎从他们头顶呼啸而过，“听起来那几位新朋友正在找咱们呢。要不咱们钻进去？”

洞口通向一个更宽敞的洞穴，里面的岩壁和地面光滑得像玻璃一样。“看起来像一条采矿隧道，”盖伊说，“用工业激光切割而成。可我好像没见过任何关于罗伯逊岛采矿作业的记录。”

“又是一个谜团。”艾尔莎说道，“我还在思考为什么迦楼罗会在一个缺乏大型猎物的岛上定居。”

“也许这是它们的圣山？”

她笑了，“这么解释也太想当然了。这需要先证明它们不仅仅是非常聪明的动物。”笑容变成了鬼脸，“我们需要先收集数据，然后再考虑如何解读。你的通信终端还能用吗？”

“当然，”他回答说，“但咱们可能没法从山洞里往外发送任何消息。”

“没关系，咱们可以先拍摄，之后再向外界展示咱们的发现。”

前提是能找到值得保存的证据，他暗想，而且马立克沙的人不会先把咱们杀了。

地面开始变成下坡路，盖伊不知道手电筒的电量还能维持多久。艾尔莎示意他停下来，“听！你能听到吗？”

一种微弱的嗡嗡声传入他耳中。“是某种生命形式吗？”他问道。

“不是。我觉得这是机械的声音。”

她开始往前走，但他抓住了她的肩膀，“等等！那可能是一架航空小艇。也许在更高处还有其他隧道口。咱们必须小心行动。”

没过多久，他们看见一道略显淡绿的白光。两人蹲下，靠在隧道墙壁上，眼前是一个更大的洞穴，里面满是巨大的影子。盖伊熄灭了手电，等眼睛适应之后，他认出那些阴影是栖息于此的迦楼罗。它们的翅膀合拢着，大约有二十只站成了半圆形，围着什么东西，盖伊起初以为那是一簇石笋。那东西一共有四件，四点的连线构成了一个完美的正方形，每件都有一个成年人类或高迦楼罗的三倍高。

艾尔莎低声说：“不知道那是什么东西，嗡嗡声和白绿光都是它发出来的。”

“可它的动力是什么呢？这座岛上没有发电机。”

她思索片刻，说道：“也许是地热能。第一批殖民者将其视为对太阳能和氦聚变的补充，因为罗摩星和悉多星之间的潮汐效应。”

他看着她，“你意识到自己在说什么吗？你说这东西不是人类制造的？”

“你还有更好的解释吗？”她突然睁大了双眼，深吸一口气，指向洞穴，“看！”

那个正方形里出现了柔和的黄白色光芒。它逐渐膨胀，并显露出一定的形状。“那……那看起来像一只迦楼罗！”

盖伊敬畏地盯着，“你对物质传送了解多少？”

“只在科学期刊上读到过。原理上是可行的，但实际操作时，他们想要传送的所有实验动物不是死在这头，就是死在那头。”

“我也听说了。”盖伊说，“但长期研究这个问题的外星智慧生物可能已经找到解决方案了。”

正方形里的东西不再发光，而是倒在了地面上。两只高迦楼罗上前帮忙，把它从空地拖走了。盖伊看出那确实是另一只高迦楼罗，尽管它的羽毛暗淡油腻，就像刚从蛋里孵出来的一样。它的同伴们握着长矛，开始在洞里四处巡视。

“好像不太对劲。”盖伊低声说，“你说它们是不是听见咱们的动静了？”

她把一根手指放在嘴唇上，“嘘——听！”

一阵熟悉的金属撞击声响起来，然后一对迦楼罗激烈地尖叫，向后踉跄倒地，翅膀痉挛般拍打着，鲜血四溅。

“是枪声！”盖伊说，“那些狗娘养的一定是闯进来了！”

人类的喊叫声夹杂着迦楼罗的尖啸，巨鸟们聚集起来保卫那块方形空地。昏暗的灯光让大多数袭击者迷失了方向，而视力更好的迦楼罗则纷纷开始投掷长矛，组织起致命的反击。

盖伊深吸一口气，走上前去，“停止射击！停止射击！我是殖民政府护林官理查德！所有人类立即停火，放下武器！”

话音未落，一只愤怒的迦楼罗就舞着一柄石斧向他猛扑过来。就在这时，另一只迦楼罗拦住了同伴，并向它说了些什么。盖伊现在知道了，那是它们的语言。第一只迦楼罗怀疑地看着盖伊，但放下了武器。除了点头表示感谢外，他不知道该怎么办。

“护林官！”其中一个人喊道，“我们不想跟你吵架！我们是来阻止这些怪物杀人的。整颗行星的人都看到了那段视频！”

“我就在那段视频里！”盖伊回答，“我就是那个跪着的人。是马立克沙的人设的圈套。他们要杀了我，是迦楼罗救了我！我愿意在任何法庭上作证！”

“高迦楼罗不是怪物！”艾尔莎补充道，“它们掌握了一项技术，这项技术对我们、对不论身处何方的所有人类都具有极大的价值！我们不应该开始一场愚蠢的战争！”

“他们疯了！”第一个说话的人类喊道，“我们是肩负使命而来的，让我们做完该做的事情。如果护林官和他的婊子要阻止我们，我们就干掉他们！”四下响起愤怒的私语。

“你的火力可干不掉我们！”一个严厉的声音传来，“我是殖民政府护林队罗伯特·安森上尉。照理查德中士说的做，放下武器！你们已经被包围了！”

在护林官收缴牧民的武器时，盖伊注意到一只孤独的高迦楼罗正看着自己。他猜就是那只高迦楼罗把自己从同类的斧头下救了出来，他也愿意相信，正是它的唾液治好了自己的伤口。他停顿片刻，向它伸出了手。巨鸟迟疑地看着盖伊的手掌。

他对着它微笑，以打消对方的疑虑。“这是一段美好友谊的开始。”他一边说，一边轻柔地抓起它的爪子握了握。

|《银河边缘》专访|

我与科幻同龄：罗伯特·西尔弗伯格的科幻人生

THE GALAXY'S EDGE INTERVIEW: JOY WARD INTERVIEWS ROBERT SILVERBERG

［美］乔伊·沃德 Joy Ward 著
许卓然 译

乔伊·沃德写过一部长篇小说，在许多杂志和选集上发表了若干中短篇小说。此外，她还为不同机构主持过许多文字或视频采访。

关于罗伯特·西尔弗伯格的详细介绍，请见本书111页。

罗伯特·西尔弗伯格（1935—　）

本辑《银河边缘》刊发了罗伯特·西尔弗伯格的《贩卖疼痛》。罗伯特·西尔弗伯格是依然在世的科幻巨擘之一，被誉为科幻界的常青树，黄金时代硕果仅存的大师。他笔耕不辍，五十余年如一日，创作了《荆棘》《夜翼》《驶向拜占庭》等不计其数脍炙人口的佳作，对无数作家产生了深远的影响。如果有谁不曾拜读至少一本西尔弗伯格的大作，那他肯定不敢自称饱读科幻。这次，我们有幸在西尔弗伯格位于旧金山湾区的美丽宅院中对他进行了采访。让我们跟随他的生活轨迹，追溯科幻在美国的发展历程。

乔伊·沃德（以下简称JW）：您是如何开始写作的？

罗伯特·西尔弗伯格（以下简称RS）：我大概十岁或十一岁的时候开始阅读科幻。十三岁时，我觉得自己也能写，但其实并不尽如人意。我给一些杂志投稿，当他们反应过来我是个小孩而不是个怪蜀黍时，就给我回复了一封封措辞委婉的退稿信。但我没有气馁，在十六七岁时，我的作品终于发表了。我就是这样与科幻写作结缘的。

JW：跟我聊聊早年创作的故事吧。您当时都写些什么呢？

RS：基本都是些平淡无奇的作品。

我当时住在纽约，那些故事都是在纽约寄出，然后从纽约被退回来，几乎都是被人用心编辑过的，并附有鼓励信。后来我开始收到支票；他们的编辑邀请我过去见面，于是我火急火燎地赶了过去。我觉得他们当时肯定吃了一惊，来的居然是个十八岁的毛头小伙，但不管怎样，我们相互认识了，我成为纽约科幻作者圈的一员，有点被当作一个吉祥物看待。编辑们发现我是个非常靠谱的工具人，就开始给我打电话："鲍勃啊，我们周五之前需要一篇五千五百词的故事，给这期填坑，你能搞得定吗？"我都会一口答应并且按时交稿。

JW：跟那些圈内人相处是种什么感受呢？

RS：其实，我挺习惯的，因为我早年跳级很快，不是我情愿这样，而是我四岁时就能阅读了。我几乎没怎么上幼儿园，就一路跳上去。一转眼我就四年级了，比周围的人都要小一岁半。当我七岁半时，他们都九岁了，差别还是挺大的。所以我在整个童年和青春期都比同辈小。后来我开始写作，亦是如此，所以我默认一辈子就这样了。

真正奇怪的是，我现在八十多了，几乎比所有还在活跃的科幻作家都老。不是说我有多活跃，而是我仍在四处走动，这种感觉对我而言太陌生了，毕竟我是一路早熟过来的，现在却比身边的人都年长。

这让我感觉有点寂寞。我每年都参加科幻大会，结识了很多比我年长十几二十岁的人。比如波尔·安德森、莱斯特·德·雷[1]、L.斯普拉格·德·坎普和戈登·迪克森[2]等等。他们都比我年长十几二十岁，我现在八十岁，他们都已经不在了。我早年参加大会认识的人里面，只有一位还在，詹姆斯·冈恩，九十一了。所以我得新结识一批朋友，在那些年轻一点的人里面，比如乔治·马丁、康妮·威利斯、乔·霍尔德曼[3]这帮六七十岁的人。

我一直有意去结识新朋友，否则我就成孤家寡人了。别到时候我胡须花白地站在大会礼堂中央，兀自念叨："大家都去哪儿了？"

1. 莱斯特·德·雷（1915—1993），美国科幻作家、编辑，曾获美国科幻奇幻作家协会颁发的科幻大师终身成就奖。

2. 戈登·迪克森（1923—2001），加拿大裔美国科幻作家，科幻名人堂成员。

3. 乔·霍尔德曼（1943— ），美国科幻作家，曾获美国科幻奇幻作家协会颁发的科幻大师终身成就奖。

科幻作家是一帮特别爱抱团的人。在科幻发展成一个行业之前，它就是个受压迫的小团体，一方好玩的廉价文学领域而已。那些封面俗气的杂志被冠以《惊奇故事》《惊奇科幻》这般名字，而我们则被视为一帮怪胎。于是我们抱团取暖，组成了一个对抗世界的联盟。当然，这一切都改变了，几乎是惊天巨变，科幻成了一个巨大的产业，你不可能随时跟上领域里的新动态，更谈不上理解。当我走出来，来到我经常开玩笑说的"真实世界"中，我能听到人们都在谈论外星人和平行宇宙。之前那些我们专属的圈内话题变成了国民谈资，因为你随便看个电影，至少都能看到五条所谓的sci-fi片预告。我讨厌sci-fi这个词。

科幻作家都倾向于在同好圈内交朋友，但并不排外。我家人不多，妻子、小姨子、小舅子，就这些。我没有长辈在世，我比他们都长寿。我也没有孩子。于是，科幻作家们就成了我的家人，这就是为什么我不想站在大会大厅里念叨"大家呢？"，这种感觉很不好，我希望不会沦落至此。我就认识一个自负的年轻人，就像当年的乔治·马丁。我认识他快三十五年了，可不是泛泛之交。

我生涯的高光时刻是2004年科幻奇幻作家协会给我颁发"科幻大师"荣誉，这也不难理解。对我而言很特殊的是，我在协会成立之初就是他们的一员。我见证了这一荣誉的诞生，并见证了罗伯特·海因莱因、杰克·威廉森、克利福德·西马克和德·坎普等人获奖。他们都是我在十二三四岁时读过、粉过、崇拜过的作家。到了2004年，我竟然跟他们一样获此殊荣，这是对我写作生涯的某种肯定。我终于跻身他们之中。我从未想过跟他们平起平坐。我只是那个1956年想方设法要出版作品的小孩。但我知道，外人看来并非如此。

这种感觉很奇妙，因为我曾是一名读者、一个粉丝，在十五六岁的年纪来到科幻大会，只为一睹大师们的风采，而我自己也逐渐成长为一名大师。我唯一的感受是自己的这条路走对了，这种感觉很棒。谁都不想蓦然回首，发现自己虚度了岁月或者耽误了志向。我没有。我记得大约二十五年前的一次科幻大会上，我站在酒店大堂里跟阿西莫夫和克拉克交谈。我跟他们二人相识已久，把他们视为朋友，可我内心深处的那个小男孩却依然忍不住在想："你可是在跟阿西莫夫和克拉克聊天啊。"接着我就听到几米开外有人开口道："看，阿西莫夫、克拉克和西尔弗伯格！"从外人的角度看，一切都不一样了。

对他们而言，站在那里的是一帮作家大佬。对我而言，时间倒流回1953年，我是一个惊讶于自己竟然在跟幻圈大佬交谈的小男孩。我的脑海里翻滚着各种画面。

我写过很多不算科幻的作品：一些关于地理、地球学和科普的书，一些西部小说，还写过一些侦探小说，虽然我不是很擅长那块。当我没在写科幻的时候，我基本都在写这些。很多硬核科幻作家都觉得这是不务正业，但是我想起来我很尊敬的一位作家，詹姆斯·布利什[1]。他很久之前就去世了，但是他生前为了付房租写过体育报道和西部小说。这就很搞笑了，因为他连棒球棒的两头都分不清，而他还是个土生土长的纽约人。但他就是这么做的，他把这一切视为自己在缺少科幻灵感时所做的事情，而同时自己的主业仍然是写科幻。从某种程度上讲，我也是这么想的。

JW：如果不是写科幻，你会做些什么？

RS：其实，读高中时大家问我长大了要做什么，我肯定不会说“我想成为一名科幻作家”，因为这等于说“我是个神经病”。四十年代那会儿没人会说那种话。于是我会说“我觉得我还挺擅长写作的”，然后他们就会觉得我大概是想搞新闻，成为一名记者。确实，我是我们高中校报的编辑，我也是大学校报的中流砥柱，但我一直清楚自己想要做什么。在大学期间，我开始创作科幻，从此一发不可收拾。所以我想这就是我注定要做的事情，而且我很欣慰自己做得还不错。要是过去六十年写的都是垃圾科幻，那就太糟糕了。

JW：那有没有什么你想写却还没写的东西呢？

RS：目前没有。我什么题材都写过了，不再感到有创作新故事的饥渴感。毕竟这么多年了。我的创作书目都有电话簿那么厚了，可不是什么小镇电话簿，而是曼哈顿的电话簿。所以在创作上开疆辟土我已经做得足够了。我早已不再年轻，不再像之前那样精力充沛，我也无须再证明自己。现在只要看我的书还在印，之前写的故事还被《银河边缘》或者其他选集收录，我就很开心了。当然还有各种电子出版平台，我想坦白的是，我没有Kindle之类的电子设备，但是我付出了很多心血，就是要确保拥有电子书的诸位可以轻松找到我的作品，我在电子世界里无处不在。所以我还在圈子里，只是不再写作了，或者不再感觉到继续写作的必要了。

大家说我还活跃，我仍然参加大会，我仍然跟编辑见面，依然还有合同来

1. 詹姆斯·布利什（1921—1975），美国科幻奇幻作家，2002年被追授为科幻名人堂成员。

找我。我有一个经纪人，一个非常棒的经纪人，但人脉还是我自己的。我的好朋友罗杰·泽拉兹尼，去世已经二十年了，詹姆斯·布利什也走了都快四十年了。当你成为一个鬼魂，就没法延续你的作品了。除非你有一个充满激情的经纪人或者一个精明的遗孀，当然，遗孀也会变老。这些都是这个问题比较好回答的一方面。没错，我还在圈子里，现在仍有合同找我，这也说明我的作品很棒，我是这么想的。我尽力了，新版书和大师称号作为一种肯定也很棒，没有人能自信到觉得自己不在乎那些肯定。

JW：当你展望未来时，有没有想过人们会怎么评价你?

RS：我希望他们仍然会读我的作品，我希望他们仍然会读一切作品。我没怎么想过一百年后的人们会怎么说，毕竟我现在都几乎无法理解一百年前的人了。在我的一生中，语言、心理状态、政治立场都发生了变化。我偶尔会上网闲逛，看看人们怎么评价我，有时候这些评价会自己找上门来。除了赞扬以外，有一些评论让我看得很费解。我觉得，如果能读到一百年后的东西，我也会无法理解，但实际上我也读不到了。

我一生中已经见证了世界的无数变化。我应该是在1954年开始全职写作的，现在已经过去六十多年了。我正生活在自己原先写过的科幻世界中。每个人都盯着手中的那个小机器，还有电脑，我们五十年代时称之为“思考机器”，那时它的体积要占据一个巨大的房间，还需要打孔卡片之类的。现在每个人手里都有一台，算力是当年那些IBM主机的一百万倍。对我而言，我就是生活在一个奇异的未来主义世界里。

我跟不上时代了，甚至懒得尝试。我没有智能手机，也不需要这个。我倒是有一台电脑，实际上有好几台。我也会开车，而一些已经去世的同行就不会。比如雷·布拉德伯里，他对未来怀有无比美好的憧憬，但却连车都不会开，而我就会自己开车。当我看着满世界的手机、各种奇装异服、不同的身材、剃光的头发、蓄须的脸颊，我意识到自己已经活到了一个不同的时代。我不属于这个时代，而大部分时候我都能冷静地看待这一点。当我去餐厅时——我经常去餐厅——总希望周围不要那么吵闹，但是文化已经不一样了。

要记住，我是一名科幻作家。我用一辈子的时间去写那些穿越时间的故事，比如一个写于1955年的故事，人们穿越到遥远的1979年，被困在一个几乎无法理解也难以适应的时代。所以我期待着未来会发生变化。我完全不会因为周边的世界发生了翻天覆地的变化而惊讶，实际上，如果它没有变化，我会很失望。人变老了，不再生活在一个熟悉的世界里，这对我而言很正常。我不反对这一切，而且幸运的是，我也不必跟这个世界经常打交道，我不用找工作，我不担心自己的隐私，我也不用像一个四十岁的青壮年那样生活。如果我活成那个样子，我自己也会很惊讶。

JW：你对那些想要进入科幻圈的人有什么建议呢？

RS：我不知道当今你要如何开启一段写作生涯，但是我编辑过一本叫做《科幻101》的书，里面收录了十三篇我最喜欢的故事，它们是我在学习写作技巧时无比推崇的故事。我附上了文章，解释我推崇它们的原因，到底有什么值得推崇的。所以那是一本带有教学性质的选集。大概十几二十年前的一天，我正在《轨迹》杂志的编辑部，一位职员告诉我她想要成为一名科幻作家，问我有什么建议。我说："你知道，读一读《科幻101》，然后读阿尔弗雷德·贝斯特的《可爱的华氏度》和考德怀纳·史密斯[1]的《虚度此生的扫描仪》，然后你就能写出一篇好故事了。这就是你写作生涯的开端。"她目瞪口呆地看着我，然后笑了出来。这个领域宏大而广袤，每年都会出版几千本书。我开始写作时，每年只有十几二十本书出版，市面上也只有六七家科幻杂志。现在如果算上所有网络杂志，已经有几十家了。我都不知道具体数量。当然，潜在的作家数量是无限的。所以你拥有一个巨大的市场，也拥有雄心壮志。当我在五十年代开始写作时，新作家的数量一只手就能数过来。现在我甚至不认识几个新作家。我在伦敦参加科幻大会，来到一个科幻作家协会组织的派对上，里面有两百人，我大概认识其中四个。他们都认识我，但是我不认识他们。那让我有点紧张，因为我向来都认识大家。过去那都是一帮三四十岁的人，我每一个都认识。现在我身处一群同行之中，我却不得不告诉乔·霍尔德曼："我一个人都不认识。"

JW：你希望那些作家向你介绍自己吗？还是希望保持距离？

RS：当然不，我不想保持距离。我希望认识他们，我希望他们在我身边能放松下来。我就遇见过有人见到我都抽搐了，这体验可不太好，对他们而言更

1. 考德怀纳·史密斯（1913—1966），本名Paul Myron Anthony Linebarger，中文名林白乐，考德怀纳·史密斯是他的笔名。美国科幻作家，亦是东亚学者，会六种语言。史密斯的父亲与孙中山是好友，孙中山是他的教父。

不好。他们浑身发抖地说什么“我不敢相信我在跟您说话”。要知道，我当年还是个小孩时，见到大佬们也是同样的感觉。

有很多当代科幻作品……我不怎么读。我觉得很多都令人感到乏味。也有很多令人困惑。很多作品的语言质量都不高，我是个比较看重语言风格的人。看到那些被广为接受的、矫揉造作的文字我就牙酸，所以我与其抓狂、猛敲拐棍，还不如干脆不读。当然，拐棍只是随口说说，我腿脚利落着呢。

莱斯特·德·雷，他就经常吐槽我，告诉我哪里做错了，但是方式都挺不错的。莱斯特曾经把书直接甩到房间另一头，我有时问他“你有没有读过那啥”，他就会说“我读了十页，就甩飞了”。我不会那么做，因为我不是个暴力的人。但我也不读当代科幻。

我从世界科幻大会回来，常常突发奇想想要读点最新的，但就算买回来了我也不会读。

JW：你觉得科幻小说未来会怎么发展？

RS：我觉得会有人一直写科幻小说、出版科幻小说。我认为科幻是幻想的分支，是虚构文学的分支，可以让想象力天马行空，而幻想文学已经延续了数千年，那科幻又有什么理由停止不前呢？

唯恐黑暗降临 04

LEST DARKNESS FALL 04

[美] L.斯普拉格·德·坎普 L. Sprague de Camp 著
华 龙 译

穿越题材开山之作，
带你经历一场罗马的趣味冒险。

L. 斯普拉格·德·坎普是位造诣极高的科幻作家，写作生涯跨越六十余年，所获殊荣更是数不胜数，他不仅是1966年世界科幻大会的荣誉嘉宾，还获得了1979年的星云奖大师奖和1984年的世界奇幻终身成就奖。

《奇幻与科幻杂志》创始人安东尼·布彻和J.弗朗西斯·麦科马斯曾称这部小说“比《康州美国佬在亚瑟王朝》更加机智诙谐，因哥特罗马战争时期的传说而卓尔不群”。科幻作家、评论家P.斯凯勒·米勒曾评论这篇小说是“除威尔斯的《时间机器》外，有史以来最棒的时间旅行小说”。

上一辑《银河边缘》登载了《唯恐黑暗降临》的第八至十二章，主人公帕德维机智越狱后试图改写历史，从刀口下解救被罢免的狄奥达哈德国王，想帮助哥特人避免被查士丁尼大帝所征服。他能否获得成功？能否真正避免黑暗时代的来临？本辑请欣赏这部小说的精彩结局。

第十三章

回到罗马，帕德维立刻去看诸位被俘的帝国皇室将军。他们被安置得很舒适，而且似乎对自己的处境也十分满意，不过，贝利萨留一直都郁郁寡欢、心不在焉。强制拘禁并没有让这位前任总指挥官屈服。

帕德维问他："其实你很容易就能了解到，我们很快就会成为这里一个强大的国家。有没有改变想法，加入我们？"

"不，我的度支官大人，我的想法不变。誓言就是誓言。"

"难道你这辈子都没有打破过一个誓言？"

"据我所知没有过。"

"如果出于某种缘故，你要向我立下一个誓言，我想你肯定会下定决心让自己坚定地与誓言共存亡，就跟其他的誓言一样，对吗？"

"那是自然。不过这个假设太荒谬了。"

"也许吧。如果我有条件地释放你并将你送回君士坦丁堡，作为条件，你永远不能再率军跟哥特人与意大利人的王国作对，怎么样？"

"你是个狡猾多端而且足智多谋的人，马蒂内斯。我感谢你的提议，不过，我无法背负着对查士丁尼立下的誓言再来讨这个巧。因此，我必须回绝。"

帕德维又将他的这一提议跟其他诸位将军说了说。

康斯坦丁努斯、佩里亚努斯、贝塞斯三人当即就接受了。帕德维的推断如下：这三位顶多只是二流指挥官。查士丁尼手下这类人物很多，所以没有什么太大的必要留用他们。当然啦，他们一走出帕德维的势力范围就会背叛誓言。不过，贝利萨留才是真正的军事天才；绝不能让他重新与王国为敌。要么他必须投诚，要么有条件地释放他——也只有他一人会遵守约定——要么就得一直将他羁押起来。

另一方面嘛，查士丁尼虽然很聪明，但性情有些乖戾。他对贝利萨留的成功以及多少有些执拗的品德有着不可理喻的嫉妒。当知晓贝利萨留情愿留在罗马也不愿见机行事获取释放，这位皇帝陛下可能会被大大地激怒，从而做出一些有意思的事情来。

于是，帕德维写了封信：

狄奥达哈德国王致查士丁尼皇帝陛下。

至高无上的仁主陛下：我们委托您的几位将军，康斯坦丁努斯、佩里亚努斯和贝塞斯亲自将此信呈上。这几位将军立下誓言再不率军与我们为敌，因而获释。同样的条件也曾向您的将军贝利萨留提出，但他拒不接受，以表忠心。

由于这场战争持续下去似乎得不到任何有益的结果，因此我们趁此机会做出声明，我们应考虑在双方之间建立起持久的和平，这才是合情合理的。

1. 帝国皇室的军队应即刻撤离西西里与达尔马提亚。

2. 请向我们支付十万枚金币以赔偿您的大军入侵所造成的破坏。

3. 我们双方应允诺再不挑起战事，不论是哪方对哪方，除非双方事先进行过磋商。细节可以进行适时地商讨。

4. 我们双方应允诺不资助任何第三方任何人员、钱财抑或军需物资，借此来与我们双方中的任何一方交战。

5. 我们双方应允诺签订商业条约，促进两国之间的商品货物交换流通。

这自然只是非常粗糙的一个纲要，其细节必然要经过我们双方磋商决定。我们认为有一点您会认同，这些条款或者其他一些类似的诉求，都是我们在这种环境之下所能提出的最基本的合理要求了。

我们急切盼望圣皇陛下尽速复信。

度支官马蒂内斯·帕德维

索玛苏斯看到来访者是谁之后，立刻叫嚷着起身摇摇晃晃地迎了上去，那只健全的右眼烁烁放光，一只大手早早就伸了出来，“马蒂内斯！再次见到你真是太让人高兴了。身为重臣感觉如何？”

“累得要死。”帕德维说着，使劲地握了握手，“有什么新闻吗？”

“新闻？新闻？听听吧！过去两个月他自己就给意大利制造了一箩筐新闻，可他居然还想要知道有什么新闻！”

“我是说我们笼子里的那只小鸟。”

“嗯？噢，你是说，”索玛苏斯谨慎地四下瞅了瞅，“前任国王维蒂吉斯？最新的报告说他很好，尽管没人能从他嘴里套出一句文明话来。听着，马蒂内斯，在我所听说过的所有卑鄙下流的阴谋诡计之中，毫无警告地把隐藏他这么一件差事派到我头上，这才是最卑鄙无耻的。我肯定上帝也同意我的说法。那些士兵把我从床上拖出去，然后我还要在自己的房子里好好安置他们和囚犯好些天。”

“我很抱歉，索玛苏斯。不过，你是我在罗马唯一能放心大胆信任的人。”

“噢，那好吧，如果你确实如此认为。但维蒂吉斯可是我见过的脾气最坏的人了。没有什么能让他满意的。”

“远距通信公司运行得怎么样？”

“那得另说。那不勒斯线路运行正常。但是，通往拉韦纳和佛罗伦萨的线路还得个把月才能完工，不完工就没盈利的可能。而且那些占少数股的股东还是发现他们是占少数股了。你应该听听他们是怎么号丧的！他们想跟你拼命了。刚开始，霍诺里乌斯伯爵跟他们是一伙的。他威胁说要把瓦尔丹、埃比尼泽还有我送进监狱，如果我们不卖给他——其实就是给他——掌握控制权的份额。后来我们得知他更需要的是钱，而不是股票，就从他手中把他的那股给买了。这样一来，其他那些贵族在街上跟我们碰面的时候，甩甩脸色也就过去了。”

“我一有时间就立刻开办另一份报纸。”帕德维说道，“那样就有两家了，一家在罗马，另一家在佛罗伦萨。”

“为什么要有一家在佛罗伦萨？”

“那是我们新首都的所在地。”

“什么？”

“没错。就交通等方面看，那个位置比罗马更为优越，而且那里的气候也比拉韦纳好得多。实际上我想不出还有什么地方的气候比拉韦纳更糟糕的了，包括地狱。我把这个想法告诉了卡西奥多罗斯，然后我们俩让狄奥达哈德同意将行政机构搬迁到那里去。如果狄奥达哈德想要把宫廷继续留在那座被大雾、泥沼和青蛙统治的城市，那就随他了。没有他在身边添乱我还求之不得呢。”

“在你身边添乱？噢，喔喔喔，你可真是我认识的人中最风趣的家伙了，马蒂内斯。我真希望能用你的那种方式说话。但所有这些事情已经让我喘不上气了。你还谋划着哪些其他的颠覆万物本性的事情呢？”

“我打算尝试开办一所学校。我们现在用国家的钱养着一大堆老师，但所有这些人懂得的就是语法和修辞。我打算传授一些实实在在的东西：数学、科学，还有医学。我很清楚必须得自己来写这些教科书，那得找个好地方。”

“还有一个问题，马蒂内斯。你什么时间睡觉呢？”

帕德维惨淡一笑，“我基本不睡觉。不过要是能从所有这些政治、军事活动中抽出身来，我希望能好好睡上一觉。我真的不喜欢这样，不过对于最终的结果来说这是必须的。所谓最终的结果，就是像远距通信和印刷术那样的东西。我的政治经历和从军经历在今后一百年里不会产生什么影响，但是其他那些东西会的，我希望是。”

帕德维准备动身走时，又问道：“来自阿普利亚的茱莉娅还在给犹太人埃比尼泽干活吗？”

“就我所知，是的。怎么？你想把她要回来？”

“断然不可能。但她得从罗马消失。”

“为什么？”

“为了她自身的安全。我还没法儿跟你细说。”

“但我想你不喜欢她……”

“可这也不意味着我想让她被人谋害。而且如果不把她弄出城去，我自己也得处于危险之中了。”

“哦，上帝啊，为何汝令我涉身于政客身边？我不知道行不行，马蒂内斯，她可是自由公民……”

“你那位那不勒斯的表弟安提奥卡斯怎么样？我可以给他足够的报酬，让他花更高的工钱雇佣她。”

“那样的话，我……”

“让她换个名字去安提奥卡斯那里干活。要神不知鬼不觉地安排这事儿，老伙计。如果消息泄露，我们都得吃不了兜着走。”

“兜着走？哈哈，这词儿真有意思。我尽力而为吧。现在嘛，得说说你那张六个月的老借据了……”

噢，天呐，帕德维心想，又来了，大多数情况下，索玛苏斯都是很容易相处的那种人。但他要是不焦头烂额地吵上三个小时，就无法或者说不愿去处理哪怕最简单的金融交易。也许这事儿让他挺享受，可帕德维一点儿都不享受。

又一次顺着大路往佛罗伦萨缓辔而行，帕德维有些后悔在罗马的时候没去见见多萝西娅。可他不敢，这也是得赶紧让玛瑟逊莎结婚的原因之一。大言不惭地说，多萝西娅才是那个跟他更般配的姑娘。但现在他并没有跟她相爱，不过要是他对她了解够多，也许真的会爱上她。帕德维多多少少有些冷酷无情地思来想去。

但是现在，他还有太多事情要做。如果他能有点时间放松放松，好好补个觉，深入考察一下那些他真正感兴趣的事情，找点儿乐子，那多棒！他跟其他任何人一样喜欢找乐子，哪怕其他所有人都觉得他找的乐子很特别。

但是良知狠狠地敲打着他。他知道自己的工作建立在不稳固的基础之上，所凭借的是他对那位年老体衰又不招人喜欢的国王所施加的影响。一旦帕德维让哥特人高兴了，他们也就不会干涉了，因为他们习惯于将国内行政事务的管理都交到非哥特人手中。但是，狄奥达哈德离世之后怎么办？帕德维还有很多“庄稼”要收，而谷仓上空乌云密布、电闪雷鸣。

到了佛罗伦萨，帕德维以政府的名义租赁了办公场所，然后去看了看自己的买卖。这次账目再没有出入了，要么是不再有人小偷小摸了，要么就是那些家伙更聪明了。

弗莱瑟瑞克又开始提他应该跟随在帕德维身边的事情，还带着一股傲气展示了自己那把镶着珠宝的宝剑，他已经赎回来并让人从罗马带来了。这把宝剑让帕德维有些失望，尽管他嘴里没这么说。宝石就只是打磨光亮而已，并没有切割；宝石切割的技术还没发明呢。不过佩戴上这柄宝剑之后，弗莱瑟瑞克本已威严的身躯又多了几分威风。帕德维最后还是让步了，不过这多多少少有些违背他的初衷。他指派颇负能力而且显然忠心耿耿的涅尔瓦担任总经理。

一场迟来的暴风雪横扫山脉，大雪将他们围困了两天。等他们到达拉韦纳的时候，还冷得直打哆嗦。这座阴冷潮湿的城市和盛行阴谋诡计的环境让他意气消沉，而玛瑟逊莎的问题更是让他心神不宁。帕德维约请她来虚情假意地亲热了一番，这也让他更加急切地渴望离开这里。不过，他还有很多公众事务要处理。

乌莱阿斯声称他已经准备好了，愿意跟随帕德维做事。“玛瑟逊莎跟我就此进行了深入交谈。”他说道，“她是位美妙的女子，不是吗？”

帕德维答道：“当然啦。”他觉得自己察觉到耿直的乌莱阿斯在说到公主的时候，带有那么一丝内疚与垂涎的样子。他心中不由得暗笑，“我有个想法，为哥特军官开办一所常规军事学校，大致依着拜占庭的模式，由你来负责。”

“什么？哦，哎呀，我希望你能在边境给我个指挥官的职务。”

帕德维心想，所以嘛，自己并不是唯一一个不喜欢拉韦纳的人喽，“不，我亲爱的先生。这份工作必须有人做，看在王国的分儿上。而我没法儿亲自去做，因为哥特人觉得任何非哥特人都不了解关于军事的任何事；另一方面嘛，我需要一位有文化且聪明过人的人来主持这件事。你是不二人选。”

“不过，最杰出的马蒂内斯啊，你是否打算让一名哥特军官学什么东西？我承认，学院是必要的，不过嘛……”

“我明白，我明白。他们大多数人不会读书，不会写字，而且也看不起识文断字的人。所以我才挑选你来做这个工作，你受人尊重，如果有什么人能把任何东西灌输进他们脑袋里，那也就是你了。”他惺惺相惜地一笑，“要是我手头只是一些简单的日常工作，那我也就不会费这么大劲儿让你来干这活儿了。”

“谢谢。我明白，你很清楚如何让人们为你做事。”

帕德维继续跟乌莱阿斯交流了一些他的想法。比如哥特人的骑兵长枪手和步兵弓箭手之间缺乏配合，造成了多么大的缺陷；他们多么需要有可靠的步兵长矛手和骑兵弓箭手，这样才能保证拥有无懈可击的力量。他还描述了一番十字弩、铁蒺藜等军事装备。

帕德维说道："要花费五年时间才能培养一名优秀的长弓手，相对而言，一名新兵学会用弩只需要几周时间。

"而且如果我能找来几位优秀的钢铁匠人，就能向你展示一套板甲，重量只有那些鱼鳞甲的一半，但防护性更佳，还能保证动作自如。"他淡淡一笑，"你就等着那些更保守的哥特人冲着所有这些新鲜玩意儿的点子发牢骚吧。所以最好一点一点地向他们介绍这些东西。而且记住，这些都是你的主意；我不会夺去你的功劳。"

"我懂了。"乌莱阿斯咧嘴一笑，"所以，如果有人因此被吊死，那就是我，而不是你喽。就像那本以狄奥达哈德的名字出现的天文学书籍一样。从这里到波斯，每一名牧师都对它咬牙切齿。可怜的老狄奥达哈德饱受责难，不过我知道，是你提出的那些想法并唆使他做的。真是太妙了，我的神秘人朋友，我有兴趣参与。"

几天之后，当乌莱阿斯带着一把相当不错的弩出现时，连帕德维自己都感到惊讶了。尽管这装置很简单，可他为它画了一套足够完备的图纸，因为从以往那些惨痛的教训看，要让一名六世纪的工匠制造从未见过的东西，你必须得时时刻刻盯着他，在他笨手笨脚地尝试过六次之后，还是得自己动手才行。

他们在城东那片巨大的松树林里花了一下午时间打靶。弗莱瑟瑞克百发百中，真是出人意料，尽管他一脸不屑，认为这种远距离杀人的武器在尊贵的汪达尔骑士眼中一文不值。"不过嘛，"他说道，"这东西要瞄准真是简单得要命。"

"没错。"帕德维答道，"我的民族有一个传奇故事，讲的是一位弩弓手冒犯了政府官员，作为惩罚，要求他去射放在他儿子头上的苹果。他照做了，那孩子毫发无伤。"

等他们打靶归来的时候，帕德维获悉第二天他要跟一位来自法兰克的使节会面。那位使臣是赫洛杜威克伯爵，身材高大，下巴瘦长。就跟大多数法兰克人一样，他脸上的胡须刮得很干净，只留着两撇小胡子。他身穿华丽的红色丝质短袍，戴着金链子、金手镯，配着一条镶宝石的绶带。帕德维暗想，那条短裤下面长满了疙瘩的赤裸双腿真是让他的派头大打折扣。不仅如此，赫洛杜威克显然还宿醉未醒。

“圣母啊，我真渴。”他说道，“能否在商讨我们的事情之前让我解解渴啊，度支官朋友？”于是，帕德维叫了些葡萄酒进来。赫洛杜威克大口大口地饮了下去，“啊！好多了。现在嘛，度支官朋友，我得说我在这里并没有受到很好的对待。国王只是扫了我一眼就完了，说由你掌管事务。难道这就是接待提乌德贝尔特国王、希尔德贝尔特国王和赫洛托卡尔国王的特使应有的态度吗？可不只是一位国王啊，您要知道，是三位。”

“国王真多啊。”帕德维说着，忍不住笑了笑，“这令我印象深刻。不过您不必见怪，我的伯爵大人。我们的国王年事已高，实难承担公众事务的压力。”

“这样啊。”他打了个嗝儿，“那我们放下此事吧。不过我们不该轻描淡写地忘记我来到此地的缘由。长话短说，维蒂吉斯答应我的诸位国王，即提乌德贝尔特国王、希尔德贝尔特国王和赫洛托卡尔国王，要献给他们十五万枚金币，此事如何交代？当初维蒂吉斯跟希腊人交锋的时候，我们正是因为这个条件才答应不打他的。另外，他将普罗旺斯割让给我的诸位国王，即提乌德贝尔特国王、希尔德贝尔特国王和赫洛托卡尔国王。然而你的将军希西吉斯并没有撤出普罗旺斯。当我的诸位国王几周前派出军队去驻扎的时候，他们被赶了回来，还有几人被杀。你应该知道，法兰克人是世界上最勇猛、最骄傲的人，永远不会听之任之。你对此有什么打算？”

帕德维答道：“我的赫洛杜威克大人，您应该知道，一位不成功的篡位者的行为是无法约束合法政府的。我们打算坚守自己所拥有的。因此可以告知你的诸位主子，即提乌德贝尔特国王、希尔德贝尔特国王，以及赫洛托卡尔国王，我们既不会有任何的赔款，也不会撤兵。”

“你是说真的？”赫洛杜威克似乎有些吃惊，“你不知道吗？年轻人，法兰克的大军只要愿意，随时都能扫平意大利，攻城略地所向披靡。我的诸位国王，即提乌德贝尔特国王、希尔德贝尔特国王和赫洛托卡尔国王，展示出极大的耐心和仁慈，为你指明了一条生路。在你招致灾难之前，请认认真真地考虑考虑。”

“我已经考虑过了，我的大人。”帕德维答道，“而且我万分诚恳地提出建议，你和你的诸位主子也该认认真真地考虑考虑。特别是该想想我们正在开发的那个小小的军事装备。如果您不介意，能否赏脸看看演示？演兵场离这里就一步之遥。”

帕德维已经提前做好了安排。赫洛杜威克一路摇摇晃晃地走着，等他们抵达演兵场的时候，看到乌莱阿斯和弗莱瑟瑞克已经将弩弓和弩箭准备就位。帕德维的想法是让弗莱瑟瑞克朝靶子射几箭演示演示。但弗莱瑟瑞克和乌莱阿斯另有打算。乌莱阿斯走出去五十步，转过身，将一只苹果放在头顶。弗莱瑟瑞克则拉开弩弓，在箭槽里放上一支弩箭，将弩弓举到了肩上。

帕德维一时间僵在那里，连话都说不出了。他不敢叫喊着阻止那两个白痴，生怕在法兰克人面前丢了面子。而且，如果乌莱阿斯丢了性命，他更不敢去想自己的计划会遭受怎样的挫折。

弩弓一响。一阵风声呼啸而过，苹果的碎片飞溅开来。乌莱阿斯一边笑呵呵地从头发里把碎苹果拣出来，一边走了回来。

帕德维问道："我的大人，这场演示是否给您留下了深刻的印象？"

"是的，非常深刻。"赫洛杜威克说道，"让我看看那东西。嗯，当然了，勇敢的法兰克人不相信会有任何战争能凭着许多愚蠢的箭就能获胜。不过用于打猎嘛，这还是不错的。这东西怎么运作？我明白了，把弓弦拉到这里……"

在弗莱瑟瑞克演示弩弓的时候，帕德维把乌莱阿斯拉到一边，低声问他做那么一个愚蠢的特技表演到底是怎么想的。乌莱阿斯尽力正色，但实在是掩饰不住那股小男孩般淘气的笑意。就在这时，又听弓弦一响，有什么东西从他们两人中间嗖的一声过去了，距离帕德维的脸蛋儿不到一尺。他们吓得蹦了起来，连忙转过身子。只见赫洛杜威克手中举着弩弓，那张大长脸上一脸蠢相。"我不知道这东西这么容易就会飞出去。"他说道。

弗莱瑟瑞克当时就暴发了："你在干什么?！你这个喝醉酒的傻瓜！会出人命的……"

"什么？你敢叫我傻瓜？为什么……"法兰克人的长剑从剑鞘中抽出了一半。

弗莱瑟瑞克往后一蹿，抓住了自己的剑柄。帕德维和乌莱阿斯赶紧扑到两人身前，抓住了他们的胳膊肘。

"冷静，我的大人！"帕德维叫道，"没有什么值得决斗的。我个人向您致歉。"

法兰克人不依不饶，想要挣脱帕德维，"我得教训教训那个出身低贱的混蛋！我的荣誉遭到了侮辱！”他大喊大叫。几个游荡在场地周围的哥特士兵看到有热闹，小跑着赶了过来。赫洛杜威克看到他们过来，把剑收了回去，继续号叫道：“这就是对提乌德贝尔特国王、希尔德贝尔特国王和赫洛托卡尔国王的代表的热情接待？等着他们亲耳听到此事吧！”

帕德维想要安抚他，但赫洛杜威克只是大发着脾气，很快就离开了拉韦纳。帕德维立刻给希西吉斯发去警报，让他小心提防法兰克人的进攻。他的良心深深谴责着自己，一方面他想应该尽力安抚法兰克人，因为不愿因自己挑起战争；一方面他知道那个性情暴烈、奸诈成性的民族只会把每一次让步都当作软弱的信号。要阻止法兰克人，必须得先发制人。

然后又来了一位使节，这次是库特里格斯人或保加尔人。门房告诉帕德维：“他非常高贵，不讲拉丁语或哥特语，带着一位翻译。他说他是一位波雅尔贵族，谁知道那是什么玩意儿。”

“带他进来。”

那位保加尔使节是一个身材粗壮、弓形腿的男子，颧骨高高的，浓密的两撇小胡须拧着劲儿往上长，还有一个大鼻子，比帕德维的还要大上一号。他穿着帅气的裘皮绲边外套、灯笼裤，丝质头巾裹在剃光了头发的脑袋上，后边滑稽地翘着两条漆黑的猪尾辫。尽管一身华服，帕德维还是发现了一些迹象表明这人这辈子从没洗过澡。随行的翻译是一个身材瘦小、紧张兮兮的色雷斯人，他紧跟在保加尔人的左侧或后边。

保加尔人迈着沉重的脚步走了进来，硬挺挺地鞠了个躬，并没有要握手的意思。帕德维心想，蛮族自然是没有这种礼节了。他鞠躬回礼，朝着一把椅子伸手示意就座。可没过一会儿帕德维就后悔了，因为保加尔人直接把靴子翘到坐垫上盘腿坐下。然后他开始讲话，是一种奇特的音乐似的语调，帕德维推测跟土耳其语有些关系。他每说三四个字就停一下，让翻译进行解释。整个过程大致如下：

特使：（呜哩哇啦。）

翻译：我是波雅尔贵族卡罗詹……

特使：（呜哩哇啦。）

翻译：乃查吉尔之子……

特使：（呜哩哇啦。）

翻译：他是塔尔杜之子……

特使：（呜哩哇啦。）

翻译：吾也即伟大的库特里格斯人……

特使：（呜哩哇啦。）

翻译：卡帕甘之子……

特使：（呜哩哇啦。）

翻译：卡尔达姆可汗的特使。

这听起来可真是够费劲的，不过倒也不失几分华丽的诗意。保加尔人这时候面无表情地停了一下。帕德维介绍了自己，然后二重唱又开始了：

"我的主人，伟大的可汗……"

"接到了一份来自罗马皇帝查士丁尼的提议……"

"以五万枚金币……"

"求得不入侵他的领土。"

"如果哥特国王狄奥达哈德……"

"给我们更好的条件……"

"我们将把矛头转向色雷斯……"

"而放过哥特人的土地。"

"如果他不答应……"

"我们将接受查士丁尼的黄金……"

"侵入哥特人在……"

"潘诺尼亚和诺里库姆的地盘。"

帕德维清了清嗓子开始作答，时不时为翻译稍做停顿。他发现这样也有些好处，给了他思考的时间。

"我的主人，狄奥达哈德，哥特人与意大利人的国王……"

"授权我来转达……"

"他对自己手里的钱有更好的用途……"

“胜于给那些要攻击他的人送礼……”
“如果库特里格斯人认为……”
“他们能入侵我们的地盘……”
“欢迎他们来试试……”
“不过我们无法保证他们……”
“能得到很周到的接待。”

特使答道：
“伙计，想想你说的是什么。”
“对于库特里格斯的大军来说……”
“横扫萨尔马提亚大草原就像蝗虫过境一样。”
“他们战马的蹄踏……”
“就是万丈雷霆。”
“他们漫天飞舞的羽箭……”
“遮天蔽日。”
“他们所到之处……”
“甚至寸草不生。”

帕德维答道：
“最杰出的卡罗詹啊……”
“你说的也许不假。”
“但是尽管有万丈雷霆和遮天蔽日的羽箭……”
“库特里格斯人上一次……”
“也就是几年前袭击我们的土地时……”
“被打得屁滚尿流，连裤子都掉了。”

这话翻译过去的时候，保加尔人看上去慌乱了一下。然后他脸色一红。帕德维猜想他是生气了，但很快实事表明他只是在尽力不笑出声来。他憋着气儿断断续续地说：

“这一次，伙计，情况会大不一样。”

“如果还有裤子掉下来……”
“那就是你的。”
“这么办怎么样？”
“你给我们六万……”
“分三次付清……”
“每次两万，怎么样？”

但是帕德维丝毫不为所动。保加尔人最后说道：
“我要告知我的主人……”
“卡尔达姆，伟大的库特里格斯可汗……”
“你顽固不化。”
“若是有好处给我……”
“我准备告诉他……”
“哥特军队的力量强大……”
“借此劝阻他……”
“实施入侵计划。”

帕德维用保加尔人索要贿赂的一半就把他拿下了，而且双方在分别时都满意地达成了共识。等帕德维返回自己住地的时候，发现弗莱瑟瑞克正在脑袋上摆弄一条毛巾。

这名汪达尔人一脸窘迫地抬眼看着他，“我正在尝试，英明的老板，想要做一件头饰，就像那位蛮族的绅士那样。那很有派头。”

帕德维一直以来都认为狄奥达哈德病恹恹的，而最近这位瘦小的国王明显又有了些神志不清的迹象。比方说，帕德维为了新继承法去见他，狄奥达哈德听着他讲王室议会和卡西奥多罗斯为什么同意让哥特法律跟罗马的法律更一致的时候，这位老国王始终面如死灰。

然后他说道：“你什么时候以我的名字再出一本书，马蒂内斯？你的名字是叫马蒂内斯，对吧？马蒂内斯·帕德维，马蒂内斯·帕德维。我是不是指派你做行政长官或是什么来着？天呐，我好像什么都记不住了。现在，你来见我是有什么事来着？总是有公务、公务、公务。我讨厌公务。学识研究更重要。愚蠢的国事文书啊。这是什么？行刑令吗？我希望你用酷刑惩罚那个流氓，那是他应得的。我无法理解你反对酷刑的那种荒唐偏见。人们不对政府感到恐惧就不会快乐。咱们看看，我要说什么来着？”

虽说狄奥达哈德不怎么给他添麻烦，从这方面看颇为方便，但当这位国王一天只会一味拒绝听他说话或是拒绝签署任何文书的时候，事情可就难办了。

然后他发现，自己跟哥特军队的发饷将军激烈地争吵了起来。这位将军拒绝给那些帕德维已经登名入册的帝国雇佣兵发饷。帕德维争辩说那些人都是一等士兵，似乎十分乐意为意大利哥特王国效力，而且把他们征募入伍要比把他们当作囚犯养起来花费小得多。那位发饷将军答道，自从狄奥多里克时代起，国防就是哥特人的特权，而那些帝国雇佣兵都不是哥特人，只有极少数例外，此事有待证明。

双方都固执己见，于是这场争执一直吵到了狄奥达哈德面前。国王听着争论，流露出一丝若有若无的智慧。

然后他把发饷将军打发走，告诉帕德维：“双方都有理，亲爱的先生，双方都有理啊！现在嘛，如果要让我按着你的想法说话，那我希望我的儿子迪德吉斯凯尔有个合适的军官职位。”

帕德维心头一惊，不过他努力不行于色，“但是，我的国王陛下，迪德吉斯凯尔有什么军事经验呢？”

“没有，这就是麻烦所在。他整天就知道跟那帮狐朋狗友吃喝玩乐。他需要一点点责任心。需要一些对他有所提升的事物，跟他尊贵的出身相称。”

帕德维争论了几句。但是有句话他没说出口，他想象不出还有谁比这个自高自大、傲慢无礼的泼皮更糟糕的指挥官了。狄奥达哈德很顽固，“说到底，马蒂内斯，我是国王，难道不是吗？你不能对我吹胡子瞪眼，也不能用你的维蒂吉斯威胁我。哼，哼，总有一天我会给你一个惊喜的。我要说什么来着？噢，对了，我认为，就是你把迪德吉斯凯尔送进那座恐怖的集中营的，你欠他的……”

“可不是我把他送进监狱的……”

“别打断我，马蒂内斯。这一点儿都不体贴。要么你给他个军职，要么我支持那家伙，管他叫什么来着。这就是我最终的旨意。”

于是帕德维屈从了。迪德吉斯凯尔受命率兵驻扎在南边卡拉布里亚的哥特军队当中，帕德维希望他在那里不会造成什么危害。他后来不得不回想起这个愿望。

帕德维似乎有些鲁莽，让先前效力于帝国皇室的军兵这样的异族与意大利哥特军队协同作战。不过在这个年代，还没有像现代社会那样的民族主义。真正能维系各种关系的纽带，无非就是宗教信仰和个人对指挥官的忠诚了。很多帝国士兵都是生活在色雷斯的哥特人，他们在狄奥多里克统治时期迁移到了巴尔干一带定居。还有些意大利的哥特人为帝国皇室充当雇佣军。他们对双方都有些许的偏见。

然后发生了三件事。希西吉斯将军发来消息说，法兰克人有可疑的活动。

帕德维收到索玛苏斯的一封信，信中说，有人对前任国王维蒂吉斯有所企图。那名刺客神不知鬼不觉地溜进维蒂吉斯住的地下室，这位前任国王尽管受了点伤，可还是赤手空拳杀了那名刺客。没人知道这刺客是谁，最后还是维蒂吉斯令人毛骨悚然的咒骂揭开了谜底，他认得这人，是狄奥达哈德手下一名老资格的密探。帕德维知道那意味着什么。狄奥达哈德已经发现了维蒂吉斯的藏身之地，意图让竞争对手出局。如果他赢了，就会毫无顾忌地反对帕德维的安排，甚至把他赶出办公室。或者更糟。

最后，帕德维还收到了来自查士丁尼的信。内容如是：

> 罗马皇帝弗拉维乌斯·阿尼修斯·查士丁尼致狄奥达哈德国王。
>
> 我们的心神被您提出的终止你我双方战争的提议所吸引。
>
> 我们发现这些提议是如此荒唐，如此不可理喻，予以回复都令我等众人深感降尊纡贵。欧洲西部的诸行省属于我们帝国的先祖，也自然属于我们，我们对于诸行省所实施的神圣的光复行动必然要坚持到底，并要取得完满的胜利。
>
> 至于我们那位前任将军弗拉维乌斯·贝利萨留，他拒绝有条件的释放，这是严重的不忠行为，我们要对其予以应有的、相称的惩罚。同时，杰出的贝利萨留不必再履行与我们的约定。不止于此，他尽可以让自己全身心听命于那个臭名昭著的邪恶异教徒兼密探，那邪徒似乎称自己为帕多瓦的马蒂内斯，我们对他已有所耳闻。
>
> 我们坚信，懦弱无能的贝利萨留和那些顺从于恶魔马蒂内斯的不洁

之人必将遭受来自天堂的怒火，哥特王国的末日指日可待。

帕德维有些烦躁地意识到，自己在外交方面还有的学呢。他对于查士丁尼、法兰克诸王以及保加尔人的蔑视都有着各自的理由，也都遭到了报应。但是他不该犯傻，一下子把他们全都得罪了。

刹那间电闪雷鸣，乌云压顶。

第十四章

帕德维风驰电掣地回到罗马，将查士丁尼的信拿给贝利萨留看。此时此刻，他觉得自己还从没见过比这个刚正不阿的色雷斯人更为愁苦的人了。

“我不知道，我必须得想想。”贝利萨留对他一连串的问题只说了这么句话。

帕德维前去拜访贝利萨留的妻子安东尼娜，跟这位身材苗条、神采奕奕的红发女子相谈甚欢。

她说道：“我一再告诉他，他在查士丁尼那里除了忘恩负义什么也得不到。但你知道他……对每一件事都很理智，但一涉及忠诚与荣耀就另当别论了。唯一让我犯犹豫的是我跟帝国皇后狄奥多拉的交情，那可不是轻易就能罔顾的关系。不过有了这封信嘛……我可以看看能做些什么，杰出的马蒂内斯。”

贝利萨留最终算是有条件地投降了，帕德维的喜悦溢于言表。

眼下最危险的地方似乎就是普罗旺斯了。帕德维在各地安插的新闻搜集人员搞到了这么一条消息，说查士丁尼给法兰克人又送了一笔贿赂去让他们进攻哥特人。于是，帕德维进行了一番改组。阿希纳尔受命回家，他已经在塞尼亚蹲守数月，却丝毫没有主动迎击侵犯斯帕拉托的帝国大军的意思。至于希西吉斯，虽说没什么天赋，但还算能够胜任，于是派他去接管阿希纳尔驻扎在达尔马提亚的军队。贝利萨留则受命接管希西吉斯在高卢的军队。动身北上之前，贝利萨留向帕德维咨询所有关于法兰克人的信息。

帕德维细细解说道：“勇猛、诡计多端，但是愚蠢。他们只有身无铠甲的步兵，只会排成一列猛冲。他们一路号叫着，一齐投掷斧子和标枪，近战就用宝剑。如果你能用一排可靠的长矛兵或是骑兵阻截他们，这群人就任由弓骑兵处置了。他们人数不少，不过那么大一群步兵要想在一块地盘上给自己喂饱肚子可不是件容易的事情。所以他们必须不停地移动，否则就得挨饿。

“还有，他们太原始落后了，士兵都是没有报酬的，要靠劫掠来维持生计。如果你能在一个地方把他们堵住足够长的时间，他们就会土崩瓦解各自逃生。但是，别低估他们的数量和残暴程度。

“尽量往勃艮第那边派些探子，挑唆勃艮第人与法兰克人作对，法兰克人征服他们只不过才几年而已。”他又详细解释说勃艮第人原本是东日耳曼人，就跟哥特人和伦巴第人一样，说的语言都大同小异，跟他们一样大都是畜牧为生。而西日耳曼法兰克人没去掳掠邻国土地的时候，是靠种植农业为生的，因此勃艮第人对西日耳曼法兰克人并不服气。

如果说注定会有更多的战争，帕德维知道有那么一项发明一定能给它来个了断，而且是以对意大利哥特人有利的方式。火药是用硫黄、木炭、硝石制成的，帕德维在六年级就学过，头两样东西得来全不费工夫。

他觉得硝酸钾可以在什么地方开矿搞来，不过他不知道在哪里开采，也不知道那东西具体长什么样。而且就算有足够的化学知识，他也没法用手头的设备进行合成。但他记得曾经读到过在粪堆底下会生成那种东西，而且他也记得在内维塔的院子里就有好大一堆。

于是帕德维叫来内维塔，询问是否可以去挖。等看到那里确确实实有结晶体的时候，他不禁高兴地大呼大叫起来，那东西看上去就像是枫糖。内维塔见状问他是不是疯了？

“那是自然。”帕德维咧嘴笑道，“难道你不知道？我都疯了好些年了。”

尽管往佛罗伦萨搬了不少东西，但帕德维在长街的老房子里还是像往日一样忙得热火朝天。这里被用作远距通信公司的罗马总部。帕德维还在筹备另一份出版物。如今楼下剩余的房间又变成了化学试验室。他并不知道火药那三种成分的配比，所以唯一的路子就是做实验。

他下令以政府的名义铸造一门火炮。接这活儿的黄铜铸造厂并不怎么配合。他们从没见过这么一种新奇的装置，也不确定到底能不能造出来。他要这么根管子干吗？当花盆吗？

不知费了多少工夫，他们才做好了模具和型芯，尽管这东西的结构实在是简单得不得了。他们做成的第一件成品看上去很棒，可帕德维一仔细检查就全完了——那金属就跟海绵一样满布麻点，这样的炮第一次开火就得炸膛。

问题在于铸造的时候是炮口冲下的。解决的方法就是依照炮筒的长度增加一个冒口，然后炮口冲上进行浇铸，最后再把集中了瑕疵的冒口锯掉。

他对于火药的努力尝试毫无进展，很多种不同的配比都会燃放出绚烂的火花，但就是不爆炸。他尝试了所有的比例，调整了混合的方式，可得到的依然是悦耳的嗤嗤声加上一大朵黄色的火焰，外带一股刺鼻的气味。他试着把这东西包裹起来做成爆竹，可爆竹只是嗤嗤作响，喷一阵烟，根本没有砰的一声。

也许一次要用很多火药起爆才行，还得包裹得更紧一些。他天天督促着铸造厂，直到造出第二门大炮。

第二天一早，他和弗莱瑟瑞克带着几名帮手把火炮装在了一个粗糙的大木头支架上，放置在维秘纳尔大门附近的一块空地当中。那些帮手事先已经堆起一堆沙子作为靶子，距离大炮十米远。

帕德维把好几斤火药塞进了炮筒，又放进去一颗铸铁球，然后填好火门。

他低声说道："弗莱瑟瑞克，把蜡烛给我。现在大家都往后退，都到那边去，趴下。你也去，弗莱瑟瑞克。"

"不行！"弗莱瑟瑞克义愤填膺地说，"把我的主人独自撇在险境当中？我绝对办不到！"

"好吧，如果想被炸成碎片那就随你啦。这就点火。"

帕德维将蜡烛的火苗放在了火门上。

火药嘶嘶作响，闪着火花。

大炮噗地闷响了一声！炮弹从炮口里弹了出来，砰地一下落在了一米外的地上，又滚出去一米远，然后就停住了。

于是，这门锃明瓦亮的崭新火炮被送回到帕德维的房子，跟那座大钟并排摆在了地窖里。

早春时节，乌莱阿斯出现在了罗马。他解释说已经将军事学院交由手下人掌管，来这里是要看看罗马民兵的组织状况，这也是帕德维的又一个点子。不过，他那副不怎么开心又有些尴尬的样子让帕德维不由得怀疑他另有所图。

帕德维不住地套话，他终于绷不住了："杰出的马蒂内斯，你只需要给我一个能远离拉韦纳的职位就行。我在那里一刻都待不下去了。"

帕德维伸手搂住乌莱阿斯的肩膀，"说说吧，老伙计，跟我讲讲是什么事儿让你这么心烦意乱的。也许我能帮你。"

乌莱阿斯盯着地下，"嗯……喔……那个嘛……你看，就是你跟玛瑟逊莎之间到底是怎么回事？"

"我就知道是这事儿。你在见她，对吗？"

"是的。如果你把我打发回去，我还会再去见她的。你和她订婚了吗？还是怎么回事儿？"

"我确实曾有过那个想法。"帕德维话语中带上了一丝做出极大牺牲的语气，"但是呢，我的朋友，我不会阻挡任何人的快乐。我很肯定，比起我来，你跟她更般配。我的工作让我忙得不可开交，没法当一个好丈夫。所以如果你想牵她的手，那就去吧，我为你祝福。"

"你是说真的？"乌莱阿斯蹦了起来，来回踱着步子，满面春光，"我……我不知道该怎么感谢你……这是你为我所做的最伟大的事情……我一辈子都是你的朋友……"

"别放在心上，我很高兴能帮到你。不过既然你到了这里，也许该先把来这儿的任务完成。"

"噢，"乌莱阿斯一脸严肃，"我想理应如此。不过那样的话，我又怎么去求爱呢？"

"给她写信。"

"可我怎么写？我根本想不出美妙的文字。实际上，我这辈子还从来没写过情书呢。"

"这个嘛，我也会帮你的。我们现在就开始动手。"帕德维取出书写工具，眼下要用这些玩意儿炮制一封献给公主的信。"让我想想。"帕德维思忖着说，"我们应该告诉她，她的眼睛像什么。"

"那就像一双眼睛啊，难道不是嘛？"

"当然啦，不过在这种事里，你要把它们与星星之类的东西联系在一起。"

乌莱阿斯想了想，“那双眼睛就像是冰川的颜色，我曾经在阿尔卑斯见过。”

“不，那不好。那会让人觉得那双眼睛冷若冰霜。”

“那双眼睛还会让人想起锋利的剑刃。”

“同样的效果。北方的大海怎么样？”

“嗯……没错，我觉得这个好，马蒂内斯。那灰色犹如北方的大海。”

“听着很有诗意。”

“没错。那就北方的大海啦。”乌莱阿斯缓慢而笨拙地写起来。

帕德维说道：“嗨，用那支笔别那么用力往下戳。你会在纸上戳个洞的。”

等乌莱阿斯写完信，帕德维轻轻一拍他的帽子，便往门口走去。

“嗨，”乌莱阿斯说道，“你急什么？”

帕德维笑了笑，“我要去看望朋友阿尼修斯一家。很好的人。等你把这事儿办妥了，我会介绍你认识他们的。”

帕德维最初的想法是引入一种较为温和的选举征兵形式，从罗马城开始，应征入伍者需要报到参加每周的操练。此时的元老院只是一个市政议会，他们有意阻挠此事。有些人不喜欢或者是不信任帕德维，还有些人干脆就是想要贿赂。

帕德维一开始并不想屈从于他们，尝试了各种方法。他让乌莱阿斯宣布在自愿的基础上进行操练，发放一般水平的薪酬。结果令人失望。

帕德维想要重新武装意大利人的心思被突然打断了，尤尼安努斯带着远距通信传送的一条消息赶来。信息很简短：

维蒂吉斯昨晚已从关押处逃走。尚未发现他的踪迹。

（签名）

主管：波斯人阿图尔帕德

帕德维盯着这条信息愣了半晌，然后突然蹦起来吼道：“弗莱瑟瑞克！把我们的马匹备好！”

他们打马扬鞭去了乌莱阿斯的办公地点。乌莱阿斯一脸郑重，“这让我处于难堪的境地，马蒂内斯。我叔叔毫无疑问会全力夺回王冠。他很固执，你知道的。”

“我知道。但你也清楚让局势照现在这样稳步前进有多重要。”

“是的。我不会对你背信弃义。不过，你也不能指望着让我去伤害我叔叔。我喜欢他，哪怕他是个榆木脑袋的老顽固。”

“你只要继续支持我，我向你许诺会尽我所能让他免受伤害。不过眼下我要操心的是，别让他伤害我们。”

“你觉得他是怎么逃走的？贿赂？”

“我知道的跟你一样多。我想不会是贿赂，至少阿图尔帕德算是个忠心耿耿的人。你觉得维蒂吉斯会去哪里？”

“如果是我，会隐藏一段时间，并召集支持我的人。这么做很合逻辑。不过，我叔叔从来不按逻辑走。他憎恨狄奥达哈德，胜过世上任何其他的一切。特别是在狄奥达哈德企图杀害他之后。我猜他会径直前往拉韦纳，自己亲手对付狄奥达哈德。”

“好吧，那样的话，我们要召集一些行动迅速的骑兵，亲自赶赴那里。”

帕德维自认为对付长距离骑行已经不在话下了，但他拼尽全力也就勉强能跟上乌莱阿斯的步伐。等他们一早抵达拉韦纳的时候，他坐在马鞍上已经是头昏眼花、双眼通红了。

他们什么都没打听，直扑王宫而去。城里看上去正常如初，很多市民在吃早饭，但王宫里正常值守的卫兵都不见了踪迹。

乌莱阿斯说道：“看上去不妙。”他们和手下人下了马，抽出宝剑，六人一排肩并肩往里走。一名卫兵出现在了台阶上面。他手握宝剑，然后认出了乌莱阿斯和帕德维。

“噢，是你们。”他不动声色地说道。

“是的，是我们。”帕德维答道，“出什么事了？”

“喔……嗯……你们最好自己去看，尊贵的长官们。十分抱歉。”这名哥特人一溜儿小跑不见了。

他们迈着大步穿过一个又一个空荡荡的大厅。一路上，他们面前的一扇又一扇门都关上了，身后传来窸窸窣窣的低语声。帕德维怀疑他们是不是正在走进陷阱，于是派一支小队回去守住前门。

到了王室寝宫跟前，他们发现了一小队卫兵。其中几人举起了长矛，但其余的则是心神不定地站在那里一动不动。帕德维镇定地说：“后退，小伙子们。”然后往里就走。

“噢，仁慈的基督啊！”乌莱阿斯轻声说道。

有几个人站在那里围在一具尸体周围。帕德维让他们闪开，他们顺从地照做了。那具尸体正是维蒂吉斯。他的上衣被宝剑和长矛刺出了十几个口子，身下的地毯已经浸透了血水。

门房总管一脸惊惑地望着帕德维，“这也就是刚发生的事情，我的大人。而您一路从罗马赶来，也是因为这个。您是怎么知道的？”

“我自有办法。”帕德维回答，“这是怎么发生的？”

“一个跟维蒂吉斯有交情的卫兵把他放进了王宫。他原本会杀害我们尊贵的国王，但他被人看到了，其他卫兵赶来援救。卫兵们把他杀了。”最后这句话显然是多余的，谁都看得出来。

这时候，角落里传来一阵动静，帕德维抬眼望去，狄奥达哈德蹲在那边，衣衫不整。似乎没人太在意他。狄奥达哈德面如死灰，直勾勾地盯着帕德维。

“我的老天，这是我的新任行政长官，对吗？你的名字叫卡西奥多罗斯。可你怎么那么年轻啊，我的天。啊，天呐，我们都变老了。咱们出一本书吧，我亲爱的卡西奥多罗斯。嘿哟，是的，没错，一本新书，配上可爱的紫色封皮。嘿嘿嘿。我们晚餐就用它了，配上胡椒和肉汤。要吃天上飞的就得这么吃。没错，至少三百页。顺便提一下，你有没有见过我那位无赖将军？就是维蒂吉斯。我听说他正要应召而来。可怕的烦人精；根本没有学识。嘿哟，我的天啊，我想跳舞了。你跳舞吗？我亲爱的维蒂吉斯，啦啦啦——啦啦啦——当当—咚咚——”

帕德维告诉国王的御医：“好好照顾他，别让他出去。你们其余人，该干吗干吗去，就跟什么都没发生一样。找人搬走这具尸体。换掉地毯，准备一场庄重而朴素的葬礼。乌莱阿斯，也许这事最好由你来办。”乌莱阿斯正在抽泣。“过来，老伙计，过些时候你再伤心。我很同情，但我们还有事情要做。”帕德维伏在他耳边低语了几句，乌莱阿斯一听，随即精神为之一振。

第十五章

哥特王室议会的成员面目狰狞地出现在帕德维的办公室里。他们都是财大气粗、有的是闲工夫的人，不喜欢硬生生地被人从早餐桌旁拖走，特别是被一个小小的政府公职人员。

帕德维让他们了解了情况，他的消息让他们刹那间鸦雀无声。他继续道：“正如各位所知，我的大人们，在尚未成文的哥特王国宪法之下，一位精神失常的国王必须尽快被替换掉。请允许我提一句，目前的状况使得不幸的狄奥达哈德的退位之事成了当务之急。”

瓦基斯号叫起来：“部分原因就是你的所作所为，年轻人。我们其实能收买法兰克人……”

“没错，我的大人。这些我都知道。问题在于，法兰克人可不是收买一次就会彻底老实的，这你十分清楚。不管怎样，该做的都做了。不论是法兰克人还是查士丁尼，都还没跟我们翻脸。如果尽快选出一位新国王，我们的问题就不至于太糟糕。”

瓦基斯回道：“我看，必须得再召集一次选举人大会了。”

另一位议员曼弗里斯开口了：“显然我们这位年轻的朋友是正确的，虽说让外来者指手画脚是我深恶痛绝的。大会准备何时何地举行？”

这群哥特人中间传出一阵犹豫不定的咕哝声。帕德维说道：“如果诸位大人愿意，我有个建议。我们的新首都要迁至佛罗伦萨，在那里举行选举以作开端岂不是锦上添花？”

议论声更激烈了，不过没有人提出更好的建议。帕德维很清楚地知道，他们其实并不喜欢听从他的指示，但另一方面，能够不操那份心、不担那个责任，他们其实也挺高兴的。

瓦基斯说道：“我们必须得有充足的时间把消息发布出去，好让选举人赶到佛罗伦萨……”

就在这时，乌莱阿斯进来了。帕德维把他拉到一旁低声道：“她说什么？”

“她说她愿意。”

“什么时候？”

“噢，十天后吧，我想。我叔叔刚死，太快的话，面儿上不太好看。”

“这没关系。机不可失啊。”

曼弗里斯问道：“候选人都是谁呢？我自己倒是有这个打算，只是我的风湿病太折磨人了。”

有人说：“迪德吉斯凯尔算一个。他是狄奥达哈德合法的继承人。”

帕德维说道：“我想有件事你们听了会很高兴的，我们深受尊敬的乌莱阿斯将军将是一位候选人。”

“什么？”瓦基斯叫道，“他是个不错的青年，我承认，但他没有资格啊。他不是阿马立家族的人。”

帕德维面露喜色，咧嘴一笑，“现在不是，我的大人们，不过等到了选举的时候就是了。”那些哥特人一脸惊诧。“而且，我的大人们，我希望诸位在婚礼上尽情欢乐。”

在婚礼排演期间，玛瑟逊莎把帕德维叫到一边，“马蒂内斯，这件事你做得真是崇高无上。我希望你不会太伤心。”

帕德维竭尽全力让自己看上去崇高无上，“我亲爱的，你幸福就是我幸福。如果你爱这个小伙子，我想你做的就没什么错。”

“我真的爱他。”玛瑟逊莎答道，“答应我，你千万别坐在一旁生闷气，要走出去，找跟你般配的好姑娘。”

帕德维叹了口气，还挺像那么回事儿，“这很难忘记，我亲爱的。但既然你要我这么做，那我答应你。好了，现在别哭，不然乌莱阿斯会怎么想？你想要让他开心的，不是吗？对了，这才是懂事的姑娘。”

这场半原始、半开化的婚礼倒是成了一桩盛事。帕德维发现自己对于舞台管理有着出乎意料的品位，他把从照片上看来的美国军事学院的婚礼仪式搬来了：让乌莱阿斯的朋友分列左右高举长剑架起一道拱门，新娘、新郎从下面经过，走上教堂的台阶。帕德维则尽可能让自己摆出一副稳健而不露声色的姿态。内心深处，他其实在奋力压抑着一股抑制不住的窃喜。他突然意识到，乌莱阿斯那身超长的长袍看上去像极了他——帕德维曾经拥有的那件浴袍，只不过帕德维的袍子没有用金丝绣上圣人的图案罢了。

等那对幸福的新人走远了，帕德维回身绕到一根柱子后边躲开了众人的目光。如果玛瑟逊莎用眼角瞥到他，估计会觉得他是要躲起来抹掉最后一滴眼泪。但实际上，他是去长长地舒了口气，“呼——”彻底解脱了。

在帕德维重新回到众人眼前之前，他听到几名哥特人正在这根大柱子的另一边聊天：

“阿尔拜赫茨，他绝对是个好国王，嗯？”

“可能吧。要是独掌大权，他会是的。但我担心他会深受那个马蒂内斯的影响。倒不是我有什么特别的缘故要反对神秘人马丁，你明白的。不过嘛……你知道是怎么回事儿。”

“是的，是的。噢，好吧，反正实在不行的话，抛银币也能决定到底给谁投票嘛。”

从各方面考虑，帕德维都想让乌莱阿斯处于他的影响之下。这似乎很有可能。乌莱阿斯不喜欢也没有耐心去处理政事。他是一名称职的士兵，同时对于帕德维的想法也十分尊重。帕德维有些忧郁地想，如果这位国王发生任何不测，那要想再找一个令他各方都满意的国王就得费好大的工夫了。

帕德维通过远距通信把即将进行选举的消息发了出去，若是让信使将消息传遍意大利各地，通常至少得多花一星期时间，而且还顺便说服了一些哥特人，让他们认识到这些新鲜事物的价值。帕德维还发出了另一条消息，命令所有的高阶指挥官驻守各自的驻地。通过阐述这样做的军事必要性，他让乌莱阿斯接受了这个想法。其实他真正的目的，是要让迪德吉斯凯尔在选举期间就待在卡拉布里亚。他很了解乌莱阿斯，因此不敢对他详细解释，担心乌莱阿斯会去进行一场骑士荣誉之战，并凭借自己的军阶撤销这道命令。

哥特人从未见过有哪场选举是依着历史悠久的美国模式进行的。帕德维向他们展示了一番。有选举权的人抵达佛罗伦萨时，看到这座城市已摇身一变，成了旗帜和海报的汪洋：

为乌莱阿斯投票

乃人民的选择！

插画 / 刘鹏博

更低的赋税！更多的民众就业！

老年人有保障！高效的政府！

如此种种。他们还发现有一套完整的竞选引导员体系，有专人带着他们欣赏这座城市的风光——虽说那时的佛罗伦萨也没什么好看的——并处处讨好他们。

在选举之日到来前三天，帕德维举办了一场烧烤野餐大会。他亲自举债弄来了各式设备。好吧，这么说并不十分准确；他是让可怜的乌莱阿斯慷慨举债，这纯粹是出于十二万分的谨慎，免得让他以自己的名义背负上更多的债务，那就适得其反了。

他谦卑地隐藏在背景中，听着乌莱阿斯当众发表演讲。帕德维后来听到有评论说，谁都没想到乌莱阿斯居然还能做出如此精彩的演说。他暗中发笑，是他写的演讲稿，整整一个星期，天天夜里废寝忘食地教乌莱阿斯该如何表达。帕德维暗想，他这位候选人的表达还是不尽如人意。不过既然众位选举人都不介意，那他还干吗这么吹毛求疵呢？

干了一瓶白兰地之后，帕德维和乌莱阿斯轻松了下来。帕德维说，选举对手看上去就像是软柿子，然后又解释一番软柿子是什么意思。说到另外两位候选人嘛，有一位已经退出了，另一位是哈尔基斯·奥斯特罗沃德之子，他是一位上了年岁的长者，是阿马立家族一位旁支远亲。

这时候，一名竞选引导员上气不接下气地进来了。对于帕德维来说，好像人们来见他的时候总是上气不接下气的。

那人连声咆哮道："迪德吉斯凯尔到了！"

帕德维一刻都没耽搁。他打听到迪德吉斯凯尔待的地方，召来几名哥特士兵，打算把这家伙逮捕起来。他发现迪德吉斯凯尔已经带着一帮狐朋狗友霸占了城里一家不错的旅店，把之前那些客人及其财物都扔到了街上。

这帮家伙此时都挤在楼下，一览无余。他们还没换掉路上的行装，看上去挺累，但一点都没打蔫儿。帕德维大步上前。迪德吉斯凯尔抬头一看，"噢，又是你。你想怎样？"

帕德维高声宣布道："我有逮捕你的授权令，你违抗军令擅离职守，由乌莱阿斯亲自签署此……"

尖细高亢的嗓音打断了他："是的，是的，我什么都知道，亲爱的老朋友，也许你觉得我会老老实实待在远离佛罗伦萨的地方，让你趁着我不在场的时候来操作选举，嗯？但是，我不喜欢那样，马蒂内斯。一点都不喜欢。我来了，我是候选人，而且现在你要做的任何事情，等我成为国王之后我都会记得的。我就是这么个人，记性好得不得了。”

帕德维转向手下的兵士：“逮捕他！”

随即，屋里那帮家伙纷纷起身握住了剑柄，桌椅板凳一阵乱响。帕德维打量着自己的兵士，他们一动不动。

“怎么了？”他厉声道。

其中最年长的那位，算是个中士，清了清喉咙说道：“喔，长官，是这样的，我们知道现在你是我们的上司，也知道是怎么回事。但事情终归还很难说，因为选举和其他的都不确定，我们不知道几天之后得听谁的命令。假设我们逮捕了这名年轻人，然后他被选为国王怎么办？那对我们可没什么好处，对吧，长官？”

“你们……怎敢……”帕德维暴跳如雷。

但唯一的效果就是众兵士纷纷往门外溜去。有个名叫维利莫尔的年轻哥特贵族在迪德吉斯凯尔耳边低语了几句，把手中的宝剑抽出一半又送了回去。

迪德吉斯凯尔摇了摇头，对帕德维说道：“我这位朋友似乎不怎么喜欢你，马蒂内斯。他发誓说，等选举一结束就要去拜望拜望你。所以，要是你离开意大利进行一趟小小的旅行，也许会大有好处。实际上嘛，这也是我能阻止他立刻就去拜望你的唯一方法了。”

现在那些兵士几乎走净了。帕德维意识到自己最好也赶紧离开，如果他不想让这群出身名门的恶棍把自己剁成肉泥的话。

他尽可能摆出一副尊贵的姿态，“你知道法律禁止决斗。”

迪德吉斯凯尔那股盛气凌人的傲慢丝毫不减，“我当然知道。不过记住，我将是实施这项法律的人。我可正在给你实实在在的警告，马蒂内斯。我就是这么个人……”

但帕德维没有等在那儿听迪德吉斯凯尔把他的那套词儿说完。他走了，憋了一肚子火，感觉丢尽脸面。等他骂够了自己的愚蠢，便想着应该召集自己手下那支东方的前帝国部队——可大部分都跟随贝利萨留去北方了——然后再做尝试。不过已经太迟了。迪德吉斯凯尔已经聚拢起一大伙人进驻了旅店，要想驱逐他们势必引发一场战斗。前帝国军队的人似乎对于前景并不看好，而乌莱阿斯则嘟嘟囔囔地说，让前任国王的儿子为王冠进行公平竞争是很荣耀的事情。

第二天，叙利亚人索玛苏斯到了。他气喘吁吁，一进来就说："你怎么样，马蒂内斯？我可不想错过所有的精彩场面，所以从罗马赶来了。全家出动。"

帕德维知道，这可不是小事儿，因为索玛苏斯这一大家子不只是他的妻子和四个孩子，还有一位上了年纪的叔叔，一个侄子，两个侄女，还有家里的黑人奴隶阿亚克斯和他的老婆孩子。

他答道："我很好，谢谢。要是能好好补个觉会更好呢。你怎么样？"

"还行，谢谢。生意终于好起来了。"

"你的那位上帝朋友，他怎么样？"帕德维面无表情地问道。

"他也很好……怎么？你这亵渎神灵的小无赖！看来下一笔贷款得多加点利息了。选举如何了？"

帕德维告诉他："这可不像我想的那么容易。迪德吉斯凯尔在保守的哥特人中发展出一大批支持者，他们不在乎维蒂吉斯、乌莱阿斯这样依靠后天因素的人。上层人士更喜欢天生就是阿马立家族的……"

"上层人士？哦，我懂了！哈哈哈！我希望上帝听听你说的话。那会让他下次想要播撒瘟疫或是制造地震的时候有点幽默感。"

帕德维继续道："而且迪德吉斯凯尔并不像一些人想的那么蠢。他肯定是派亲信扯下我的布告、换上他自己的之后才动身前来的。他的布告不会有多少人看，但让我惊讶的是他居然会用这手。如果说这是拳击，他打出一记刺拳，很幸运，并不致命。所以嘛……你认得戴戈拉弗吗？就是内维塔的儿子。"

"那位执法官？只有过耳闻。"

"他不符合投票条件。好吧，城里的卫兵太害怕那帮哥特人了，根本无法听从号令，而我又不敢动用我的私人卫队，担心引发所有的哥特人反对'外国人'。我胁迫城里的诸位神父雇佣戴戈拉弗，由他委任其他非选举人的执法官来做选举大会的警察。由于内维塔跟我们站在一边，我不确定我的朋友戴戈拉弗会时刻公正。不过，至少能避免双方开战，我希望是吧。"

"太妙了，太妙了，马蒂内斯。别把自己逼得太紧；一些哥特人把你的这套竞选活动称为有失体统的新鲜玩意儿。我要请上帝照看着你，还有你的候选人。”

大选前一天，迪德吉斯凯尔表现出了他在政治上的精明手腕，他举行了一场比帕德维的烧烤野餐会更为盛大的烧烤宴会。由于对乌莱阿斯不那么阔绰的钱袋子留有几分同情，帕德维当时的宴会只限于选举人。但迪德吉斯凯尔可是有狄奥达哈德富得流油的财富任其挥霍，他邀请了所有的选举人及其家人和朋友。

帕德维亲自率队，带着乌莱阿斯、索玛苏斯，连同前者的竞选引导员、后者的一大家子，还有一大队士兵，在宴会开始之后来到了佛罗伦萨城外的一片旷野。这片地方到处都是哥特人，成千上万，有老有少，有高有矮，有胖有瘦，有男有女。东日耳曼语喉音发出的话语声、剑鞘碰撞的铿铿声，还有皮革裤子的噗噗声响成一片。

一名哥特人胡须上沾满了啤酒沫，急匆匆迎上前来，“嗨，嗨，你们这些人要干吗？你们可没接到邀请。”

帕德维试着用哥特语表达：“别这样，朋友。”可那人显然会错了意。

“什么？你是让我别害怕？”哥特人面露怒色。

“我们可不是要来参加你们的宴会的。我们自己带了野餐。没有法律禁止野餐吧，对吧？”

“喔……那为什么都全副武装的？在我看来，你们像是计划着一场绑架呢。”

“看看，看看，”帕德维安慰他说，“你也带着宝剑，不是吗？”

“但我是官员。我是维利莫尔的人。”

“嗯嗯，这些人都是我们的人。别担心我们了。我们待在大道另一边好了，如果这么做能让你开心的话。现在回去吧，继续享受你的啤酒。”

“好吧，可别打什么歪主意。如果你图谋不轨，我们会让你好看的。”这名哥特人走开了，嘴里不住絮叨着帕德维的这番逻辑。

在大道的另一边，帕德维的聚会办得很开心，根本没把迪德吉斯凯尔党徒那些满怀敌意的目光放在眼里。帕德维本人四仰八叉地躺在草地上，没吃什么东西，只是眯缝着眼睛看着那边的烧烤宴会。

索玛苏斯说道：“最杰出的乌莱阿斯将军啊，那副模样告诉我，咱们的朋友马蒂内斯正在谋划什么特别见鬼的事情呢。”

这时候，迪德吉斯凯尔和他的一些手下登上了发言人的台子。维利莫尔言简意赅地介绍了候选人。然后迪德吉斯凯尔开始讲话。帕德维让自己这边的人静下来，竖起耳朵关注着那边的动静。即便这样，由于在他和发言人之间有那么多人，真正安静下来的又没几个，所以嗓音尖细的迪德吉斯凯尔所说的哥特语也还是没听清几句。

迪德吉斯凯尔显然是像平日里一样在吹嘘自己无与伦比的品格。然而，让帕德维吃惊不小的是，那些观众竟然很吃这套。他们对发言人粗俗而机敏的幽默报以震耳欲聋的大笑。

“……你们知道吗？朋友们，那个将军，乌莱阿斯，等他可怜的妈妈把他训练得不会尿床时，他都已经十二岁了。这是事实。我就是这么个人，从不夸大事实。当然啦，你也没法夸大乌莱阿斯的怪癖。比方说，他头一次追求一个女孩……”

乌莱阿斯很少发火，但帕德维看得出这名年轻将军就要暴发了。他得赶紧想个招儿，否则就得打起来了。

他的目光落在了阿亚克斯和他一家人身上。这个奴隶最大的孩子是一个十岁的男孩儿，巧克力肤色，满头卷发。

帕德维问道：“有没有人知道迪德吉斯凯尔是否结婚了？”

“结了，”乌莱阿斯答道，“就在动身去卡拉布里亚之前，这个下流坯结了婚。也是很好的姑娘，维利莫尔的一个表妹。”

“嗯……跟我说说，阿亚克斯，你最大的那个儿子会说哥特语吗？”

“怎么？不会，我的大人，他怎么会？”

“他叫什么？”

“普里阿摩。”

“普里阿摩，你想不想挣两枚银币？全归你自己怎么样？”

小男孩立刻蹦了起来，鞠了个躬。这孩子卑躬屈膝的样子让帕德维有些厌倦。他心想，哪天一定要对奴隶制做些什么。“愿意，我的大人。”小男孩的声音短促而尖锐。

“你会不会说‘atta’？就是哥特语‘父亲’的意思。”

普里阿摩很认真地说道：“Atta。我的银币该给我了吧，大人？”

“别这么急，普里阿摩。这事儿才刚开个头。你先练习练习说‘atta’。”

帕德维站起身来，盯着那边的场地。他轻声叫道："嗨，戴戈拉弗！"

那位执法官从人群里走了过来，"在，马蒂内斯！我能为你做什么？"

帕德维在他耳边做了一番安排。

然后他对普里阿摩说道："看到台子上那个穿着红斗篷的人了吗？就是正在讲话的那个？好的，你过去爬上台子，对着他叫'atta'。要大声，让每个人都听见。要一直说，不停地说，直到有什么事情发生。然后你就跑回来。"

普里阿摩一皱眉头，一本正经地说道："可那人不是我父亲！这才是我父亲！"他指了指阿亚克斯。

"我知道。但你想要挣到钱，就得按我说的做哦。你能记住你的任务吗？"

于是，普里阿摩一溜烟钻进了那群哥特人中间，戴戈拉弗紧随其后。他们在帕德维的视线里消失了几分钟，而迪德吉斯凯尔一直口沫横飞。然后，一个小小的黑人身影出现在了台子上，是被戴戈拉弗强壮的手臂送上去的。帕德维清清楚楚地听到孩子的叫声："Atta!"

迪德吉斯凯尔话说到一半停住了。普里阿摩不停地叫着："Atta! Atta!"

"他好像认得你啊！"台下前排传来声音。

迪德吉斯凯尔站在那里，半晌无言，面上显出怒容，脸色腾地一下红了。哥特人中间传出一片低低的笑声，紧接着全场暴发出沸腾般的大笑。

"Atta!"普里阿摩又叫了一声，声音更大了。

迪德吉斯凯尔一把抓住了剑柄朝孩子走来。帕德维的心当时就绷紧了。

但普里阿摩一蹦，下了台子，钻进了戴戈拉弗怀里，任由迪德吉斯凯尔大吼大叫、挥舞宝剑。他显然是一遍又一遍地吼着："这是假的！"帕德维看得到他的嘴在动，但他的声音淹没在哥特追随者们狂风暴雨般的哄笑声中。

随后，戴戈拉弗和普里阿摩再次映入眼帘，跑向他们。那名哥特人的脚下踉踉跄跄的，一只手一直捂着肚子。帕德维有些紧张，最后才发现戴戈拉弗是笑得直咳嗽，都喘不上气了。

帕德维连忙替他拍着后背，等他缓过气来。然后帕德维说道："如果我们还在这儿瞎逛，等迪德吉斯凯尔回过神来，气急败坏之下准会让他的党徒对我们操家伙了。在我的国家，我们有个词儿叫‘开溜’，我看放这儿很合适。咱们走。”

“嘿，我的大人。”普里阿摩叫道，“我的两枚银币呢？哦，谢谢您，我的大人。您还想让我管谁叫‘父亲’吗？我的大人？”

第十六章

帕德维告诉乌莱阿斯:“现在事情看上去是板上钉钉了。任凭迪德吉斯凯尔怎么解释,今天下午的这出戏永远都不会被人遗忘。我们美国人有的是办法让选举脱离正轨,比方说往票箱里投假票,使用流动票等等,但我觉得没有必要使用任何这类方法了。”

“流动票究竟是什么?马蒂内斯,你是说用来钓鱼的浮漂之类的东西?”

“不,回头再解释吧。我可不想让哥特人的选举系统过分腐化。”

“我说,要是有人调查的话,他们就会搞清楚迪德吉斯凯尔今天下午只不过是一个玩笑的无辜受害者,然后不就没什么效果了?”

“不,我亲爱的乌莱阿斯,选举人的脑瓜才不是那么转的呐。哪怕他证明了自己是清白的,也已经被塑造成一个彻头彻尾的傻瓜了,再没有人会拿他当回事儿了,根本不会在意他这个人有没有过人之处。”

就在这时,一名竞选引导员上气不接下气地赶来。他叫道:“迪……迪德吉斯凯尔……”

帕德维抱怨着说:“我打算定一条规矩,要是有人想见我,必须在外面等到喘匀了气儿再进来。怎么了,罗德里克?”

罗德里克总算是缓过气来了,“非凡的马蒂内斯,迪德吉斯凯尔已经离开佛罗伦萨了,没人知道他去哪儿了。维利莫尔和他的其他一些朋友一起走了。”

帕德维立刻通过远距通信发出乌莱阿斯的命令,撤销迪德吉斯凯尔的上校军衔——或哥特指挥官系统里大致相当于这一类的东西。然后他坐下来,焦灼不安地等着消息。

第二天选举期间,有消息来了,但这条消息跟迪德吉斯凯尔无关。一支庞大的帝国军队从西西里跨越海峡登陆了,并不是在意大利这只靴子形版图脚趾头尖的希拉岩礁一带，一般都认为会是在那里，而是在稍微靠上的布鲁提亚半岛海岸的维伯城。

帕德维立刻告诉了乌莱阿斯，并催促道：“在几个小时内别声张这事儿。这次选举已经是囊中之物了——我是说大势已定——我们可不想节外生枝。”

但流言已经开始扩散。远距通信系统是由人来运行的，那么多人的一支队伍很难保证能把秘密保守太长时间。等乌莱阿斯选举票数二选一过半的结果公布时，哥特民众兴致勃发，在佛罗伦萨的街道上举行了一场游行活动，号召反抗入侵者。

随后更多的细节传来。帝国皇室大军是由血腥约翰统率的，兵力超过五万人。显然查士丁尼对于帕德维的那封信恼羞成怒，日夜兼程地将大军运往西西里。

帕德维和乌莱阿斯很清楚，就算他们不从普罗旺斯和达尔马提亚调兵，也能召集到比血腥约翰多一半的人马。但是更进一步的消息很快就让局势不那么乐观了：那位精明强干、性如烈火而且全然不遵常理的帝国统帅派出一支小分队，借由支路从维伯城越过锡拉山区前往另一侧海岸的西利西翁镇。与此同时，他率领主力大军顺着珀皮里安大道向雷焦进发。雷焦的卫戍部队有一万五千人，深陷在这靴子形版图的脚趾头尖儿上，他们为荣誉打了几仗后便投降了。血腥约翰重新集结大军，开始向北朝着靴子的脚踝进发。

帕德维在罗马忧心忡忡地目送乌莱阿斯率军而去。军队看上去器宇轩昂，当然了，队伍中新增了弓骑兵和装备有移动式弩炮的炮兵连。但帕德维知道新作战部队对于各自的新奇战术毫无实战经验，他也很清楚，这支队伍在实战中恐怕够呛。

一等乌莱阿斯和军队离开，就没什么要操心的了。帕德维重启了火药试验。也许他应该试试不同的木材烧出来的炭。但这意味着要花时间，这可是帕德维最珍贵又最稀缺的。紧接着，他很快就意识到，自己其实根本就没有时间了。

把远距通信各路传来的相互矛盾的信息拼凑在一起后，帕德维将事情发生的真实情况理出了头绪：迪德吉斯凯尔毫无阻碍地回到了他在卡拉布里亚的军队当中。他拒绝承认远距通信传达的撤销他军职的命令，游说手下的人也照做。帕德维猜测，像迪德吉斯凯尔那么一个能说会道、善于蛊惑人心的家伙，比起通过神秘的新奇装置传送的一条简短而又冷冰冰的信息来说，在大多数无知无识的哥特人中间还是更得人心的。

血腥约翰行军十分谨慎，等乌莱阿斯已经来到他面前的时候，他才刚刚抵达靴子脚背上的康森提亚城。这就像是跟迪德吉斯凯尔事先安排好了一样，把乌莱阿斯远远支到南方去难以脱身。

但是，当乌莱阿斯和血腥约翰沿着克莱蒂斯河列队对决时，迪德吉斯凯尔出现在了乌莱阿斯的后方——给帝国皇室大军打了下手。尽管他只有五千长枪手，但这样出其不意的冲击还是锉动了哥特大军的士气。十五分钟里，克莱蒂斯河谷遍布成千上万的哥特人——长枪手、弓骑兵、步兵弓箭手、矛手——四处拼杀，乱作一团。数千士兵被血腥约翰的铁甲骑兵以及他麾下格皮德人、伦巴第人的骑兵大军踏成肉泥。另有数千人投降。其余的则跑进群山之间，躲进了迅速垂落的黄昏暗影之中。

乌莱阿斯竭尽全力把他的私人卫队集结起来，攻向迪德吉斯凯尔的叛军部队。传言是乌莱阿斯亲手宰了迪德吉斯凯尔。帕德维却深知士兵们都喜欢这类神话般的传奇，所以他并不全信。不过有件事倒是可以认定，迪德吉斯凯尔确实已经被杀，而乌莱阿斯和他的人马在孤注一掷的最后一战中消失在了帝国大军的乱军里，从战场上逃出来的哥特人谁都没再见过他。

帕德维呆坐在他的桌子后边一连几个小时一动不动，盯着成堆的远距通信消息和一张巨大的、错误百出的意大利地图。

“我能为你做些什么吗？英明的老板。”弗莱瑟瑞克问道。

帕德维摇了摇头。

尤尼安努斯摇着头说：“我担心我们马蒂内斯的精神已经被灾难搞垮了。”

弗莱瑟瑞克哼了一声，“这只能说明你不了解他，他在心里计划什么事情的时候就是那副样子。只要等着就好了，他会想出一条妙计彻底打败希腊人。”

尤尼安努斯的脑袋探进门去，“又有消息了，我的大人。”

“说什么？”

“血腥约翰就要到萨莱诺[1]了。当地人欢迎他的到来。贝利萨留报告说他

1. 意大利中南部城市，位于靴子形版图的脚踝附近。

击败了法兰克人的一支大军。”

“过来，尤尼安努斯。你们两个介不介意出去一会儿？嗯，尤尼安努斯，你是卢卡尼亚[1]土生土长的，对吗？”

“没错，我的大人。”

“你是农奴，对吧？”

“那个……嗯……我的大人……你看……”这个粗壮的汉子突然一脸担忧。

“别紧张，不管出什么事儿，我都不会让你被人拖回到你的地主手里去的。”

“喔……我确实是，我的大人。”

“这些消息说‘当地人’欢迎帝国大军，那是不是指意大利的地主，而不是其他人？”

“没错，我的大人。农奴们才不在意谁掌权。这个地主的压迫跟那个地主也没什么区别，所以干吗要豁上自己的性命去为掌权的人卖命呢？希腊人、意大利人、哥特人，爱谁谁。”

“如果他们得到承诺，可以像自由业主那样拥有自己的财产，不用再担心地主，你觉得他们会为了这个战斗吗？”

“那个嘛……”尤尼安努斯深吸了一口气，“我觉得他们会的。没错。这可真是个举世无双的绝妙想法，如果您不介意我这么说的话。”

“甚至对阿里乌异教徒也一样？”

“我看不成问题。元老院和城市里的人可能会郑重地对待他们的东正教，但无数农民都是不怎么信教的，他们对待土地可比对待虚无缥缈的上天的力量要虔诚得多。”

“我想也是这样。”帕德维说道，“这里有几条消息要发出去。第一条是一道敕令，由我以乌莱阿斯的名义发布，解放南部的布鲁提亚、卢卡尼亚、卡拉布里亚、阿普利亚、坎帕尼亚以及萨谟奈的农奴。第二条是给贝利萨留将军的命令，在普罗旺斯留下守军以防法兰克人之后再次发起攻击，让他立刻带领主力军队南下。哦，弗莱瑟瑞克！你把古戴尔雷斯给我找来好吗？还有，我想见见印刷厂的工头。”

1. 古意大利南部地区，包含今意大利南部巴西利卡塔和萨莱诺的大部分地区。

等古戴尔雷斯来了，帕德维向他讲解了一番计划。这名小个子哥特军官吹了声口哨，“哎呀，哎呀，这可是万不得已的措施啊，尊贵的马蒂内斯。我不敢肯定王室议会会同意。如果你让所有那些出身低贱的农民获得自由，我们还怎么让他们重新当回农奴呢？”

“我们是不会让他们走回头路的！”帕德维厉声道，“至于王室议会嘛，他们大都是乌莱阿斯的人。”

“但是，马蒂内斯，就一两个星期，你也没法让他们脱胎换骨成为战斗力量啊。请听听一个老兵的话吧，这个老兵可是用自己的右臂亲手斩杀过成百上千的敌人啊。没错，成千上万，上帝作证！”

“这些我都明白。”帕德维困倦地说道。

“那然后呢？这些意大利人可不善于打仗，没有那个精气神儿。你最好倚仗我们所能凑起来的哥特人的力量，都是真正的战士，就像我一样。”

帕德维说道：“我没指望着靠新兵干掉血腥约翰。但我们能让他深陷在一个充满敌意的国家里寸步难行。你好好管理那些长枪手，再找几个退休的军官出来。”

一个春光明媚的清晨，帕德维集结起他的部队从罗马出发了。这支大军看上去怎么也不像是一支军队：这群哥特人老的老、小的小，上岁数的都觉得自己早已从现役部队退休了，而小的都还没过变声期呢。

就在他们乱哄哄地从地方执政官的营地顺着帕特理希安大街一路行进时，帕德维心中冒出个念头。他告诉手下的参谋继续前进，他随后赶上来。然后他催马一路小跑，顺着萨博班坡道朝埃斯奎利诺山跑去。

多萝西娅从阿尼修斯的宅邸走了出来。“马蒂内斯！”她高声喊叫着，“你又要出发去什么地方了吗？”

“没错。”

“一连几个月你都没跟我们打个正式的招呼！我每一次看到你，你都只有片刻时间，然后就会跳上马背跑到什么地方去。”

帕德维做了个无奈的手势，“等我从所有这些该死的战争和政事中退休之后，就不会再那样了。你那位杰出的父亲在吗？”

“不在。他在图书馆呢。没能见到你他会很失望的。”

“代我向他致以最深切的问候。”

“还会有更多的战争吗？我听说血腥约翰在意大利。”

“看上去是那样。”

“你会参加战斗吗？”

“有可能。”

“噢，马蒂内斯，稍等一下。”她跑回了屋里。

回来的时候，她手里拿着一只小小的皮革袋子，上面缠着丝绳，“如果有什么能保你平安，那就是这个了。”

“这是什么？”

“圣徒坡旅甲头颅的一块碎片。”

帕德维的眼珠子当时就瞪圆了，“你相信这东西有用吗？”

“噢，当然啦。我的母亲为它花了不少钱呢，毫无疑问这是真品。”她把丝绳挂在了他的脖子上，然后把袋子塞进斗篷的领口里。

帕德维丝毫没想到，这么一个受过良好教育的姑娘居然在这个年纪也会接受这种迷信。但与此同时，他也被打动了。他说道：“谢谢你，多萝西娅，我从心底里感谢你。但有些东西我觉得会是更有魔力的护身符。”

“什么？”

“就是这个。”他在她嘴上轻轻吻了吻，然后飞身上马。多萝西娅一时间惊呆了，但脸上没有丝毫的不悦。帕德维催动胯下坐骑顺大道跑了下去，嘚嘚的马蹄声不绝于耳。他坐在马鞍上潇洒地转回身去挥手道别——结果身子一歪差点掉下马去。旁边的岔道正好出来一辆由几头牛拉着的大车，那匹马被他带地往旁边一窜，一头扎进了牛队里。

车夫叫道：“敬爱的主啊，耶稣基督保佑，圣母玛利亚，你怎么不看看该往哪儿走啊？神圣的佩特鲁斯、保卢斯奎、乔尼斯奎、卢卡斯奎……”

趁着车夫念出一大串圣徒名字的工夫，帕德维也渐渐确定自己并没有造成什么损伤。还好多萝西娅已不在视线内，他可不希望自己这副狼狈相被她看到。

第十七章

537年5月下旬，帕德维率大军进入贝内文托[1]城。随着乌莱阿斯的残部往北退败，帕德维的队伍也渐渐壮大起来。一天早晨，一支募集粮草的队伍在当地一处农舍发现了三名乌莱阿斯的哥特溃兵，他们不顾房主的抗议，自管舒舒服服地安顿下来，打算就这样悠然自得地坐等着战争结束。尽管不怎么情愿，这些人随后还是重新归队了。

帕德维起初并没有径直沿着第勒尼安海或是那不勒斯的西海岸走，而是一路进兵横跨意大利，直奔亚得里亚海[2]，抵达沿海一带的基耶蒂城。然后他才切入内陆，到达卢切拉和贝内文托。由于东部沿海一带尚未建立远距通信线路，关于血腥约翰的动向，帕德维只能派遣信使跨越亚平宁山脉，前往尚未落入敌军之手的远距通信站获得。帕德维精心计算着行军时间，等到约翰攻陷了半岛另一侧的萨莱诺，留下一支人数不多的队伍在那不勒斯虚张声势，然后借由拉丁大道往罗马进军的时候，他才赶往贝内文托。

帕德维希望能在靠近西海岸的卡普亚附近直插约翰的后方，同时，如果贝利萨留及时接到命令，就会直接从罗马出兵，在前方伏击帝国皇室大军。

在帕德维的部队和亚得里亚海之间的某个地方，古戴尔雷斯正大大咧咧地看管着一队货车，车上满载着长枪和传单，传单上写的就是帕德维解放农奴的公告。那些长枪要么是从废旧阁楼里挖出来的，要么就是用木栅栏临时改造的。哥特人在帕维亚、维罗纳等意大利北部城市的军备库都太远了，根本来不及派上用场。

1. 意大利南部城市，位于坎帕尼亚大区，大致在靴子形版图脚踝的西北侧。
2. 第勒尼安海和亚得里亚海分别位于意大利亚平宁半岛的西侧和东侧。

解放农奴的消息早已像汽油见了火星一样成了燎原之势。意大利南部的农民都已揭竿而起。但他们对于参军好像兴趣不大，更在乎的似乎是把地主家的别墅洗劫一空，再放把火烧了。

不过还是有一小部分农奴加入了军队；这意味着新添了好几千人。帕德维骑马赶到队伍后方看着这些人，这一大群乌合之众，一路走着就像一群喜鹊一样聒噪不休，困了就直接跑出队伍去打盹儿。他不由得心生疑虑，这些人到底有什么可取之处。随处都能见到有人穿戴着曾祖父那一辈的军团头盔和护胸板甲，那应该在他们家茅舍的墙上挂了足足一个世纪了。

贝内文托坐落在卡洛雷河与赛博托河交汇处的一座小山上。大军缓缓进入城里的时候，帕德维看到几个哥特人背靠着一所房子坐在那里。其中一人看上去很面熟。帕德维催马过去叫道："戴戈拉弗！"

那位执法官抬头一看，"嗨。"他有气无力地回应了一声，脑袋上裹着绷带，本该是左耳的位置早已被血水洇透了，血迹已经泛出黑色，"我们听说你们要往这边走，所以就等在这里了。"

"内维塔呢？"

"我父亲死了。"

"什么？噢。"帕德维半晌无语，过了好一会儿才继续道，"噢，天呐。他可是我仅有的几个能交心的朋友之一。"

"我知道。他像真正的哥特人那样英勇地死去了。"

帕德维叹了口气，赶忙去安顿大军驻扎下来。戴戈拉弗继续坐在墙根下，目光茫然。

他们在贝内文托驻扎了一天。帕德维获悉，血腥约翰一路北上，差不多已经越过了位于卡拉提亚[1]的大道交会点。贝利萨留那边没有任何消息，因此，帕德维最好的打算也就是进行一场拉锯战，把约翰拖在意大利南部，等候更多的援军赶来。

帕德维把步兵留在贝内文托，率领骑兵直扑卡拉提亚。这一次，他手下的弓骑兵声势浩大，虽然跟帝国的铁甲骑兵相比还有差距，但也让他们必须全力一搏。

弗莱瑟瑞克骑行在他身边说道："那些花朵很美，不是吗？英明的老板。

1. 意大利南部古城，位于坎帕尼亚大区。

它们让我仿佛置身于我在迦太基那美丽庄园的大花园里。啊，那可是值得一见的……”

帕德维转过脸来，满面憔悴。尽管饱受苦痛，他还是咧嘴笑道：“诗兴大发了，弗莱瑟瑞克？”

“我？诗人？嚯嚯！我只不过是想要为最后一次在这尘世间骑行留下一些美好的回忆……”

“你这话什么意思？最后一次？”

“就是我的最后一次，而你也无法向我承诺说不会如此。血腥约翰的人马跟我们比是三比一，大伙儿都这么说。那我们也不会有无名的孤坟了，因为他们根本不会费心去埋葬我们。昨晚我做了一个不祥的梦……”

他们接近卡拉提亚的时候经过了大道的交会点，斜跨意大利的图拉真路与连接着萨莱诺和罗马的拉丁大道交会于此。就在这时，侦察兵汇报说，血腥约翰大军的尾巴刚刚离开城池。帕德维当即下令，一支骑兵长矛中队作为前锋出发，一支骑兵弓箭手大军紧随其后。他们消失在大道尽头后，帕德维催马赶上一座小山包继续观察。他们的身影越来越小，随着地势的起伏忽隐忽现。他能听到约翰大军微弱的嘈杂声，但因为隔着橄榄树林什么都看不到。

然后传来呐喊声和刀枪相击之声，相距甚远，几不可闻，就像是蚊虫之间的缠斗。帕德维心急如焚。他的望远镜毫无用处，拐角的战场那头什么都看不见。微弱的打斗声持续传来，不绝于耳。几缕烟柱在橄榄树林那边升了起来。太好了，那表示他的人马已经把血腥约翰的给养物资车队点着了。而他原本最担心的就是这伙人不遵守号令，只知道一味哄抢物资。

随后，大道上出现一团阴影，是无数扛在肩头的长矛，远远望去细如发丝。帕德维透过望远镜眯缝着眼睛仔细观察，确认那就是自己的人马。他催马跑下小山包，又发号了几道命令。手下另一半骑兵弓箭手摆出长长的月牙形，分散到道路两边，一队长矛手在他们身后严阵以待。

时间一点点过去，士兵身上的鳞甲衫已被汗水浸透。接着先头部队出现了，雄赳赳气昂昂地纵马而来。他们满面春风，有些人还挥舞着少量严禁抢夺的战利品。马蹄踏踏地顺着大道来到弓箭手中间。

他们的指挥官催马来到帕德维面前，“这一仗打得真是出神入化！”他高喊着说，“我们直奔他们的大车，赶跑了车队的守军，一把火给点了上去。然后他们回来迎击，我们就按照你说的，把弓箭手散开，让敌人全当了箭靶子；等他们乱作一团之后，又用长矛痛击他们。他们不甘示弱，卷土重来了两次。然后约翰亲自率领整支该死的军队冲过来对付我们，于是我们赶紧撤离了。他们随时都会追上来。”

“太棒了。”帕德维答道，“你们很好地执行了命令。到蒂法塔山口等着我们。”

于是他们分头行动，帕德维在原地静候，但并没有等多久。一队帝国铁甲骑兵出现在远处，风风火火地追赶上来。帕德维知道这表明血腥约翰是下了死命令全速追击，因为顺着这样的道路穿行在田野和树林之间，很难做到以这样的速度飞奔。即便精心调动人马，他的侧翼也得花点时间才能赶上来。

帝国大军的队伍越来越浩荡，马蹄声在铺着石板的大道上如滚滚雷鸣。他们看上去势不可挡，斗篷和军官头上插着羽毛的头盔如激流洪水般汹涌而来。他们的指挥官身披光可鉴人的金色铠甲，锁定目标后当即发下号令。于是扛在肩头的长矛伸到了前面，弓弦紧拉如满月。等他们完全进入弯月形的包围圈后，哥特人开火了。弓弦如疾风暴雨般响起，羽箭如飞蝗铺天盖地直奔如狼似虎的拜占庭大军。那名指挥官的坐骑是一匹非常神骏的白马，一惊之下人立而起，紧接着被旁边一匹马撞翻在地。刹那间，帝国大军先锋队伍的士兵与马匹相互践踏，一时间死伤了不知多少，队伍当时就乱了。

帕德维紧盯着自己这支长矛军的指挥官，伸出手臂绕着头顶挥动了两次，指了指帝国皇室的军队。成排的弓骑兵往两旁分开，哥特骑士纵马而出。与往日一样，他们刚开始跑得很慢，不过等抵达帝国军兵跟前时，胯下重装甲般的马匹已经获得了惊人的冲力。一片混乱中，帝国铁甲骑兵纷纷回身，绝望地聚成小圈拼命抵挡，但只能一边退一边尽可能去摸索着弓箭。

帕德维忽觉眼角处一闪，只见一队骑兵翻过附近的一座小山顶。那是血腥约翰的侧翼正在赶来。他命令号手发出撤退的信号。但那些骑士继续一个劲儿地痛打帝国军兵。他们在人力、马力上都占着优势，而且自己也深知这一点。帕德维一踹胯下坐骑，顺着大道冲入战场后方。如果他不阻止这种该死的犯傻行为，他们就会被帝国大军生吞活剥了。

突然，一支羽箭从帕德维身旁飞过，近得让他心惊胆战。他发现羽箭飞过时发出的尖啸声比自己预想的还要让人神经紧张。他赶到手下的哥特人身边，拼了命把他们的指挥官拖出战场，在他耳边咆哮着说该撤退了。

那人冲他吼了回来：“不！这场仗太过瘾了！”然后挣脱帕德维又冲了进去。

帕德维正在发愁该怎么办，一名帝国士兵冲出哥特人的包围圈飞马直奔他而来。帕德维从一开始到现在根本都没想着要把剑抽出来，不过这时候他赶紧抽剑在手，迫不得已往旁边一闪，躲开那人的矛尖。当时他的双脚就离了镫，双手也撒开了缰绳，几乎连手中的宝剑都扔了，差点摔下马去。等他重新稳住身子坐直，那名帝国士兵也跑到了视线之外。帕德维在匆忙之间误将宝剑在自己的马身上戳了一下，这匹马当时就痛得连蹿带蹦，帕德维左手紧紧抓住马鬃趴在了马背上。

此时，哥特人开始退回大路上集结。片刻之间，除了有几人被帝国军队围困外，所有的人马全都撤了出来。帕德维心中突然生出一股悲凉，担心自己会不会孤身一人被这匹发了飙的坐骑主动送到拜占庭人面前去，恰在此时，这匹马居然自行乖乖地跟到队伍后边去了。

理论上来说，这是一次战略撤退。但从哥特骑士们的脸色看，帕德维寻思着，恐怕很难将他们阻止在阿尔卑斯山的这边。

帕德维的坐骑把缰绳甩来甩去，他抓住向上飞扬的缰绳，总算把这牲口控制住了。这时候，一个人徒步出现在他眼前，对方光着头没戴头盔，但身披华丽的金色铠甲。这正是帝国皇室军队的指挥官。帕德维催马朝他赶去。那人拔腿就跑。帕德维试着挥起宝剑，然后意识到自己手中根本没有剑——他都想不起来是什么时候给弄丢的，不过肯定是在去抓马缰绳的时候。他往前一倚身子，一把抓住了一丛头发。那人大叫一声，疼得直跺脚。

眼光一转之间，帝国军队已经处置了那些没能脱身的哥特人，正重新整队要继续追击。

帕德维把手中的俘虏交给一名哥特人。那名哥特人一斜身，将这位帝国军官一把拎到自己鞍头，面朝下横在马上。帕德维看着他催马离去，一边跑，一边开心地用剑面敲打着那个不幸的东罗马人。

一切按照计划进行，弓骑兵跟在长矛手之后撤退，最后方的人马一边撤退一边向后继续射击。

到山口要走十多公里路，而且大部分都是上坡。帕德维希望这辈子再也不用骑马走这样的路了。他觉得要是再颠一下，自己的五脏六腑就得从肚子里翻出来了。等他们看到山口的时候，追击的马匹和撤退的马匹都已经累得只能缓步而行。有人甚至下了马牵着走。帕德维想起来当初在得克萨斯州听到的一个故事，有人看到一只郊狼在追一只大野兔，天气太热了，它俩的追击简直就是在散步。他把这个故事翻译成哥特语，把郊狼换成了狐狸，跟身边最近的士兵讲了。这个故事就这样顺着人流缓缓传了下去。

午后的阳光下，陡立的山崖呈现出一片金黄，哥特军兵终于蹒跚而行穿过了山口。虽说没有几个人掉队，可追击者要真是精力充沛，很轻松就能撵上并把他们从马鞍上打翻在地。幸运的是帝国军兵也一样疲惫不堪，但他们还是义无反顾地跟了上来。

帕德维听到一位军官的叫喊声回荡在山口的崖壁上:“等我让你休息的时候才能休息，你这懒猪！”

帕德维四下看了看，很满意地看到预先派来的部队正静静把守着各自的位置。这可是一股生力军。那伙去焚烧车队的人马走到他们身后便纷纷停下脚步，刚刚撤退到此处的士兵，越过山口之后，索性就四仰八叉地躺在了远处的地上。

此时，帝国大军已赶了上来。帕德维看到那些人的脑袋左顾右盼，紧张地向上望着山坡。但血腥约翰显然并不认为他的敌手能够运用什么神机妙算。帝国大军在兵甲撞击声中挤进了山口最狭窄的地方，阳光从他们身后斜斜射下。

就在这时，传来惊天动地的一声巨响，无数巨石、巨木从山坡上翻滚而下。马匹发出惊恐的嘶鸣，帝国大军如同炸了窝的蚂蚁一般四散奔逃。帕德维趁机发出信号，一队长矛手随即开始行动。

这地方原本就只容得下六匹马并辔而行，而且还紧巴巴的。岩石和原木并没有给帝国兵士造成太大损伤，只是聚成了一道屏障，把先头部队分成了两段。现在，哥特骑士开始横扫那些越过屏障的小股军兵。帝国铁甲骑士根本没有机动的余地，甚至都拉不开手中的弓箭，他们被更占优势的敌手阻击，退回到屏障周围。随着幸存的帝国兵士甩镫下马、返身逃命而去，战斗也渐渐结束了。哥特人把那些被遗弃的马匹聚拢起来，欢呼着牵了回来。

血腥约翰撤回了一些弓箭手，然后派遣一小队铁甲骑兵上前组织起弓箭火力网。帕德维调动了一些哥特弓箭手下马进入山口一带。这些人躲在屏障后面射击，给帝国军兵造成了不小的麻烦，铁甲骑兵很快就败下阵来。

于是，血腥约翰又派出一些伦巴第长矛手上前清扫那些弓箭手，但那堆障碍物让他们功亏一篑。他们在巨石之间一步步往前挪，哥特人等他们走到足够近的时候便万箭齐发。十几匹马连同数量相当的伦巴第长矛手的尸体又为障碍物添砖加瓦，这些伦巴第人算是彻底崩溃了。

到了这种时候，就算是比血腥约翰还蠢的将军也看得出，在如此局促的战场上，战马就跟绿毛鹦鹉一样毫无用处。虽然帝国军队和帕德维要想守住山口各自的一侧都很容易，但事实上他们的处境要艰难得多，因为帝国大军是拼了命想要越过山口，而帕德维用不着费那个劲儿，只需守住就行。血腥约翰命令一些伦巴第人和格皮德人下马徒步往前冲。帕德维则调集了一些长矛手下马候在屏障后边，一时间长矛林立。弓箭手随即后撤，聚到崖壁上居高临下开弓放箭。

伦巴第人和格皮德人一路小跑着缓步推进。虽说浑身披挂着帝国兵士常规的锁子甲，但他们看上去还是很奇怪：后脑勺剃得溜光，前边的头发从面颊两侧垂下，编成两条很长的、抹了油脂的辫子。他们手持长剑，有些人还拿着尺寸惊人的双手战斧。等他们走得足够近了，便开始尖叫着羞辱哥特人，哥特人听得懂他们的东日耳曼方言，免不了反唇相讥。

进攻者号叫着直扑屏障，在外围不断进攻，但边缘的长矛密密麻麻的很难突破。进攻者越来越多，从后边一波一波往上涌，把先头部队推向矛尖。有些人被刺中，有些人从矛杆之间突破后立刻砍杀了长矛手。此时，前排这些人连吼带叫地拥作一团，简直挥不开手中的武器了，而身后还有一群人拼了命要往他们跟前冲。

弓箭手数箭连发。羽箭如雨点般飞来，有的被头盔弹开，有的震颤着扎在了巨木上。而中了箭的人则是倒不下也撤不出。

一名弓箭手的箭用完了，从岩石间撤回去取箭。其他哥特人纷纷回头看向他。随后又有几名弓箭手跟着下去了，不过他们的箭还未用尽。几名最靠后的骑士也开始跟着他们往回退。

帕德维明白，这么下去势必溃败。他拉住一个人，抽出他的宝剑，然后爬上第一名弓箭手撤出的那块岩石，大吼着连自己都不明白的话。众人的目光一时间全都集中在了他的身上。

这柄宝剑十分硕大，帕德维得用双手擎着，他高举过顶，朝着距离最近的敌人猛砍，这个敌人脑袋的高度正好跟他的腰平齐。宝剑斩在此人的头盔上发出一声巨响，当时就把头盔砸扁挤到了眼睛上。帕德维紧接着一阵狂劈。一名帝国兵士消失了，帕德维又接着砍向另一名。他砍在头盔、铠甲、暴露的脑袋、手臂和肩膀上。他说不清自己的这番举动是什么时候奏效的，因为等他从连连砍杀中回过神来的时候，局势已经发生了变化。

这时候，身边够得到的脑袋就全都是哥特人自己的了。帝国兵士正爬过那道屏障缓缓往回撤，有的还拖着鲜血淋漓、浑身是箭的伤员。

一眼望去，倒下的哥特士兵大约有十几个。帕德维一时间有些恼怒地思忖着为何敌方留下的尸体要少得多，然后他意识到，这十几个哥特士兵当中有一些只是受了些伤罢了，而敌军搬走了他们大部分的伤亡者。

弗莱瑟瑞克和传令兵蒂尔达特以及其他一些人聚拢在帕德维身边，称赞他真是一个可怕的战士。他自己可没有这种感觉；他所做的不过是爬上一块岩石，越过自己手下人的脑袋，朝着一个本就处于困境的敌人砍了几下，让他无力还手罢了。至于这里边的技术嘛，顶多也就跟考古时使用鹤嘴锄差不多。

日已西沉，血腥约翰的大军撤下山谷，安营扎寨，埋锅造饭。帕德维这边的哥特人也忙碌着同样的事。锅灶的味道弥漫开来，令人心中欢愉舒爽。要是没有屏障那边成堆的尸体，谁都会觉得这是两群开心的野营者。

帕德维没有时间反省。虽说有不少伤员，但以他们的能力，应该没办法自己实施急救。帕德维任由他们祈祷、施咒，或将从圣徒坟墓取来的尘土和在水里饮下。但他特别强调把绷带用开水煮过——这当然是神秘人马蒂内斯的一点点魔法——并进行合理地使用。

一个人丢了一只眼睛，但仍然斗志昂扬。另一个人少了三根手指，正在为此流泪。还有一人肚子上被戳了一下，但依旧眉开眼笑。帕德维知道，这人不久之后就会因腹膜炎死掉，而谁都对此无可奈何。

帕德维绝不敢低估对手，于是大范围地派出密集的哨兵。这番安排没有白费；黎明前一小时，他的哨兵开始纷纷回报：血腥约翰正在调遣两支大军，都是安纳托利亚步兵弓箭手，从他们两侧翻山越岭而来。帕德维明白，他的阵地很快就守不住了。于是他手下的哥特人打着哈欠、发着牢骚从毯子里拱出来，朝着贝内文托开拔。

等太阳升起后好好看了看手下的军兵，帕德维对他们的士气愈发感到忧虑。他们嘟嘟囔囔地发着牢骚，看上去就像弗莱瑟瑞克时常表现的那般消极。他们不懂得什么叫作战略撤退。帕德维思忖着，他们到底还要花多长时间才能正儿八经地跑起来。

贝内文托城外，赛博托河上只有一座桥，这条河可是真正的激流。帕德维想，这座桥他能守住一段时间，血腥约翰会迫于情势来攻击他，因为损失了补给，而农民如今又深怀敌意。

等他们走出山地，进入两河交汇处的平原，帕德维大吃一惊。一伙新征募的农民新兵正通过桥梁朝着他们进发。已经过来了好几千人。帕德维必须得让自己的兵马尽快过桥，他知道要是瓶颈被撤退的部队堵住了会是什么后果。

古戴尔雷斯催马迎了上来。“我遵照你的命令行事！”他高喊着，“我尽力让他们后撤。但他们自有想法，说能亲手痛打希腊人，然后就自行其是地出来了。我跟你说过，这帮人没什么好处！”

帕德维回头望去。帝国大军已经一览无余，就在他观察的时候，他们开始部署了。那场面就像是一场冒险已经到了冲刺阶段。他听到弗莱瑟瑞克又感叹了一番坟墓，蒂尔达特问是不是没有什么消息要送……言外之意，想要离这儿越远越好。

意大利农奴此时已经看到哥特骑兵纵马而来，后有帝国大军紧追不舍，他们心中立刻冒出一个念头，这一仗打败了。骚乱如同波浪般扩散开，把原本就不怎么整齐的队列搅得更是乱成了一锅粥，人流开始调头往回转。很快，通向城里的道路上就挤满了奔逃的意大利人。刚刚过了桥的人挤作一团，拼命想要往回跑。

帕德维嘶哑着嗓子对古戴尔雷斯吼道：“无论如何你退到河那边去！把骑马的人调出来到大道上管住那些四处乱跑乱挤的人！让河这边的人回来。我要在这里全力抵挡希腊人。”

他让大部分军兵都下了坐骑，安排六排长矛手排成半圆形矛尖冲外守在桥头，围在嚷成一片的农民身前。他还在左右两侧顺河岸布下了两排弓箭手，在他们外侧是其余所有的长矛手，挺枪骑马候着。能不能挡住血腥约翰，就看他们的了。

帝国大军驻足了大概十分钟。然后一群伦巴第人和格皮德人冲了出来，一路催马慢跑推进，直奔长矛阵而来。帕德维早已下马，就站在这条战线后边，看着他们的身影越变越大。隆隆的马蹄声犹如一支庞大的交响乐队奏起无数铜鼓，愈发震人魂魄。看着这些身形彪悍、留着长发的蛮族在滚滚尘土中若隐若现，座下的马匹昂首嘶鸣，帕德维深深体会到了那些农民新兵的心情。若非是还有些傲骨，心中怀揣着责任，恐怕他自己早就撒丫子跑了。

帝国军兵已然来到跟前。他们看上去似乎能踏平世上一切人类的躯体。就在这时，弓弦如疾风般响了起来。这边有一匹马后腿一挫尥起了蹶子；那边一个人摔下地来，锁子甲哗啦啦乱响。进攻的势头缓了下来，但并没有停止。在帕德维看来，他们如同巨人般高大。随后，他们冲到了长矛阵上。帕德维看得到长矛手紧闭的双唇和煞白的面孔。如果他们守住……他们确实守住了。长矛刺入帝国兵士的坐骑，马匹立时刹住脚往后退，不住地嘶鸣起来。有些马匹停得太急，把骑手直接从马鞍上掀了下来。紧接着，整支人马朝着左右两侧分流而去，掉头回转大部队。这不是马匹的战争，它们可不打算让自己陷入痛苦的长矛阵里。

足足有一分钟，帕德维都忘记了呼吸，这时才长长舒了口气。他早就跟手下军兵训过话，说任何骑兵都不可能冲过真正稳固的长矛阵，但就连他自己都不怎么相信这话，直到此时心里才算是有了底。

然后，发生了一件令人震惊的事情。他手下的许多长矛手看到帝国军兵仓皇逃走，便离开阵地徒步追赶而去。帕德维大叫着让他们回来，但他们只顾着一路狂奔，或者说干脆就是碎步小跑，因为那身盔甲可不轻呐。帕德维心想，这就跟在森拉克的那场战役一样，而且也是相似的结果[1]。警觉的血腥约翰派出一大批铁甲骑兵前来迎击那些笨手笨脚的哥特人，一眨眼的工夫，这些哥特人就四散奔逃，犹如一群被刺中的野猪。帕德维火冒三丈里带着懊恼，不由得连连大吼；这是他第一次严重的失利。他一把薅住

1. 指1066年的黑斯廷斯战役，当时英格兰国王哈罗德·葛温森的军队和诺曼底公爵威廉一世的军队在黑斯廷斯一座名叫森拉克的山丘交战，以征服者威廉获胜告终。

蒂尔达特的衣领子，差点把他给勒死。

帕德维喝道："把古戴尔雷斯找来！告诉他召集几百名意大利人！我要让他们上前线！"

帕德维的战线此时已岌岌可危，要是收缩战线，势必会令弓箭手与骑兵隔绝开来，相互孤立无援。但这时候血腥约翰已经开始调动骑兵攻向侧翼的弓箭手了。那些弓箭手赶紧回身跳下河岸，在那里马匹够不到他们，而帕德维自己的骑兵已经迎上了帝国军兵，刹那间杀气弥空、尘土四起，处处刀光剑影，帝国的军兵被挡了回去。

这时那些农民出现了，真是雪中送炭，若干一身灰土、骂不绝口的哥特军官驱赶着他们。桥面上到处都是战斗中遗落的长矛；新兵就用这些东西武装起来上了前线，填补上缺口。为了鼓舞他们，帕德维让哥特人守在他们身后，手持宝剑，剑尖儿对着他们的后腰。

现在，如果血腥约翰能让他歇会儿，他就能好好想想该怎么把所有军兵都撤过桥去，免得暴露在外惨遭屠戮。

但血腥约翰可不容他这个工夫。又有两支人马直奔侧翼的哥特骑兵而去。

帕德维看不到发生了什么，千真万确，到处都尘土飞扬，再加上一排排攒动的人头和肩膀，完全遮蔽了他的视线。但借着越来越弱的纷乱声，他判断自己的人正在败退。然后一些铁甲骑兵开始冲击弓箭手，逼得他们再次退下河堤。铁甲骑兵纷纷拉弓放箭，一时间双方相互对射。但不一会儿，哥特人便纷纷逃入河中泅水而过。

最终，格皮德人和伦巴第人犹如雄狮一般吼叫着冲来。这次没有弓箭来阻挡他们了。只见这群长发巨人骑着高头大马跃然而出，越逼越近，身形也愈发巨大，手中挥舞着硕大无朋的战斧。

帕德维感觉这一刻仿佛小提琴的琴弦即将绷断的那一刹那。

就在他的亲兵队伍的正前方，突然一阵大乱。哥特人的脊背已被农民的褐色脸孔取代。这些家伙扔掉手中的长矛拼了命从队伍中间往回挣，不管后腰有没有剑尖儿顶着。帕德维看到了他们瞪得溜圆的眼珠子，也看到了他们因惊恐而尖叫不止、大张着的嘴，他随即被这股人流冲倒在地。他们踩着他就过去了。帕德维犹如挂在钩子上的水螈一样不住地扭动、踢踹，心中暗暗计算着意大利人的光脚什么时候会变成敌军骑兵的铁蹄。意大利–

哥特王国完了，他所有的努力都付诸东流……

踩踏和碰撞逐渐缓了下来。虚弱无力的帕德维从那些踩着他过去的人群中间脱出身来。他的整条战线已经开始崩溃，而就在此时，一切突然都凝固了，抬眼望去——只见一名哥特人正在砍杀一名意大利人。

周围看不到帝国重骑兵的身影。尘土滚滚，什么都看不清楚。在重重阴影之外，帕德维所在位置的前方传来阵阵马蹄声、呐喊声和纷乱的厮杀声。

“出什么事了？”帕德维大叫着。但没有人回答。他们眼前除了尘土还是尘土，其他什么都看不到。几匹无人骑乘的战马影影绰绰一晃而过，就像是在浑浊的水族箱里飘过的鱼。

然后一个人出现了，徒步奔跑着。等他慢下脚步走进长矛阵，帕德维才看清楚那是一名伦巴第人。

帕德维思忖着这是不是某个精神错乱的家伙打算单枪匹马对付他的军队，但这家伙却高喊起来：“朋友！手下留情！”一众哥特人不由得面面相觑。

然后又有几名野蛮人出现了，其中一人还牵着一匹马。他们叫道：“朋友，手下留情！手下留情，伙伴！朋友，朋友！手下留情，朋友！”

一名头插羽饰的帝国铁甲骑兵在他们身后追了上来，用拉丁语高叫着：“朋友！”紧接着出现了一整队帝国军兵，有骑兵、步兵，有日耳曼人、斯拉夫人、匈奴人，还有安纳托利亚人，他们都在用各种语言放声大叫着：“手下留情，朋友们！”

就在他们中间，一支雷霆万钧的骑兵穿过帝国的乱军驰骋而来，这支队伍举着哥特人的大旗。帕德维认出这当中有一位身材高大、褐色胡须的身影。他沙哑着嗓子说道：“贝利萨留！”

这位色雷斯人跑上前来，向前一探身，跟他握了握手，“马蒂内斯！你一脸都是土，我都没认出你。我还担心是不是来得太迟了呐。我们从黎明时分就一路疾驰，从后方痛击了他们，事情也就是这样了。我们抓住了血腥约翰，还有，你的国王乌莱阿斯安然无恙。这些俘虏我们怎么处理？至少得有三四万人。”

帕德维身子一晃险些没站稳，“噢，把他们聚集起来，关押到集中营之类的地方。说实在的，我不太关心这些事儿。再过一会儿我站着都能睡着了。”

第十八章

众人安然回到罗马，乌莱阿斯缓缓说道："是的，我明白你的意思了。人们不会为了与自己没有利害关系的政府去战斗。但是，由于你所提议的农奴解放给所有那些忠心耿耿的地主造成了巨大损失，你觉得我们能否承担得起由此而来的赔偿呢？"

"我们要尽力而为。"帕德维说道，"这件事将会进行很多年。而这种新的奴隶税会有促进作用。"帕德维并没有细说他希望通过逐渐增加奴隶税，来让奴隶制成为一种徒劳无益的制度。这种观念即便对于乌莱阿斯那样易于变通的头脑来说也太过激进、太难于理解了。

乌莱阿斯又道："我不介意你这部新宪法对于国王权力的限制。就我本人来说嘛，没问题。我是个士兵，很乐意把这些国内事务扔给其他人去办。但我不知道王室议会是什么意见。"

"他们会同意的。现在好歹也算是能让他们言听计从了。我已经向他们展示了一些成果，如果没有远距通信，我们永远都没法对血腥约翰的动向如此了如指掌；如果没有印刷出版业，我们永远都没法如此有效地让农奴觉醒。"

"其他还有什么事吗？"

"我们要致信法兰克的诸位国王，有理有据地解释一下，如果勃艮第人更喜欢由我们来统治，那可不是我们的错；而我们自然也不打算强人所难地把他们交还给法兰克墨洛温王朝的诸位陛下。

"我们还要跟西哥特人的国王进行磋商，在里斯本安排船只让他们跨越大西洋抵达那边的陆地。他已经指定你为他的继承人，顺便说一下，这样一来，等他去世之后，东、西哥特人将再次团结起来。这也提醒了我，我得去一趟那不勒斯。那边的造船工说他从未见过像我那样疯狂的设计，我们美国人把那叫作大浅滩斯库纳帆船。普罗柯比将跟我同行，在我们的新大学里讨论一下他的历史课程细节。”

“你为什么要这么急着搞大西洋探险，马蒂内斯？”

“我会告诉你的。在我的国家，我们会吸一种草燃烧出来的烟解闷儿，那东西叫香烟。只要别太过量，那其实是挺不错的小恶习，对身体几乎没什么坏处。自从我到了这里，就一直希望能来支烟，大西洋那边的陆地就是你能搞到这种东西的最近的地方了。”

乌莱阿斯朗声大笑，“我得离那玩意儿远点儿。给查士丁尼的信发出之前，最好让我看看草稿。”

“OK，我们在美国总这么说。我明天拿给你，还有委任叙利亚人索玛苏斯担任财务部长的文件要你签署。他利用私人生意上的关系把那些技艺高超的铁匠从大马士革弄来了，所以我就不必张口跟查士丁尼要这些人了。”

乌莱阿斯问道：“你确定你的朋友索玛苏斯靠得住吗？”

“他靠得住，只是你得盯着点儿。代我向玛瑟逊莎致意。她怎么样？”

“她很好。自从她最害怕的那些人不是死了就是疯了之后，她就安宁多了。我们就要迎来一位小阿马立了，你知道的。”

“我可不知道！恭喜啊。”

“谢谢。你什么时候也能找个姑娘，马蒂内斯？”

帕德维身子一挺，笑了笑，“噢，等我好好睡一觉立马就去。”

帕德维目送乌莱阿斯离开，心中不由得羡慕嫉妒。他正处在这么个年纪，这时候的单身汉都非常渴望拥有像朋友那样的家庭生活。他可不想重蹈跟贝蒂在一起时的悲剧，也不想要玛瑟逊莎那样一点就炸的女人。他希望乌莱阿斯能让他的王后从现在起就一直保持怀孕生子的状态。这样兴许能让她少惹祸患。

随后，帕德维开始写信：

哥特人与意大利人的国王乌莱阿斯，致仁爱遍于天下的罗马皇帝弗拉维乌斯·阿尼修斯·查士丁尼陛下：

如今，遵您圣意派遣至意大利，由维塔利安努斯的侄子约翰——

其“血腥约翰”之名更为名扬天下——所统率的那支军队已不再是你我双方复交的障碍了，我们理应重启谈判议程，诚心诚意结束这场残酷而又徒劳无益的战争。

相关提议我方已于之前的信件中写明。另期望如下：我方之前所求十万金币的赔偿金须加倍，以补偿由血腥约翰入侵所造成的我方公民的损失。

如何处置贵方将军血腥约翰的问题也须商议。尽管我等从未真正想过要将收藏帝国将军作为一项嗜好，但圣皇陛下之所作所为令我等被逼无奈之下仿佛困于此境。鉴于我方并不希望致帝国有所严重损失，我方将以五万金币的赎金为条件，释放上述之约翰。

我方急切盼望圣皇陛下对此提议深思熟虑并予以应允。如您所知，波斯由库思老国王所统治，他是一位军力强大且极有本事的年轻人。我方有理由相信，库思老很快就会对叙利亚发起又一次入侵。届时，您身边将会需要最精明强干的将军。

还有一事，我方具备些许预见未来的小伎俩，这令我等获悉，大约三十年后，阿拉伯会有一个名叫穆罕默德之人降生，他将会宣扬一种信仰，若不加以阻止，定会掀起征服天下的惊涛骇浪，此举将颠覆波斯王国与东罗马帝国的统治。我方殷切盼望在此之前阿拉伯半岛能得到有效控制，如此一来，这一灾祸势必消弭于无形之间。

万望将此警示视为你我双方感情之最真切的明证。我等恭候贵方尽早回复。

度支官马蒂内斯·帕德维敬上

帕德维靠在椅背上看着这封信。还有些事情也必须加以注意：巴伐利亚人将入侵帝国的诺里库姆行省；高加索地区阿瓦尔人的可汗将发起联盟，铲除保加尔人。对待这一联盟需善意地加以拒绝。作为近邻，阿瓦尔人比起保加尔人来说好不到哪儿去。

再看看：有那么一位狂热的云游修士又掀起了一波抵制巫术的浪潮。他是不是应该给这人安排份工作，借此糖衣炮弹免除自己的麻烦？最好还是先去看看博洛尼亚大主教；如果他在这方面有所影响，帕德维知道该怎么加以利用。而且是时候跟那个老混蛋希尔维略教皇拉拉关系了……

还有，他是不是应该继续做火药试验呢？帕德维不确定这事儿值不值得做。这个世界已经遭遇了太多的死亡与破坏。另一方面，他自己的利益跟东哥特王国的命运也是唇齿相依，必须不惜一切代价拯救这个国家……

帕德维心想，算了，管他的！他把桌上所有的稿纸一股脑儿全都扫进抽屉里，从挂钩上取下帽子，叫来了坐骑，随即直奔阿尼修斯的宅邸而去。帕德维回到罗马已好几天了，要是还不去照个面儿，怎么能跟多萝西娅捅破那层窗户纸呢？

多萝西娅出门迎接他。他心中不由泛起涟漪，多可爱的姑娘啊。

但是，她的言谈举止之间丝毫没有对于大英雄的狂热之情。不等帕德维开口说话，她就破口大骂道："你这畜生！真是卑鄙的家伙！我们如此善待你，而你却毁了我们！我可怜的老父亲，心都碎了！现在你又来幸灾乐祸，对吧！"

"什么？"

"别假装你什么都不知道！我对你发布的那些非法命令了如指掌，你解放了我们在坎帕尼亚的农奴。他们烧了我们的房子，抢走了那些我从小保存至今的东西……"她开始哭泣。

帕德维试着说些安慰话，但她又暴发了："滚出去！我再也不想见到你！要想进我们家，除非是带着你那伙野蛮的士兵闯进来！滚出去！"

帕德维离开了，步履迟滞，无精打采。这真是个复杂的世界。但凡你做点大事儿，总会伤害到一些人。

然后他重新挺直了腰板。一个人不论做什么，怕后悔就别做，做就别后悔。多萝西娅是个很好的姑娘，没错，很可爱，而且冰雪聪明。但她在这些方面并不超凡脱俗；与她不相上下的女孩多得是。坦白讲，多萝西娅也就是一个普通平凡的年轻女子。而且作为意大利人，等她到了三十五岁的年纪肯定会挺胖的。

政府对于他们的损失所做的赔偿会很好地修补阿尼修斯那颗破碎的心。如果他们为先前的失礼做出道歉，他也会以礼相待，但他觉得重修旧好是不可能的了。

姑娘们是很好，而他终有一天会倒下。他还有更重要的事情要操心。文明进步之路上的成功远比任何个人事务上的小小失败要重要得多。

他的工作还远未完成，也永远不会结束——除非疾病、衰老或是本地某个死对头的匕首将他了结。有太多事情要做，却只有短短几十年时间可用；罗盘、蒸汽机，还有显微镜和人身保护权，这些都得看他的。

一年半以来他都如履薄冰，在这里攫取一点力量，在那里安抚一个潜在的敌人，尽量与形色各异的教会保持足够的距离，开始做一些小手艺，比如薄铜板卷筒技术。对于“耗子”帕德维来说，这已经挺不错了！也许他能就这样维持下去很多年。

但如果他不能……如果有足够多的人最终厌倦了神秘人马蒂内斯的奇技淫巧……好吧，臂板式远距通信系统在意大利纵横交错，总有一天会被真正的电报通信所取代，就看他能不能抽出时间进行所需的试验了。有一家公共邮政机构就要建立起来了。佛罗伦萨、罗马、那不勒斯都已建立出版印刷机构，源源不断地输出着书籍、小册子、报纸。不管帕德维发生什么事，这些东西都会继续发展下去。这些东西都已深深扎根，不会因为意外而被轻易毁掉。

毫无疑问，历史已经改写。

黑暗不会降临。

（全文完）

幻想书房

刘皖竹　程静　译

《转身离开》

[加拿大]科利·多克托罗 著

出版社：Tor，2017

以“在一个xx的时代”来开头似乎过于矫情，但科利·多克托罗的新书理应如此介绍。在一个后稀缺的时代中，3D打印机可以复制和生产所有的必需品——食品、家具、衣服、住房。但为什么仍然是百分之一的人口占据了社会顶层，为什么仍然有人难以维持最基本的生存？为什么交换范式仍然是必需的？作者科利·多克托罗错综复杂的叙事围绕着三个重要角色展开，这三个人都拒绝那个社会顶端的百分之一的人口和专制社会强加给他们的一切，并决定转身离开。这三个人分别是：休伯特·登，二十七岁的他已经不再年轻；他的朋友赛斯；还有娜塔莉，她的父亲是加拿大最富有的人之一。一个叫林姆坡坡的人指导他们如何经营和维护这个“转身离开”的社群。但逃离主流社会绝非易事。娜塔莉的父亲让自己的手下绑架了她，而娜塔莉必须与她曾经熟悉和亲密的一切战斗，并且决定什么才是对全人类至关重要的东西。作者科利·多克托罗细腻地描绘了一个奇妙的世界，一半蒸汽朋克，一半又非常迷幻，但小说中的人物又是富有同情心的，闪耀着人性的光辉。

在大多数反乌托邦小说中，叙事会集中在描写社会的崩溃上。而科利·多克托罗笔下的画面却刚好相反：那是一个人们善待对方、支持彼此需求和梦想的未来。小说有一个嗑药般的狂欢开场，但结局令人宽慰。《转身离开》是一本引人入胜的读物，推荐给任何早已厌倦了“末日来临，人性暴露最黑暗的一面”这一套路的读者。

《利埃登宇宙星群：第一卷》

[美]莎伦·李&史蒂夫·米勒 著

出版社：Baen Books，2013

我早就听说巴恩图书出版了莎伦·李和史蒂夫·米勒所著的《利埃登宇宙》系列小说，但当时没有时间拜读。说实话，我很快就将这些故事抛诸脑后

了，因为我心里认为那不过是些乏味的军事科幻小说，跟一些出版商炮制出来的毫无二致，只是巴恩图书做得更好一点而已。但我向来欣赏这些小说的封面，一经翻阅，才发现两位作家着实写了不少《利埃登宇宙》的故事。阅读《利埃登宇宙星群：第一卷》后，才知道它们不是一般的军事科幻，绝对不容错过。

对于从未读过李和米勒这一系列作品的我而言，这本选集无异于提供了一条进入利埃登世界的“密径”。利埃登宇宙之丰富斑斓，真叫我大开眼界。其中一些篇章正是《类比》杂志的“见招拆招”类型故事——约翰·坎贝尔早在二十世纪三十年代末和四十年代初，就在通俗杂志《惊异科幻》中倡导的那一种。也就是说，它们是当今（以及过去七十多年间）出版的硬科幻的主流。其他一些故事更偏向浪漫的奇幻风格，有各种女巫、王国和魔法，这些故事是我非常喜爱的。一卷读罢，你会发现利埃登宇宙的每一个世界都别具一格，上面生活着稀奇古怪（且兴高采烈）的居民，准备了各种粗糙的装备来对付外星人；还有亚瑟王传奇中那种，用严肃奇幻中才会出现的方言语调对话的角色，奇幻故事爱好者往往对此有所要求（且肯定会怀有期望）。我发现这些故事杂糅共处并不显得冲突。

不过，我想从书中不仅能读到约翰·坎贝尔，也能够感受到安德烈·诺顿的显著影响，尤其是那些带有奇幻色彩的故事。我得说清楚，李和米勒并非单纯效仿，他们有着自己鲜明的风格。于我而言，进入一个陌生的虚构世界是一种乐趣，所以我打算花点钱再买几本续集，弥补错过这些作家创作的小说和系列故事的遗憾。如果你已经是他们的拥趸，这本书就是非读不可了。如果有个孩子很想读点什么，不妨将这本书拿给他，也许能满足他的需求。不管是哪种情况，展读此书，一定会获益匪浅。

《时光最后的礼物》

［美］菲利普·何塞·法默 著

出版社：Titan Books，2012
（1972年版的再版）

泰坦图书重新发行了菲利普·何塞·法默创作的诸多经典科幻作品，尤其是“沃尔德牛顿家族”[1]系列故事。简单介绍一下：“沃尔德牛顿家族”中既包括历史上的真实人物，也不乏虚构人物，他们的后代当中有我们熟悉

1. 英国林肯郡的一个村庄，即故事中流星的坠落地。

的泰山和萨维奇博士。法默热衷于阅读各种冒险文学作品，并通过学习（和模仿）埃德加·赖斯·巴勒斯的作品大获成功。然后，他选取了许多文学作品中著名的主角（偶而也会有反派），制作了一份族谱，标明了他们因一起事故衍生而来的关系。那次事故发生在三百年前，一颗蓝色流星坠落地球，几名骑士差点因此而丧命。他们受到辐射影响的子孙后代中，就有尼摩船长、艾伦·夸特梅因、夏洛克·福尔摩斯、泰山和萨维奇博士。这是个精彩绝伦的文学奇想，十分有趣。（这份家谱可以在网上找到。）

1972年，《时光最后的礼物》首次由德尔雷伊图书公司发行，封面平平无奇，丝毫瞧不出书页中潜藏着一番惊心动魄的历险。正因为如此，尽管当时我正在读法默的小说，都未曾购买此书。那时我正沉浸在他刚出的《冥河世界》系列里，如饥似渴。《时光最后的礼物》讲述了一个类似于人猿泰山的当代冒险家（他可能就是泰山！），和一群时空探索者回到公元前12000年的法国——彼时最后一个冰河时代刚刚结束——在欧洲遇到早期现代人的故事。

这是一场以巴勒斯式创作技巧写就的宏大冒险，而且尽管主角换了姓氏，但他就是泰山，不会错。法默着实是一位创意十足的作家，我诚意推荐泰坦图书再版的全套“沃尔德牛顿家族”系列小说。封面十分精美（近似蒸汽朋克风格），而且大部分附有编后记，比如克里斯托弗·保罗·卡里和温·斯科特·埃克特的两篇文章，堪称锦上添花。

《墨托涅任务》

［美］列斯·约翰逊 著

出版社：Baen Books，2018

克里斯·霍尔特博士是一位科学家，他负责监测飞往太空勘察小行星的无人机，这些无人机对小行星进行分析，判断哪些能够挖矿。一天，他的一艘小型太空船发现了一个近地物体（NEO），它的形状十分古怪，是一个完美的椭圆形。靠近观察后，他意识到这个物体绝非自然形成的。事实上，它的确并非自然形成（在前言里，读者被剧透了它的起源：这个近地物体是由远古文明创造的，该文明曾在月球上设有军事基地，后来因为星际战争遭到毁灭）。因此，霍尔特博士和来自世界各地的宇航员（美国、芬兰、日本和中国）都想要弄清它的秘密。

在最初的接触中，这个近地物允许霍尔特一行人进入，并与他们进行了交流。然而，地球上另一个进行太空探索的国家——哈里发帝国——向它发射了一颗导弹，它无力防御，遭到了严重破坏。在导弹袭击之前，它向霍尔特发送了图表和一条信息，请求他从环绕土星的飞行物中将守卫者带回来。在此之前，人类一直把这个飞行物视作土星的卫星，叫它“墨托涅”，但它的形状规则得诡异。

这部小说是一个惊险刺激的冒险故事，其中交织着科学、人性与政治。无论是霍尔特、其他科学家还是军事顾问，抑或是政治家和普通人类，他们都想要挖掘墨托涅的真相，但他们所采取的行动都不尽相同，也无法确定守卫者对人类怀有何种意图。

《墨托涅任务》这部小说十分精彩，其中包含了许多天文学领域的相关知识，也涉及太空旅行与耗费数十亿美元的太空项目，将会使读者受益匪浅，此外，小说还探讨了人性与人类在宇宙中的位置。约翰逊在创作上相当有天赋，他在书中做了许多科普，但并未给缺少深厚物理知识基础的读者造成障碍，不是NASA的科学家也无妨。倘若你偏爱硬核科幻，同时好奇宇宙中其他智能生物的面貌，别错过这部作品。

荐书人：[美]保罗·库克、
乔迪·林恩·奈、比尔·福斯特

2018年，八光分文化联合人民文学出版社共同推出《银河边缘》科幻系列丛书，这是一套由东西方科幻人联合主编的幻想文库，作品主体部分选自美国科幻大师迈克·雷斯尼克主编的科幻原版杂志《银河边缘》；同时专门开辟“中国新势力”栏目，展示国内优秀的原创科幻小说。在此，我们向国内全体原创科幻作者约稿。

我们以“惊奇、畅快”为原则，着力呈现中外名家及新人作者的中、短篇佳作，展示更具野心的科幻作品，呼唤长篇时代的到来。

原创小说 征稿启事

长期有效

| 投稿邮箱 | —— tougao@8light-minutes.com

| 邮件格式 | —— 作品名称+作者名

| 审稿周期 | —— 初审十五个工作日回复（长篇除外）

| 稿　　费 | —— 150～200元/千字（长篇另议），优稿优酬。

| 字　　数 | —— 不限字数，以2万～4万字中篇为宜，接收长篇来稿。

| 审稿标准 |

- 想象力：想象力是科幻小说的核心与灵魂，也是审稿的首要标准。
- 故事性：情节精彩跌宕，伏笔照应严谨，能让读者关心人物命运，期待剧情走向。
- 代入感：作者通过剧情、人物等元素，使小说易读，令读者沉浸其中。
- 剧情逻辑：在人物动机、事件逻辑上没有明显漏洞，不会让读者产生“跳戏”的感觉。
- 技术细节：非常欢迎，但不强求。

| 注意事项 |

- 务必保证投稿作品为本人原创，从未发表于任何平台。
- 切忌一稿多投。
- 小说请以附件形式发送邮箱，注意排版，合理分段。
- 请在邮件末尾提供个人联系方式，如姓名、QQ、手机等。
- 投稿咨询：028-87306350　联系人：罗夏

欢迎加入我们的QQ写作群 → **854 881 027**

《银河边缘》编辑部　2020年12月

YUAN CHUANG

Contents